Gaby Hauptmann

Unsere allerbeste Zeit

Gaby Hauptmann

Unsere allerbeste Zeit

Roman

PIPER

Mehr über unsere Autoren und Bücher:
www.piper.de

Wenn Ihnen dieser Roman gefallen hat, schreiben Sie uns
unter Nennung des Titels »Unsere allerbeste Zeit« an *empfehlungen@piper.de*,
und wir empfehlen Ihnen gerne vergleichbare Bücher.

Von Gaby Hauptmann sind im Piper Verlag 27 Bücher erschienen, u. a.:

Suche impotenten Mann fürs Leben
Scheidung nie – nur Mord!
Plötzlich Millionärin – nichts wie weg!
Lebenslang mein Ehemann?
Ich liebe dich, aber nicht heute

Für Heidi Zell

MIX
Papier aus verantwortungsvollen Quellen
FSC® C083411

ISBN 978-3-492-06267-1

Satz: Satz für Satz, Wangen im Allgäu
Gesetzt aus der Adobe Garamond Pro
Druck und Bindung: CPI books GmbH, Leck
Printed in the EU

Das größte Vergnügen im Leben
besteht darin,
das zu tun,
von dem die Leute sagen,
du könntest es nicht.

Walter Bagehot

Es tut weh, meine Wohnung zu verlassen, selbst jetzt, da sie leer ist. Und es tut weh, durch Hamburg zu fahren und sich zu verabschieden ... all die lieb gewonnenen Plätze, die Erinnerungen an Freunde, an Feste, an ... nein, Patricks Wohnung meide ich, obwohl mich interessieren würde, welches Auto davorsteht. Der weiße Mini, den ich vermute? Nein, diese Blöße gebe ich mir nicht.

Ich habe mit Hamburg abgeschlossen, der Umzugswagen ist schon unterwegs, ich jetzt auch.

Auf nach Stuttgart, zu neuen Aufgaben, zu neuen Herausforderungen, zu meiner Mutter, die meine Hilfe braucht. Zurück in die Stadt, in der ich aufgewachsen bin und in der ich seit vierundzwanzig Jahren kaum mehr war.

Ich spüre, wie meine Beklemmung wächst, als ich auf die Autobahn fahre und einen letzten Blick in den Rückspiegel werfe. Lass ich das jetzt wirklich alles hinter mir?

Ja. Ein Neuanfang liegt vor mir.

Mir wird flau im Magen, was wird die Zukunft bringen?

Nur Gutes, Katja, sage ich laut, bevor ich meine Lieblingsmusik aufdrehe.

Nur Gutes, und ich hoffe, dass ich mir glaube.

19. August Freitag

In Stuttgart bin ich aufgewachsen. Jetzt, nach all den Jahren zurückzukommen, ist ein seltsames Gefühl. Und nicht nur zu Besuch, sondern mit Sack und Pack. So ganz kann ich es selbst noch nicht glauben, ganz klein im Hinterkopf sitzt da die Stimme, die mir einflüstert, zwei, drei Tage, dann bist du wieder daheim in Hamburg.

Ich sehe die wohlbekannten Autobahnschilder, überall könnte ich im letzten Moment noch abbiegen, fliehen.

Aber es geht nicht nur um mich. Ich stehe in der Pflicht. In der Pflicht meines Gewissens gegenüber meiner Mutter. Sie braucht meine Hilfe. Dabei waren wir an Weihnachten noch alle bei ihr, und sie kam mir fit vor. Siebenundsiebzig Jahre, dachte ich vor acht Monaten, das kann noch lange gehen, bis wir uns Gedanken machen müssen. Weit gefehlt. Hat sie uns etwas vorgespielt, oder haben wir einfach in all dem Trubel nichts bemerkt? Mein Bruder mit seinen zwei kleinen Kindern, meine Schwägerin, die auch sonst herumwuselt wie von der Tarantel gestochen, und ich, die an Weihnachten am liebsten vor der Glotze hängt und alte Filme ansieht. War unsere Mutter da schon zerstreut, vergesslich, schusselig?

Egal, wie, die Ausfahrt Zuffenhausen kommt, und ich fahre von der A 81 ab. Jetzt ist es so weit, der Blick geht nur noch nach vorn. Müsste ich zuerst bei meiner Mutter vorbei? Ich werfe einen Blick auf mein Smartphone. Die letzte Nachricht besagt, dass die Möbelpacker bereits auf mich warten. Kaum zu glauben, denke ich und werfe unwillkürlich einen Blick auf meinen Tacho, die müssen ganz schön gebrettert sein.

Auf der anderen Seite gibt mir das einen Aufschub. Denn wenn ich ehrlich bin, schleppe ich lieber Kisten in meine neue Wohnung, als mich den Fragen meiner Mutter zu stellen. Vor allem, weil ich ihr alles schon mehrfach erklärt habe und ein ungeduldiger Mensch bin. Und weil ich einfach nicht verstehen kann, warum sie plötzlich schwer von Begriff ist. Sie war in unserer Familie stets die Schnelldenkerin, sie hat alles um uns herum organisiert, unser Vater wäre ohne sie völlig aufgeschmissen gewesen, er war überhaupt nicht alltagstauglich. Vielleicht ist es ganz gut, dass ich durch die körperliche Arbeit mit den Kisten zunächst einen klaren Kopf kriege, das hilft bestimmt.

Tatsächlich, in der engen und zugeparkten Straße steht der Lkw mit offener Verladerampe in der zweiten Reihe. Das Ausladen ist schon in vollem Gange. Ich sehe mich um. Wohin soll ich meinen Wagen parken? Schließlich stelle ich mich frech vor den Lkw, ebenfalls zweite Reihe. Es ist ja ein Einzug, denke ich. Quasi ein Notfall.

Dann gehe ich den schmalen Weg am Haus entlang und durch die sperrangelweit geöffnete Eingangstüre in den ersten Stock, mein neues Zuhause. Es ist eine Altbauwohnung und für meine Begriffe ziemlich heruntergekommen, aber ich war froh, so schnell überhaupt etwas gefunden zu haben. Mit dem Rest würde ich schon klarkommen, habe ich gedacht. Aber jetzt, bei Tageslicht, mit Blick auf die kahlen Wände und die Kartoninseln mitten im Raum kommen mir Zweifel.

Einer der kräftigen Männer kommt auf mich zu und fragt in gebrochenem Deutsch: »Wohin mit Möbel?«

Ich nicke und hole tief Luft.

»Ich muss mich kurz umschauen«, sage ich.

»Mann?«, fragt er, als ob ein Mann alle Probleme lösen könnte.

»Kein Mann«, antworte ich und ernte einen misstrauischen Blick.

»Kein Mann?«

»Kein Mann.«

»Hübsche Frau ohne Mann?«

Ich zucke die Achseln. Was soll ich auch sagen. Sein Blick gleitet schnell zu meiner Hand, und ich nehme an, dass er mein Weltbild sowieso nicht verstehen wird. Ich trage keinen Ehering. Er brummelt etwas und nickt dann in die Richtung des Sideboards, das er gerade mit seinem Kollegen heraufgeschleppt hat.

»Also wohin?«

»Dort«, entscheide ich schnell und deute zu der Wand unter dem breiten Fenster. Bei der Gelegenheit sehe ich, dass der Maler schlampig gearbeitet hat, die frische weiße Wand hat gelbe Striemen, so als ob noch die vorhergehende Farbe an der Rolle gewesen wäre.

»Und das Klavier nachher?«

Ich entscheide mich für das zweite Fenster.

»Schwer«, sagt er. »Alt?«

»Ja«, sage ich und weiß schon, worauf er abzielt. »Wenn es nachher heil hier steht, gibt es mehr Trinkgeld«, sage ich.

Sein Blick gibt mir zu verstehen, dass es unter seiner Würde ist, von einer Frau Geld anzunehmen.

Einstecken wird er es nachher trotzdem, da bin ich mir sicher. Ich bin froh, wenn die beiden Männer wieder weg sind, und gehe schnell durch meine neue Wohnung. Zwei Zimmer, davon eines sehr groß, das andere gerade ausreichend für Doppelbett und Schrank, dazu eine schmale Küche mit schmuddeligen Einbauschränken und ein Badezimmer aus dem letzten Jahrhundert mit alten Eisenrohren über dem Putz.

Ich denke kurz an meine helle, moderne Wohnung in Hamburg zurück, verbiete mir dann jeden weiteren Gedanken. Ab jetzt geht es nach vorn, nicht in die Vergangenheit.

Ich gebe mir einen Ruck.

Ich bin vierundvierzig und Single. Ja, was soll's, es hat wohl nicht sollen sein. Zudem hatte ich eine hervorragende Stellung in Hamburg, in der Zentrale von einer der großen deutschen Agenturen. Mein Glück ist, dass wir in mehreren deutschen Städten eine Niederlassung haben und sich mein Chef gleich mit Stuttgart in Verbindung gesetzt hat.

Erst vor ein paar Wochen rief mich meine ehemalige Schulfreundin Doris an: »Katja, hast du in letzter Zeit mal eure Mutter gesehen?«

»Ja, an Weihnachten war ich da. Warum?«

»Es geht ihr nicht gut. Ich habe sie zufällig in dem kleinen Supermarkt bei euch um die Ecke getroffen. Sie war ganz verwirrt, und ich habe sie nach Hause begleitet, Katja, bei mir haben alle Alarmsirenen geklingelt.«

Das taten sie bei mir dann auch, und ich habe sofort meinen Bruder angerufen, der in einem Stuttgarter Vorort wohnt. Boris sah keinen Grund, sie häufiger als alle drei Wochen zu besuchen. »Wenn ich dort bin, geht es ihr immer gut«, war seine Auskunft. »Sonst soll sie halt in ein Heim, ich habe genug anderes Zeug an der Backe.«

Ich buchte den nächsten Flug nach Stuttgart und kam mit Blumen und dem Lieblingskuchen meiner Mutter. Sie riss sich zusammen. Aber ich sah ihre Mimik, ihre Kleidung und die Wohnung, mein Elternhaus. Sie war immer penibel gewesen, mit allem. Jetzt schaffte sie es einfach nicht mehr hinterherzukommen. Der Anblick hinterließ einen tiefen Schock bei mir.

Ich wollte sofort meinen Bruder sehen, aber er hatte keine Zeit. »Busy«, sagte er. »Du verstehst.«

Im Taxi zurück zum Flughafen heulte ich. Der Taxifahrer beobachtete mich im Rückspiegel, hielt sich aber raus.

Und jetzt bin ich hier. Erst mal für immer.

20. August Samstag

Den Traum der ersten Nacht in einem neuen Heim soll man sich merken, heißt es immer. Das sei wichtig.

Ich habe von Wölfen geträumt. Nicht, dass ich Angst vor diesen Tieren hätte. Für mich sind es Wesen aus einer anderen Welt. Vielleicht wie meine Mutter jetzt. Der Unterschied ist nur, meine Mutter geht und die Wölfe kommen zurück, wie man ständig lesen kann.

Während ich in die Küche gehe, die Kaffeemaschine anschließe und in dem Karton mit der Aufschrift »Küche« nach Kaffeebohnen und Bechern suche, frage ich mich, was der Traum wohl bedeuten könne.

Wölfe. Weshalb träume ich von Wölfen?

Ich habe keine Milch. Funktioniert der Kühlschrank überhaupt? Doch. Immerhin. Aber keine Milch, dann nehme ich halt Zucker.

Im Schlafanzug und mit dem Becher in der Hand gehe ich langsam ins Wohnzimmer. Alle Möbel und Umzugskisten sind da, ich weiß nur nicht, wie aus diesem Chaos jemals ein wohnliches Etwas werden soll. In dem Moment, als ich mich in meinen knallroten Ledersessel sinken lassen will, klingelt es.

Zunächst zögere ich, denn ich bin noch nicht angezogen. Außerdem ist es noch früh, kurz nach sieben Uhr. Dann denke ich, was soll's, und suche nach dem elektrischen Türöffner, es ist aber nicht nötig, da es direkt an der Türe klopft. Durch die milchige Glasscheibe zeichnet sich ein diffuser Schatten ab.

Ich öffne, und mein Vermieter steht vor der Tür.

»Guten Morgen, Frau Klinger, ich wollte Sie nur kurz begrüßen und Ihnen bei der Gelegenheit gleich die Hausordnung geben, bei nur vier Parteien im Haus ist das wichtig, denke ich. Da steht auch drin, wie es sich mit der Absenkung der Heizung im Winter verhält, hat ja noch Zeit, aber trotzdem, mit dem Müll, mit der Kehrwoche, mit Lärm, also mit lauter Musik oder Kindern, aber die haben Sie ja nicht, Tiere auch nicht, gut so.« Er schenkt mir ein Lächeln und drückt mir ein eingeschweißtes Blatt in die Hand. »So bleibt es sauber«, sagt er noch, bevor er sich mit einem Gruß umdreht. »Ich muss jetzt zur Arbeit. Wenn was sein sollte …«, und damit geht er bereits die abgetretene Holztreppe hinunter.

Ich stelle fest, dass ich eine Gänsehaut habe. Sein fleischiges Babygesicht, überhaupt diese undefinierbare Figur bei einem Mann über fünfzig finde ich unheimlich. Ich schließe die Tür und trage das Blatt mit spitzen Fingern zu meinem Sessel zurück und lass es dort fallen. Ekelhaft, denke ich. Gestern der Strafzettel an meinem Auto, obwohl ich ein großes Blatt mit dem fett geschriebenen Hinweis »Umzug« unter den Scheibenwischer geklemmt hatte, und heute die Hausordnung.

Ich trinke meinen Kaffee, der ohne Milch absolut scheußlich schmeckt, und beschließe, zunächst alles liegen zu lassen und zu meiner Mutter zu fahren. Und unterwegs bei einem Bäcker zu frühstücken, irgendeinen Lichtblick braucht man schließlich am Morgen.

Mit einer Tüte Butterbrezeln und einem strahlenden Lächeln klingle ich bei meiner Mutter. Seitdem die Schlösser irgendwann neu ersetzt wurden, habe ich keinen Hausschlüssel mehr. Ich hoffe, dass sie mir einen gibt.

Und überhaupt hoffe ich, dass sie mir aufmacht.

Ich höre nichts, also klingele ich nach einer Weile noch einmal.

»Eine alte Frau ist doch kein D-Zug«, sagt jemand, und dann steht sie vor mir in der kraftvoll aufgerissenen Tür. Ich staune. Kann ich wieder abreisen?

»Hallo, Mutti«, sage ich, »ich habe Frühstück mitgebracht«, und ich halte die Tüte mit den Butterbrezeln hoch.

»Ein bisschen spät für ein Frühstück«, sagt sie. »Meinst du nicht?«

Damit dreht sie sich um und geht mir voraus. Gerade und trittsicher verschwindet sie in der Küche, die schon in meiner Kindheit mein Lieblingsort war. Von hier aus geht eine Terrassentür direkt in den Garten. Und auch jetzt führt mich mein erster Weg zu der Glastür. Ich drücke den altmodischen Türhebel nach unten, damit sie aufgeht.

»Die Eichhörnchen waren heute Morgen schon da«, höre ich die Stimme meiner Mutter in meinem Rücken, während ich die Tür öffne und frische Luft hereinlasse.

»Schön«, sage ich und drehe mich zu ihr um. »Schön, Mutti, das waren sie früher auch immer.«

»Früher seid ihr hier auf dem Bauch gelegen und habt sie mit Haselnüssen hereingelockt.«

Ich schau auf den schwarz-weiß gekachelten Küchenboden hinab und lächle. Die Bilder, die sich vor mir auftun, streicheln meine Seele.

»Wollen wir einen Kaffee trinken?«, frage ich, und sie nickt und zeigt zu der Kaffeekanne auf der Anrichte. Sie hat ihn immer von Hand aufgebrüht, und eigentlich, das muss man selbst als Besitzerin der tollsten und teuersten Kaffeemaschine zugeben, schmeckt er so auch am besten.

Ich lege meine Brezeltüte auf den weiß lackierten Tisch, an dem wir auch früher schon gefrühstückt haben, und spüle die Kaffeekanne aus. Sie ist blitzsauber. Heute Morgen hat sie jedenfalls noch keinen Kaffee getrunken. Ich lasse mir nichts anmerken, stelle Wasser auf, gebe Pulverkaffee direkt in die Kanne und warte ab.

»Du siehst gut aus«, sage ich und lächle ihr zu. Sie steht am Fenster, beide Hände nach hinten in den Sims gekrallt, als wollte sie sich festhalten. Wie zerbrechlich sie geworden ist. Und obwohl sie ein graues Kostüm mit einer cremefarbenen Schleifenbluse trägt und auf den ersten Blick aussieht wie früher, adrett, immer gepflegt, sehe ich auf den zweiten Blick die Flecken auf der Jacke. Und auf der Bluse.

Ich muss mich abwenden. Wie soll ich vorgehen, frage ich mich und fühle mich für einen Moment überfordert von dem, was auf mich zukommt.

»Du musst Kaffee in die Kanne tun«, sagt sie. »Oben im Schrank. Wie immer.«

»Danke, Mutti«, sage ich, »habe ich schon. Setz dich doch, es ist gleich so weit.«

Ich nehme zwei Tassen und Teller aus dem Schrank, verteile die Butterbrezeln, warte, bis das Wasser kocht, und fülle die Kaffeekanne dann langsam und in mehreren Intervallen, damit sich der gemahlene Bohnenkaffee auf dem Kannenboden mit Wasser sättigt, ohne aufgewirbelt zu werden. Meine Mutter beobachtet mich mit Argusaugen. »Mache ich's richtig?«, frage ich scherzhaft. Sie nickt. Ich öffne den Kühlschrank, um Milch zu holen, und klappe ihn gleich wieder zu. Gähnende Leere.

Wovon lebt sie?

»Hast du noch irgendwo Milch?«, frage ich. Sie zuckt mit den Schultern.

Leerer Kühlschrank, denke ich, sie muss sich doch von irgendwas ernähren. Und mein nächster Gedanke: Schon wieder Kaffee ohne Milch!

»Ich gehe nachher einkaufen«, sage ich. »Oder besser noch, wir gehen gemeinsam, dann weiß ich, was du brauchst. Und was dir schmeckt.«

Sie sieht mich an, und am Ausdruck ihrer Augen erkenne ich, dass etwas nicht stimmt. Diese Augen sind leer. Sie sieht durch mich hindurch. Aber gerade war sie doch noch so fit?

»Mutti?«, versuche ich, sie in die Gegenwart zurückzuholen.

»Mutti?« Und ich fasse nach ihrer Hand. Sie ist feingliedrig und kalt. Die Fingernägel sind zu lang. Es sieht aus, als wäre ihr der schmale, goldene Ehering, den sie noch immer trägt, zu groß geworden. »Mama!«, bricht es aus mir heraus, und es hätte nicht viel gefehlt und ich hätte losgeheult.

...

Wenn es einem schlecht geht, braucht man eine Freundin. Eine echte Freundin, eine, die einen schon lange kennt und ohne große Worte versteht, was zu tun ist.

Ich fahre direkt zu Doris.

Sie war es, die mich über den Zustand meiner Mutter informiert hat. Ihre Warnung ist der Grund, weshalb ich jetzt hier bin. Doris kennt meine Mutter, seitdem wir uns im Gymnasium, erste Klasse, angefreundet haben. Das ist jetzt gut vierunddreißig Jahre her.

Doris ist in Stuttgart geblieben. Wir waren damals, bis zum Abitur, eine Clique, die sich dann in alle Winde verstreut hat. Bis auf Doris. Sie hat einen anderen Weg gewählt und unterstützte ihre Eltern in deren Feinkostgeschäft. Dann heiratete sie, bekam zwei Kinder, und das Feinkostgeschäft wurde verkauft, als sie die Nachfolge antreten sollte. Die alleinige Verantwortung war ihr zu viel, zumal mit zwei Kindern und einem Mann, der in einer völlig anderen Branche tätig ist. Inzwischen hat sie sich nach der Kinderzeit wieder etwas aufgebaut, ein Café, das anders ist als andere Cafés.

»Weißt du«, erzählte sie mir vor vier Jahren bei einem unserer Weihnachtstreffen: »Ich stelle mir einen Platz vor, an dem jemand auch einfach mal sitzen bleibt, weil er ein spannendes Buch liest. Oder vielleicht selbst an einem Buch schreibt – so ein bisschen wie ein Wiener Café, keiner wird zum ständigen Konsum genötigt, alle sollen sich wohlfühlen.«

»Aber der Umsatz, wenn einer vier Stunden lang an einem kalten Kaffee hängt?«

»Wenn er glücklich ist ...?«

Das ist halt Doris. Ich bin durch meine Arbeit nicht nur auf Kreativität programmiert, sondern auch auf Erfolg, und damit auf Umsatz. Ohne Umsatz kann kein Laden laufen, das ist klar. Aber Doris? Ein halbes Jahr später schickte sie mir Fotos von den Räumen, die sie gefunden hatte und zu dem Café ihrer Vorstellung umgestalten wollte. Sie war voller Tatendrang. Und natürlich war sie vom Gelingen überzeugt, Doris war Optimistin. Immer schon. Sie schwamm grundsätzlich in einem Universum der Glückseligkeit.

Dachte ich.

Bis ich heraushörte, dass ihre Ehe nicht wirklich glückselig war. Eher anstrengend. Sie legte sich krumm, und er war ignorant. Vielleicht wollte sie deshalb gern Menschen um sich haben, die ihre Anstrengung zu würdigen wussten? Ihr liebevoll gestaltetes Ambiente, die kleinen Hingucker, die sie drapierte, die Speisen, die sie zubereitete, die Kuchen und Snacks, die wechselnden Gerichte, die sie anbot?

Jedenfalls ist Doris in diesem Moment meine Zuflucht, und ich fahre, nachdem ich für meine Mutter eingekauft und sie zum Mittagsschläfchen an ihr Bett begleitet habe, schnurstracks zu ihr.

Das Café liegt in einer schmalen Straße, Stuttgart Mitte, an sich eine gute Adresse, allerdings handelt es sich um eine Sackgasse, und es gibt keine Parkplätze, es sei denn, man ergattert einen entlang der Straße. Ich mag nicht schon wieder einen Strafzettel kassieren, und gerade, als ich wenden und mich in einer anderen Straße umsehen will, parkt jemand aus. Ich betrachte das als gutes Omen.

Das Café ist gelungen, das muss ich zugeben. Schon vor dem Eingang steht ein frisch gebackener Kuchen auf einem kleinen Tisch, einfach so, als könnte sich jeder ein Stück davon mitnehmen. Und drinnen hat sie gemütliche Tischinseln geschaffen, jede anders zurechtgemacht, dazu Regale voller Weinflaschen, bunte Kacheln an den Wänden, Tassen und Teller in unterschiedlichem, liebevollem Dekor – alles ein bisschen Oma und trotzdem hipp. Vintage, denke ich, das spricht an. Und hinter einem großen, bunten Tresen steht sie selbst und bereitet gerade etwas vor. Ich zähle fünf Gäste, nicht gerade viel.

»Katja!« Sie kommt hinter ihrem Tresen vor, und wir umarmen uns. »Na?«, sagt sie, und in diesem »Na?« liegt alles.

»Tja!«, antworte ich, und sie weiß, was ich meine.

»Setz dich erst mal. Magst du einen Cappuccino oder lieber gleich einen Wein?«

»Am besten einen Schnaps, einen Doppelten. Oder dreifachen.«

Sie sieht mich an, und wir lachen beide, ein wissendes Lachen, das Lachen zweier alter Freundinnen.

»Du siehst gut aus«, sage ich, und es ist kein Schmus, es stimmt. Sie sieht lebensfroh aus, ihre kurzen schwarzen Haare, das gebräunte Gesicht, die strahlenden Augen, ganz offensichtlich eine Frau, der es gut geht.

»Und du siehst gedrückt aus«, gibt sie mir zur Antwort. Das stimmt auch.

»Es ist eine neue Situation«, sage ich. »Wir haben die Rollen getauscht, meine Mutter und ich.«

Sie nickt nur. »Ja, das tut weh. Ich bin auch erschrocken, als ich sie beim Einkaufen gesehen habe. Und ich war ein paarmal bei ihr, aber sie wollte keine Hilfe annehmen. Nicht von mir. Sie hat sich zusammengerissen, soweit sie es noch kann. Aber ich glaube, das sind nur Momente. Das gelingt ihr nicht immer. Manchmal hat sie mir gar nicht aufgemacht. Das war dann noch beängstigender.«

»Mich beängstigt die Treppe in den ersten Stock, da oben hat sie doch ihr Schlafzimmer, das Badezimmer. Was ist, wenn sie stürzt? Hinunterfällt? Außerdem habe ich Angst, dass sie vielleicht etwas auf dem Herd stehen lässt und vergisst.«

»Ach, Katja!«

Wieder liegen wir uns in den Armen.

»Es ist gut, dass du jetzt da bist.«

Dass mein Bruder eigentlich ja in der Nähe wäre, denken wir in diesem Moment wohl beide, sprechen es aber nicht aus.

Ich nicke nur. »Mal sehen, was kommt.«

»Zahlen, bitte«, schreckt uns eine männliche Stimme von der anderen Seite des Raumes auf.

»Geh schnell, das ist wichtig«, flüstere ich Doris zu, sie grinst nur.

»Ich komme«, sagt sie laut und leise zu mir, »setz dich dort hinten ans Fenster. Heiko kommt auch gleich.«

»Heiko? Unser Heiko?«

»Ja. Toller Zufall. Er hat vorhin angerufen und freut sich, dich zu sehen.«

Ich freue mich auch. Sieben waren wir damals in unserer Abi-Clique. Dass Heiko in Stuttgart ist, habe ich nicht gewusst. Umso schöner. Und umso schöner, dass er jetzt kommt.

Zwischen meinen alten Freunden geht es mir gleich besser. Die letzten Gäste sind gerade gegangen, als Heiko hereinkommt. Groß und gut aussehend erinnert er mich sofort daran, dass ich früher immer ein bisschen in ihn verliebt war. Wir umarmen uns herzlich zur Begrüßung, dann stellt Doris drei Gläser Weißwein auf den Tisch und setzt sich zu uns. »So wirst du nicht reich werden«, bemerkt Heiko.

Sie lacht. »Das Reichwerden überlasse ich anderen, ich möchte es genießen können.«

Das muss man sich leisten können, denke ich, aber vielleicht fallen solche Experimente etwas leichter, wenn man gut verheiratet ist.

»Du bist in Stuttgart«, frage ich Heiko, »ich dachte, du arbeitest in Bonn, Informatik und so?«

»Scheidung«, sagt er knapp. »Ich brauchte einen Tapetenwechsel. Zurück ins Nest, wenn du so willst.«

»Wie?«, frage ich erstaunt. »Zurück zu deinen Eltern?«

Er schüttelt lachend den Kopf. »Nein«, sagt er, »das sicherlich nicht. Aber hier bin ich aufgewachsen, hier kenne ich mich aus, hier ist meine Heimat – hört sich jetzt vielleicht etwas spießig an, aber hier fühle ich mich wohl.«

»Und was machst du jetzt?«

»Alles auf Anfang. Coaching. Seit einem halben Jahr. Läuft ganz gut an.«

Wen und was?, liegt mir auf der Zunge, aber ich will nicht gleich so neugierig sein. Im Moment ist es einfach großartig, dass wir hier zusammensitzen.

»Und du?«, will er dann doch wissen. Also hat ihm Doris noch nichts erzählt?

»Meine Mutter … ich befürchte, sie wird dement.« Ich überlege kurz. »Oder ist es schon.«

»Was? Wir waren doch so oft bei euch, es war immer so cool – sie war immer locker …«, und sofort sind wir drei in der Vergangenheit. Bei den vielen gemeinsamen Stunden, den Lehrern, den Streichen, bei unseren Ideen, Interessen, Liebeleien.

Früher halt.

Die zwei Stunden mit Doris und Heiko haben mich wieder aufgerichtet. Und der spielerische, leichte Umgang untereinander hat mir gutgetan. Das denke ich, während ich meinen Wagen aus der engen Parklücke ausparke, was mir nicht schwerfällt, weil mein kleiner Audi extrem wendig ist. Er passt zu mir, finde ich in diesem Moment, in Zukunft muss auch ich wendig sein. Vor allem mit meinen Entscheidungen. Wie beispielsweise jetzt. Fahre ich noch einmal zu meiner Mutter? Mein Bauch sagt Ja, mein Kopf sagt Nein, denn bisher bin ich ja auch nicht zwei Mal am Tag bei ihr gewesen. Genau genommen, nur zwei Mal im Jahr. Und in meinem neuen Heim in der Heusteigstraße wartet eine Menge Arbeit auf mich.

Ich schau auf die Uhr. 17 Uhr, ein sonniger Tag, 20. August.

Immerhin, ich komme nicht in Stress, weil ich noch Resturlaub hatte. Es bleibt genügend Zeit, um mich auf alles einzustellen, bevor ich dann am 1. September meine neue Arbeitsstelle antrete. Gut, es ist im Prinzip die gleiche Agentur – wenn auch nicht mehr der Hauptsitz, sondern eine der später ins Leben gerufenen Ableger. Also wird sicherlich vieles neu sein. Ich horche in mich hinein. Bin ich eher neugierig oder ängstlich? Aufbruchsstimmung oder flaues Gefühl? Gar nichts, stelle ich fest. Ich weiß, was ich kann, das wird ja wohl genügen.

Ich fahre durch die Innenstadt, und da fällt mir auf, dass ich ziemlich allein unterwegs bin. Sind das die verbotenen Straßen? Feinstaub?

Ich fahre keinen Diesel, aber ich merke, dass ich mich erst wieder auf meine Heimatstadt einstellen muss. Es hat sich doch ganz schön was verändert.

In meiner Straße habe ich Glück, gerade parkt ein SUV aus, nicht weit von meiner Wohnung entfernt. Heute scheint mein Glückstag zu sein, denke ich, während ich mir die beiden Einkaufstüten schnappe, die ich während der Einkaufstour für meine Mutter und für mich selbst gefüllt habe. Gut gelaunt gehe ich auf unser Gartentor zu. Jetzt werde ich mich erst mal genau umsehen. Der geteerte Fußweg führt direkt am Haus entlang und um die Hausecke herum zum rückwärtig liegenden Eingang. Der Garten, der dazugehört, ist nicht besonders groß und wird auf der einen Seite zum Fußweg hin durch ein schmales Staudenbeet abgegrenzt, auf der anderen Seite durch den Maschendrahtzaun des Nachbarn. Mittendrin steht ein dünner Apfelbaum, der so allein doch reichlich verloren wirkt. Ich denke an ein paar gemütliche Gartenmöbel, vielleicht eine hübsche Holzbank mit einem schönen Tisch? Für meinen Geschmack sieht alles etwas kahl aus. Lieblos.

Ich bin gerade die drei Steinstufen zur Haustüre hochgegangen, habe meine Einkaufstüten abgestellt und krame in meiner

Handtasche nach meinem Schlüssel, da höre ich ein komisches Geräusch hinter mir: »Tack, tack, tack …« Als ich mich danach umdrehe, kommt eine grauhaarige Frau um die Ecke gebogen, zwei Nordic-Walking-Stöcke schwingend. Kaum, dass sie mich sieht, bleibt sie abrupt stehen, um sich gleich darauf langsam zu nähern. Ich zögere einen Moment, dann gehe ich ihr entgegen, um mich vorzustellen.

»Ach ja«, sagt sie, »ich habe schon gehört, dass eine alleinstehende Frau einziehen soll, das sind nun also Sie.«

»Ja«, bestätige ich und strecke ihr die Hand hin, aber sie verweist auf ihre Stöcke. »Mein Name ist Gassmann, Fräulein Gassmann«, sagt sie. »Ich wohne über Ihnen – und ich bin eine leise Mieterin.«

Sie sagt es so, dass ich gleich weiß, worauf sie hinauswill. Ich mustere sie. Mit ihrer weißen Dauerwelle, den eingefallenen Gesichtszügen und der hageren Gestalt sieht sie aus wie aus einem anderen Zeitalter. Warum auch immer, mir fällt sofort Père Goriot von Balzac ein. Hieß sie Vauquer, die Frau, die Anfang des 19. Jahrhunderts die gutbürgerliche Pension in Paris führte? Ich weiß es nicht mehr genau, aber so hatte ich mir die Dame damals beim Lesen vorgestellt. Ältlich, jüngferlich, aus der Zeit gefallen.

Nur die Stöcke passen nicht dazu, und mit dem einen zeigt sie nun nach oben zum Dachgeschoss. »Dort wohnt Lisa Landwehr, sie ist noch jung.«

Irgendwie weiß ich nicht so genau, was sich Frau Gassmann unter »jung« vorstellt. Sie selbst schätze ich auf Mitte siebzig.

»Studiert sie?«, frage ich deshalb.

»Nein, nein, sie geht einer geordneten Arbeit nach, verlässt morgens pünktlich das Haus und kommt abends zurück.«

Sie sieht mich so an, dass ich genau weiß, was sie wissen will. Ich drehe den Spieß um. »Oh«, sage ich, »und welchen Beruf haben Sie?«

»Hatten, hatten«, korrigiert sie mich. »Deutschlehrerin am Gymnasium, Oberstudienrätin, aber es ist bereits eine Weile her.« Sie zögert. »Ich bin pensioniert.«

»Das ist doch prima«, sage ich spontan, »Beamtenlaufbahn, Lehrerpension und dann noch so fit, besser geht es doch wohl nicht …«

Sie geht nicht darauf ein. »Also«, sagt sie stattdessen bestimmt, »wir sind eine sehr disziplinierte Hausgemeinschaft, darauf legt Herr Petroschka sehr viel Wert.«

Ich nicke. »Der Name … stammt er ursprünglich aus Russland?«

»Er ist ein anständiger Mensch. Vielleicht verwechseln Sie das mit *Petruschka* von Igor Strawinsky?«

Okay, denke ich, von mir aus. »Sie wohnen wohl schon lange hier?«

»Ausreichend lange.«

»Und gestatten Sie mir die Frage, warum es hier auf der Wiese keine Gartenmöbel gibt? Mag sich denn niemand ins Freie setzen?«

»Was sollte man da tun?«

»Den Tag genießen?«

Sie wirft mir aus wässrig blauen Augen einen derart vernichtenden Blick zu, dass ich kapituliere. Ich muss die Umgestaltung des Vorgartens schließlich auch nicht mit ihr ausmachen, sondern mit dem Hausbesitzer.

»Na, denn«, sage ich, »schön, Sie kennengelernt zu haben.« Damit gehe ich die drei Steinstufen wieder hoch, schließe auf und halte ihr die hölzerne Haustüre auf.

Sie bedankt sich und klackert mit ihren Stöcken an mir vorbei.

In meiner Wohnung lasse ich mich mitten im Chaos auf meinen roten Sessel fallen. Als ich meiner Mutter im Mai erklärt hatte, dass ich nach Stuttgart kommen würde, hat sie sich sofort gefreut und gedacht, ich würde wieder zurückziehen, in mein Elternhaus. Zu ihr. Das habe ich aber nicht fertiggebracht. Das wäre mir zu nah an allem dran gewesen.

Klar habe ich bei unseren Zusammenkünften an Weihnachten oder Muttis Geburtstag in meinem alten Zimmer geschlafen. Und ich habe es auch immer genossen, dass meine Eltern nach unseren Auszügen nichts umgeräumt haben. Mussten sie auch nicht, denn das Haus ist ja groß genug. Zudem fand das Leben bei uns sowieso meist in der geräumigen Küche statt, die direkt zum Garten führt. Außerdem gibt es in unsrem Haus noch ein Wohnzimmer, durch die Jahre reichlich abgenutzt, und ein Herrenzimmer, weil es bei dem damaligen Bauherrn, einem Fabrikanten, so Mode war.

Mein Vater kaufte das Haus von einer Witwe, der es mit den vielen Zimmern zu groß geworden war. Wir sind hier aufgewachsen, und ich liebe die alte Villa mit dem verwilderten Garten, mit der Schaukel am starken Ast unseres Nussbaums, mit den frechen Eichhörnchen, die bis fast in unsere Küche spazieren, mit den Brombeerhecken, die die Grenze zum Nachbargrundstück bilden. Aber darin mit meiner Mutter zu leben, gemeinsam, das erschien mir doch zu nah. Zu verfügbar. Zu sehr Mutter-Kind.

Ich sehe mich um. Eigentlich bräuchte ich jetzt den Elan, die Kisten aufzumachen und zumindest mal die Küche einzurichten. Aber ich sitze wie ein nasser Sack im Sessel und kann mich nicht rühren. Ich bin nicht müde, ich fühle mich nicht krank, nur einfach antriebslos.

Oje, denke ich. Über dir Fräulein Gassmann, darüber eine arbeitsame junge Frau, unter dir der Vermieter, der, wenn er so ist, wie er aussieht, auch nicht gerade ein Lichtblick ist. Alles, was ich nun auspacke, muss ich wieder einpacken, sollte ich es hier nicht aushalten. Also bleibe ich sitzen.

Aber irgendwann weicht dann doch die Starre von mir, und

ich gehe ins Bad. Das Wetter ist zu schön. Ich werde mich jetzt genüsslich duschen, mir eines meiner lockeren Strandkleider anziehen, einen Stuhl nehmen, ein Buch und ein Glas Wein und mich hinaus zu dem armseligen Bäumchen setzen. Das wäre doch gelacht, schließlich zahle ich Miete – und das nicht zu knapp.

Der Plan bringt mich auf Touren. Doch unter der Dusche erstarren meine Lebensgeister – sie wird nicht warm. Warum das so ist, erschließt sich mir nicht. Die Rohre sind alt, okay, aber daran kann es nicht liegen. Was ist mit dem unförmigen Kasten, der platzheischend über der Badewanne hängt? Könnte der damit zu tun haben? Dunkel erinnere ich mich, dass wir in meiner Kindheit auch so ein Ding im Badezimmer hatten, einen »Durchlauferhitzer«, wie meine Mutter ihn stolz nannte. Der löste damals den Boiler ab, der nur für eine einzige Badewannenfüllung warmes Wasser liefern konnte. Wollte ich mir zusätzlich meine langen Haare waschen, musste ich die Zähne zusammenbeißen: Es kam nur noch kaltes Wasser.

An all das denke ich, während ich versuche, dem kalten Wasserstrahl der Dusche auszuweichen. Gestern Abend hatte ich doch noch warm geduscht? War das zu viel? Zu lang? Zu ausgiebig? Hat Petroschka die Warmwasserzufuhr in meine Wohnung gekillt?

Quatsch, spinn nicht, sage ich mir, kann er ja gar nicht. Trotzdem kommt mir das alles langsam ein bisschen psycho vor. Also drehe ich den Hahn wieder zu und suche in den Kisten nach meinem Bademantel. Als ich ihn in der dritten Kiste noch immer nicht finde, leere ich sie wutentbrannt auf meinem Bett aus. Klar, dass er nicht drin ist, dafür ein schwarzer, seidener Morgenmantel aus Korea mit goldenen Kung-Fu-Zeichen. Den hatte ich mir vor Jahren auf einer Reise gekauft und komischerweise bisher nie aussortiert.

Egal.

Es gibt zwar Wohnungsknappheit in Stuttgart, aber alles muss man sich ja nicht bieten lassen. Ich schlüpfe hinein und stürme barfüßig im Treppenhaus eine Etage hinab. Dann klingele ich bei Herrn Petroschka.

Ist er überhaupt schon da?

Ich höre ein leises Schlurfen, wahrscheinlich nähert er sich in Hauspantoffeln der Türe, denke ich und versteife. Ich höre, wie ein Riegel zurückgeschoben wird, eine Kette, der Schlüssel wird im Schloss gedreht, und dann steht er vor mir. In Unterhemd und dunkelgrauer Jogginghose.

»Frau Klinger«, sagt er erstaunt, »was führt Sie zu mir?«

Sex, liegt mir auf der Zunge, aber diesen Sarkasmus hätte er womöglich nicht verstanden. Also antworte ich wahrheitsgemäß: »Ich möchte Sie nicht stören, aber ich habe nur noch kaltes Wasser in der Dusche.«

Es hätte mich nicht gewundert, wenn er mich nun darüber aufgeklärt hätte, dass man um diese Uhrzeit eben nicht warm zu duschen hätte, aber er sieht mich nachdenklich an.

»Dann fehlt Wasser«, sagt er.

»Nein«, widerspreche ich, meinen Seidenmantel über der Brust zuhaltend, »es fehlt Wärme. Das Wasser kommt.«

»Es fehlt Wasser in der Therme«, insistiert er.

»Und was heißt das?«, will ich wissen.

»Das ist kein Problem«, sagt er, »das kann man leicht nachfüllen. Über einen Schlauch. Der liegt auch griffbereit auf Ihrer Therme.«

»Ich verstehe nur Bahnhof«, sage ich wahrheitsgemäß. »Was für ein Schlauch?«

»Vielleicht sollte ich Ihnen das … zeigen?« Er sieht mich aus seinem Babyface-Gesicht so treuherzig an, dass ich fast »nein« gesagt hätte. Aber im letzten Moment besinne ich mich.

»Ja, wenn Sie gerade Zeit haben?«

Minuten später bahnt er sich einen Weg durch das Chaos in meiner Wohnung, nickt mit einem kurzen Brummen in Richtung Klavier und geht mir dann ins Badezimmer voraus. Mit einem Blick auf das Monstrum über meiner Badewanne deutet er auf eine Anzeige. »Hat kein Druck mehr, der Zeiger ist fast bei null, sehen Sie? Da brennt normalerweise eine Flamme«, und er pocht entschieden auf ein Guckloch im blechernen Kasten. »Keine Flamme, kein Wasser, keine Wärme. So einfach ist das.«

»Aha. Und jetzt?«

Er deutet auf den Badewannenrand und gleich darauf auf den Kasten. »Steigen Sie da mal hoch. Dort oben müsste ein Schlauch liegen.«

Zwei Dinge schießen mir gleichzeitig durch den Kopf:

a) die meisten Unfälle passieren im Haushalt.

b) was, wenn er dich betatscht? Immerhin turne ich da vor seinen Augen im seidenen Morgenmantel herum. Also mit – fast – nichts.

Aber offensichtlich macht er sich keine Gedanken, also steige ich barfüßig auf den Badewannenrand und entdecke einen zusammengerollten Gummischlauch auf dem Kasten.

»Der hier?«, frage ich und reiche ihn herunter.

»Na also«, sagt mein Vermieter schwer atmend. »Und nun passen Sie auf. Hier den Duschschlauch abschrauben und dieses Teil ran, sehen Sie? Und dieses andere Teil muss hier an die Vorrichtung. Dann Wasser Marsch und den Hebel umlegen, damit das Wasser in den Vorlauferhitzer kann. Und im Betrieb natürlich den Hauptschalter auf ECO und den Temperaturregler für den Heizungsverlauf mindestens auf 1 drehen.«

Während ich neben ihm stehe, montiert er den Schlauch, legt einen roten Hebel um und dreht den Wasserhahn mit Schwung auf. Im gleichen Moment reißt sich der Schlauch oben aus der Verankerung und zischt wie eine wild gewordene Schlange Wasser speiend in der Luft herum. Bevor wir uns versehen, sind wir beide klatschnass und das restliche Bad auch. Endlich dreht er das Wasser ab.

»Oh!«, sagt er betroffen und sieht mit seinen wenigen, nun nassen Haaren und dem rot angelaufenen Gesicht bei aller Dramatik einfach nur komisch aus.

»Ja, oh«, sage ich und sehe an mir herunter. Der nasse Seidenmantel klebt wie ein Bodypaint an meiner Haut.

»Da hält die Klammer den Schlauch wohl nicht mehr so richtig«, stellt er fest und zieht den abgegangenen Schlauch prüfend zu sich her.

»Scheint so«, sage ich. Und dann muss ich lachen. Ich kann nichts dafür, es kommt einfach über mich. Und es hilft auch nichts, dass mich mein Vermieter betreten ansieht, es schüttelt mich. Schließlich sitze ich vor Lachen auf dem Badewannenrand, und er steht vor mir, noch immer das eine Ende des roten Gummischlauchs in der Hand.

»Entschuldigen Sie«, stammle ich, »es ist einfach zu komisch.«

»Komisch?«, er scheint die Welt nicht mehr zu verstehen. »Was meinen Sie jetzt? Mich oder den Schlauch?«

Beides, liegt mir auf der Zunge, und ich muss mich beherrschen, um nicht schon wieder loszuprusten. »Finden Sie das nicht komisch?«, will ich wissen.

»Eher ärgerlich«, sagt er. »Wir beide sind nass, das Badezimmer ist nass, und ich muss Handwerkszeug holen.«

»Ich«, ich schüttle den Kopf, »ich finde es urkomisch.«

Er antwortet nicht darauf, sondern geht schnurstracks zur Wohnungstür, sodass ich Mühe habe, ihm hinterherzukommen.

Doch in dem Moment, als wir beide in der Tür stehen, kommt vom oberen Stockwerk Frau Oberstudienrätin a. D. die Treppen herunter. Als sie uns sieht, bleibt sie stocksteif stehen.

»Guten Abend, Fräulein Gassmann«, sagt mein Vermieter in klatschnasser Jogginghose und triefendem Unterhemd förmlich und wartet höflich, bis sie an uns vorbeigegangen ist.

Später am Abend mache ich mir eine Flasche Rotwein auf, setze mich in meinen roten Sessel und starre eine Weile auf mein Klavier. Die schweren Möbel sind der einzige Fixpunkt in dieser Wohnung. Und nach einer Weile, als es langsam dunkel wird und ich die einzige Glühbirne nicht einschalten möchte, erscheint es mir, als wäre alles im Fluss, meine Wohnung wie ein Universum, in dem alles in Bewegung ist. Nichts gibt mir Halt, alles verschwimmt.

Du spinnst, sage ich mir. Alles ist gut, alles wird gut. Nach einer Weile gehe ich dorthin, wo ich mich schon seit meiner Kindheit geborgen gefühlt habe, an mein Klavier. Meine Mutter sagte früher immer, man höre an meinem Spiel, ob es mir gut oder schlecht ginge. Und es stimmt. Mein Klavier war schon immer mein Freund. Ich habe zwar viele Jahre klassischen Unterricht gehabt, Brahms, Beethoven, Schumann, manches besser, vieles schlechter, aber immerhin. Am liebsten habe ich allerdings improvisiert. Es war wie ein Geschenk, wenn sich alles ineinanderfügte und eine Melodie entstand, die mich mitnahm. Manchmal konnte ich sie mir merken. Meistens nicht. Dann entstand etwas Neues. Mein Klavier drückte für mich aus, was ich sagen wollte. Ganz ohne Worte.

Ich streiche mit dem Zeigefinger über die Tasten, ohne ihnen einen Ton zu entlocken. So, wie man einen alten Freund begrüßt, den man in sein Herz geschlossen hat. Warm, liebevoll.

Als ich nach meinem Studium nach Hamburg gezogen bin, zu meiner ersten Arbeitsstelle, durfte ich das Klavier mitnehmen. Jahrelang zeugte eine leichte Verfärbung der Tapete von dem Platz, wo es einst in meinem Elternhaus gestanden hatte. Bis mein Vater dann eines Tages den Maler kommen ließ, der die alte Blümchentapete herunterriss und durch eine Raufasertapete ersetzte. Das war eine der letzten Handlungen meines Vaters, bevor er starb. Mit fünfundsiebzig an einem Herzinfarkt, kaum, dass er seine Rente genießen konnte.

Der Tod. Schon gleiten meine Finger über die Tasten. Eric Clapton – *Tears in Heaven*. Eine der Balladen, bei denen ich dann auch gleich heule, zumal, wenn ich mir den Hintergrund des Liedes vorstelle, den Unfalltod seines vierjährigen Sohnes. Ich spiele ohne Licht in die Dunkelheit hinein. Und weil ich nun schon mal in der Stimmung bin, auch gleich *Knockin' on Heavens Door* von Bob Dylan. Und dann *I'll be missing you,* und schließlich gleiten meine Finger wie von selbst über die Tasten. Ich habe mich schon fast in Trance gespielt, da klingelt es an meiner Tür.

Jäh erwache ich und drehe mich auf meinem Hocker um. Wer könnte mich um diese Uhrzeit besuchen? Es weiß schließlich niemand, wo ich wohne. Außer Doris und Heiko.

Doris vielleicht?

Der Gedanke macht mich froh, und ich taste mich durch die Dunkelheit zur Tür.

Draußen steht Herr Petroschka.

»Wollen Sie sich für die Arbeit an meinem Wasserboiler auf ein Gläschen einladen lassen?«, frage ich ihn lächelnd, in die grelle Helligkeit des Ganges blinzelnd.

»Nein«, sagt er, »Fräulein Gassmann hat mich angerufen und auf die Uhrzeit hingewiesen. Wegen Lärmbelästigung, sagt sie.«

»Hmm«, sage ich. »Und was sagen Sie?«

»Man hört es schon recht gut«, sagt er und fügt dann langsam hinzu. »Aber an sich mag ich Klaviermusik. Besonders klassisch.«

»Laut heißt, dass die Stockwerke nicht gut gedämmt sind«, antworte ich, »in meinem Hamburger Appartement fühlte sich nie jemand gestört.«

»Es ist ein Altbau«, er zuckt die Achseln. »Ich habe das Haus geerbt, nicht gebaut.«

»Gut«, sage ich und seufze. »Ich habe nicht auf die Uhr gesehen. Dann … gute Nacht.«

Er nickt mir zu, und ich schließe schnell die Tür.

Hier werde ich nicht glücklich, befürchte ich. Dann gehe ich jetzt halt ins Bett. Morgen muss ich mich um meine Lampen kümmern. Und überhaupt. Mal ausräumen, aufräumen.

Oder gleich wieder ausziehen.

Um nicht direkt dem Trübsinn zu verfallen, suche ich mit dem Licht meines Smartphones mein Weinglas und nehme auch mein Tablet mit ins Schlafzimmer. Ich ziehe mich schnell um und kuschle mich ins Bett. Nachrichten wären jetzt nicht schlecht. Aber dazu bräuchte ich ein Netz, und WLAN habe ich noch nicht.

»Oh, Mama«, sage ich laut, »was tust du mir da an? Hättest du nicht einfach bis hundert fit und fröhlich bleiben können?«

21. August Sonntag

Wenn einen nichts Schönes erwartet, fällt das Aufstehen schwer. Also liege ich im Bett und versuche, mir etwas Schönes vorzustellen.

Ich mache mir jetzt einen Kaffee, das ist doch schon mal schön. Außerdem habe ich gestern Brot, Butter und Honig gekauft, das ist doch auch was. Draußen scheint die Sonne, auch positiv. Und ich könnte doch die kleine Eisen-Garnitur, die ich in Hamburg auf meinem schmalen Balkon stehen hatte, einfach unter den Apfelbaum stellen, dagegen kann schließlich niemand was haben, und dort frühstücken. Danach fahre ich zu meiner Mutter, und dann sieht die Welt bestimmt schon ganz anders aus.

Ich merke, dass ich mich ganz gut selbst motivieren kann. Hoffentlich gelingt mir das bei meiner neuen Arbeitsstelle mit meinen neuen Mitarbeitern dann auch so gut. Daran mag ich eigentlich noch gar nicht denken, ich habe noch zehn Tage Zeit.

Ich dusche, hurra, warmes Wasser, schlüpfe in Jeans und T-Shirt und suche nach den beiden eisernen Klappstühlen und dem Klapptisch. Beide stehen im Wohnzimmer an die weiße Wand gelehnt, von übereinandergestapelten Umzugskartons verdeckt.

Aber meine Lebensgeister sind wieder da. Heute fange ich an. Das Wichtigste zuerst. Vor allem die Lampen. Und die Fernseher müssen angeschlossen werden. Und ich brauche WLAN. Auspacken hat dann Zeit.

Nach und nach trage ich den weißen Tisch und die beiden Stühle hinunter. So hell, wie sie sind, sehen sie unter dem Bäumchen sogar recht schön aus. Dann packe ich mein Frühstück auf ein Tablett, klemme mir mein Tablet unter den Arm, um mein *Hamburger Abendblatt* lesen zu können, und trage alles in den Garten. Das Gras fühlt sich unter meinen Füßen frisch und sogar noch feucht an, obwohl es bereits neun Uhr ist.

Fast bin ich mit der Welt wieder versöhnt. Das Haus sieht, mit wohlwollenden Augen betrachtet, beinahe romantisch aus. Der graue Putz hat schon bessere Zeiten gesehen, aber die kleinen Applikationen aus Sandstein und der große Erker im zweiten Stock verleihen ihm Charme. Während ich dorthin schaue, fällt mir die Bewegung hinter der spiegelnden Glasscheibe auf. Täusche ich mich, oder werde ich beobachtet?

Ich rechne schnell die Etagen hoch, zweiter Stock, es muss die Oberstudienrätin sein. Das Fräulein. Wie albern ist das denn, keine Frau nennt sich noch Fräulein. Schon seit fünfzig Jahren nicht mehr. Ich muss mal nachfragen, weshalb sie das tut.

Warum sie mich beobachtet, kann ich mir dagegen schon denken. Kein Mensch hat hier je im Garten gesessen, da bin ich mir sicher. So frei vor allen Nachbarn und auch noch vom Gehsteig aus einsehbar. Ob ein ausdrückliches Verbot in der Hausordnung steht? Keine Ahnung, ich habe sie noch nicht gelesen. Und außerdem ist es mir egal, was sie denkt.

Ich winke ihr grüßend zu und schmiere mir genüsslich ein Butterbrot mit Honig.

So kann der Tag beginnen.

Meine Mutter liegt noch im Bett, als ich komme. Gott sei Dank habe ich jetzt einen Schlüssel, ich glaube nicht, dass sie mir geöffnet hätte. Wahrscheinlich wäre sie zu schwach gewesen. Aber sie lächelt, als sie mich sieht.

»Mutti, geht es dir nicht gut?« Ich setze mich an ihr Bett und nehme ihre Hand. Sie ist kalt, und sie entzieht sie mir.

»Alles gut«, sagt sie.

»Magst du dich aufsetzen?«, frage ich, »dann mache ich dir erst mal einen Kaffee und ein Honigbrötchen, ist das okay?«

»Der Kaffee ist im Schränkchen.«

»Ja, ich weiß. Magst du dich aufsetzen?«

Sie schüttelt den Kopf und zeigt dann auf die Fernbedienung, die beim Fernseher liegt. Ich reiche sie ihr und beobachte, wie sie mühsam die richtigen Knöpfe sucht. Sicherlich gibt es auch altersgerechte Fernbedienungen, ich werde mich erkundigen.

»Was magst du denn sehen?«, frage ich und helfe ihr dann, die Tiersendung zu finden, die sie sehen will.

In der Küche denke ich nach. Bei der Fernbedienung wird es nicht bleiben. Sie braucht Pflege. Was soll werden, wenn sie nicht mehr selbstständig auf die Toilette kann? Und duschen, Haare waschen? Ich muss mich mit meinem Bruder beraten, ich kann das nicht alles allein entscheiden. Das Wasser kocht, und ich gieße langsam den Kaffee auf. Er duftet so gut, dass ich eine zweite Tasse für mich auf das Tablett stelle.

Das große Tablett haben Boris und ich mal verschönert, indem wir bunte Blumen und Schmetterlinge gemalt und ausgeschnitten haben, die unser Vater dann mit einer selbst klebenden, durchsichtigen Folie auf dem Holzboden fixiert hat. Das dürfte sechsunddreißig Jahre her sein, und es rührt mich, als ich meine leicht vergilbte Kinderschrift lese: Der lieben Mama zum Muttertag.

Nun dreht sich das um, denke ich, während ich das Tablett nach oben trage. Nun wird sie zum Kind, und ich werde zu der Person, die auf sie aufpasst. Wir frühstücken gemeinsam, und irgendwie tut das gut. Ihr offensichtlich auch, sie bekommt Farbe ins Gesicht und erzählt mir dann von der Katze, die sie immer füttert.

»Welche Katze denn, Mutti?«, frage ich, »wir hatten doch nie eine Katze?«

»Sie kommt, weil sie mich mag. Und sie bekommt auch immer was«, klärt sie mich auf. Eine streunende Katze, denke ich. Eine streunende Katze als Gefährtin. Wie einsam muss sie sich in den letzten Jahren gefühlt haben?

Später möchte sie aufstehen. »Ich helfe dir«, sage ich, aber das will sie nicht. Ich eigentlich auch nicht, denn ich fühle mich ihr gegenüber befangen und ich kann verstehen, dass sie zunächst abwehrend reagiert. Aber irgendwie müssen wir beide das hinkriegen.

»Wann hast du denn zuletzt geduscht?«, möchte ich wissen, bekomme aber keine Antwort. Ihre Haare, auf die sie immer so viel Wert gelegt hat, sehen jedenfalls strähnig aus. Das bringt mich auf eine Idee.

»Weißt du, was wir nachher machen?«, frage ich sie, fast euphorisch, »wir gehen zum Friseur.«

Sie greift sich ins Haar, dann nickt sie. »Aber zuerst muss ich mich anziehen«, erklärt sie mir, »in der Kommode ist frische Unterwäsche, und dann leg mir doch das blaue Kleid raus. Das, das ich zu eurer Konfirmation getragen habe, weißt du?«

Ich nicke. Während sie sich im Badezimmer mit dem Waschlappen wäscht, suche ich in der Kommode nach Wäsche. Es ist kaum etwas da. Ja, klar. Das Bettzeug muss auch gewaschen werden, wahrscheinlich türmt sich alles unten in der Waschküche. Ich glaube, ich bin im richtigen Moment gekommen, Doris sei Dank.

Eine neue Frisur gibt auch immer ein neues Lebensgefühl, das kenne ich von mir selbst. Aber ich möchte noch ein paar Tage warten, bis ich meinen dunklen Ansatz und auch die Strähnchen neu färben lasse. Seit ein paar Jahren gefällt mir aschblond ganz gut an mir, aber nicht jeder Friseur trifft den Ton. In Hamburg hatte ich endlich den richtigen gefunden, in Stuttgart werde ich wieder herumprobieren müssen.

Ich kenne das Friseurgeschäft noch von früher und finde es auch sofort. Mutti ist ganz aufgeregt, fast wie ein junges Mädchen. Als wir drin sind, staune ich, denn der Inhaber hat top renoviert, das muss man ihm lassen, und eine Menge junger Mitarbeiter angestellt. Zu meiner Mutter kommt der Chef allerdings höchstpersönlich.

»Gnädige Frau«, sagt er, »wie schön, dass Sie wieder bei uns sind.«

Mutti schenkt ihm einen koketten Blick und fühlt sich augenscheinlich wohl. Er reicht auch mir die Hand, ich schätze ihn auf Anfang siebzig.

»Geht es Ihnen gut?«, will er von Mutti wissen, sieht dabei aber mich an.

Wir tauschen einen kurzen Blick, während sich Mutti von ihm zu einem freien Platz geleiten lässt. »Und, was schwebt Ihnen vor?«, will er wissen, »wieder Dauerwellen, oder wollen wir mal einen glatten Look ausprobieren? Sie haben schönes, dichtes Haar, gewachsen ist es auch, wir könnten also einen neuen Schnitt wagen.«

Mutti sieht in den Spiegel, während er mit den Fingern durch ihr graues Haar fährt. »Außerdem hat es eine sehr schön melierte Farbe.«

Mutti nickt.

Ich nicke auch, denn ich verstehe, dass eine glatte Frisur pflegeleichter ist. »Vielleicht ein Glas Sekt?«, möchte er wissen.

Mutti nickt erneut, ich auch. Man muss jeden Tag feiern, denke ich, wer weiß, was morgen ist.

Es ist später Nachmittag, als ich wieder zurück in meine Wohnung komme. Es hat doch länger gedauert, als ich gedacht habe.

Der Friseurbesuch hatte Mutti gutgetan, sie war beschwingt und gut gelaunt. Und sie wollte sich in ihrem neuen Look noch unbedingt irgendwo zeigen, also sind wir durch Stuttgart gefahren und haben das Café gesucht, in dem sie früher immer mit Papa war. Ich konnte mich vage erinnern, aber in der Straße sah alles anders aus. Die alten Häuser hatten hoch aufgeschossenen Neubauten Platz gemacht, das Café war verschwunden. Mutti war sichtlich enttäuscht. Also bin ich kurz entschlossen zu Doris gefahren, und dieses gemütliche Ambiente und vor allem Doris' herzliche Begrüßung hat sie wieder mit sich und der Welt versöhnt.

Es war alles nett und rund und in Ordnung, aber der Vormittag hat Kraft gekostet, das merke ich, als ich wieder in meiner Wohnung bin und darüber nachdenke, was ich heute eigentlich alles machen wollte. Licht, denke ich, und WLAN. Das wäre mal das Wichtigste. Und dem schlampigen Maler sagen, dass er gelbe Striemen in meine Wohnung gezaubert hat. Das mache ich als Erstes.

Ich krame aus einem Haufen Umzugsbelege und Unterlagen seine Rechnung hervor und rufe an.

»Aschinger …«

Laut Rechnung ist das der Chef, das hätte ich gar nicht erwartet. Er klingt auch wenig engagiert, vielleicht stand er nur zufällig neben dem Telefon. Oder er hat einen anderen Anruf erwartet. Meinen freundlichen Gruß erwidert er jedenfalls eher mürrisch.

Und nachdem ich ihn über die gelben Striemen an meiner weißen Wand aufgeklärt habe, wird er noch einsilbiger.

»Wann war das?«, will er wissen. »Wo? Bei wem?«, und dann: »Einen Augenblick.«

Ich höre, wie er einen Namen in den Raum ruft, dann scheint er die Muschel zuzuhalten, endlich höre ich ihn wieder.

»Das war unser Auszubildender. Bisher waren alle Kunden zufrieden.«

»Wäre ich auch, wenn ich gelbe Streifen bestellt hätte. Aber es ist ja kein Problem, er kann es ja überstreichen, noch steht ja nichts an der Wand.«

»Es ist aber doch ein Problem«, höre ich, »denn unser Terminkalender ist voll. Frühestens in drei Wochen, vorher wird das nichts.«

Ich denke, ich höre nicht recht. »Wie bitte? Aber es ist doch Ihr Fehler ... da kann doch der junge Mann ...«

»Er darf nicht mehr als acht Stunden am Tag arbeiten ... und er ist für die nächsten drei Wochen ausgebucht.«

»Dann soll er halt nach Feierabend.«

»Das erlaubt das Gesetz nicht, er ist noch Auszubildender.«

»Soll ich dann etwa selbst streichen?«

»Gute Idee«, sagt er. »Selbst ist die Frau!«

»Ja, genau«, schnauze ich, »und die Frau bezahlt auch Ihre Rechnung selbst. In diesem Fall dann halt weniger!«, und damit drücke ich ihn weg. Wo ist die starke Schulter, an die ich mich jetzt anlehnen könnte? Wo ist jemand, der sagt: »Das kriegen wir schon hin!«

Ständig stehe ich allein da. Alles muss ich selbst regeln. Ich bin kurz davor, in Selbstmitleid zu zerfließen, da fallen mir die Lampen ein. Egal, wie, ich brauche heute Abend Licht.

Über mir schwebt eine einzelne Fassung an ihrer Leitung von der Decke. Da fehlt nur eine Glühbirne, denke ich, zumindest das ist keine Kunst. Und außerdem habe ich doch eine Stehlampe mitgebracht. Die muss schließlich irgendwo sein. Also Bestandsaufnahme, denke ich, während ich prüfend durch die Zimmer gehe. Und ärgere mich gleichzeitig über mich selbst: Ich hätte den Umzug mit Montage buchen sollen, jetzt wird alles nur noch komplizierter.

Wenigstens habe ich die beiden Kartons mit der Aufschrift »Lampen« entdeckt. Meine Designer-Hängeleuchte mit dem Kristallbehang, vor einigen Jahren für meinen extra langen Esstisch gekauft, entdecke ich als Erstes. Der Tisch steht vollgepackt an der einzigen freien Wand, daneben die ineinandergestapelten Stühle. Ich sehe mich um. Wo soll der Tisch hin? Der Raum hat zwei Fenster, vor dem einen steht das Klavier. Vor dem anderen das Sideboard. Dann also längsseitig davor? Das wäre eine Idee. Ich sehe zur hohen Decke, aber da gibt es keinen Anschluss.

Ich öffne die zweite Kiste und finde alle möglichen Lampen, die Stehlampe und die Küchenlampe, und tiefer vergraben LED-Leuchtmittel und auch noch alte Glühbirnen. Na bitte, es werde Licht. Der Erfolg treibt mich voran. Die Stehlampe trage ich ins Schlafzimmer neben das Bett, und die Küchenlampe lege ich schon mal auf den Küchentisch. Jetzt muss sie nur noch an die Decke. Eine Bohrmaschine habe ich, aber weder Zubehör noch eine Leiter. Also Baumarkt. Oder Herrn Petroschka nach einer Leiter fragen. Dazu verspüre ich allerdings keine Lust. Also doch Baumarkt. Und dann stellt sich noch die Frage, wie ich die Lampe allein montieren soll? Na, egal, denke ich, irgendwie wird es schon klappen.

Fast hätte ich das Klingeln meines Smartphones überhört.

Heiko.

Der kommt ja wie gerufen.

»Kann ich dich heute Abend zum Abendessen entführen?«, will er wissen.

»Kommt drauf an«, sage ich.

»Worauf?«

»Ob du handwerklich begabt bist …«

»Wie meinst du das?« Dann lacht er. »Ach so. Du hast keine Schlagbohrmaschine, keine Dübel, keine Schrauben.«

»Altbaudecke«, sage ich. »Ich glaube, da reicht eine ganz normale Bohrmaschine.«

»Und die hast du auch nicht?«

»Doch, die habe ich.«

»Aber allein montieren ist schwierig?«

»Du sagst es!«

»Und anschließend lädst du mich zum Italiener ein?«

»Du sagst es.«

Er lacht wieder. »Hört sich gut an. Altbau? Hohe Decken? Hast du eine entsprechende Leiter?«

»Habe ich in Hamburg nie gebraucht.«

»Aber jetzt brauchst du mich.«

Ich zögere kurz. Ich bin überhaupt nicht der Typ, der sich gern helfen lässt. Aber wenn ich mir die Baumarkt-Aktion sparen will, dann hat er recht. »Du sagst es.«

Zu zweit macht alles gleich mehr Spaß, erkenne ich, als Heiko eintrifft. Er hat in der zweiten Reihe geparkt, und während wir alles ins Haus tragen, muss ich schon über seine Scherze lachen.

»Wer wohnt denn noch in dem Schloss?«, will er wissen, »Rapunzel? Ganz oben?«

»Könnte schon sein«, sage ich, »ich habe sie bloß noch nicht zu Gesicht bekommen.« Stimmt, denke ich, Lisa fehlt noch im Gruselkabinett.

Während er sich in meiner Wohnung umsieht, parke ich seinen Wagen weg. Ein Range Rover. Das passt zu ihm, auch wenn ein SUV nicht mehr zeitgemäß ist. Außerdem ist er zu groß, und ich finde in der ganzen Umgebung keine Parklücke. Schließlich ist es mir egal, und ich stelle ihn in der Nähe ab, hinter einem weißen Parkstreifen – aber ohne dass er zur Behinderung wird, wie ich finde.

Als ich zurückkomme, steht Heiko in der Küche bereits auf der Leiter.

»Gut, dass du kommst«, sagt er und zeigt zur Lampe, »dann kannst du mir jetzt assistieren.«

Er ist wirklich geschickt, und nach drei Stunden sieht die Wohnung schon fast gemütlich aus. Der Esstisch steht, die Stühle darum herum ebenfalls, und darüber hängt meine komplizierte Lampe. Er hat die Leitung einfach passend verlängert.

»Ich dachte eigentlich, Informatiker sind eher Bürohengste mit zwei linken Daumen«, sage ich, als wir wohlwollend unser Werk betrachten.

Er lacht, und wie er mich so ansieht, spüre ich das altbekannte Kribbeln. Bin ich wieder sechzehn? Ich schüttle den Gedanken ab.

»Informatiker sind ja nicht mehr nur Bürohengste«, sagt er. »In der Zwischenzeit gibt es recht viele Stuten.«

»Tja«, sage ich, »Platzhirsche haben es schwer.«

»Wem sagst du das?«, meint er und klopft sich dann auf seinen Magen. »Wie war das mit der Einladung?«

»Und wohin?«, will ich wissen, »das Lieblingscafé meiner Mutter, das wir heute Nachmittag ansteuern wollten, gibt es nicht mehr. Ich stelle fest, dass ich mich nicht mehr auskenne.«

»Gut. Stimmt. Es hat sich einiges verändert ... also eher feiner Italiener oder so was mit Pizza und Pasta?«

»Ich lade dich ein, also darfst du entscheiden ...«

»Rund zehn Minuten von hier, in der Augustenstraße, hätte ich einen Vorschlag, falls du Pasta aus dem Parmesanlaib magst?«

»Da stehe ich drauf ...«

»Gut«, sagt er. »Das Werkzeug lass ich mal da, vielleicht kommt ja noch was.«

Ich grinse, während wir hinausgehen und ich an seinem Wagen diskret den Strafzettel verschwinden lasse. Das erledige ich morgen, denke ich, das ist es mir wert.

22. August Montag

Es ist der erste Tag, an dem ich mit einem einigermaßen guten Gefühl aufwache. Bevor ich mir einen Kaffee mache, gehe ich kurz ins Wohnzimmer, um unser Werk von gestern zu bewundern. Die Essecke sieht wirklich schon ganz gemütlich aus. Wenn man die vielen Kisten und auch das Bücherregal, das noch mitten im Raum steht, mal ausblendet, ist es fast schon wohnlich. Und vor allem jetzt, da die Sonne ihre Strahlen hereinschickt und alles freundlich wirkt. Ich mache mir einen Kaffee, dazu ein Honigbrot und setze mich an meinen Esstisch. Unwillkürlich streichle ich über das Holz. Wie viele Feste hat er schon erlebt, wie viele lange Abende, wie viele Gespräche, wie viele Rotweingläser, Diskussionen, Einigkeit und auch Streit. Und Sex. Der Gedanke daran zieht mich herunter, ich sehe gleich wieder den weißen Mini vor mir, Patricks Kollegin, die mehr als nur eine Kollegin war und mich mit ihren Spielchen verdrängt hat.

Eine Niederlage, es bohrt immer noch in mir.

Egal. Früher oder später wäre eine andere gekommen, wir waren vier Jahre zusammen, und das war in seinem Leben schon die längste mögliche Beziehung.

Hamburg.

Ich seufze, denn Hamburg war mir ans Herz gewachsen, die Stadt, die Mentalität, die Fischbuden, die Umgebung, das Meer in Reichweite. Eigentlich hatte ich nicht an eine Rückkehr gedacht.

Eigentlich hatte ich nicht gedacht, dass meine Mutter dement werden könnte.

Eigentlich bin ich total überrascht worden, ja, überrumpelt.

Ich nehme meine leere Tasse, um sie noch einmal zu füllen.

Auf dem Weg in die Küche stelle ich sie auf dem Klavier ab und improvisiere eine Melodie, die mir selbst so ins Mark geht, dass ich wieder fast zu weinen beginne.

»Schluss!«, sage ich zu mir selbst und klappe den Klavierdeckel zu. »Es wird alles gut!«

Und als ich mit der vollen Tasse kurze Zeit später am Fenster stehe, glaube ich es sogar.

Meine Mutter weigert sich, vor meinen Augen in die Dusche zu steigen.

»Mutti, das ist allein zu gefährlich. Du kannst dich ja nirgends richtig festhalten.«

»Bisher konnte ich das auch allein, geh raus, dann mache ich das schon.«

Ich gehe mit ungutem Gefühl aus dem Badezimmer. Drinnen höre ich es rumoren, dann Wassergeräusche. Duscht sie wirklich, oder veranstaltet sie ein großes Täuschungsmanöver?

Ich rufe meinen Bruder an. »Boris, wir haben ein Problem«, sage ich. »Sie baut rapide ab. Wir müssen das Badezimmer umbauen, sie braucht Haltegriffe in der Dusche, und am besten müsste sie ebenerdig sein. Im Moment muss sie mit einem großen Schritt hineinsteigen, das ist gefährlich.«

Ich höre nur einen lang gezogenen Seufzer: »Auch das noch!«

»Was heißt denn auch das noch?«, brause ich auf.

»Ich habe im Moment weiß Gott andere Probleme!«

»Welches Problem könnte größer sein als deine Mutter?«

»Einer meiner Bauherren meint, prozessieren zu müssen, der Architektenwettbewerb, für den ich mich richtig ins Zeug gelegt habe, geht an einen preisgünstigen Kollegen, überall Flaute, und wir haben vor vier Jahren ein Haus gebaut. Aber damit konnte keiner rechnen.«

Und dass er als Architekt großzügig gebaut hat, kann ich mir vorstellen. Im Vertrauen auf eine gesicherte Zukunft. Aber

Zukunft – was ist das schon? Das ist wie eine Sandburg, die von jeder Welle, jedem Fußtritt, jeder Windböe zerstört werden kann.

»Und jetzt hast du Sorgen?«, will ich wissen.

»Ja, klar, wenn es überall Entlassungswellen gibt, glaubst du, die Leute denken noch ans Bauen? Oder Umbauen?«

»Dafür hattest du doch bisher gute Aufträge, allein dieser Millionenbau im letzten Jahr, von dem du erzählt hast … da bleibt doch gut was hängen!«

»Der prozessiert!«

»Aber all die Jahre, die du gut im Geschäft warst …«

Er sagt nichts.

»Ganz egal. Rauf und runter geht es immer mal wieder, aber, Boris, wir haben eine Mutter«, erinnere ich ihn, »um die müssen wir uns jetzt kümmern, die braucht uns.«

Als er wieder nicht antwortet, füge ich an: »Es geht nicht nur um bauliche Maßnahmen. Wir werden uns um einen Pflegedienst kümmern müssen. Sie duscht zum Beispiel nicht mehr. Und von mir will sie sich im Bad nicht helfen lassen.«

»Glaubst du, etwa von mir?«

Ich sehe ihn direkt vor mir, wie er das Gesicht verzieht.

»Boris«, sage ich betont, »*wir* müssen uns darum kümmern.«

»Und wo soll das Geld dafür herkommen?«, fragt er. »Umbauten sind teuer. Hat sie überhaupt genug auf dem Konto?«

»Was weiß ich«, sage ich. »Glaubst du, sie legt mir ihr Sparbuch vor die Nase? Das war doch immer höchste Geheimstufe!«

»Aber ohne Geld geht gar nichts«, sagt er. »Und überhaupt, du bist doch jetzt da. Und als Single hast du doch jede Menge Zeit.«

Ich höre das Wasser immer noch rauschen, und langsam werde ich misstrauisch. Also stecke ich das Smartphone weg und öffne die Badezimmertür. Heißer Dampf schlägt mir entgegen, zunächst kann ich durch den Dunst nichts sehen, dann entdecke ich sie. Sie klammert sich völlig bekleidet in der Duschkabine an den Instrumenten fest. Offensichtlich wollte sie nur so tun, als ob, kam dann aber nicht mehr heraus.

Hat sie sich verbrüht?

Gott sei Dank nicht. Das Wasser ist zwar sehr warm, aber nicht heiß. Sie ist nur von Kopf bis Fuß klatschnass.

Ich drehe die Hähne zu, nehme ein Badetuch und helfe ihr aus der Dusche. »Jetzt hast du ja wirklich geduscht«, sage ich, bemüht locker, »aber jetzt müssen wir alles ausziehen. Und suchen dir was schönes Trockenes.«

Und dann passiert etwas, das für mich schlimmer ist als alles andere: Sie weint.

Meine Mutter weint. Vor Kurzem noch unvorstellbar für mich. Sie war immer rational, selten emotional. Ich nehme sie in den Arm, und so stehen wir nun beide klatschnass eine Weile im Badezimmer.

Schließlich fängt sie an, sich auszuziehen, und ich hole ihr einen Bademantel. Der ist braun-gelb gestreift und zu groß, aber er hing in ihrem Schrank. Ob der noch von Vati ist?

Ich weiß, warum sie geweint hat.

Und ich denke mir, sollte sie nun wieder lichtere Momente haben, dass sie nicht darüber sprechen will. Sie will ihr Geheimnis nicht offenbaren, ihr Geheimnis der Selbsterkenntnis, zu wissen, wie es ihr geht und was gerade mit ihr passiert.

Mir geht es auch schlecht.

Aber ich muss mich zusammenreißen.

»Weißt du, was?«, sage ich fröhlich, »jetzt haben wir uns ein gutes Frühstück verdient. Kaffee und ein Spiegelei, was sagst du dazu?«

Sie nickt nur und fährt sich mit beiden Händen durch die Haare. Dabei nimmt sie die Arme so seltsam hoch, dass ich kurz Luft holen muss. Die Schultern. Probleme mit den Schultern.

Hoffentlich halten die Beine noch eine Weile, mein Gott, bei den Treppen und Stufen hier … ein Rollator? Undenkbar.

Und der nächste Gedanke ist: Sie ist doch erst siebenundsiebzig. Das ist doch heute kein Alter mehr, erst recht nicht für eine Frau!

»Deine Haare sehen toll aus«, sage ich schnell. »Der neue Schnitt steht dir super!« Und dann: »Tut dir die Schulter weh? Sollen wir zum Arzt?«

»Boris hat gesagt, dass er mit mir zum Arzt geht«, sagt sie.

Boris!, denke ich. »Ja, super«, sage ich. »Wann war das denn?«

»Das … letzte Mal.«

Von meiner Mutter aus fahre ich direkt zu Doris. Wie ist Mutti denn bisher überhaupt allein zurechtgekommen? Und wie soll es werden, wenn ich wieder arbeiten muss? Ich habe im Moment keine Antwort auf die vielen Fragen, die mir ständig durch den Kopf gehen. Da kann nur eine Freundin helfen.

Doris hat viel zu tun. Der Laden ist voll.

Aber ich sehe ziemlich schnell, dass die Gäste eher Langzeitgäste sind. Kein schneller Konsum, Wiener Caféhaus, genau, wie sie es mir gesagt hat. Zwei Frauen häkeln sogar in aller Seelenruhe, die Kinderwagen neben ihren Stühlen. Sieht gemütlich aus, denke ich, aber ob sich der Laden überhaupt trägt?

Allerdings scheine nur ich über diese Frage nachzudenken.

Doris ist gut drauf und kommt mit zwei Gläsern Sekt an den kleinen Tisch, an den ich mich gesetzt habe. Eigentlich mag ich jetzt keinen Sekt, aber … vielleicht tut er mir ja gut.

»Hast du überhaupt Zeit?«, frage ich sie.

»Ich nehme sie mir«, entgegnet sie.

Typisch Doris, denke ich. Sie ist wirklich ein besonderer Mensch. Vielleicht verdirbt einen der ewige Kampf um Erfolg und Geld ja auch. Auf der anderen Seite: Ohne Geld bekommt man so ein Café erst gar nicht. Ich seufze.

»So schlimm?«, fragt sie.

Ich fasse meinen Vormittag zusammen. Und dass meine Mutter jetzt zum Mittagsschlaf im Bett liegt, zufrieden, wie es scheint. »Was wäre geworden, wenn du mich nicht angerufen hättest?«, frage ich Doris.

Doris zuckt mit den Schultern. »Aber du bist ja da«, sagt sie dann.

»Es kommt mir vor, als hätte ich plötzlich die Verantwortung für ein Kleinkind«, sage ich. »Ständig überlege ich, was passieren könnte. Und ehrlich, ich weiß nicht, wie sie das bisher allein geschafft hat, und ich verstehe auch nicht, dass es so schnell gehen konnte«, sage ich. Tief in mir drin ist inzwischen der Verdacht aufgekeimt, dass wir es einfach nicht gesehen haben. Nicht sehen wollten? An Weihnachten: Mein Bruder mit seiner Frau und seinen beiden Kindern, ich, damals noch mit Patrick, eher bemüht, ihm alles recht zu machen, als in der Familie aufzugehen, alles war turbulent, dafür haben schon die Kinder gesorgt, dazu meine anstrengende Schwägerin. Immerhin kann sie gut kochen, was haben wir uns in der Küche mit dem altmodischen Herd meiner Mutter abgequält und trotzdem noch ein passables Essen auf den Tisch gestellt. Und unsere Mutter? Saß dabei. Gut angezogen, glücklich.

Ich schüttle den Gedanken ab.

»Tja«, sagt Doris, »da habe ich Glück, dass meine beiden noch so gut drauf sind. Vielleicht ist es auch einfacher, wenn sie noch zu zweit sind?«

Ich zucke die Achseln.

»Singles sollen kürzer leben als Paare«, sage ich. »Laut einer Soundso-Statistik.«

»Gilt das nur für glückliche oder auch für unglückliche Paare?«, will sie wissen.

»Da fragst du mich was! Ich habe schon jedes Stadium durchlebt – lebe ich nun länger oder kürzer?«

Wir müssen beide lachen.

»Ach, egal«, sagt sie und steht auf, weil neue Gäste kommen. »Konnte dir Heiko eigentlich helfen?«

Aha, denke ich, gut vernetzt.

»Und wie«, sage ich, »er ist spitze!«

Sie nickt mir lächelnd zu. Aber irgendwas in diesem Lächeln ist anders als zuvor. Doris und Heiko? Ich verwerfe den Gedanken. Doris ist schließlich verheiratet.

Ich habe mich mit Heiko gut unterhalten, auch beim Italiener. Aber eigentlich haben wir nur über unsere gemeinsame Zeit damals gesprochen, fällt mir gerade auf. Was dazwischen geschehen ist, haben wir beide weggelassen. Er genauso wie ich.

Als ich eine Stunde später wieder gehe, habe ich Lust, meine Wohnung weiter auf Vordermann zu bringen. Ich fühle mich beschwingt, und dass ich auf Anhieb einen Parkplatz finde, verstärkt das Gefühl noch. So öffne ich das Gartentürchen recht schwungvoll, und als ich gut gelaunt an der Hausmauer entlanggehe, kommt mir eine junge Frau entgegen.

Ich spreche sie direkt an: »Lisa Landwehr?«

Sie ist dünn, sieht eher an mir vorbei als mich an, und ist offensichtlich nicht beglückt, dass ich nun in ihrem Weg stehe.

»Ich bin Katja Klinger«, sage ich und strecke ihr die Hand entgegen. »Die neue Mieterin im Haus.«

Sie nickt, zögert und gibt mir dann doch die Hand. Erstaunlich stark für ihre schmale Statur.

»Freut mich«, sagt sie, dann geht sie an mir vorbei.

Was ist denn das nur für eine seltsame Hausgemeinschaft, denke ich und sehe im selben Augenblick, dass mein Tisch und die dazugehörenden Stühle zusammengeklappt am Nachbarszaun stehen und nicht mehr einladend unter dem dürren Apfelbaum. Das ärgert mich. Und weil es mich ärgert, arrangiere ich alles wieder unter den Baum, diesmal sogar mit einer kleinen Vase auf dem Tisch. Mit Blume.

Dann gehe ich in meine Wohnung und sehe mich im Wohnzimmer um. Okay, Bücherregal und Bücher. Und Bilder aufhängen. Und Vorhänge? Aber zuerst das Organisatorische. Telekom. WLAN.

Ich bin energiegeladen, ich gehe die Dinge an, ich fühle mich gut.

Als abends Heiko anruft, ob er noch etwas für mich tun könne, hätte ich schon ein paar Ideen. Fernseher anschließen, die drei Vorhangstangen in Wohnzimmer und Schlafzimmer anbringen, das Bücherregal irgendwie an der Wand befestigen – ich habe es dorthin gerückt, doch durch die Fußbodenleiste schließt es nicht direkt an der Wand an und sieht aus, als könne es jeden Augenblick umkippen. Aber heute habe ich irgendwie meinen »Alleinsein«-Abend, also frage ich ihn, ob er mir vielleicht morgen Abend helfen könne?

Morgen sei er ausgebucht, Coaching.

»Abends auch?«

»Vor allem abends.«

Ich kann mir nicht wirklich was darunter vorstellen, aber ich will noch immer nicht fragen.

»Übermorgen wäre wieder möglich.«

Auch gut, denke ich, dann klemme ich mich morgen mal voll und ganz hinter Mamas Haushalt. Hat sie eigentlich ihre Hilfe noch, die früher regelmäßig gekommen ist? Frau Kowalski? Das muss Mutti wissen. Und ich muss den Arzt anrufen, mal nachfragen, gegebenenfalls einen Termin ausmachen. Schulter, Allgemeinbefinden, Demenz, Rat holen, was zu tun ist. Und die Bank. Wie steht sie eigentlich finanziell da? Keine Ahnung. Ich weiß, dass sie eine gute Rente bezieht. Das hat sie uns nach Vatis Tod gesagt. Aber darüber hinaus? Ich brauche eine Bankvollmacht. Da wird sicherlich mein Bruder hellhörig werden. Das müssen wir beide beantragen. Außerdem eine Vorsorgevollmacht und eine Patientenverfügung. Das muss sie beides selbst unterschreiben. Wird sie überhaupt verstehen, worum es geht? Und was ist mit ihren Versicherungen? Hoffentlich gibt es dazu irgendwo entsprechende Aktenordner.

Mittlerweile stehe ich am Fenster und sehe hinaus. Auf der anderen Straßenseite nur Häuser. In Hamburg habe ich bis zur Elbe gesehen. Das Wasser fehlt mir. Hamburg fehlt mir, mein ganzes Umfeld dort. Es hat alles so schnell gehen müssen, der neue Job, die neue Wohnung. Habe ich Fehler gemacht? Ich weiß nicht. Und ich will auch nicht weiter darüber nachdenken. Ich sollte mich bewegen, mal raus. Ins Grüne, an meine Lieblingsplätze von früher? Ich stehe noch immer unentschlossen da und schaue dann zum Himmel hinauf. Die Sonne ist verschwunden, dünne Wolken haben sie verdeckt, es zieht zu. Und die richtige Lust fehlt mir auch, vor allem, weil ich beim Zurückkommen wieder nach einem Parkplatz suchen muss. In Hamburg hatte das Haus eine Tiefgarage. Hier ist es ein täglicher Kampf.

Also gut, lieber hänge ich jetzt mal ein paar Bilder auf. Meine Werkzeugkiste steht in der Ecke, mit Hammer und Nagel kann ich umgehen, im Fall auch Löcher bohren, ist ja nicht schwer, einen Bohrer, Dübel und Schrauben habe ich. Bilder sind schließlich was anderes als Deckenlampen. Ich fange einfach an und merke, dass es mir Spaß macht. Mir fehlt nur jemand, der die Bilder anhalten könnte, damit ich von der Ferne sehen könnte, ob sie zu hoch hängen, zueinander passen oder nicht. Flüchtig denke ich an meinen Vermieter, streiche den Gedanken aber gleich wieder.

Beim Einzug in mein neues Hamburg-Appartement vor vier Jahren hat mir noch Patrick geholfen. Die Anfangszeit war so, dass ich gedacht habe, das ist er jetzt, wir beide sind füreinander geschaffen. Wir waren förmlich entbrannt, beide. Ständig hingen wir am Telefon, ständig mussten wir uns sehen. Ich war gerade vierzig geworden und hätte nicht gedacht, dass man im Leben noch einmal ein solches Glück haben kann. Kurz zuvor war ich noch der Überzeugung gewesen, das mit dem Verlieben hätte sich erledigt. Und das mit dem Sex auch. Jetzt kommt die Zeit der Selbstbedienung und der Hilfsmittel, habe ich gedacht. Und warum nicht? Ich hatte ein wildes Sexleben, manchmal zwei Partner gleichzeitig, etliche One-Night-Stands, viele auch tagsüber.

Während ein Bild nach dem anderen seinen neuen Platz findet, denke ich an mich und Patrick. Das schleichende Ende, als ich ihm sagte, dass ich es leid sei, ständig alles für ihn mitzubezahlen. Alle Einkäufe, alle Restaurantbesuche, ja, selbst seine neuen Outfits und die Urlaube. Sein Geldbeutel blieb stets flach und zu. Kein Geld, keinen Biss, keinen Schwung. Außer im Bett.

Ich denke an den Mini, der nun vor seiner Wohnung steht. Vor einem halben Jahr fing er an, sich umzuorientieren. Ich kritisierte ihn zu viel. Es war mir klar, dass er, bei seinem Aussehen, recht schnell eine neue »Katja« finden würde. Aber solange er sich nicht sicher war, ob sie genauso verblendet sein würde wie ich, ließ er uns beide nebeneinanderher laufen. Ich war die sichere Option, die andere die aufregende Neue.

»Autsch!«, dieser Hammerschlag ging daneben. Ich lutsche am Daumen und beschließe, an etwas anderes zu denken.

Aber es drängt sich mir auf, vor allem der Moment, als sein Betrug aufgeflogen ist. Eigentlich völlig irre. Ich hatte an eine Rettungsaktion für unsere Beziehung gedacht, mal wieder ein Wochenende im Landhaus *Wachtelhof*, eine Stunde von meiner Wohnung entfernt. Ich knüpfte schöne Erinnerungen daran, fröhliche Abende, gutes Essen und aufregende Nächte. Patrick freute sich auch, es sei schließlich schon lange her, sagte er. Wir kamen gut gelaunt an. Ich musste an der Rezeption nach dem neuen Passwort für das WLAN fragen, denn es war seit unserem letzten Aufenthalt geändert worden. Während ich es eingab, sah ich, dass Patricks Smartphone vollen WLAN-Ausschlag hatte. Er war bereits bei der Ankunft im Netz.

Während ich daran denke, spüre ich wieder den Kloß im Hals, den Moment der Erkenntnis. Heiße Nächte – mit wem war er in der Zwischenzeit hier gewesen? Einen Schritt zurück, nicht nur von der Rezeption, sondern auch innerlich.

Es schüttelt mich, und ich halte kurz inne.

Ich muss an etwas anderes denken, sonst hau ich mir nur wieder auf den Daumen.

Vielleicht an meine neuen Kollegen?

Nur noch ein paar Tage, dann werde ich meinen neuen Job antreten.

Holistisches Brand Management.

Welchen Brand trage ich eigentlich, schießt es mir in den Sinn, welche Unverwechselbarkeit? Welches Markenzeichen? Wie bin ich unter hundert anderen Frauen zu erkennen?

Amy Winehouse. Unverwechselbar. Barbra Streisand. Sie steht zu ihrer großen Nase. Genau wie Steffi Graf. Hat sie ihre Nase dem damaligen Nicole-Kidman-Idol anpassen lassen? Dem kleinen Näschen? Nein, sie steht dazu. Was macht also Unverwechselbarkeit aus? Ich stelle das nächste Bild ab und geh vor den Spiegel, den Heiko im Schlafzimmer aufgehängt hat.

Also. Vierundvierzig Jahre alt, einssiebzig groß, achtundfünfzig Kilo, ovale Gesichtsform, normaler Mund, normale Nase, grau-blaue Augen, schulterlanges, aschblondes Haar. Gefärbt, wie der nachwachsende braune Ansatz am Scheitel erkennen lässt. An mir ist alles normal. Stinknormal. Nichts, weswegen man zweimal hinschauen müsste. Auch meine Ohren sind normal. Sie stehen nicht ab und sind nicht zu groß. Und meine Zähne sind dank einer frühen Korrekturschiene regelmäßig gewachsen.

Ich wende mich von meinem Spiegelbild ab. Macht ja keinen Sinn. An mir ist nichts außergewöhnlich, selbst mein Busen hat eine Normalgröße. »Handlich«, hat Patrick das genannt. Ich bin also eine langweilige Durchschnittsfrau mit gefärbten blonden Haaren. Blond, das ist eigentlich auch nicht mehr in. Vielleicht bräuchte ich einfach eine fetzige Frisur? Amy Winehouse fiel ja schließlich vor allem durch ihren schwarzen Lidstrich und ihre wilden Turmhaare auf.

Aber will ich das?

Ich gehe an den Spiegel zurück und halte meine Haare hoch. Klar, unten sind sie auch schon alle rausgewachsen. Das sieht wirklich unschön aus.

Wie wäre es mit schwarz? Frecher Kurzhaarschnitt?

Nein, den hat Doris schon. Das wäre ja dann wie Hanni und Nanni.

Oder Platinblond zum schwarzen Outfit?

Schließlich trägt jede Kreative, die etwas auf sich hält, Schwarz.

Ich schüttle den Gedanken ab. Ich bin einfach kein so exponiertes Wesen. Ich bin eher introvertiert und überzeuge durch Leistung, nicht durchs Aussehen.

Wo kommt das bloß her?

Hat das mit meiner Kindheit, mit meiner Jugend zu tun?

Während ich noch darüber nachdenke, sitze ich schon am Klavier.

Klar, denke ich, das hat sich nicht verändert. Wenn mich etwas beschäftigt, ab ans Klavier. Musik hilft mir immer.

Meine Hände gleiten über die Tasten und finden eine Melodie, die mir neu ist. Ich habe schon oft darüber nachgedacht, dass ich diese Eingebungen irgendwie festhalten sollte. Aber ich tu's nicht. Ich wüsste auch nicht, wie. Es ist mir ein Rätsel, wie die Komponisten früherer Zeiten ganze Konzerte aufschreiben konnten. Alle Instrumente in ihrem Inneren hören, ihren Klang, ihren Gleichklang, die verschiedenen Stimmen, Wahnsinn.

Ich habe wirklich große Hochachtung vor den alten Meistern.

Ich spiele so versunken und frei von allen Gedanken, dass ich die Klingel fast überhört hätte.

Wer klingelt denn jetzt noch? Ich verharre, der letzte Ton verhallt. Dann klopft es laut und vernehmlich an der Tür. Im ersten Moment bekomme ich einen Schreck, schließlich beruhige ich mich. Wird jemand vom Haus sein. Wahrscheinlich wieder zu laut, zu spät, keine Ahnung – ich habe keine Lust, überhaupt aufzumachen.

Aber dann stehe ich doch auf.

Typisch ich, denke ich, während ich zur Tür gehe. Warum bringe ich es nicht fertig, so etwas einfach mal zu ignorieren?

Ich öffne, und Petroschka steht vor mir. Mein erster Impuls ist, die Tür wieder zu schließen. Aber er hat eine Flasche Rotwein in der Hand und lächelt mich an. Er sieht aus wie der Mann im Mond, genau so habe ich ihn mir als Kind immer vorgestellt. Ein fleischgewordenes Vollmondgesicht.

»Störe ich?«, fragt er.

»Eigentlich dachte ich, ich störe ... wieder mal«, gebe ich zur Antwort.

»Nein«, sagt er und streckt mir die Flasche entgegen, »im Gegenteil, Sie spielen so schön, und ich kann es nur gedämpft hören. Da dachte ich, vielleicht ...«, er zögert, »würden Sie mir einen Wunsch erfüllen?«

Mir ist es heute Abend nicht nach Gesellschaft. Aber jetzt habe ich den ersten Schritt schon mal gemacht, ich habe geöffnet.

»Tja«, sage ich und trete einen Schritt zurück, »dann kommen sie doch bitte herein.«

Er geht mit seiner Flasche an mir vorbei und bleibt im Türrahmen zum Wohnzimmer stehen. »Oh, das hat sich aber gemacht«, sagt er anerkennend. »Das ist ja schon richtig wohnlich geworden. Und die vielen Bilder!«, er dreht sich zu mir um. »Daher also das stundenlange Hämmern.«

Hätte ich ihn doch bloß nicht hereingelassen.

»Das hat Sie gestört?«, frage ich artig.

»Nicht mich, ich war gar nicht da. Fräulein Gassmann hat es mir erzählt.«

»Sie hat sich beschwert?«

»Nein, nein. Sie hat sich nur über die Ausdauer gewundert. Jetzt weiß ich: Es ist ja eine Galerie geworden.«

»Ja, stimmt«, sage ich, »ich liebe Bilder. Modern, naturalistisch, impressionistisch, kubistisch, René Magritte, Frida Kahlo, Franz Marc, egal, es muss mich ansprechen.«

Petroschka nickt. »Kommen Sie aus einer Künstlerfamilie?«, will er wissen. »Musik, Malerei …?«

»Nein«, ich zucke die Achseln, »das gehörte in meinem Elternhaus einfach zur Bildung dazu.«

»Sie Glückliche«, sagt er.

Einen Moment lang ist es still. Ich weiß nicht, was ich sagen soll. Er tut mir plötzlich leid, wie er so dasteht. So aus der Welt gefallen, mit seiner Flasche Wein im Arm.

»Kommen Sie«, sage ich und gehe an ihm vorbei. »Welchen Wunsch haben Sie denn?« Ich zeige zu meinem roten Sessel. »Mögen Sie sich setzen?«

»Sollen wir nicht, vielleicht«, sagt er unbeholfen und streckt mir wieder seine Flasche entgegen.

»Sollen wir die öffnen?«, frage ich.

»Wenn Sie zwei Weingläser haben?«, sagt er. »Das wäre nett.«

Mit einem komischen Gefühl gehe ich in die Küche und hole Korkenzieher und zwei Weingläser. Er lächelt, nimmt den Korkenzieher, setzt sich in den Sessel, klemmt die Flasche zwischen seine Knie und öffnet sie. Die Geste erinnert mich an meinen Vater. So hat er früher die Flaschen auch immer geöffnet. Es gibt mir einen Stich.

Dann schenkt er unsere beiden Gläser voll. Zu voll, für meine Begriffe, aber ich sage nichts. »Was haben Sie denn da?«, frage ich.

»Den *Lauffener Katzenbeißer*. Spätburgunder.«

Ich nicke, diesen Wein kenne ich, da habe ich Glück gehabt. Der ist gut. Hatte schon Schlimmes vom Billigmarkt befürchtet.

»Sehr schön«, sage ich, stoße mit ihm an, nehme einen Schluck und bleibe neben ihm stehen. »Und jetzt?«, will ich wissen. »Wie lautet Ihr Wunsch?«

»Können Sie auch ein klassisches Stück spielen?«

»Kommt drauf an«, sage ich, »was schwebt Ihnen denn vor?«

»Das *Wiegenlied* von Brahms.« Er lächelt versonnen. »Kennen Sie das?«

»Guten Abend, gute Nacht?«

»Ja, ich habe da eine Erinnerung dran. Wenn es ginge, würde mich das sehr, sehr freuen.«

Ich betrachte ihn, wie er dasitzt, das Weinglas in der Hand.

»Augenblick«, sage ich und schiebe ihm eine der Umzugskisten hin. »Da können Sie Ihr Glas abstellen. Und ja, das Wiegenlied kenne ich natürlich.«

Ich stelle mein Glas ebenfalls ab und gehe zu meinem Klavier. Bevor ich anfange, werfe ich ihm noch einmal einen Blick zu. Er hat die Hände wie zum Gebet gefaltet und die Augen geschlossen.

Ich konzentriere mich kurz, und dann spiele ich los.

Erst klassisch, so, wie Brahms es geschrieben hat, dann fange ich an zu improvisieren und kehre nach einer Weile wieder zum Anfangsthema zurück.

Während ich noch die letzten Töne spiele, sehe ich zu ihm hin. Er hat die Augen noch immer geschlossen, aber ich sehe deutlich die Tränen, die über seine Wangen laufen.

Ich kann jetzt unmöglich aufhören. Ich wüsste nicht, wie ich mit der Situation umgehen sollte, also spiele ich einfach weiter. Das *Concerto No. 1*, ebenfalls von Johannes Brahms, fällt mir ein. Das konnte ich mal, wenigstens so einigermaßen, allerdings mit Noten. Und es ist lang her. Also spiele ich, was mir in Erinnerung geblieben ist. Und es ist wundersam. Die Finger finden, was mein Kopf bereits vergessen hat, es ist, als ob sie plötzlich ein Eigenleben hätten, völlig von mir losgelöst. Ich höre mehr zu, als dass ich selbst spiele, so kommt es mir vor. Im Geiste höre ich die Streicher und Bläser, und als ich zum Ende komme, bin ich selbst ganz ergriffen.

Ich sehe zu Petroschka hinüber. Hat er die Augen nur geschlossen, oder schläft er? Seine Arme baumeln rechts und links am Sessel hinunter, sein massiger Körper ist etwas heruntergerutscht, der Kopf lehnt an der Rückseite des Sessels. Er sieht aus wie tot.

Dabei ist doch gerade dieses Stück alles andere als leise. Es weckt Tote auf, das sagte jedenfalls meine Mutter immer.

Ich lasse die Hände sinken.

Was ist mit ihm?

Ich starre ihn an.

Gerade will ich aufstehen, da sinkt sein Kinn hinunter, und er fängt zu schnarchen an.

Vor Erleichterung muss ich lachen.

Das weckt ihn auf, und er erschrickt.

»Entschuldigen Sie«, sagt er und steht auf. »Ich habe mich einfach so wohlgefühlt.« Damit geht er zur Tür, dreht sich noch einmal um, »Vielen Dank für alles«, und ist draußen. Zurück bleibt sein volles Weinglas.

23. bis 31. August

Die nächsten Tage vergehen wie im Flug. Ich versuche, mir einen Überblick zu verschaffen, spreche mit dem Hausarzt meiner Mutter, erkundige mich nach Pflegemöglichkeiten und den entsprechenden Bedingungen, setze mich mit ihrer Krankenkasse in Verbindung, ordne eine Kiste voller Kontoauszüge, spreche mit ihrer Bank, erfahre, dass sie um die vierzigtausend Euro Guthaben hat und eine Rente von dreitausendzweihundert Euro, liste ihre monatlichen Ausgaben auf und informiere dann meinen Bruder. Er hätte das Barvermögen höher eingeschätzt, und sofort habe ich ein ungutes Gefühl. »Ich habe dich ja gebeten, dass wir das zusammen machen.«

»Nein, nein, schon gut«, sagt er. »Ich vertraue dir ja.«

Das bringt mich sofort in Rage. »Glaubst du, sie bunkert die Tausender in ihren Wollstrümpfen unter dem Kopfkissen und ich klau sie jetzt?«

»Nein, nein, ich sage ja, dass ich dir vertraue.«

»Toll«, sage ich. »Danke!«

»Und du hast ja Zeit … und ich …«

»Du ziehst dich aus der Verantwortung«, schneide ich ihm das Wort ab. »Und im Übrigen«, füge ich noch an, »fange ich nächste Woche in meinem neuen Job an, glaubst du, dann habe ich noch Zeit?«

»Zumindest mehr als ich mit zwei Kindern.«

»Du hast eine Frau, ihr seid zu zweit. Echt! Ich kann's bald nicht mehr hören!«

»Du *bist* eine Frau!«

»Was soll denn das schon wieder heißen?«

»Pflegen und Kümmern liegt Frauen einfach mehr im Blut als Männern.«

»Du meinst, Bequemlichkeit liegt Männern einfach mehr im Blut als Frauen?«

Genervt beende ich das Gespräch, aber es nützt ja nichts, irgendwie muss trotzdem alles organisiert werden. Ich kann unsere Mutter schließlich nicht in der Luft hängen lassen, nur, weil mein Bruder kein Interesse zeigt.

Immerhin hilft mir Heiko am Freitag, meine Laune zu verbessern. Er kommt mit seinem Handwerkskoffer, und gemeinsam bringen wir meine Wohnung so auf Vordermann, dass ich am Abend sogar meine Küche einweihen und kochen kann. Und zwar nordisch: Labskaus. Heiko hat das Gericht noch nie gegessen, sieht bei einem Bier aber genau zu, wie ich Kartoffeln koche, Püree stampfe, etwas Corned Beef dazugebe, und schließlich mit Roter Bete, Rollmöpsen und je einem Spiegelei auf unseren Tellern anrichte.

»Ist schön«, sagt er, als wir uns an meinen gedeckten Esstisch setzen, »so ein bisschen wie Familie.«

Ich antworte nicht darauf, weil ich noch nie eine eigene Familie hatte und höchstwahrscheinlich auch keine mehr bekommen werde.

»Wolltest du keine Kinder?«, fragt er mich. Das ist genau die Frage, die ich eigentlich nicht hören möchte.

»Ich bin einfach nicht den richtigen Männern begegnet«, sage ich ausweichend. »Und ich sehe ja auch bei anderen, was eigene Kinder bedeuten.«

Er nickt. »Vor allem, wenn man sich trennt. Dann wird es richtig kompliziert!«

»Wie alt sind deine Kinder?«

»Zwölf und vierzehn, Junge und Mädchen.«

»Und wie oft siehst du sie?«

»Ausgemacht ist jedes zweite Wochenende.«

»Und dann kommen sie zu dir?«

»Nein, im Moment fahre ich noch hin.«

»In eure – in deine ehemalige Wohnung?«

Er zuckt die Achseln. »Nein, ins Hotel. Sie wollen nicht nach Stuttgart – und meine jetzige Wohnung wäre auch zu klein.«

Ich greife nach seiner Hand. »Das tut mir leid.«

Er drückt sie kurz und fasst dann nach seinem Besteck. »Ich war der Depp in dieser Beziehung. Sie der Boss. Das fand ich anfangs verführerisch, aber es hat mir nicht gutgetan.«

»Da haben wir was Gemeinsames, ich war immer der Depp«, sage ich und nicke ihm zu.

Er lacht. »Für die Kinder tut es mir leid, aber sie stammen sowieso aus ihrer vorhergegangenen Beziehung. Haben also zwei Väter.«

»Oder gar keinen ...«

»Oder gar keinen.«

Den Sonntag möchte ich mir freihalten, um mich auf meinen ersten Arbeitstag vorzubereiten, aber für den Samstag habe ich mir einen kleinen Nachmittagsausflug mit meiner Mutter vorgenommen. Darauf freut sie sich schon, wie sie mir gesagt hat. Doch als ich ankomme, ist alles anders.

Ich klingle unser verabredetes Klingelzeichen, um sie nicht zu erschrecken, und schließe dann auf. Im Flur kommt sie mir schon freudestrahlend entgegen, hübsch in einem hellgrauen Kostüm und rosafarbenen Schal.

»Schau mal«, sagt sie und macht eine bedeutungsvolle Miene.

»Schau, was?«, frage ich, und sie zieht mich ins Wohnzimmer. Dort steht ein Strauß Rosen mitten auf dem Tisch. »Rat mal, wer da war?«

»Wer denn?«, frage ich, und es schwant mir nichts Gutes.

»Mein Sohn war da, Boris. Schau, was er mir mitgebracht hat.«

»Ist ja toll«, sage ich. »Rote Rosen.«

»Ja«, sie strahlt, »er ist ein guter Sohn, er kümmert sich um mich.«

»Ja, tatsächlich«, sage ich und könnte ihm auf der Stelle eine Portion Gift ins Essen streuen. »Und was hat er sonst noch gemacht?«, will ich wissen.

»Wir haben ein Gläschen Sekt getrunken«, sagt sie im Verkündertonfall. »Den Sekt hat er auch mitgebracht.« Dabei wirft sie mir einen Blick zu, aus dem ich nicht so ganz schlau werde. Wäre es nicht meine Mutter, hätte ich ihn fast als verschlagen empfunden.

»Ist ja super«, sage ich. »Habt ihr es nett gehabt?«

»Er sagt, ich soll auf meine Bankgeschäfte aufpassen.«

Aha, denke ich, das ist es also. Die anstehende Bankvollmacht.

»Da hat er völlig recht«, sage ich. »Auf dein Geld musst du schon selbst aufpassen.«

»Das hat früher immer der Papa gemacht«, sagt sie, während sie sich an den Tisch setzt. Ich nicke und nehme ebenfalls Platz.

»Ja, als Papa noch lebte, war vieles einfacher«, pflichte ich ihr bei und rechne kurz nach. »Das sind im November schon fünf Jahre.«

Sie nickt. »Es ist schon gut, wenn man einen Mann im Haus hat«, sagt sie. »Aber jetzt ist ja Boris da.«

»Er ist da?« Das erstaunt mich dann doch. »Wo? Oben? Oder wo?«

»Nein, er musste weg. Aber er kommt wieder, hat er gesagt.«

»Er kommt wieder«, wiederhole ich. »Schon klar.« In drei Wochen, denke ich. Wenn überhaupt.

Okay, nützt ja nichts. »Dann machen wir doch so lange mal eine schöne Spazierfahrt, was hältst du davon?«

Sie hält nichts davon, denn sie wäre ja nicht da, wenn Boris zurückkehrt. Ich weiß nicht: Soll ich ihr das Herz schwer machen, indem ich ihr sage, dass er sicherlich erst in einigen Wochen wiederkommen wird? Oder soll ich sie sitzen lassen und ihrer wachsenden Enttäuschung zusehen?

Ich erkläre ihr, dass er nicht kommen wird, weil er ja ganz viel zu tun hat. Frau, Kinder, Haus, Beruf – und so. Aber sie glaubt mir nicht.

»Du hast etwas gegen ihn«, wiederholt sie mehrfach. »Nur, weil er sich so schön kümmert.«

»Und ich nicht?«

Sie sagt nichts darauf. Und ich versuche, mich nicht zu ärgern. Es ist ihre Wahrnehmung, da komme ich nicht gegen an. Sie bastelt sich ihre eigene Realität, ich muss das akzeptieren. Also richte ich ihr irgendwann ein Abendbrot und lasse sie neben den Rosen allein, weil sie partout da sitzen bleiben will, Blick zum Fenster. Als ich schließlich die Haustüre hinter mir ins Schloss ziehe, habe ich ein schlechtes Gewissen. Auf der anderen Seite: Irgendwie wird sie schon ins Bett kommen – bisher hat sie es ja auch ohne mich geschafft.

1. September Montag

Es sind immer die gleichen schwierigen Fragen: Was ziehe ich an? Ich habe mir im Lauf der letzten Tage das Firmengebäude von außen angesehen, es ist mitten in der City und mit anderen Firmen in einem großen Komplex untergebracht. Das erschwert die Sache natürlich, denn ich hätte einfach gern gesehen, wie sich die neuen Kollegen so kleiden. Es gibt ja die »Ganz-in-Schwarz«-Typen, die ihre Kreativität zur Schau stellen möchten. Und dann eben die Extrem-Normalos, Schlabberlook, Understatement. Lieber einen alten Buckel-Volvo fahren als einen schnittigen BMW. Auch das ist ja schon wieder ein Zeichen an die Mitmenschen, ein Markenzeichen.

Gut, das ist eben typisch für die Branche. Alles braucht ein Markenzeichen, damit es sofort als genau das Produkt oder als genau der Mensch zu erkennen ist. Horst Schlemmer mit seiner

Herrenhandtasche. Genial. Sah man die Handtasche, wusste man: Horst Schlemmer kommt. Das war eine findige Marketingstrategie, die Hape Kerkeling damals entwickelt hat.

Aber wenn mehrere Firmen in einem Gebäude untergebracht sind und die Menschen am Abend wild durcheinandergewürfelt herauskommen, macht es keinen Sinn, nach den Outfits zu spähen. Und die Fotos im Internet sind auch nicht gerade aussagekräftig. Letztendlich entscheide ich mich deshalb für eine Blumenbluse und eine dunkelgraue Stoffhose. Ein bisschen Farbe, ein bisschen gedeckt, Frohsinn und Professionalität, das wird es schon irgendwie treffen.

Mein Herz pocht, als ich meinen Wagen in der Tiefgarage abstelle. Ich bin früh dran, zusätzlichen Stress brauche ich am ersten Arbeitstag nicht, also keinen Stau und auch sonst nichts Unvorhersehbares. Es gibt zwei Aufzüge und den Treppenaufgang vom Untergeschoss ins Obergeschoss. Das Gebäude ist sieben Stockwerke hoch, unsere Agentur geht über zwei Stockwerke, über den vierten und fünften Stock. Ich entscheide mich für die Treppe und bleibe in der Eingangshalle kurz stehen. Sie ist hell, weitläufig, modern.

Ein paar Leute stehen herum, unterhalten sich. Zwei drehen sich nach mir um, ich weiß nicht, ob es Zufall ist, aber ich ignoriere ihre Blicke und gehe einfach weiter.

Vierter Stock. Die Eingangstüre ist knallrot lackiert, der Namenszug in weißer Schreibschrift darüber:

Glix.

Als ich vor Jahren bei Glix in Hamburg angefangen habe, dachte ich, das sei eine Anlehnung an die »Klicks« im Internet. Aber nein, es ist der Name des Agenturgründers. Es gibt keine Klingel, ich drücke die Tür einfach auf.

Alles sieht aus wie in Hamburg, ein modern gestaltetes Großraumbüro, große Fensterfronten, viele Tische, manche zusammengestellt, andere einzeln. Es ist kurz vor neun Uhr, fast alle Tische sind besetzt.

Ich bleibe kurz stehen, um mir zu überlegen, an wen ich mich wenden soll, da wird eine junge Frau aufmerksam. Sie mustert mich kurz, dann kommt sie mir entgegen, schenkt mir ein kurzes, professionelles Lächeln und nickt mir zu, ohne mir die Hand zu reichen. »Katja Klinger, richtig?«

»Ja, richtig, ich bin Katja Klinger.«

»Fein, wir haben gleich ein Meeting, ich bringe dich schon mal zu Sven, unserem Creative-Director.«

»Danke«, ich gehe ihr hinterher. Okay, denke ich, auch hier duzen sie sich, das war schon bei uns in Hamburg die normale Agentursprache. Die Tür, die sie öffnet, führt mich überraschenderweise in eine völlig andere Welt – fast fühle ich mich wie irgendwo in Paris in der plüschigen Wohnung einer alten Diva. Oder doch eher wie in einer durchgeknallten Almhütte mitten in den Bergen? Die Mischung aus Tapeten, unterschiedlichen Sesseln, Bildern und Lüstern ist abenteuerlich. Dagegen erscheint mir der Mann, der mir jetzt entgegenkommt, erstaunlich normal. Schlank, dunkle Hose, dunkler Pullover über weißem Hemd. Kurz geschnittene, schwarze Haare mit Scheitel. Ich schätze ihn auf etwa vierzig.

Er streckt mir die Hand entgegen, die junge Frau geht wieder hinaus.

»Ich bin Sven Petersen«, sagt er und sieht mir direkt in die Augen. Seine sind von einem erstaunlichen Blau. Eisblau. »Lukas hat dich mir wärmstens empfohlen.«

»Vielleicht wollte er mich loshaben«, sage ich schneller, als ich denken kann.

Er schenkt mir ein schmales Lächeln. »Ich denke nicht. Aber du musstest wohl umziehen? Familienprobleme, hat er mir gesagt.«

Ich mag eigentlich ungern über meine familiären Dinge sprechen. Lukas, die Plaudertasche, denke ich leicht genervt, damit bekommt meine Anstellung hier so einen Beigeschmack von Gnadengesuch.

»Ich bin in Stuttgart aufgewachsen«, erkläre ich, »und jetzt muss ich wegen meiner Mutter zurück – sie wird«, ich kann es noch kaum aussprechen, »sie wird zunehmend dement.«

Er nickt. »Ja, Lukas hat mich deswegen angerufen. Wir haben uns besprochen, und ich denke, wir haben das Richtige für dich gefunden.«

Ich warte ab, was er noch weiter dazu sagen wird, er wechselt jedoch das Thema. »Was sagst du zu unserem Creative-Raum? So was habt ihr in Hamburg nicht …«

»Nein, weiß Gott nicht«, sage ich und schau mich noch einmal um. »Das hast du von überallher zusammengetragen?«

»Nicht ich. Jeder bringt was mit, das Sammelsurium festigt den Teamgeist. Und wenn wir gemeinsam etwas ausbrüten müssen, hilft uns das. Du kannst aus deinem Fundus auch etwas beisteuern – es darf nur nicht mehr allzu groß sein.«

»Der Glastisch auf der barbusigen Nixe ist besonders originell«, bemerke ich. Was für ein grauenhaftes Stück, kitschiger geht es nicht mehr.

Er nickt. »Ja, jedes Stück hier hat eine Geschichte.« Ein schneller Blick auf seine Uhr, »aber jetzt müssen wir in den Konferenzraum, ich denke, die warten schon auf uns.«

Ich schätze, knapp dreißig Personen, als wir hereinkommen. Teils sitzen sie an dem überdimensional langen Holztisch, teils stehen sie an die Wände und Fenster gelehnt. Sven geht mit mir an das Kopfende des Tisches, hinter uns nur die weiße Wand.

»Wir begrüßen Katja Klinger«, sagt er von mir abgewandt, »sie hat in Hamburg als Creative-Managerin große Projekte vorangetrieben und war mit ihrem Team sehr erfolgreich. Wir heißen sie willkommen.«

Kopfnicken rundherum, manche trommeln mit ihren Fingerspitzen dumpf auf den Holztisch. Trotzdem. Ich habe feine Antennen und spüre, dass irgendetwas nicht stimmt. Einige sehen mich interessiert an, andere demonstrativ weg.

»Wir haben ein neues Projekt hereinbekommen«, sagt er nun zu mir, »das passt ganz gut, es gibt junge, wilde Winzer. Sie haben sich zusammengeschlossen, wollen anders sein als ihre Väter und sich völlig neu aufstellen. Also Zusammenhalt, statt gegenseitigem Wettbewerb. Und Öko, ganz klar, von den Wildblumengassen über die Schädlingsbekämpfung mit Nützlingen, statt mit Pestiziden. Gesucht wird der perfekte Brand, das Standing vom Weinetikett über die Plakate und Veranstaltungen bis hin zum Internetauftritt, ein Rundumpaket. Dein Team stelle ich dir gleich vor. Alle anderen wirst du mit der Zeit kennenlernen, unser Miteinander ist locker, du findest hier eine entspannte, kreative und sehr effektive Arbeitsatmosphäre. Unser Ziel ist, die Dinge anders darzustellen, Gedanken neu zu entwickeln, Themen auf den Kopf zu stellen, den Betrachter zu verblüffen, er muss dranbleiben, die Brands müssen sich einprägen. So, wie *Tempo* für Papiertaschentücher steht, wollen wir das für jedes Produkt haben. Das ist unser Ziel, dann haben wir es geschafft!«

Er nickt, alle grinsen.

»Also gut«, sagt er in die Runde, »wir lieben zufriedene Kunden und den Erfolg.«

Es scheinen seine Worte zum Aufbruch zu sein, denn fast alle gehen hinaus. Vier Leute bleiben zurück. Zwei Frauen und zwei Männer, alle vier sind jünger als ich. Bedeutend jünger. Wenn ich es genau sehe, gehöre ich in dieser Agentur zu den Ältesten. Das war in Hamburg anders.

»Setzen wir uns«, sagt Sven und macht eine einladende Handbewegung.

»Katja«, sagt er zu mir, »das sind Joshua, Lilli, Anna und Jan.

Aus jeder Sparte etwas, Liza fehlt gerade, sie ist unsere Hotline zu den Influencern und Influencerinnen. Joshua hat bereits sämtliche Unterlagen zu dem neuen Projekt, aber bevor ihr loslegt, macht ihr Katja bitte mal mit allem vertraut. Zumindest mit allem, was wichtig ist«, er grinst, »also Kaffeemaschine, Wellness-Corner, Creative-Oase und Fitnessraum. Und dann lernt ihr euch im Sammelsurium besser kennen. Okay?«

Sein Blick gleitet von einem zum anderen, bis er zuletzt auf mir ruht. »Okay?«, fragt er noch einmal, diesmal mich.

»Ja«, sage ich, »gern.«

Abends lasse ich mich in meinen roten Sessel fallen. Alle Eindrücke des ersten Tages schwirren in meinem Kopf herum, ich kann keinen einzigen Gedanken geradeaus denken. Alles geht durcheinander. Irgendetwas stimmt da nicht. Die Atmosphäre ist nicht feindlich, das wäre zu viel gesagt, trotzdem ist da diese ablehnende Haltung … das bilde ich mir doch nicht nur ein? Ich denke eine Weile darüber nach, dann drängt sich mir ein anderer Gedanke auf. Meine Mutter. Sie bräuchte Menschen um sich herum und nicht nur diese Wände, die sie beim Warten anstarrt. Ich habe eine Tageseinrichtung ausfindig gemacht – gemeinsames Singen, Basteln, in die Natur, sogar Kultur. Sie will nicht. Sie braucht niemanden, hat sie mir vehement erklärt, und sie will auch niemanden.

Dabei sind wir auf Hilfe angewiesen. Zumindest morgens. Ich habe die Pflegestufe beantragt – mal sehen, ob zumindest der Medizinische Dienst mit mir einer Meinung ist.

Dann kreisen meine Gedanken wieder um mich selbst. Ich bräuchte auch jemanden. Jemanden zum Reden, einen Gesprächspartner, um meine Gedanken zu sortieren, meine Eindrücke zu verarbeiten. Doris habe ich schon angerufen, aber sie hat keine Zeit. Eines ihrer Kinder ist krank, gut, klar, da habe ich Verständnis. Mein Klavier hilft mir in so einem Fall auch nicht. Eine meiner Freundinnen in Hamburg? Mit Eva könnte ich reden, sie war nicht nur Geschäftskollegin, sondern auch Freundin. Aber nach dem ersten Tag? Schwierig, den Fall zu erklären.

Draußen ist es noch schön, es kühlt langsam ab, wird aber erst in einer Stunde dunkel werden. Kurz entschlossen gehe ich an meinen Schrank: Mit einem Griff habe ich meine Joggingsachen und zieh mich schnell um. Dann überlege ich. Was macht von hier aus Sinn? Der Schlossgarten. Früher bin ich vom Hauptbahnhof zwischen hochgewachsenen Bäumen und grünen Wiesen bis zum Leuze Mineralbad gelaufen und dann wieder zurück. Die Frage ist nur, wie komme ich jetzt dorthin? Bus? Auto? Ich muss mir ein Fahrrad zulegen.

Als ich tatendurstig aus dem Haus laufe, den Autoschlüssel in der Hand, kommt mir meine Mitbewohnerin aus dem dritten Stock entgegen. Im Moment fällt mir nicht mal ihr Name ein, aber ich bleibe kurz stehen.

»Schön, dass ich Sie treffe«, sage ich, und sie sieht mich erschrocken an. »Ist etwas passiert?«, fragt sie schnell.

»Nein, nein«, beruhige ich. Sie sieht so blass und schmal aus, dass mir meine Idee richtig gut vorkommt. »Ich wollte nur sagen«, ich zeige zu meiner Garnitur unter dem dürren Apfelbäumchen, »falls Sie sich auch mal in die Sonne setzen wollen – ich habe das für alle aufgestellt.«

Sie blickt schnell hin, nimmt aber sofort beide Hände wie abwehrend hoch und schüttelt den Kopf. »Vielen Dank, sehr freundlich, aber ich …«, damit schenkt sie mir ein unsicheres Lächeln und geht an mir vorbei.

Ich kann nicht anders, ich drehe mich noch einmal nach ihr um. Dabei fällt mir auf, dass sie ein Bein leicht nachzieht. Eine Krankheit? Dabei ist sie doch noch jung. Keine dreißig, schätze ich. Was ist mit ihr? Soll ich mal Petroschka fragen?

Nein, denke ich, während ich zu meinem Wagen gehe, ich

habe genug mit mir selbst zu tun, ich kann mir nicht auch noch die Geschichten fremder Menschen aufbürden.

Als ich abends im Bett liege, fangen meine Gedanken wieder an zu kreisen. Das Laufen hat mir gutgetan, das Wiedererkennen der alten Plätze, selbst die Luft, die hier irgendwie anders riecht als in Hamburg und mir vertraute Erinnerungen zurückgebracht hat. Voller neuer alter Eindrücke bin ich in meine Wohnung zurückgekehrt und war fast fröhlich. Aber jetzt fühle ich mich doch plötzlich wahnsinnig allein, und meine Stimmung kippt. Wenn ich an morgen denke, habe ich einen unbestimmten Druck im Bauch. Es geht mir nicht gut, denke ich beklommen, es geht mir nicht gut. Unversehens kommen mir die Tränen, obwohl ich das gar nicht will. Ich will nicht in Selbstmitleid zerfließen, tu es aber trotzdem.

2. September Dienstag

Ist es Trotz? Ist es mein Selbsterhaltungstrieb? In dem Moment, da ich am nächsten Morgen die Tür zur Agentur aufdrücke, fühle ich eine Stärke in mir, die mir direkt durch die Blutbahn fließt und mich aufrecht an den Tischen vorbeigehen lässt. Wie gestern nimmt mich kaum jemand zur Kenntnis, darüber bin ich froh. Die, die schon da sind, sind beschäftigt. Gleitende Arbeitszeit, habe ich gestern erfahren. Manche haben Kinder, andere arbeiten zwischendurch von zu Hause aus oder sind für ihre Aufgaben unterwegs. Teamwork mit lauter Individualisten, denke ich und schau mich nach meinen Leuten um. Joshua, Lilli, Anna und Jan. Ob heute Liza da ist? Alle vier sehe ich an einem großen Tisch in der hinteren Ecke des Raumes sitzen. Bin ich zu spät? Es ist Punkt neun. Vielleicht sollte ich in Zukunft etwas früher starten.

»Guten Morgen«, sage ich in die Runde, sie blicken auf und nicken mir zu. Während ich mir einen Stuhl zurechtrücke und mich setze, dreht Joshua sein Laptop etwas in meine Richtung.

»Also«, sagt er, »wir haben uns schon mal Gedanken gemacht. Konkret handelt es sich um drei junge Winzer. Zwei Männer und eine Frau, die jeweils die Weingüter ihrer Eltern übernommen haben und statt der alten Konkurrenz der Eltern ein neues Miteinander schaffen wollen. Und Voll-Öko.«

Ich nicke. Das habe ich gestern schon erfahren.

»Das hier ist beispielsweise der Auftritt des einen Weingutes im Internet.« Nun schiebt er mir das Laptop zu. »Es handelt sich um Lauffen am Neckar, ein altes Anbaugebiet. Dort gibt es vor allem eine große Genossenschaft, aber eben auch diese drei jungen Leute, die sich selbst aufstellen wollen.«

Ich sehe nur brav nebeneinander aufgereihte Weinflaschen vor dem Hintergrund eines Weinberges. Die Flaschen stehen offensichtlich auf einem Biertisch. Immerhin kann man jede einzelne anklicken und bekommt eine Information dazu.

»Das hat ihnen wahrscheinlich ein Bekannter eingerichtet, jedenfalls kein Profi«, bemerkt Anna und streicht eine dunkle Haarsträhne hinter ihr Ohr. Mit ihren ausdrucksstarken, dunklen Augen, den ebenmäßigen Gesichtszügen und den blitzenden Zähnen ist sie eine echte Schönheit, finde ich. Hat sie einen italienischen Einschlag?

»Ja, sieht so aus«, bestätige ich. »Sind die beiden anderen Winzer ähnlich aufgestellt?«

Jan nickt. »Klar. Die sehen das recht nüchtern. Es geht um ihre Weine und die passende Information dazu. Alles pur, kein Schnickschnack.«

»Wir sollten hinfahren«, schlage ich vor, »und uns vor Ort ein Bild machen. Mit den jungen Winzern reden.«

»Sie wollen herkommen«, wirft Lilli ein. Im Gegensatz zu Anna ist sie blauäugig und hat langes, blondes Haar, ebenfalls eine sehr hübsche, junge Frau, denke ich. Joshua wirkt dagegen wie ein noch nicht ganz ausgewachsener Basketballer, groß und schlaksig mit dunkelbraunem Kraushaar, und Jan hat offensichtlich mit seinen Pfunden zu kämpfen. Einer, der gern sitzt. Wahrscheinlich ist er der Internetprofi, denke ich.

»Das eine schließt das andere ja nicht aus«, sage ich. »Aber am Schluss muss das, was wir für sie machen, ja auch zu ihnen passen.«

»Sehr weise.« Es ist leise, und ich sehe nicht, von wem der Kommentar gekommen ist. Anna?

»Es sind drei Namen.« Joshua zieht sein Laptop wieder zu sich hinüber. »Vielleicht können wir uns darüber schon mal Gedanken machen?«

»Okay«, sage ich und sehe zu meinem Tisch, der weiter vorn im Großraumbüro steht. »Bleiben wir hier sitzen? Dann hol ich mir mal mein Arbeitsgerät her.«

»Arbeitsgerät?«, wiederholt Jan.

»Sie meint ihren Laptop«, zischt Lilli.

»Ja, ganz genau«, sage ich. »Laptop und einen Schreibblock. Damit arbeite ich nämlich auch noch.«

Als ich mit meinem Laptop zurückkomme, steht ein Mann mit dem Rücken zu mir am Tisch, der offensichtlich alle gut unterhält. Sie lachen und feixen, erst als ich dazutrete, verstummen alle wie auf Kommando. Der Mann dreht sich nach mir um, ein smarter, schlanker Typ in Poloshirt und Anzug, kantiges Gesicht, gescheitelte, kurz geschnittene, dunkelblonde Haare, Dreitagebart.

Wir schauen uns kurz an, und es kommt mir vor wie ein Kräftemessen. Dann reicht er mir die Hand und lächelt. »Ich bin Marvin.«

Falsches Lächeln, denke ich und erwidere: »Freut mich, Katja.«

»Ja«, er dreht sich zum Gehen um, »dann wünsche ich euch viel Glück.« Alle vier sehen ihm nach.

Es ist gegen 19 Uhr, als ich die Haustüre meines Elternhauses aufschließe.

»Mutti, ich bin's, nicht erschrecken.«

Sie sitzt in der Küche vor dem Teller, den ich ihr in meiner Mittagspause schnell zubereitet habe. *Spaghetti Miracoli,* für mehr war keine Zeit. Alles ist noch genau so, wie ich es vor Stunden hergerichtet habe, der Teller unberührt, das Besteck ebenfalls. Nur die Serviette fehlt.

»Mutti?« Ich setze mich zu ihr.

»Ich mag das nicht«, sagt sie.

»Das ist doch kein Problem«, erwidere ich, »was magst du dann?«

»Ich habe keinen Hunger.«

Sie trägt noch den Morgenmantel, in dem ich sie zu Mittag angetroffen habe. Hat sie sich überhaupt mal vom Tisch entfernt? Ihr Gesicht ist blass und zart. Durchscheinend. Jeden Tag wird sie mehr zum Kind, scheint mir.

Ich räume den Teller ab, und sie legt die Hand auf den Tisch, zur Faust geballt. Dann fällt mir auf, dass sich ihre Hand rhythmisch bewegt. Sie knetet etwas. Die Papierserviette.

»Mama«, sage ich, »worauf hast du denn Appetit? Ein Käsebrot? Das hast du früher immer so gern gemocht.«

»Als Papa noch da war, haben wir oft Käse gegessen.«

»Ja, genau!«, stimme ich sofort zu. »Du magst den französischen Brie doch so gern. Ich habe welchen gekauft. Hast du Lust drauf?«

Sie sieht mich an. Überhaupt das erste Mal, seitdem ich da bin. »Warum ist Boris nicht da?«, fragt sie. »Ist die Schule noch nicht aus?«

Die Frage erschreckt mich wahnsinnig. Sind solche Schwankungen normal? Ich weiß nicht, wie ich reagieren soll.

»Mama, Boris ist ein erwachsener Mann. Sieh mich an, ich bin auch schon erwachsen«, sage ich zögerlich. »Ich bin vierundvierzig Jahre alt und kein kleines Kind mehr. Als ich noch ein kleines Kind war, haben wir oft Käse zum Abendbrot gegessen. Du liebst Camembert und den französischen Brie. Erinnerst du dich?«

Sie nickt.

»Und wenn wir jetzt gemeinsam ein Käsebrot essen, so wie damals, magst du das dann?«

Sie nickt erneut.

»Und vor allem«, sage ich, »musst du etwas trinken. Schau, hier steht Wasser, und ich mach uns noch einen Abendschlummertee, so wie früher. Erinnerst du dich?«

»Ja«, sagt sie, »natürlich erinnere ich mich. Das war immer schön.«

Und dabei sieht sie so zerbrechlich und verloren aus, dass es mich rührt. »Ja«, flüstere ich, »das war immer schön.«

Erst, als ich in meiner eigenen Wohnung bin, schaffe ich es, mal so richtig durchzuatmen. Ich öffne die Fenster weit und hol tief Luft. Ein und aus, ein und aus. Wahnsinn! Dann ruf ich Boris an.

»Boris, sie hat unglaubliche Schwankungen. Vorhin hat sie auf dich gewartet – sie dachte, du bist noch in der Schule.«

Er lacht. »Quatsch. Als ich vor zwei Tagen bei ihr war, war sie völlig normal!«

»Dann bist du blind, oder du willst es nicht sehen. Jedenfalls kommt demnächst der Medizinische Dienst. Und am liebsten wäre mir, sie hätte jemanden im Haus. Ganztags. Sie kann das nicht mehr, ihre Tagesform schwankt. Heute hätte sie beispielsweise nichts gegessen, wenn ich nicht danebengesessen hätte – und noch schlimmer, allein trinkt sie nichts.«

»Mein Gott, Katja, früher warst du doch nicht so ängstlich. Sie ist siebenundsiebzig. Was erwartest du? Da kann sie auch mal was vergessen.«

»Ich habe sie vorhin ins Bett gebracht. Und das Bett frisch bezogen. Verstehst du? Noch ist sie nicht inkontinent, Gott sei Dank, aber so was kann irgendwann passieren, wer ist dann da? Ich habe einen Job und kann keine vierundzwanzig Stunden bei ihr sein.«

»Katja …«

»Sie lässt sich auch nicht von mir duschen.«

»Und von mir auch nicht. Das hatten wir schon!«

»Wir können sie nicht so dahinvegetieren lassen, Boris, wir brauchen eine Lösung. Für sie und für uns.«

»Dahinvegetieren. Wenn man dich hört …«

»… was ist dann?«

»… dann bestätigt sich mal wieder, dass Frauen maßlos übertreiben.«

»Danke fürs Gespräch!«

Ich bin so aufgebracht, dass ich mich erst mal ans Klavier setzen muss. Rachmaninow. Ich hämmere auf die Tasten, bis mir klar wird, dass es wahrscheinlich durchs ganze Haus dröhnt.

»So ein elender Mist«, schreie ich die Wand an, lass die Hände sinken und schau auf mein Smartphone. Kurz nach neun. Ein Anruf in Abwesenheit. Allerdings vor fast zwei Stunden. Heiko.

Zuerst zögere ich, dann rufe ich zurück.

»Ich wollte vorhin nur nachfragen, ob du nicht vielleicht noch was zum Schrauben, Bohren oder sonst wie Hämmern hast?«, will er ohne Begrüßung wissen.

»Sonst wie Hämmern?« Ich muss lachen. »Sonst wie Hämmern vielleicht schon, wenn du gerade Lust auf Sex haben solltest.«

Kurz ist es still.

»Hast du was getrunken?«, fragt er dann nach.

»Noch nicht, aber einen völlig be… knackten Tag gehabt.«

»Und dagegen ist Sex gut?«

»Ein Glas Wein, Sex, alles, was ablenkt.«

»Das schafft aber keine Lösung – oder doch?«

»Sex *ist* doch die Lösung!« Während ich es so entschieden sage, höre ich undeutlich eine Stimme im Hintergrund. »Ach, du bist nicht allein?«

»Nein«, sagt er schlicht und fügt dann mit einem Lächeln in der Stimme an: »Obwohl mir dein Lösungsansatz gut gefallen hätte.«

Ich lege auf und komme mir völlig bescheuert vor. Jetzt mache ich ihn an, und er hat da eine Tante im Bett.

Mannomann!

Doris? Kann ich sie noch anrufen? Aber um diese Uhrzeit? Sie hat Familie, das bremst mich.

»Katja«, sage ich laut, »du bist eine erwachsene Frau und musst mit deinen Problemen selbst fertigwerden. Also stell dich nicht so an! Genehmige dir ein Glas Wein und schau in deinem iPad nach einer netten Geschichte. Und wenn du dort nichts findest, gibt es ja auch noch Bücher.«

Und mit dem Gedanken stellt sich auch wieder bessere Laune ein.

Ich beschließe, erst morgen wieder über alle Probleme nachzudenken.

5. September Freitag

Selten habe ich ein Wochenende so herbeigesehnt wie in dieser ersten Arbeitswoche. Und das liegt nicht an der Aufgabe, drei junge Winzer neu aufzustellen, das finde ich sogar reizvoll. Es ist diese andere Sache, die ich nicht richtig benennen kann. Aber es liegt etwas in der Luft.

In den vergangenen Tagen haben wir zunächst alle Unterlagen durchgesehen, die wir von den drei jungen Winzern zugeschickt bekommen haben, um uns einen Überblick zu verschaffen. Am Mittwoch ist dann auch Liza zu uns gestoßen, sie war noch mit einem anderen Projekt beschäftigt. Sie ist weniger auffallend hübsch wie Lilli oder Anna, etwas dicklich, mit kurzen Haaren, aber mit hellwachem Geist, das fällt mir gleich positiv auf.

Weniger positiv fällt mir auf, dass meine Vorschläge einfach überredet werden. Es ist, als ob ich gar nicht da wäre. Ich weiß nicht, wie ich reagieren soll. Mit der Faust auf den Tisch hauen? Das wäre lächerlich. Mich mit Sven beraten? Das wäre ein Armutszeugnis.

Nächste Woche wollen wir zu den Winzern nach Lauffen fahren und uns mit den drei Auftraggebern vor Ort beraten. Darauf freue ich mich – und vielleicht verbessert das ja auch unser Verhältnis.

Heute bin ich zunächst mal froh, dass die erste Woche rum ist. Endlich ist Freitag. Ich muss abwarten, um welche Uhrzeit sich die Mitarbeiter ins Wochenende verabschieden. Und ob mich Sven wohl noch einmal sprechen will? Während der Tage habe ich ihn nur immer mal kurz gesehen, aber nicht mehr gesprochen.

Am frühen Nachmittag gehe ich in die Küche, um mir an der Hochleistungskaffeemaschine einen Espresso herauszulassen. Ich tu es vor allem, um mir ein bisschen Bewegung zu verschaffen. Vielleicht auch Abstand von meinen Teamkollegen. Ein neuer Blickwinkel, bilde ich mir ein.

Vor mir steht ein breitschultriger Mann, der sich nach mir umdreht, als ich hereinkomme, und dann etwas zur Seite rückt.

»Ich kämpfe noch«, sagt er und deutet auf die Maschine. »Sie überlegt gerade, ob sie mich heute bedient.«

Er schenkt mir ein Lächeln. Der erste normale Mensch hier, denke ich und erwidere sein Lächeln. »Was hat sie denn?«, frage ich.

»Ein einfacher Espresso ist ihr zu langweilig. Sie will mir jedes Mal beweisen, dass sie mehr kann. Komplizierte Dinge, Mischungen mit Milch und Zucker und Schokoladenpulver. Ich will aber immer nur etwas Einfaches. Das nervt sie!«

Tatsächlich blinken sämtliche Lichter an der Maschine.

Ich muss lachen. »Das ist die erste Kaffeemaschine, die offensichtlich kommuniziert«, sage ich. »Und wenn ich jetzt auch nur einen Espresso wünsche, was macht sie dann?«

Er zuckt die Achseln. »Wahrscheinlich explodiert sie vor Gram!«

»Oje!«

Er lacht. »Ich nehme an, Sie sind Katja? Ich bin Rolf.« Er streckt mir die Hand hin, und ich drücke sie gern. Sie ist warm und fest.

»Ja«, sage ich und denke, er siezt mich. Das ist ungewöhnlich. »Ja, ich bin von Hamburg hierher gewechselt.«

»Und wie geht es Ihnen?« Etwas in seinem Blick macht mich stutzig.

Doch als ich nachfragen will, kommt eine junge Frau herein und er nimmt seine gefüllte Espressotasse. »Hat also doch geklappt«, sagt er und nickt der Maschine zu. »Danke!«

Ich sehe ihm nach. Rolf, denke ich, den Namen muss ich mir merken. Und den Typ auch. Da muss ich noch mal nachfragen.

Kaum an meinem Platz zurück, klingelt mein Smartphone. Privatgespräche sind ungern gesehen, das ist mir schon klar, aber es ist eine mir unbekannte Stuttgarter Nummer.

Die Pflegekasse meiner Mutter meldet sich, und eine geschäftige Frauenstimme erklärt mir, dass kurzfristig ein Termin frei geworden sei und Herr Kurzmann vom Medizinischen Dienst deshalb am Montag um 16 Uhr zur Pflegebegutachtung kommen könne. Ob die angegebene Adresse stimme? Ich bejahe, und schon verabschiedet sie sich und wünscht mir noch einen schönen Tag.

Den habe ich heute nicht mehr, obwohl draußen die Sonne scheint und es ein strahlender Tag ist. Ich schau mich nach Rolf um. Ich schätze ihn auf etwa Mitte vierzig, also in meinem Alter, und ich habe sein Gesicht gut vor Augen. Seine eindrückliche Mimik, die dunklen Augen, die mich für den Bruchteil einer Sekunde festgehalten haben. Allerdings sind die Räumlichkeiten hier verzweigt, neben dem Großraumbüro gibt es noch etliche Rückzugsmöglichkeiten, auch kleine Zimmer, sollte man für ein Projekt seine Ruhe haben wollen, sodass ich ihn nicht finden kann. Und zudem ja noch ein weiteres Agentur-Stockwerk über uns.

Schade, denke ich, vielleicht hätte ich wichtige Hintergründe erfahren.

Basiswissen.

Ich gehe zu meinem Team zurück, sie tüfteln gerade an einem zugkräftigen Namen herum. Ich finde ja, zunächst sollten wir die Weinberge und Weingüter sehen und mit den Personen sprechen, dann würde uns sicherlich etwas Passendes einfallen. Aber im Moment habe ich keine Lust, mich einzumischen.

»Trinkt ihr überhaupt Wein?«, frage ich spontan und bereue die Frage augenblicklich.

»Das letzte Projekt haben wir für Porsche gemacht«, sagt Lilli sofort, »und keiner von uns fährt einen Porsche.«

»Noch nicht«, antworte ich.

»Kein Interesse«, erklärt Lilli. »Wir sind auch in der Straßenbahn attraktiv.«

Alle lachen, ich auch. »Stimmt«, sage ich. »In eurem Alter sieht man auch ungeschminkt in einem Jutesack gut aus, und trotzdem streben alle nach teurem Make-up und Designerklamotten.«

Liza zuckt die Achseln. »Das sind eben die Brands, das ist unser Job.«

Um 17 Uhr bin ich eine der Letzten, die geht. Und ich fahre direkt zu Doris. Ihr Café ist voll, jeder Tisch ist besetzt, und ich überlege gerade, was ich tun soll, als Doris mich entdeckt und mit einem voll beladenen Tablett auf mich zukommt. »Dahinten rechts in der Ecke sitzt Heiko, siehst du ihn?«

Tatsächlich hatte ich ihn im ersten Moment übersehen, aber jetzt hat auch er mich erkannt und hebt den Arm.

»Hi«, begrüßen wir uns mit einem Wangenkuss.

»Gut, dass du hier bist, ich hätte sonst wieder gehen müssen«, sage ich.

»Seit wann gibst du denn so schnell auf?«, neckt er mich.

Ich ziehe die Augenbrauen hoch. »Ja, du hast recht. Das liegt eigentlich nicht in meiner Natur.«

»Was ist los?«

Die einfache Frage tut gut. Endlich jemand, mit dem ich reden kann. Heiko hört zu, analysiert, sagt seine Meinung, und schließlich legt er seine Hand auf meine.

»Weißt du, was dir guttun würde?«

»Nein«, ich überlege. »Nein, wirklich nicht.«

»Eine Stunde mit mir in den Wald zu gehen. Durchatmen. Loslassen. Den Bäumen und Tieren zuhören – sehen, hören, riechen.«

Ich nicke. »Ja, danke. Du hast recht.«

Eine Stunde später sind wir in einem Wald, in dem ich noch nie war. Kein Weg, kein Steg, umgestürzte Bäume, Dickicht, völlig naturbelassen. Keine befestigten Wanderwege, nur getrampelte Fußwege, teils von einzelnen Brombeerzweigen überwachsen, teils geht es durch hohe Farne hindurch. Eine schmale Holzbrücke führt über einen kleinen Bach, der von irgendwo herunterstürzt, man hört ihn mehr, als dass man ihn sieht. Es ist wie in einer anderen Welt.

»Pass auf, wohin du trittst«, sagt Heiko vor mir und dreht sich im Gehen nach mir um. Er sieht anders aus. Seine Gesichtszüge sind entspannt, er lächelt. »Alles klar?«, will er wissen.

»Es ist wunderschön«, sage ich. »Ich wusste nicht, dass es so nah an Stuttgart so etwas überhaupt gibt.«

»Retoure à la nature.« Er zwinkert mir zu.

»Jean-Jacques Rousseau«, sage ich wie aus der Pistole geschossen. Heiko lacht. »Haben wir nicht mal was von ihm gelesen?«

Er bleibt stehen. Wir waren beide im Französisch-Leistungskurs, aber Rousseau?

»Camus«, sage ich. »*L'étranger.*«

Er nickt. »Und *Rhinocéros* von Ionesco. Das fand ich richtig gut!«

»Verwandeln sich da nicht nach und nach alle Menschen in Nashörner und trampeln nieder, was ihnen im Weg steht?«

»So habe ich es auch in Erinnerung. Die Nazis waren solche Nashörner.«

»Und heute trampeln sie schon wieder ...«

Einen Moment lang sieht er mich so intensiv an, dass ich fast glaube, er will mich in den Arm nehmen. Aber dann dreht er sich um und geht weiter. »Tja«, höre ich ihn sagen, »der Mensch lernt nicht aus der Geschichte. Wer hat das gesagt?«

»Gandhi«, sage ich. »Die Geschichte lehrt die Menschen, dass die Geschichte die Menschen nichts lehrt.«

»Du bist ja richtig gut! Nimm hinter der nächsten Biegung am besten die Arme hoch, der Farn wird hier so dicht und hoch, da kommst du besser durch.«

»Dafür kennst du dich hier richtig gut aus. Bist du oft hier?«

»Es ist mein Wald!«

»*Dein* Wald?« Meine Stimme klingt so erstaunt, dass er lachen muss.

»Mein Wald im übertragenen Sinne. Ich liebe ihn. Ich kenne ihn. Ich bin oft hier.«

»Ach so!«

Ich gehe hinter ihm her und lass meine Gedanken schweifen. Und meine Sinne. Ich höre Vogelstimmen und das Knacken des Holzes, und ich rieche ständig etwas anderes. Mal wie Fäulnis, dann wieder süßlich nach Blumen.

»Wir kommen mir vor wie Hänsel und Gretel«, sage ich schließlich, und er dreht sich kurz zu mir um.

»Gleich kommen wir ans Knusperhäuschen ...«, meint er.

Schön wär's, denke ich, denn wir sind ja völlig unvorbereitet aufgebrochen. Der einzige Unterschied zu einer naiven Sonntagstouristin sind meine festen Schuhe, aus meiner Wetterkiste im Auto. Ansonsten trage ich noch mein Büro-Outfit, einen schmalen Rock und eine hellblau-weiß gestreifte Bluse. Heiko steckt dagegen in Jeans und T-Shirt, wahrscheinlich wie immer.

Aber tatsächlich, als wir um eine weitere Biegung kommen, öffnet sich eine Lichtung mit einem kleinen Blockhaus. Vielleicht für Holzarbeiter, denke ich, leider kein bewirtschafteter Kiosk, das hätte mir in diesem Moment besser gefallen. Trotzdem bleibe ich stehen. Die Lichtung ist nicht nur eine Lichtung, sondern in der Mitte steht ein einzelner, mächtiger Baum und nicht weit davon entfernt eine mit Steinen umfasste Feuerstelle.

»Spürst du was?«, fragt Heiko.

Ich sehe ihn ratlos an. »Durst!«, sage ich.

»Zu profan. Zu weit oben. Tiefer!«

»Tiefer?« Ich schau nach unten. An meinem blauen Stoffrock hängen unzählige kleine, runde Kletten. Ich bin praktisch von ihnen übersät.

»Was meinst du?«

»Du sollst tiefer denken.«

»Tiefer denken?« Im Moment kann ich ihm nicht folgen. »Wenn ich noch tiefer denke, bin ich bereits bei meinen Füßen.«

»Katja!«

»Ja?« Ich schau auf. Folgsam, wie ich dabei bemerke.

»Dort!« Er weist auf den Baum. »Sie ist vierhundertzwanzig

Jahre alt. Nicht die älteste Eiche in Deutschland – aber immerhin.«

»Vierhundertzwanzig Jahre?«, wiederhole ich, weil mir das im Moment völlig unglaubhaft erscheint. »Hier?«

»Hier!«

»Müsste so ein wertvoller Baum nicht geschützt sein?«

»Sie ist geschützt. Kaum jemand weiß, dass es sie gibt.«

»Geschützt durch Unwissenheit.«

Ich gehe näher an den Baum heran. »1618«, sage ich, »Beginn des Dreißigjährigen Krieges. Was glaubst du«, sage ich zu Heiko, »hat diese Eiche alles gesehen?«

»Tod? Geburt? Vielleicht wurde hier Recht gesprochen?«

»Recht? Das ist dann aber doch wohl noch länger her … sprichst du von den Kelten? Aber die waren um 1620 doch schon längst weg …«

»Sie sind um Christi Geburt im Römischen Reich aufgegangen. Das ist ihnen nicht schwergefallen, ihre Kultur war ähnlich. Und die Römer waren jedenfalls in Schwaben.«

Ich weiß zu wenig über die keltische Kultur, also schweige ich lieber und streiche mit der Hand über die dicke, rissige Rinde. »Unglaublich. Da tüfteln wir Menschen wie verrückt an der Unsterblichkeit herum, und ein Baum macht es uns vor.«

»Ja«, bestätigt Heiko, »die Femeiche bei Erle ist sogar etwa achthundert Jahre alt.«

Ich sehe nach oben in das weit ausgebreitete Geäst. »Wahnsinn!«

Heiko steht neben mir und sieht ebenfalls nach oben. »Man bekommt Lust, sich mit ihr zu verbrüdern«, sagt er.

»Oder zu vereinigen«, sage ich.

Und in dem Moment, da ich es sage, spüre ich, wie meine Libido anschlägt. Halt! Langsam, denke ich.

Aber dann: Warum eigentlich nicht?

Unsere Blicke treffen sich. Sein Gesichtsausdruck hat sich

verändert, seine Lippen sind schmaler geworden. Er beugt sich etwas herunter, sodass wir uns direkt in die Augen sehen. Noch forscht er, was ich will. Da greife ich ihm in den Nacken, und während wir uns immer fordernder küssen, spüre ich, wie er mir den Rock hochstreift. Ich spüre einen Mann, den ich mit meinen Beinen umklammere, und einen Baum, dessen harte Rinde an meinem Rücken scheuert. Es ist der schnellste Orgasmus, den ich je hatte, und wir kommen fast gleichzeitig. Aneinandergeklammert verharren wir, bis er mich sachte auf den Boden gleiten lässt.

»Endlich«, sagt er schließlich, während er mich noch immer an sich drückt. »Nach dreißig Jahren hat sich mein Wunsch erfüllt.«

Ich schiebe meinen Slip wieder in seine Position zurück. »Vor dreißig Jahren warst du vierzehn«, überlege ich. »Quatsch. Mit vierzehn warst du doch noch ein Bub.«

»So hast du mich vielleicht gesehen«, erwidert er. »Ich mich nicht.«

Ich lehne mich an ihn.

»Ihr Mädchen habt euch damals nur für die Älteren interessiert, das war schon klar. Aber unsere Sehnsüchte hatten wir trotzdem.«

Ich ziehe meinen Rock herunter, während Heiko seine Jeans schließt.

»Tja«, sage ich, »und nun ist es passiert, dreißig Jahre später, und wir können es noch nicht mal begießen.«

»Das würde ich so nicht sagen.«

Er grinst und zieht mich dann in Richtung des kleinen Blockhauses. Ich sehe staunend zu, wie er einen Schlüssel aus seiner Hosentasche zieht und die Tür aufschließt. »Mehr als Bier kann ich dir allerdings nicht bieten«, er deutet auf die Holzbank, die an der Hütte steht. »Warte kurz.«

Ich setze mich hin und sehe mich um. Neben der Hütte ist

ein fein säuberlich aufgestapelter Holzstoß, dahinter stehen zwei Biertische und Bierbänke.

»Ist das dein Ferienschloss?«, frage ich, als Heiko mit zwei Flaschen in der Hand wieder herauskommt.

»Nein, eigentlich ist es nur eine primitive Waldarbeiterhütte. Aber immerhin hat sie einen Kühlschrank. Der kühlt normalerweise auch. Allerdings muss dazu der Generator laufen ...«, er reicht mir eine Flasche.

»Ist doch gut kühl«, stelle ich fest.

»Trick siebzehn. Eine ausgebuddelte Grube im Lehmboden.«

»Du kennst dich gut aus«, stelle ich fest, während er sich neben mich setzt. Er zuckt die Schultern.

»Und du hast einen Schlüssel«, bohre ich weiter.

»Waldarbeiten sind mein Hobby«, sagt er und hebt seine Flasche zum Anstoßen. »Prost, Katja, du Traum meiner schlaflosen Nächte.«

Ich muss lachen. »Das hättest du mir damals ins Poesiealbum schreiben sollen.«

Dann sitzen wir eine Weile stumm nebeneinander.

»Ist schon komisch«, sinniere ich schließlich. »Jetzt haben wir uns jahrelang nicht gesehen, und dann passiert so was. Was war das?«

»Eine Explosion«, sagt er, ohne zu überlegen.

»Eine Explosion?«

»Ja, hast du das nicht gemerkt? Keiner von uns war vorbereitet, oder hast du gedacht, heute muss es sein, nachher verführe ich ihn?«

Ich schüttle den Kopf.

»Siehst du«, sagt er und nimmt einen Schluck, »ich auch nicht. Es gibt Dinge, die passieren. Ich habe dir ja gesagt, dieser Platz hat etwas, ist mystisch. Eine Kraftquelle? Woher rührt sie? Von der Vergangenheit? Von der Eiche?«

Ich sehe hinüber zu der Eiche.

Sie ist groß und beherrschend, ja, und in ihrer Mächtigkeit könnte sie auch angsteinflößend sein, ich kann mir gut vorstellen, dass man zumindest nachts alles Mögliche in sie hineinfantasieren kann.

»Hat das jetzt was mit uns gemacht?«, will ich wissen.

»Was meinst du?«

»Nun, verändert sich unser Verhältnis dadurch?«

Aus den Augenwinkeln sehe ich, wie er mich ansieht.

»Willst du das?«, will er wissen.

»Es kam ein bisschen plötzlich«, weiche ich aus.

»Dann lassen wir es so, wie es war?«

Ich nicke, und er nimmt einen weiteren, tiefen Schluck aus seiner Flasche. Und ich frage mich, ob es die richtige Entscheidung war. Aber im Moment weiß ich selbst nicht, was ich will. Eigentlich hätte ich gern einen Menschen an meiner Seite, mit dem ich reden, lachen und weinen kann, und andererseits möchte ich mich nicht schon wieder so einschränken lassen. Ich möchte nicht schon wieder darüber nachdenken müssen, wann er kommt, was er tut, wo er gerade ist, ob ich ihn mit einer Bemerkung verletze oder ob ich ein Treffen mit einer Freundin einhalten kann, ohne eine misstrauische Bemerkung hören zu müssen. Ich möchte frei sein.

Eigentlich.

Aber eigentlich fühle ich mich auch ganz schön allein.

Ich schau zu ihm rüber und sehe, dass er lächelt.

»Was ist?«

Er schüttelt nur leicht den Kopf. »Ein Gedanke. Nicht wichtig«, dann betrachtet er seine Bierflasche. »Leer. Und deine?«

Ich trinke aus und halte die Flasche ebenfalls gegen das Licht.

»Leer.«

Er greift danach und entsorgt sie beide in der Hütte, schließt gewissenhaft ab und dreht sich dann nach mir um.

»Es ist mir trotzdem noch wichtig. Du sollst wissen, dass es etwas bedeutet hat. Hier, unter der Eiche, mit dir hat es etwas bedeutet. Für mich. Mehr, als du dir vielleicht vorstellen kannst.«

Ich antworte nicht darauf. Es hat irgendwie staatsmännisch geklungen, dabei war es doch nur eine schnelle – wie hat er gesagt – Explosion.

»Wir können den schönen, wilden Weg durch den Wald zurücknehmen oder die Abkürzung. Hier, hinter der Hütte, gibt es natürlich einen Fahrweg für die Arbeiter. Das ist die direkte Linie.«

Ich denke an meine Mutter und entscheide mich für die direkte Linie. Aber es ist nicht mehr dasselbe. Wir gehen nebeneinanderher, und ich weiß nicht, wie es gewesen wäre, wenn ich für eine Beziehung gestimmt hätte.

Anders?

Hätten wir dann eng aneinandergeschmiegt gescherzt und gesungen, hätten wir uns geküsst und wären an einer der weichen Moosböschungen zum Liegen gekommen? Hätten uns noch einmal geliebt?

Ich weiß es nicht. Es ist jedenfalls anders als auf dem Herweg. Distanzierter. Kühler. Und ich fühle mich nicht mehr wohl.

Als wir nach einer halben Stunde vor unseren Autos stehen, küssen wir uns flüchtig zum Abschied, und ich bin froh, als ich allein im Auto sitze. Heiko fährt voraus, und erst, als wir aus dem Wald herausfahren, sehe ich im Rückschild das Verbotsschild.

Forstweg

Gesperrt für Motorfahrzeuge
und Pferdegespanne

•

Frei für Forstbetrieb

•

Zuwiderhandlungen werden
mit Bußgeld geahndet

Ich habe ihn nicht gefragt, und ich werde auch nicht schlau daraus. Er hat den Schlüssel zu der Hütte – hat er also eine Forstbetrieb-Berechtigung? Oder wie geht das?

Mama hat einen guten Tag. Das freut mich besonders. Ich habe die Haustür mit gemischten Gefühlen aufgeschlossen, aber sie sitzt entspannt im Garten. Diese »Gartenlaube«, wie er sie nannte, hat Papa noch gebaut, einen mit Schilfmatten überdachten

Essplatz, von dem aus man einen schönen Blick über den Garten hat.

»Hallo, Mama, da bist du also«, freue ich mich und küsse sie zur Begrüßung.

»Ja«, antwortet sie, »da bin ich.«

Sie trägt eine graue Flanellhose zu einem roten Pullover und sieht wirklich gut aus.

»Warst du den ganzen Tag allein?«, will ich wissen. Könnte ja sein, denke ich, dass meine Schwägerin mal den Weg hergefunden hat.

»Nur Frau König war da«, sagt sie und lächelt vor sich hin.

Frau König, denke ich, Frau König war die Nachbarin und ist seit mindestens zehn Jahren tot.

»Also Frau König.« Ich überlege. »Was hat sie denn gesagt, die Frau König?«

»Sie hat mir Erdbeeren gebracht. Wie immer. Aber«, und jetzt trifft mich ein strafender Blick, »ich hatte überhaupt nichts da, um sie zu bewirten.«

»Kaffee ist doch da«, beschwichtige ich. »Und der passt doch zum Erdbeerkuchen.«

»Erdbeeren«, korrigiert sie mich.

»Ja, du hast recht. Apropos, wollen wir essen gehen? Hast du Hunger?«

Sie fasst sich an den Magen. »Ja«, sagt sie dann zögernd, »außerdem wird es bald dunkel, da sollte man doch besser reingehen?«

»Völlig richtig! Pass auf, ich hol dir jetzt was zum Trinken, und dann reserviere ich uns einen Platz in einem guten Restaurant. Wo magst du hingehen?«

Sie überlegt, und ich überlege auch. Ich bin einfach noch zu frisch hier. Während ich ihr ein Glas Wasser hole, schreibe ich Doris eine Nachricht und habe kurz danach vier Vorschläge auf dem Display. Das nenne ich mal eine patente Freundin.

Und eines der Restaurants, gutbürgerlich und ziemlich in der Nähe, hat sogar einen Tisch frei. Und noch besser für mich ist, dass Mama glaubt, das Restaurant wiederzuerkennen, und sich vom ersten Moment an wohlfühlt. Sie ist sogar so aufgekratzt und dem Kellner gegenüber so leutselig, dass ich ihm kurz zuzwinkern muss, was er mit einem Lächeln quittiert. Und ich freu mich, wie er mitspielt und meine Mutter hofiert. Sie genießt seine Aufmerksamkeit und ist rundum glücklich, lacht und scherzt. Das wird unser Stammlokal, beschließe ich und lege zum Abschied ein fürstliches Trinkgeld hin.

Samstagsfrühstück

Der Samstag ist mein Tag, entscheide ich, als ich morgens aufwache und meine Augen noch geschlossen halte. Samstag. Herrlich. Wie spät mag es sein?

Egal. Heute bin ich die Herrin über meinen Tag. Gar nichts tun? Wegfahren? Einen Ausflug?

Meine Mutter fällt mir ein. Soll ich sie mitnehmen? Vielleicht einen Ausflug an den Bodensee? Wie nennt mein Bruder die Autobahn zwischen Stuttgart und Konstanz: Spätzle-Highway? Das Bild schreckt mich ab. Tausende von Schwaben, die sich dort in den Freibädern und an den Ufern drängen und durch die Städte pilgern. Obwohl, vielleicht wäre es doch ganz nett. Konstanz, Meersburg, Überlingen. Lindau mochte ich früher auch ganz gern, aber für einen Kurzausflug erscheint mir das östliche Ufer zu weit. Dann also doch eher Konstanz. Und das Ganze mit Mutti, wird ihr das überhaupt gefallen? Vielleicht eine Bootsfahrt von Konstanz aus?

Warum nicht? Bis auf ihre Demenz fehlt ihr ja nichts. Sie ist fit, hat keine Gehprobleme und auch ihre Blase noch unter Kontrolle.

Vielleicht täte ihr das gut?

Ich dreh mich auf die andere Seite und merke plötzlich, wo ich meine Finger habe. Morgenbefriedigung … und mit dem Fingerspiel schweifen meine Gedanken ab. Heiko. Was war das gestern?

Eigentlich war es doch toll.

Wir sind einfach übereinander hergefallen und haben uns aneinander abreagiert.

Die Vorstellung macht mich an, und ich spüre, wie meine Finger schneller werden. Und dann beschließe ich, meinen Gedanken freien Lauf zu lassen und erst nachher weiterzugrübeln.

Der Kaffeedurst treibt mich nach einer Weile aus dem Bett. Eigentlich will ich noch gar nicht aufstehen, sondern mit meiner Kaffeetasse gleich wieder ins Bett zurück, aber als ich in der Küche stehe und hinausschaue, bekomme ich Lust, mich mit einem Frühstück unter den Apfelbaum zu setzen. Die Passanten, die ich sehe, sind kurzärmelig unterwegs. Und noch etwas fällt mir auf, sie sind originell gekleidet. Nicht einfach Jeans und T-Shirt, wie ich in meiner Freizeit, nein, eher extravagant. Vintage. Stylish.

Ist hier irgendwo ein Nest? Ich mache mir Gedanken und richte derweil mein Frühstück. Schließlich ist mein Tablett mit aufgebackenen Brötchen, Butter, Honig, einem Ei und einem weiteren Cappuccino randvoll bepackt, und ich balanciere es hinaus in den Garten. Gerade sehe ich noch, wie Fräulein Gassmann von unserem Weg auf den öffentlichen Gehsteig einschwenkt, das Klack-Klack ihrer Walkingstöcke höre ich bis hierher. Wahrscheinlich würde sie die Dinger auch als Waffen benutzen, denke ich, während ich ihr nachsehe und froh bin, dass ich ihr nicht begegnet bin. Auf manche Menschen kann ich ganz gut verzichten. Sie gehört dazu.

Die beiden Stühle stehen zusammengeklappt an der Hecke, aber der kleine Tisch wartet unverändert an seinem Platz. Etwas staubig zwar, aber immerhin hat ihn niemand weggeräumt. Mein Tablett passt perfekt darauf, und gerade klappe ich den einen Stuhl für mich auf, als Lisa Landwehr aus dem Haus kommt. Heute trägt sie ein geblümtes, luftiges Sommerkleid, und erneut fällt mir auf, dass sie ihr Bein etwas nachzieht. Vielleicht hat sie es ja auch einfach nur angeschlagen?

Diesmal entkommt sie mir nicht.

Ich würde sie wirklich gern kennenlernen.

»Lisa«, sage ich, stehe auf und gehe ihr entgegen. »Das trifft sich gut, haben Sie Zeit für einen Kaffee? Ein kleines Frühstück?«, ich weise zu meinem Tisch. Sie bleibt stehen, sieht mich an und zögert. Wie ein Reh auf der Flucht kommt sie mir vor.

»Das ist sehr aufmerksam von Ihnen«, sagt sie schließlich.

»Keine Absage«, erkläre ich schnell. Das entlockt ihr ein kleines Lächeln. Sie ist ungeschminkt und wirklich sehr zart.

»Ich wollte gerade zum Frühstücken in das kleine Café an der Ecke ... muss ich gestehen.«

»Na, dann«, ich weise zu dem kleinen Tisch, »da trifft es sich ja noch besser. Allerdings kann ich nur Brötchen, Butter und Honig bieten – ein Ei und einen Cappuccino. Wenn das passt?«

Sie nickt lächelnd.

»Dann, Augenblick.« Ich klappe den zweiten Stuhl für sie auf und räum das Tablett leer. »Bin gleich wieder da. Fangen Sie bitte schon mal an, Ei und Cappuccino werden sonst kalt.« Damit gehe ich zum Hauseingang. Ich freu mich. Ein gemeinsames Frühstück, das hatte ich gar nicht erwartet.

Als ich zurückkomme, sitzt sie entspannt auf dem Stuhl und sieht in das Geäst des Baumes. »Komisch«, sagt sie, als ich alles vom Tablett auf den Tisch räume und mich schließlich neben sie setze, »er hat doch alles. Garten, Erde, genügend Wasser – und trotzdem will er nicht so richtig wachsen.«

»Vielleicht fehlt ihm Liebe?«, sage ich spontan.

Sie sieht mich an. Es sind helle, wache Augen, sehe ich jetzt.

Sie ist eine echte Rothaarige, deshalb die blasse Haut, die leichten Sommersprossen.

»Ja«, antwortet sie, »das könnte sein. Ohne Liebe wächst noch nicht mal ein Baum.«

»Ich nehme an, er ist einsam. Man sagt doch immer, dass Bäume auch Familien bilden, zumindest gibt es Bücher darüber. Und er steht mutterseelenallein da.«

Lisa wendet den Blick vom Baum ab und sieht mich an. »Welchen Beruf haben Sie? Therapeutin?«

Ich muss lachen. »Ja und nein. Ich versuche, den Menschen Dinge zu verkaufen, die sie möglicherweise gar nicht brauchen. Ich suggeriere ihnen aber, dass sie diese Dinge unbedingt haben müssten.«

»Aha«, sie überlegt. »Und die Dinge, die Sie den Menschen suggerieren, die rechne ich dann zusammen.«

»Darüber muss ich jetzt nachdenken«, sage ich und klopfe mein Ei auf.

»Es ist ganz einfach: Ich sitze bei *Aldi* an der Kasse.«

»Ehrlich?«

»Ja, wirklich!«

Ich kann nicht anders, ich starre sie an. »Ich hätte eher auf ... ich weiß nicht, auf etwas Künstlerisches getippt ... das erstaunt mich jetzt total!«

»Tja«, sagt sie. »Und Sie?«

»Ich arbeite in einer Werbeagentur. Ich bin in Stuttgart aufgewachsen, war vierundzwanzig Jahre in Hamburg und bin zurückgekommen, weil meine Mutter dement wird und Hilfe braucht.«

Lisa nickt. »Das ist hart«, sagt sie. »Das Leben kann ganz schön hart sein.«

Sie sagt es so in sich versunken, dass ich zögere. Ich würde gern nachfragen, möchte aber nicht aufdringlich sein.

»Wie alt ist Ihre Mutter denn?«

»Siebenundsiebzig. Und körperlich fit. Ich hätte nie gedacht, dass so etwas kommt. Und schon gar nicht mit siebenundsiebzig!«

»Darauf nimmt das Schicksal keine Rücksicht.«

Sie wirft mir einen schnellen Seitenblick zu und greift dann nach ihrer Tasse. »Aber es ist lieb von Ihnen, dass Sie mich unter Ihren Apfelbaum einladen ...«

»Es ist nicht meiner«, sage ich schnell.

Sie lächelt und streicht sich dann ein Brötchen mit Butter und Honig.

»Erzählen Sie mir ein bisschen von Ihrer Werbeagentur? Was machen Sie da genau?«

Ich merke, dass sie von sich ablenken will. Und bald fließt das Gespräch in unverfänglichen Bahnen. Und zu meinem Erstaunen erfahre ich, dass ich hier in einer Hipster-Gegend gelandet bin.

»Es ist wie in Berlin«, sagt sie. »Eigentlich waren es nur alte Gründerzeithäuser. Billig zum Wohnen, wenig Komfort. Junge Leute haben sich ganz gern hier irgendwo ihre Studentenwohnungen gesucht, oft auch WGs, selbst streichen, selbst renovieren, eben herumbasteln, bis die Gegend dann plötzlich entdeckt wurde. Da war es mit dem kleinen Geldbeutel vorbei. Haben Sie sich ein bisschen umgesehen? All die kleinen Kneipen und Läden?«

»Ja, aber ich habe mir nichts dabei gedacht.«

»Hier geht Styling über alles. Das fängt schon bei den Autos an. Saab-Cabrio, Volvo 240, Land Rover Defender ... da würde sich doch keiner einen gewöhnlichen, makellosen Golf vor die Türe stellen. Oder einen Audi.«

»Wie ich«, sage ich.

Sie lächelt.

»Dafür darf ich in Stuttgart noch überall fahren ... astreiner CO_2-Ausstoß. Zumindest sagt das der Hersteller.« Nun lächle ich auch, und sie zuckt die Schultern.

»Jedenfalls herzlichen Dank für die liebe Einladung, aber jetzt muss ich wirklich los.« Sie steht auf und rückt ihren Stuhl zurecht. »Das können Sie nicht wissen, aber es hat mir gutgetan.« Damit nickt sie mir zu und geht mit schwingendem Rock am Haus entlang zur Straße. Ich sehe ihr nach.

Und ich freu mich, dass ich sie kennengelernt habe.

6./7. September Wochenende

Außer, dass mich Fräulein Gassmann auf die Kehrwoche aufmerksam macht und ich mit Eimer und Besen bewaffnet durchs Haus laufe – und dann, nach Anweisung, auch noch den Gehsteig mit Rinnstein kehren soll, was ich aber nicht tue –, verläuft das Wochenende harmonisch.

Meine Mutter will nur im Garten sitzen und nicht an den Bodensee fahren. Auch gut, also hole ich uns ein Eis und versuche, sie auf den Besuch vom Medizinischen Dienst einzustimmen.

»Mutti«, erkläre ich ihr, »es geht um deine Pflegestufe. Und damit ums Geld. Du kannst also ruhig ein bisschen schusselig oder vergesslich sein.«

»Ich bin weder schusselig noch vergesslich!«, sie runzelt empört die Stirn.

»Ja, aber wir brauchen eine Hilfe. Schau mal, wenn du allein duschst, das kann doch ganz schön gefährlich sein. Wenn du mal ausrutschst – wie schnell ist was passiert, Oberschenkelhalsbruch, was weiß ich … also ist es doch besser, wenn jemand da ist …«

»Du bist doch da!«

»Aber nicht immer. Und außerdem duschst du dich nicht, wenn ich dabei bin.«

»Ich bin in meiner Dusche eben gern allein. Es ist ja auch kein Platz für zwei.«

Es macht mich fertig, wenn sie so normal spricht. So, wie früher … und kaum denke ich, dass vielleicht doch noch alles gut wird, verschwindet sie übergangslos wieder in ihre eigene Welt. Es ist wie ein Versteckspiel: Hier bin ich – und jetzt bin ich wieder weg. Such mich.

8. September Montag

Und nun ist schon wieder Montag, meine zweite Berufswoche bricht an. Eigentlich freue ich mich darauf, demnächst in die Weinberge zu fahren, zu den »jungen Wilden«. Ich freue mich darauf, ein Projekt zu haben, das mich anspricht, und ich bin davon überzeugt, dass mir nach unserem Besuch ein paar gute Ideen kommen werden. Darauf konnte ich mich eigentlich immer verlassen.

Was mich beunruhigt, ist der Termin mit meiner Mutter am Nachmittag, der Herr oder die Dame vom Medizinischen Dienst.

Sven hatte sofort Verständnis, als ich ihm die Situation schilderte, sodass ich zeitig aus der Agentur losfahre und recht früh in meinem Elternhaus eintreffe.

»Mutti, ich bin's, nicht erschrecken«, rufe ich, als ich die Haustüre aufschließe. Wie immer.

»Nein, ich weiß doch, dass Besuch kommt«, sagt sie und kommt mir in ihrem Lieblingskostüm entgegen, champagnerfarben mit einer mauvefarbenen Bluse. Beides habe ich erst letzte Woche aus der Reinigung geholt, und die Stoffe sind blütenrein. Das entspricht natürlich überhaupt nicht dem, wie sie normalerweise herumläuft. Und selbst ihre silberfarbenen Haare sehen aus, als wäre sie vor einer Stunde beim Friseur gewesen, frisch und locker frisiert.

»Mutti«, ich überlege, wie ich ihr das am besten beibringe,

»du siehst toll aus. Wie bei einem Staatsbesuch. Aber es geht heute um etwas anderes. Wenn du so perfekt bist, bekommen wir keinen Zuschuss.«

»Zuschuss für was?« Sie geht mir voraus in die Küche. Dort steht schon die Kaffeekanne auf dem Tisch. »Gedeckt habe ich natürlich im Wohnzimmer, wenn Besuch kommt.« Ein vorwurfsvoller Blick trifft mich, »hast du keinen Kuchen mitgebracht?«

Sie bleibt am Tisch stehen.

Ich habe es befürchtet, das wird nichts. Das hat sich ja schon angekündigt. Ein letzter Versuch: »Mutti, wenn der Herr vom Medizinischen Dienst kommt, dann geht es nicht um ein nettes Gespräch bei Kaffee und Kuchen. Er möchte sehen, ob du Hilfe brauchst. Wenn du so perfekt bist, dann fragt er sich, was er hier soll. Genau wie ich jetzt. Und dann geht er wieder. Und dann müssen wir drei – du, ich und Boris – alles, was kommt, privat bezahlen. Aus unserer eigenen Tasche, verstehst du?«

»Was sollen wir denn bezahlen müssen? Ich brauch doch nichts …«

Gut. Ich winke ab. »Wir haben noch dreißig Minuten. Dann geh ich jetzt eben Kuchen holen.«

»Du weißt, ich mag Fürst Pückler.«

Das stimmt nicht, denke ich, Fürst Pückler hat nur Papa gegessen. Du wolltest immer nur Obstkuchen.

»Gut«, sage ich, »ich bin gleich zurück.«

»Und ich mach Kaffee.«

Ich nicke gottergeben.

Beim Zurückkommen treffe ich genau an der Haustüre mit ihm zusammen. Ein freundlich blickender Herr im grauen Anzug, Aktentasche unter dem Arm. Die Freundlichen sind nicht zu unterschätzen, denke ich, Achtung!

»Schön, Frau Klinger, ich nehme doch an …«

»Ja, ganz recht.« Ich kann ihm die Hand nicht geben, weil ich links den eingepackten Kuchen balanciere und rechts den Haustürschlüssel halte.

»Mein Name ist Jürgen Kurzmann, und ich bin vom Medizinischen Dienst.«

»Ja«, sage ich, »freut mich. Meine Mutter erwartet Sie schon. Ich musste noch schnell Kuchen holen.«

Er lächelt. »Kann ich Ihnen was abnehmen?«

»Es geht schon.« Ich verharre kurz, während ich die Haustüre aufschließe. »Aber ich befürchte, dass Sie umsonst gekommen sind. Ganz ehrlich, sie hat ihr schönstes Kleid angezogen und freut sich, dass Besuch kommt.«

Er nickt. »Machen Sie sich keine Gedanken, das kenne ich schon. Niemand mag, wenn andere sehen, wie man abbaut. Man mag es ja selbst auch nicht wahrhaben. Gehen wir erst einmal hinein.«

Ich hole tief Luft und gehe dann voraus.

»Mutti, wir sind da …«

»Wer? … Ach ja.«

Sie kommt uns entgegen und begrüßt Jürgen Kurzmann schon im Flur.

»Schön, Sie mal wiederzusehen. Sie sind doch ein Arbeitskollege meines Mannes, habe ich recht?«, sie lacht charmant. »Das habe ich doch gleich gewusst! Gehen wir ins Wohnzimmer.«

Kokett wendet sie sich ab und geht voraus. Aufrecht und mit nur kleinen Unsicherheiten, die wahrscheinlich nur mir auffallen.

Den Tisch im Wohnzimmer hat sie mit einer der alten, weißen Spitzendecken gedeckt, die ihre Großmutter noch für ihre eigene Aussteuer angefertigt hat. Normalerweise hütet sie die wie ihren Augapfel. Darauf stehen drei Kaffeegedecke aus ihrem Meißen-Service. Und in der Mitte die passende Tortenplatte, außerdem die Kaffeekanne mit Zuckerdose und Milchkännchen.

Es erschlägt mich fast. Hat sie das tatsächlich allein so hingekriegt?

»Den Kuchen«, weist sie mich an, und ich bemühe mich, ihn mit der Tortenschaufel ordentlich auf der Kuchenplatte zu platzieren.

»Ja, bitte«, sagt meine Mutter, setzt sich, und während ich Kaffee eingieße und Milch und Zucker bereitstelle, sieht sie Jürgen Kurzmann groß an.

»Und womit kann ich jetzt dienen?«, fragt sie.

»Zunächst einmal: Vielen Dank für den freundlichen Empfang.« Er lächelt ihr zu. »Und für Kuchen bin ich immer zu haben.«

»Leider keine Schlagsahne …«, erklärt sie mit Blick zu mir.

»Schlagsahne wäre mir auch zu üppig, vielen Dank.«

Er entscheidet sich für einen gedeckten Apfelkuchen und sieht meine Mutter dann prüfend an. »Sie sehen sehr gut aus, Frau Klinger.«

»Ja«, sagt sie stolz, »ich halte auf mich. Das war schon immer so.«

»Ziehen Sie sich morgens auch allein an?«

»Das fragt man eine Dame doch nicht!«

»Es ist so, Frau Klinger«, erklärt er. »Ich habe hier einen Fragenkatalog, und den würde ich gern mit Ihnen durchgehen. Und dazu muss ich wissen, ob Sie sich beispielsweise morgens allein anziehen.«

Mutti wirft mir einen kurzen, verständnislosen Blick zu, dann antwortet sie folgsam: »Ja, natürlich. Sind Sie ein Arzt, dass Sie das wissen wollen?«

»Ja«, sagt er, »ich bin Arzt. Deshalb muss ich ja auch wissen, wie es Ihnen geht. Und ob Sie sich beispielsweise morgens allein anziehen?«

»Natürlich«, sie lacht wie ein junges Mädchen. »Und abends auch wieder aus.«

»Sehr schön, Frau Klinger. Ihre Tochter hat mir die Unterlagen Ihres Hausarztes zugesandt, Sie haben also Herzrhythmusstörungen. Wie zeigt sich das?«

»Ich hatte schon immer ein schwaches Herz. Schon in der Kindheit, hat meine Mutter gesagt.«

»Aha. Und Sie sollten deshalb täglich Tabletten nehmen. Nehmen Sie die regelmäßig?«

»Ja«, sagt sie sofort. »Natürlich!«

Sein Blick sucht mich, und ich antworte: »Ja, Mama, wenn ich da bin und dich daran erinnere.«

»Ja, gut, es ist wichtig, dass Sie die regelmäßig einnehmen – da geht es um Ihre Gesundheit.« Er sieht sie forschend an, und sie nickt. »Duschen Sie sich denn selbstständig?«

»Natürlich«, sagt sie wieder. Aber ich erkenne an ihrem Blick, dass sie unsicher wird. Ihre strahlende Miene verändert sich, es ist, als würde plötzlich ihr Kindergesicht durchscheinen, klein und verletzlich.

»Ich weiß nicht, wie wir das regeln können«, sage ich. »Von mir will sie sich nicht duschen lassen. Und ich habe Angst, dass etwas passiert, dass sie in der Dusche ausrutscht.«

»Dann duschen Sie also doch nicht allein?«, will er wissen.

»Früher haben Waschlappen und Seife auch gereicht«, sagt sie kleinlaut.

»Ja, da haben Sie recht«, er lacht aufmunternd. »Und wie ist es mit dem Essen? Richten Sie sich selbst etwas?«

»Natürlich!«, sagt sie wieder.

»Ich bin aus diesen Gründen hierhergezogen«, mische ich mich ein, »aber das habe ich ja bei meinem Anruf schon gesagt. Bei meinem ersten Besuch war der Kühlschrank leer. Ich habe mich gefragt, wovon sie gelebt hat.«

»Ja«, er nickt. »Aber Frau Klinger, den Kaffee haben Sie heute selbst gemacht? Sogar aufgebrüht, so richtig wie früher, guten Kaffee?«

Sie findet ihre Fassung wieder und blüht auf.

»Ja«, sagt sie. »Und den Tisch gedeckt und Kuchen geholt. Das gehört sich ja so, wenn man einen Gast erwartet. Vor allem einen wichtigen Gast.«

»Warum bin ich wichtig?«, will er wissen.

»Nun«, sie legt die Kuchengabel weg, die sie die ganze Zeit wie einen Taktstock in der Hand gehalten hat, »alle Geschäftspartner meines Mannes sind wichtig. Das hat er mir immer gesagt. Und ich habe mich immer ganz besonders angestrengt. Wir wollen ja ein gutes Bild abgeben!«

»Sie geben ein gutes Bild ab, Frau Klinger, ein sehr gutes Bild!«, bestätigt Kurzmann. Und meine Mutter strahlt.

Mir vergeht dagegen das Lächeln, heißt das, sie bekommt keine Pflegestufe? Das würde bedeuten: weder Pflegegeld noch Pflegesachleistungen. Was ist, wenn sie einen Treppenlift braucht, weil die Treppen zu riskant sind? Einen Umbau der Dusche, weil das Ein- und Aussteigen über die hohe Kante zu gefährlich ist?

»Sie haben ein hübsches Kostüm an, Frau Klinger, aber eine Jacke mit vielen, kleinen Knöpfen. Knöpfen Sie die alle allein zu, oder hat Ihnen heute Morgen jemand geholfen?«

»Ja, ich glaube, motorisch ist sie noch gut drauf, sie ist ja körperlich auch noch fit«, sage ich schnell. »Ich habe nur Angst, weil sie so viel vergisst. Was ist, wenn sie etwas auf dem Herd stehen lässt? Oder eine Kerze brennt? Oder sie das Haus verlässt und nicht mehr zurückfindet?«

»Frau Kowalski war heute hier«, sagt sie, ohne mir zuzuhören. »Sie kommt schon viele Jahre!«

Ich schlage mir an die Stirn. »Ja, klar, Montag. Herr Kurzmann, das habe ich total vergessen. Frau Kowalski. Natürlich. Sie hält das Haus schon viele Jahre sauber! Immer montags!«

»Aha«, sagt er. »Dann hat Ihnen Frau Kowalski heute Morgen geholfen?«

»Sie hat gesagt: Wir machen Sie richtig schön. Mit Dusche und Haare waschen und Parfum! Und einem wunderschönen Kostüm.«

Sie streichelt lächelnd über den Stoff.

»Ja, das ist Ihnen gelungen«, bestätigt Kurzmann, »das sieht tatsächlich alles sehr schön aus, Frau Klinger, Sie sehen sehr schön aus.« Er wartet ihre freudige Reaktion kurz ab und hakt dann nach: »Dann hat sie auch diesen Tisch so schön gedeckt, die Frau Kowalski?«, und als Mutti nickt, »aber den Kaffee haben Sie allein aufgebrüht?«

Mutti bestätigt entschieden: »Nur so schmeckt er.«

Ich weiß nun gar nicht mehr, was ich davon halten soll.

»Das mit dem Kaffee …«, sage ich zu ihm, aber er winkt ab. »Ich habe eine Patientin, sie ist neunzig und hat Alzheimer. Ihr Sohn ist ein berühmter Dirigent, sie erkennt ihn nicht mehr. Aber wenn er sie um ein bestimmtes Klavierstück bittet, setzt sie sich an den Flügel und spielt. Fehlerfrei. Manche Dinge sind so sehr verankert, die bleiben.«

Während er Mutti weiter befragt und sie zwischen Stolz und Hilflosigkeit hin und her schwingt, denke ich weiter nach. Wenn sie körperliche Probleme hätte, wäre es einfacher. Dann würde sie eine Pflege einsehen, und man könnte das gut regeln. Aber körperlich fit und dabei dement? Wie kann das gehen? Wie soll das werden?

Ich denke an Boris.

Immerhin hat Mutti ja auch noch einen Sohn. Der bringt alle drei Wochen Blumen.

Toll!

Als Kurzmann geht, bedankt er sich höflich bei meiner Mutter und sagt an der Haustür zu mir: »Unseren Entscheid bekommen Sie schriftlich, Frau Klinger, spätestens in ein paar Tagen.«

Ich sehe ihm nach und lausche auf meine Gefühle. Was wird kommen? Wie ist es gelaufen? Ich habe keine Ahnung.

1. September Dienstag

Liza hat einen VW-Bus organisiert, und der steht nun abfahrtbereit im Hof. Sie gefällt mir in ihrer zupackenden Art von meinem ganzen Team am besten, dabei habe ich Influencer und Influencerinnen in meinem bisherigen Leben für ziemlich überflüssig gehalten. Diese ständigen Selbstbeweihräucherungen gehen mir auf den Nerv, und den Jungs und Mädchen, die für ihre Klicks stundenlang im Netz hängen, habe ich bisher wenig Grips zugesprochen. Aber Liza schon, das muss ich zugeben. Vielleicht ist sie so tough, weil sie weniger auf ihr äußeres Erscheinungsbild bauen kann wie Anna und Lilli? Jedenfalls ist ganz klar, dass sie uns fährt und ganz genau weiß, wohin.

»Dauert gut eine Stunde«, sagt sie, nachdem wir alle eingestiegen sind. »Lohnt sich aber, die Strecke ist ziemlich hübsch, viele Weinberge, da kann man sich schon mal Anregungen holen oder einfach die Sinne schweifen lassen.« Sie grinst und startet den Motor. Ich sitze vorn neben ihr, einfach aus dem Grund, weil sich Joshua, Lilli, Anna und Jan gleich auf den hinteren Sitzen sortiert haben. Ich rede mir ein, dass es mir nichts ausmacht, tut es aber doch. Vielleicht ist mein Nervenkostüm im Moment etwas empfindlich? Dazu hat dann auch das gestrige Telefonat mit meinem Bruder beigetragen, der ganz einfach mir die Schuld gab.

»Du hättest sie besser vorbereiten müssen, so ist sie in diese Situation hineingeschlittert, das konnte ja nur schiefgehen.«

»Sie kann sich nichts mehr merken, Boris. Ich habe ihr alles erklärt, aber sie dachte trotzdem, es sei ein Geschäftsfreund von Papa.«

»Dann hast du es eben nicht richtig erklärt …«

»Ach so? Wie wäre es denn mit etwas Einsatz von deiner Seite?«

»Du warst doch schon vor Ort, also war das ja wohl deine Aufgabe.«

Ich drückte ihn weg und war sauer.

Und bin es jetzt noch, stelle ich fest. Dabei hatte ich mich doch eigentlich auf die heutige Aufgabe gefreut. Ich muss dringend an etwas anderes denken, also ziehe ich mein Tablet heraus und gehe noch mal die Unterlagen durch.

Aber irgendwann zieht mich dann doch die Aussicht in ihren Bann.

»Mal wieder am Neckar entlang«, sage ich zu Liza.

»Ja«, sagt sie, »das ist wirklich ein verträumter Fluss, mit Burgen und Weinbergen, vielen Kurven und kleinen Städten. Die Elbe zeigt sich da bei Hamburg schon anders.«

Ich nicke. »Ich wollte schon in meiner Jugend mal den Neckar entlangschippern, das hat aber nie geklappt.«

»Noch ist Sommer, noch gibt es Linienfahrten«, sagt sie. »Das lohnt sich. Man kommt auf völlig andere Gedanken.«

»Ja, das kann man manchmal gebrauchen«, erwidere ich, was mir einen nachdenklichen Blick einträgt.

Wir sind schon an Lauffen vorbei und fahren auf der Hauptstraße zwischen den aneinandergereihten Häusern eines Dorfes hindurch, als Liza den Blinker setzt und den Bus durch ein offenes Holztor in einen kleinen Hof lenkt.

»Zuerst besuchen wir Sebastian Koch, einen Vollblutwinzer. Er war sechsundzwanzig, als sein Vater erkrankte, er sein Studium abbrechen musste und den Hof übernahm.«

Ich hätte mir so ein Weingut größer vorgestellt. Auf den ersten Blick kommt mir alles sehr beengt vor. Während ich mir noch Gedanken mache, steht schon ein junger, dynamisch aussehender Mann vor dem Wagen. Liza stellt den Motor ab, und wir steigen aus.

»Klasse, dass Sie kommen«, sagt er und stellt sich kurz bei jedem von uns mit kräftigem Händedruck vor.

»Ich dachte, wir gehen zunächst in unseren Weinkeller?«, schlägt er vor, und ich stimme ihm freudig zu.

»Anschließend machen wir eine kleine Weinprobe, dann kommen meine Kollegen dazu.«

»Gehen wir auch in den Weinberg?«, möchte Jan wissen.

»Klar«, Sebastian wirft einen Blick auf unsere Füße. »Mit den geeigneten Schuhen ist das gar kein Problem.«

»Das haben Sie uns ja mitgeteilt«, grinst Anna. »Auch die Jacken …«

Ich verzichte, darauf hinzuweisen, dass die Mail nicht an mich weitergeleitet wurde. Jetzt weiß ich auch, weshalb alle Jacken dabeihaben. Und ich natürlich nicht.

Natürlich hätte ich selbst so weit denken können. Na, egal, Sebastian, der nun vor uns hergeht, ist kurzärmelig.

»Sie sind Katja Klinger? Die Chefin hier?«, fragt er mich, während wir auf eine offen stehende Tür zugehen. Da ich neben ihm gehe, sehen die anderen nicht, wie ich grinse. Das werden sie nicht gern hören, denke ich schadenfroh. »Wir sind ein Team«, erkläre ich laut, denke aber, dass er es kapiert hat.

Und dann geht es eine breite, aus Stein gehauene Treppe nach unten. Kälte schlägt mir entgegen. Mannomann, denke ich, als wir unten angekommen sind. Aber gleichzeitig bin ich beeindruckt. Offensichtlich wurde ein Tunnel in den Fels gehauen, denn über uns wölbt sich die naturbelassene Decke, und so weit mein Auge reicht, sehe ich rechts und links große Holzfässer.

»Wir sind jetzt in der vierten Generation«, erklärt Sebastian sichtbar stolz mit einer weiten Handbewegung, »diese Fässer sind also wirklich alt. Wir haben natürlich auch moderne Stahltanks, die stehen aber woanders.« Und dann gehen wir tiefer in den Gang hinein, und er erzählt so begeistert und enthusiastisch über das Gut und seinen Wein, die Arbeit an den Reben und die jährliche Freude, wenn die Trauben gut gereift sind, dass er einen buchstäblich mitreißt. Ich sehe förmlich den Weg der jungen Traube, bis sie dann im Fass ist, und dabei friere ich jämmerlich, obwohl ich eine langärmelige Bluse anhabe. Ihm dagegen scheint es sogar im kurzärmeligen T-Shirt zu warm zu sein, er glüht vor Begeisterung.

Als wir nach einer Weile wieder bei den Treppen ankommen und nach oben steigen, klappere ich fast mit den Zähnen und kann es nur unterdrücken, indem ich mich konsequent in den Unterarm kneife. Bloß keine Schwäche zeigen, sage ich mir.

»War es Ihnen nicht zu kalt?«, fragt mich Sebastian oben mit einem Blick auf meine verschränkten Arme.

»Nein«, schüttle ich den Kopf. »Ihnen ja offensichtlich auch nicht.«

»Sie ist ein Nordlicht«, erklärt Liza neben mir, und ich lache und schüttle meine Arme aus. Langsam zieht wieder Wärme durch meine Blutbahnen.

»Ja«, sage ich zu Sebastian, »zwanzig Jahre Hamburg hinterlassen Spuren. Man wird hart im Nehmen.«

Das sollte eine Botschaft an alle sein, und ich hoffe, dass sie es auch kapiert haben. Ich lasse mich nicht so schnell unterkriegen, Widerstand und Intrigen fordern mich nur heraus.

Sebastian führt uns erneut zu einer Treppe, diesmal ist es eine steile Holztreppe in den oberen Stock. Dort öffnet er eine Tür zu einem langen, schmalen Raum, in dessen Mitte ein ebenso langer Holztisch steht. Die Lehnen der vielen Stühle berühren fast die weißen Wände, so beengt ist es. Es wirkt auf mich, als wäre die Zeit stehen geblieben.

Während wir uns an den mit Gläsern und gefüllten Brotkörben gedeckten Tisch setzen, stellt Sebastian Weinflaschen auf den Tisch.

»So«, sagt er und schaut auf seine Uhr, »jetzt dürften auch gleich meine Mitstreiter, oder besser Mitwinzer, eintreffen.«

Kaum gesagt, geht hinter ihm die Türe auf, und eine junge Frau streckt ihren Kopf herein. »Oh, schon da?«, sagt sie erstaunt, tritt ein und macht einem jungen Mann Platz, der direkt hinter ihr auftaucht. »Das wundert mich«, sagt sie lachend in die Runde, »normalerweise bekommt man Sebastian aus seinem Weinkeller nicht so schnell raus. Irgendwann wird er in eines der alten Weinfässer einziehen ...«

Sie ist mir auf Anhieb sympathisch. Auch, wie sie aussieht: die langen braunen Haare zu einem lockeren Pferdeschwanz zusammengebunden, ein kariertes Männerhemd zur kurzen Jeans. Fern jedes Stylings, einfach eine zupackende, junge Frau.

»Ich bin Angelina«, sagt sie grüßend in die Runde. »Und das hier«, sie deutet auf den Mann hinter sich, »ist Robby. Und gemeinsam haben wir Sie beauftragt.«

Robby nickt in die Runde und rückt sich einen Stuhl zurecht.

»Ja«, Sebastian sieht sich nach Angelina um, »jetzt sind wir vollzählig.«

Angelina setzt sich neben ihn.

»Unsere Weine haben ein super Potenzial«, sagt sie, während Sebastian eine Flasche öffnet. »Und unser Anliegen ist, dass wir groß damit herauskommen ...«, dann muss sie über ihre eigenen Worte lachen. »Klar, das wollen alle«, erklärt sie mit blitzenden Augen, »aber wir sind die neue Generation. New Generation, das hatten wir uns auch schon mal als Slogan überlegt, denn es ist wirklich so. Unsere Väter haben sich noch über die Zäune hinweg bekriegt. Vielleicht nicht gerade mit Waffen, aber mit Misstrauen und Missgunst. Wir drehen den Spieß um: Wir wollen gemeinsam das Beste erreichen. Jeder von uns kommt aus einer alten Weinbauerfamilie, jeder von uns ist mit Wein und dem Wissen um den Wein aufgewachsen, jeder von uns kennt sich aus. Warum sollen wir allein wurschteln? Gegen die

Nachbarn konkurrieren? Nein, wir haben das Kriegsbeil begraben und wollen nun gemeinsam groß durchstarten. Und«, sie senkt die Stimme, »vor allem wollen wir allen beweisen, dass unser Weg der richtige ist!«

»Und wieso macht Ihr nicht einfach bei der Genossenschaft mit? Die regelt doch für jeden einzelnen Weinschaffenden alles?«, will Lilli wissen.

»Wir haben uns etwas in den Kopf gesetzt«, erklärt Robby und schiebt Sebastian sein leeres Glas zu. »Wir wollen für genau das stehen, was wir machen. Wir drei.«

Wir drei, denke ich. Auch kein schlechter Slogan.

Sebastian stellt nun die verschiedenen Weine vor. »Wir werden sie jetzt alle verkosten«, sagt er und mit Blick auf Liza, »es geht vor allem um den Geschmack, die Nase, die Note. Sie können also jederzeit von den Spucknäpfen Gebrauch machen, dafür stehen sie da. Also keine Scheu.«

Ich versuche, aus den verschiedenen Weinen etwas herauszuschmecken, eine Gemeinsamkeit, einen Namen. Und alles, was mir einfällt, kritzele ich auf einen kleinen Notizblock, der für jeden bereitliegt. Es fällt mir aber nichts Überzeugendes ein. Außer, dass sie alle hervorragend schmecken.

»Kann ich auch gleich bestellen?«, will ich wissen. »Kostenpflichtig, natürlich«, füge ich schnell hinzu, weil ich Joshuas schnellen Blick aus den Augenwinkeln gesehen habe.

Sebastian schmunzelt. »Für jeden von Ihnen haben wir eine Kiste mit unterschiedlichen Weinen vorbereitet. Sie sollen ihn ja in aller Ruhe genießen können.«

»Das ziehen wir natürlich von Ihrer Agenturrechnung ab«, sagt Angelina schnell, und die drei grinsen sich zu.

Sie gefallen mir. Alle drei. Jedenfalls menschlich sehr viel besser als mein eigenes Team.

Trotz des Spucknapfes und des Brots spüre ich die Wirkung schon ganz gut, als Angelina mit ihren Fingerspitzen auf den

Holztisch trommelt. »So«, sagt sie, »wie sieht es aus? Alle fit für eine kleine Wanderung durch den Weinberg?«

Alle stimmen zu, ich auch. Ich freu mich darauf. Etwas Bewegung, neue Erfahrungen sammeln, zudem ist das Wetter gut.

»Wann geht es denn an die Weinlese?«, will Jan wissen.

»Bald. Aber der genaue Termin hängt vom Reifegrad der Trauben ab«, erklärt Sebastian. »Wir entscheiden das recht kurzfristig. Im Moment bräuchten wir noch einmal kräftig Sonne – und auch Regen. Dieses Jahr ist fast zu trocken.«

»Übrigens fehlen uns immer Helfer«, Angelina sieht einen nach dem anderen an. »Wer das also mal richtig erleben will …«

Ich muss lachen. »Das machen Sie aber geschickt. Wann ist Ihrer Meinung nach denn der beste Zeitpunkt, um die Kampagne zu starten?«

»Nach der Lese reift der Jungwein je nach Sorte drei bis sechs Monate in den Holzfässern oder Stahltanks, bis dahin hätten wir dann schon gern einen starken Auftritt. Einen Rundumschlag, sozusagen.«

»Unabhängig davon«, wirft Robby ein, »sind Sie uns jederzeit willkommen, wenn Sie weitere Informationen brauchen. Und wie Angelina schon sagte, natürlich auch bei der Weinlese. Es gibt auch ein zünftiges Winzervesper!«

»Wenn das keine hochgradige Verlockung ist«, erklärt Liza und reibt sich leicht über ihren Magen, »da sage ich schon jetzt zu.«

Auf der Rückfahrt schwirren die Stimmen hinter mir durcheinander. Ich sitze wieder neben Liza und lasse die letzten Stunden noch einmal an mir vorbeiziehen. Vor allem der Gang durch die Weinberge hat mir gutgetan und mir gezeigt, wie unfassbar viel Arbeit es bedeutet, bis der Wein nicht nur in den Fässern, sondern abschließend auch abgefüllt in den Flaschen ist. »Wie kann es bei so viel Handarbeit überhaupt sein, dass es im Supermarkt

Wein für drei Euro gibt?«, hatte Jan wissen wollen und mit dieser Frage wohl Angelinas Spezialthema getroffen. Während wir zwischen den Reben steil bergauf gingen, erklärte sie, ohne sichtbar außer Atem zu kommen, wie ein solcher Preis zustande kommt. »Massenherstellung ohne große Sorgfalt, genau das Gegenteil zu dem, was wir machen.« Sie erklärte uns die verschiedenen Rebsorten und warum es zwischen den Rebzeilen wie in einem blühenden Bauerngarten aussah. »Klee und Ringelblumen, Dill und Spitzwegerich, Lavendel, Thymian, sie alle locken Insekten wie die Florfliege, Laufspinnen oder verschiedene Käfer an, und die wiederum halten die Schädlinge in Schach. Außerdem bringen beispielsweise Klee oder Luzerne auch dem Boden Vorteile, nämlich den Wachstumsförderer Stickstoff in die Erde. Zudem fördern sie den Humusaufbau, der wiederum als Wasserspeicher wichtig ist.«

»Hört sich alles schlüssig an«, fand ich.

»Ja, aber Natur ist Natur. Mal ist ein Jahr zu trocken, mal zu nass, das kann alles kaputt machen, oder aber ein Traumjahr beschert uns einen Traumwein ... genau das ist ja die Herausforderung, die uns dreien Spaß macht!«

Mit Blick aus dem Fenster stelle ich fest, dass ich noch eine andere Wahrnehmung hatte, den Geruch. Die sonnendurchglühte Erde, die vielen, unterschiedlichen Blumen. Streckenweise fühlte ich mich an meine Kindheit erinnert, wenn man sich einfach mal ins Gras warf, die Blumen betrachtete und den Tieren zuschaute, die überall herumkrabbelten. Hat Duft mit Heimat zu tun?, frage ich mich, während die Landschaft an mir vorüberzieht. Oder anders, könnte man Heimat am Geruch erkennen? Während ich darüber nachdenke, betrachte ich die vorbeiziehenden Weinberge und stelle fest, dass ich sie nun mit anderen Augen sehe als noch auf der Herfahrt. Ich kann Angelinas Begeisterung verstehen, und fast beneide ich sie ein bisschen um ihren Beruf. Denn am Schluss halten sie, Sebastian und Robby ein Produkt in den Händen, das sie von Anfang an betreut und gestaltet haben. Vom kleinen, sprießenden Pflänzchen bis zur ersten Verkostung, ein langer, spannender Weg mit jährlicher Wiederholung – und jährlichen Überraschungen, wie Sebastian versichert hat.

Und mit ersten Erfolgen. Die Fachwelt ist schon auf die drei aufmerksam geworden, nun muss zwingend der Brand her, die eigene Marke, die Ausschließlichkeit.

»Auf alle Fälle eine klare Sprache, klarer Begriff, modernes, reduziertes Etikett«, höre ich Lilli sagen.

Ja, denke ich, so weit sind wir einer Meinung. Ich bin gespannt, wer zuerst auf einen entsprechenden Namen kommt, der neu, modern, innovativ ist, dem Wein und den drei jungen Winzern ein Gesicht gibt.

Natürlich wäre es gut, wenn mir etwas einfallen würde. Zumindest wäre es ein guter Einstand. Ich beschließe, mich am Abend mit einem Zeichenblock und einem Glas Grauburgunder an meinen Tisch zu setzen und die Gedanken fließen zu lassen.

Auf dem Heimweg kaufe ich für Mutti ein, bereite ihr ein Abendessen zu und bleibe so lange dabei, bis ich sicher bin, dass sie genug gegessen und vor allem getrunken hat, und verabschiede mich dann mit schlechtem Gewissen. Das scheint mich zu begleiten, seitdem ich in Stuttgart bin. Schon der Gedanke, ob sie heil ins Bett kommt, macht mir zu schaffen. Um wie viel einfacher war es doch, als ich noch in Hamburg war? Da gab es nur mich – und wenn ein Problem auftauchte, hatte es mit mir zu tun. Oder mit Patrick: Er liebt mich … er liebt mich nicht, mein Gott, das kommt mir jetzt direkt kindisch vor.

Aber was man nicht weiß, macht einen nicht heiß … ich hatte schlichtweg keine Ahnung, wie es um Mutti stand. Eigentlich ist es mir in Hamburg noch richtig gut gegangen … trotz meines Ex.

Zu Hause angekommen, versuche ich, die Gedanken abzuschütteln. Jetzt muss ich vorausdenken, mich frei machen. Es geht um eine Idee, die kommt nicht, wenn man herumgrübelt. Mit meinem Weinpaket unter dem Arm biege ich vom Gehsteig in unser Grundstück ein und bleibe stehen: Unter meinem Apfelbaum sitzt eine Männergestalt. Petroschka? Er hebt den Arm und grüßt mich – nein, jetzt erkenne ich ihn, es ist Heiko.

Im ersten Moment spüre ich nur Ablehnung. Ich wollte allein sein, allein meine Gedanken fließen lassen. Aber dann denke ich, dass Brainstorming auch gut zu zweit funktionieren kann, falls er als Informatiker überhaupt zu den Kreativen gehört. Aber immerhin arbeitet er nun ja als Coach. Da muss man ja wohl zumindest ein bisschen kreativ sein.

Ich gehe auf ihn zu, und er steht auf. Er ist wirklich ein gut aussehender Mann, finde ich, und sein Hiersein ist schon gar nicht mehr so schlimm.

»Du wartest hier? Warum rufst du mich denn nicht an?«

»Warum gehst du denn nicht an dein Handy?«

»Ach!« Mehr fällt mir dazu nicht ein. Klar, es schlummert seit unserer Ankunft in Stuttgart in meiner Handtasche. »Tja …«

Er bückt sich und stellt eine Einkaufstasche auf den kleinen Tisch. »Ich dachte an zwei saftige Steaks, Drillinge und einen knackigen Salat.«

Ich zögere.

»Alles Bio«, fügt er mit einem kleinen, gewinnenden Lächeln hinzu.

Ich muss lachen.

»Ja, gut, schöne Überraschung. Seit wann sitzt du schon da?«

»Das musst du die Dame dort oben fragen, die hat mich die ganze Zeit im Blick gehabt.« Ich sehe nach oben, Fräulein Gassmanns Kopf zieht sich etwas vom Fenster zurück.

Ich grüße mit einem Kopfnicken nach oben.

»Sicherlich hat sie überlegt, ob sie nicht besser die Polizei rufen soll.« Ich hake mich bei Heiko ein. »Komm, sie soll gleich mal sehen, was Sache ist.«

»Was Sache ist?«, er bückt sich zu mir herunter und küsst mich. »Das ist Sache!«, sagt er dann mit Blick nach oben.

»Kindskopf!« Ich ziehe ihn weg, hin zur Haustüre. »Oder magst du draußen bleiben?«

»Liebe unter freiem Himmel?«, er schmunzelt.

»Dinner unter freiem Himmel«, korrigiere ich, »Steak, Kartoffeln und Salat?«

»Es geht auf neun Uhr zu«, sagt er, »drinnen ist es vielleicht gemütlicher.«

»Und wahrscheinlich werden wir dort auch weniger genau beobachtet.«

»Was doch hoffen lässt ...«

Ich knuffe ihn, denn so, wie er mich ansieht, ist klar, was er meint.

Heiko ist ein genialer Koch, stelle ich schnell fest. Er wäscht und schnippelt Salat, Zwiebeln, Paprika und Knoblauch, stellt Wasser für die Kartoffeln auf und Pfanne und Öl bereit, während ich zwei Flaschen Wein aus dem Karton nehme und in den Kühlschrank verfrachte, den Tisch decke und Kerzen zusammensuche. Wenn schon, dann soll es gemütlich sein.

»Ist es eigentlich das Teil, das schon bei deinen Eltern stand?«, fragt er mit Blick auf das Klavier, als er die Salatschüssel hereinträgt. »Und spielst du noch?«

»Ja, ich habe das Klavier damals mit nach Hamburg genommen«, bestätige ich. »Und ja, ich spiele noch. Und wenn ich es genau überlege, mehr denn je. Ich glaube, es ist, wie einen Freund zu haben. Ohne mein Klavier würde ich mich einsam fühlen, allein ...«

»Oha!« Er sieht mich kurz an. Dann lacht er. »Du hast doch Doris und mich.«

»Ja, stimmt«, gebe ich zu. »Gott sei Dank.«

Der Wein ist in der kurzen Zeit im Kühlschrank nicht richtig kalt geworden, trotzdem stelle ich eine Flasche auf den Tisch.

»Das ist der Wein, zu dem wir einen Namen brauchen, einen Brand suchen«, kläre ich Heiko auf.

»Er hat doch schon einen«, sagt er und liest das Etikett ab: »Grauburgunder.«

»Ja, super!«

»Und außerdem«, er sieht mich an, »wäre mir zum Steak ein Rotwein lieber. Ich habe meinen Lieblingswein mitgebracht.«

Ich zucke die Achseln. »Dann stellen wir die Flasche eben zur Inspiration hin und öffnen deinen.«

Er nickt. »Gut, das machst jetzt du, und ich hole unser Essen ... du wirst sehen«, er deutet einen Kuss an, »das gibt ein Fest der Sinne!«

Er hat recht. Es schmeckt so gut und törnt so an, dass wir, ohne den Tisch überhaupt abgeräumt zu haben, recht schnell im Bett landen. Ich bin wirklich heiß auf ihn, und es ist wunderbar, dass es ihm umgekehrt offenbar genauso geht.

»Schön mit dir«, sagt er, als wir wieder nebeneinanderliegen, ich die Hand auf seinem schweißnassen Bauch und er seine auf meiner Scham. »Warum sind wir da nicht früher draufgekommen?«

»Tja, du hattest halt immer nur Augen für andere«, sage ich.

»Das ist eine glatte Lüge!« Er grinst. »So, und jetzt schauen wir uns zur Entspannung einen wunderbar alten Film an. Agatha Christie vielleicht?«

Seine Augen suchen die Fernbedienung.

»Eher schlecht«, sage ich, »meine Fernseher sind noch nicht angeschlossen. Und außerdem habe ich keinen einzigen Pay-TV-Kanal. Und ob bei den Öffentlich-Rechtlichen gerade Agatha Christie läuft, mag ich bezweifeln.«

»Hmm«, meint er. »Dann gibt es bei dir ja doch noch was zu tun … ich dachte, nun sei alles paletti.«

»Apropos ein bisschen was zu tun …«, sage ich, »wir wollten noch brainstormen.«

»Und einer von uns wollte noch die Küche aufräumen«, bemerkt er.

»Tja«, ich stütze mich auf. »Dann fange ich mit dem Brainstormen an.«

Er bohrt mir seinen Zeigefinger spielerisch in den Bauchnabel. »Aber nur, wenn deine Geschirrspülmaschine angeschlossen ist.«

Als ich am leeren Tisch sitze, habe ich das dumpfe Gefühl, dass irgendwo in meinem Kopf eine geniale Idee nistet. Irgendetwas, was ich vorhin gehört oder gesagt habe, und das sich nun in meinen hintersten Gehirnwindungen versteckt hat. Was war es nur?

Ich lege meinen Zeichenblock parat und spiele mit dem Bleistift herum. Vielleicht kommt Heiko noch mal drauf?

Hat *er* etwas gesagt?

In dem Moment kommt er aus der Küche, eine Flasche Grauburgunder in der Hand und zwei Weißweingläser.

»So, da haben wir das Corpus Delicti«, sagt er, als er die Flasche auf den Tisch stellt. »Vielleicht sollten wir uns inspirieren lassen. Jetzt ist er kalt genug!«

»Prima!« Ich greife nach der Flasche, um sie zu öffnen und einzuschenken. »Vorhin«, sage ich zu Heiko, »gab es in unserem Gespräch einen Gedanken, irgendetwas, das als Branding gepasst hätte, bilde ich mir wenigstens ein … aber es ist weg. Ich weiß es nicht mehr.«

»Hab ich nicht: ›Ich bin scharf auf dich‹ gesagt? Meinst du das?«

»Das hast du überhaupt nicht gesagt!«

»Aber gedacht. Schon seit heute Mittag.«

»Ach, dann waren Steak und Wein nur so eine Art Eintrittskarte?«

»Bringen die Pinguine ihren Auserwählten nicht auch Kieselsteine, damit sie ins Nest dürfen?«

»Das habe ich noch nie gehört.«

»Ist aber so. Auch Pinguinfrauen sind für Geschenke empfänglich.«

Er greift nach seinem Glas und stößt mit mir an. »Dann lassen wir uns mal inspirieren.«

Der Grauburgunder ist wirklich süffig, und ich erzähle Heiko gerade von den drei Machern, Angelina, Robby und Sebastian, als ich zufällig zur Küchentür schaue.

»Was ist denn das?« Ich springe auf, das Glas noch in der Hand. Unter der Küchentür blubbert irgendeine Flüssigkeit hervor und wirft große, durchsichtige Blasen.

»Sind das Seifenblasen?« Auch Heiko starrt hin, dann stellt er sein Glas langsam ab und steht auf. Gemeinsam gehen wir hin. Tatsächlich, da quillt unter der Tür etwas Seifiges hervor.

Heiko reißt die Türe auf. Und dann sehen wir es. Die Geschirrspülmaschine ist kaum noch zu sehen, blasiger Seifenschaum überall, der ganze Küchenboden ist voll damit.

»Du lieber Himmel!« Schreckensstarr bleibe ich stehen, während meine Füße schon umflutet werden. Einen Schritt vor und ich fühle mich wie auf einer Rutschbahn.

Heiko ist mit einem schnellen Ausfallschritt sofort bei der Geschirrspülmaschine. »Sie ist zu!«, sagt er. »Wie kann das denn sein?«

»Und was ist das überhaupt? Wir müssen sie abstellen!«

Heiko schaltet sie aus, und ich ziehe gleichzeitig den Stecker.

»Verrückt!« Ich sehe mich um. »Hoffentlich sickert das nicht durch den Fußboden. Das wäre ein schöner Schaden.«

»Aufwischen. Eimer und Scheuerlappen, hast du so was?«

Während ich kopflos nach zwei entsprechend großen Eimern suche, dämmert mir plötzlich, was passiert ist.

»Wo hast du die Tabs her?«, frage ich ihn, als ich zurückkomme. Er kniet bereits mit einem Handtuch auf dem Boden und wringt die Seifensauce in einer großen Salatschüssel aus.

»Ja, da«, er zeigt mit dem Kopf zum Unterschrank. »Dort, wo die Tabs halt sind.«

»Ja schon. Aber die beiden Behälter stehen nebeneinander. Geschirr und Waschmaschine.« Und ohne Vorwarnung überkommt es mich: Ich fange schallend an zu lachen. »Ach, du meine Güte. Du hast die Tabs für die Waschmaschine genommen, deshalb … das hier …«

»Waren die irgendwie gekennzeichnet?«, will er leicht säuerlich wissen und nimmt mir einen der Eimer ab.

»Nein, sorry, von oben sieht man das nicht«, pruste ich und setze mich neben ihn in die Schmiere.

»Es quillt noch immer«, sagt er und deutet auf die Türscharniere der Geschirrspülmaschine.

»Ich glaube, wir lassen sie wirklich besser zu, sonst kommt ein Seifenblasenwasserfall«, ich muss schon wieder lachen. »So was Verrücktes!«

»Na gut«, sagt er, »dann werden die uralten Fliesen jetzt wenigstens mal richtig sauber.«

»Und wir auch. Einmal richtig durchgewaschen.« Unfassbar, denke ich, während ich zur Tür rutsche, um die große Lache im Wohnzimmer aufzuputzen. Nur gut, dass dort Parkett liegt und kein Teppichboden … und während ich mich dranmache, die glitschige Masse in meinen Putzeimer zu bekommen, habe ich plötzlich einen Flash: Sinne. Heiko hatte von den Sinnen gesprochen. Das wird ein Fest der Sinne, hat er gesagt.

Ich halte beim Putzen inne und rutsche zur Türschwelle zurück.

»Heiko?« Er klemmt irgendwo zwischen den Beinen meines

Frühstückstisches und den Stuhlbeinen, »Heiko, ich hab's. Du hast von den *Sinnen* gesprochen. ›Das wird ein Fest für die SINNE‹, hast du gesagt.«

Er hält inne, den Lappen in der Hand und sieht zu mir herüber. »Ja, und? War es doch auch. Ein einziges Fest der Sinne. Erst Steak, dann Sex und jetzt Seife. Alles dabei!«

»Quatschkopf!«, sage ich und kann dem Lappen gerade noch ausweichen, den er in meine Richtung wirft.

Eine Stunde später liegen wir in der Badewanne, in der wir gemeinsam kaum Platz haben. Beide haben wir die Beine angezogen und fächern uns gegenseitig warmes Wasser zu, denn weiter als über Heikos Brustkorb reicht es nicht, und es kühlt schnell ab. Heiko sieht sich die Installationen und Armaturen von unten an und seufzt. »Das ist schon so ein bisschen eine Sozialwohnung, oder?«

»Vom Preis her nicht.«

»Aber das gehört doch alles längst modernisiert«, er weist auf den Boiler und auf die offen liegenden Leitungen.

»Nein, man muss nur regelmäßig Wasser nachfüllen, übrigens über den Schlauch da oben«, ich zeige hinauf, »dann verrichtet dieser Warmwasserboiler brav seinen Dienst. Bereits seit hundert Jahren, und die nächsten hundert Jahre auch noch.«

»Also echt. Vielleicht kommst du das nächste Mal zu mir, da haben wir diese Probleme nicht. Meine Geschirrspültabs sind gekennzeichnet, und meine Badewanne ist groß für zwei. Und man kann baden, ohne so ein Monstrum über dem Kopf zu haben. Was ist, wenn das Ding runterkracht?«

»Dann erschlägt es dich.«

»Warum habe ich mich eigentlich in dich verliebt?«

»Hast du das?«

Er spritzt mich an. »Nein, ich betreibe nur spezielle Frauenstudien. Und heute, das kann ich dir sagen, habe ich eine Menge gelernt!«

Ich muss lachen und denke an meine Idee, die mir schon die ganze Zeit im Kopf herumschwirrt. Ist sie gut? Oder doch nicht? Noch habe ich sie Heiko nicht verraten. Fürchte ich, dass er sie nicht gut findet? Oder sollte ich sie zunächst mal als Etikett aufzeichnen? So schön altmodisch, wie ich in solchen Sachen bin? Damit ich die Wirkung sehen kann?

»Was ist eigentlich mit deiner Idee, die du vorhin hattest?«

Es ist, als könnte er meine Gedanken lesen.

»Ich habe gerade darüber nachgedacht.«

»Verrätst du sie mir?«

»Ich zeichne sie auf. Und dann sagst du mir, ob du das Ergebnis gut findest oder nicht.«

»So geheimnisvoll?«

»So bin ich nun mal.«

10. September Mittwoch

Am nächsten Morgen gehe ich mit gutem Gefühl in die Agentur. Das Blatt mit der gezeichneten Idee habe ich dabei.

Dunkelgrauer Etiketten-Grund, darauf eine helle, große

3

darunter

Sinne

für die drei Sinne beim Wein: Sehen, Riechen, Schmecken. Außerdem steht die Drei auch für die drei jungen Winzer. Heiko fand die Idee sofort ansprechend, gut. Und ich ebenfalls.

Und auch jetzt, nüchtern betrachtet, finde ich das noch immer gut. Jede Art von Werbung in diesem Projekt muss mit den dreien gestaltet werden. Mit deren frischen, enthusiastischen Gesichtern, ihrer Tatkraft, die förmlich aus ihnen herausstrahlt. Angelina mit ihrem karierten Männerhemd und den kurzen, ausgefransten Jeans. Bodenständig und sexy zugleich. Sebastian, gut aussehend, ernst, der Mann, der für seine Überzeugung brennt, und Robby, der breitschultrige Macher. Alle drei sind für eine Werbekampagne das ideale Trio. Sie müssen einfach überall in Szene und ins Bild gesetzt werden.

Ich bin gespannt, wie meine Vision ankommt.

Ich bin auch ein bisschen stolz auf mich. So schnell, denke ich, das ist echt klasse.

Ich bin später dran als sonst, und deshalb wundere ich mich, dass ich keinen von meinem Team antreffe. Wo sind sie denn? Während ich noch ratlos an meinem Tisch stehe, kommt Marvin von hinten an mir vorbei und sagt im Vorübergehen: »Dein Team ist im Creative-Raum.«

Diese Pointe hat er natürlich genau gesetzt, denke ich. *Die unfähige Neue weiß nicht, wo ihr Team ist.*

Ich atme kurz durch und gehe den Gang entlang zum Creative-Raum. Mein Enthusiasmus ist verflogen. Reiß dich zusammen, sage ich mir, aber ich ärgere mich schon wieder.

Und warum das alles?

Alles nur wegen Mutti!

Ich drücke die Türklinke herunter. Sie haben es sich gemütlich gemacht, verstreut sitzen sie auf den eigenartigsten Sitzmöbeln, Lilli auf einem alten Schreibtisch, und auf dem Nixen-Glastisch in der Mitte sammeln sich die Kaffeetassen.

»Guten Morgen«, ich werfe ein Lächeln in die Runde. Vielleicht wirkt es gezwungen, ich weiß es nicht, jedenfalls lächelt niemand zurück.

»Wir sind mittendrin«, erklärt mir Anna. »Wir haben schon einige Ideen zusammengetragen, nachher gibt es ein Meeting mit Sven und einigen anderen, also wollen wir was vorlegen.«

»Gut«, sage ich, »ich habe auch eine Idee. Aber lasst mal hören.«

»Wir haben bereits einen Vorschlag ausgearbeitet«, sagt Liza schnell.

»Aha.« Jetzt bin aber doch angefasst. »Und wieso habt ihr damit nicht auf mich gewartet?«

»Du warst nicht da«, sagt Lilli mit dem unschuldigsten aller Lächeln, und ich kann mir vorstellen, dass die anderen innerlich feixen. Und das macht mir klar, dass sie sich eine Stunde früher verabredet haben.

»Dann lasst mal sehen«, sage ich und setze mich in einen der roten Plüschsessel mit Blick auf die Leinwand.

»Nein, das geht hier nicht, der VGA-Adapter fehlt«, Jan winkt ab. »Aber wir dachten, dass ein feuerrotes Etikett schon mal eine gute Grundlage sei. Weg vom gediegenen Wein, hin zum Aufbruch. Denn die drei brechen doch auf. Deshalb heißt die Gruppe: Aufbruch. Und somit steht die ganze Kampagne unter dem Motto: Aufbruch. Das ist der Brand!«

Ich überlege.

»Ja, ist gut. Aber geht es da auch um Wein? Was vermittelt denn der Wein? Ich bin der Meinung, bei einem Wein geht es vor allem um die Sinne.«

Sie sehen sich an. Sinne scheinen für sie total altmodisch zu sein.

»Und zwar: drei Sinne«, fahre ich fort. »Das Etikett dunkelgrau, darauf groß in heller Schrift die Ziffer drei. Darunter in Großbuchstaben«, ich buchstabiere es langsam: »S I N N E.« Und wiederhole: »Sinne. Die Drei steht für Angelina, Sebastian und Robby und außerdem für die drei Sinne: Sehen, Riechen, Schmecken.«

»Aha«, sagt Joshua. Mehr kommt nicht. Dafür geht die Tür auf, und Sven schaut herein. »Kommt ihr mal? Wir wollten gerade über euer Projekt sprechen.«

Lilli klappt ihr Laptop zu und rutscht vom Schreibtisch herunter.

»Ja, klar. War spannend gestern!«, wirft sie ihm zu.

»Und wird gleich noch spannender«, höre ich Anna zu Jan sagen. Nur Liza wartet auf mich, sodass wir gemeinsam in den Konferenzraum kommen. Wie zu meiner Vorstellung vor einigen Tagen haben sich dort schon einige versammelt, doch diesmal sitzen alle.

»Okay«, Sven steht am Kopfteil des langen Tisches und lächelt mir zu. »Super. Die ersten Ergebnisse. Also lasst mal hören.« Und zu der Gruppe im Raum: »Erinnert euch, es geht um zwei junge Winzer und eine junge Winzerin, die sich gemeinsam völlig neu aufstellen wollen.«

Lilli klappt ihr Laptop auf, verbindet es mit dem Kabel des Beamers, und gleich darauf erscheint ein Bild auf der Leinwand. Eine schlanke Flasche mit einem feuerroten Etikett und der violetten Schrift: Aufbruch.

»Aha«, sagt Sven zu mir: »Also Aufbruch?«

Ich bin hin- und hergerissen. Jetzt sieht es so aus, als wäre es eine gemeinsame Idee. Aber ich stehe überhaupt nicht dahinter. Aber verdammen kann ich es auch nicht, damit würde ich meine Führungsschwäche eingestehen.

Alle Augen heften sich auf mich.

»Es gibt noch eine weitere Idee«, rette ich mich, »aber dazu noch kein Bild. Da Wein ja mit drei Sinnen zu tun hat und die jungen Winzer Angelina, Sebastian und Robby auch zu dritt sind, wäre auf dunkelgrauem Etikett eine große Ziffer drei vorstellbar, darunter in Großbuchstaben: S I N N E. Die drei Sinne stehen beim Wein für Sehen, Riechen, Schmecken.«

Ich warte kurz ab, aber nichts rührt sich. »Und alle weiteren

Werbungen würde ich mit den drei jungen Winzern verbinden, sie sind jung, enthusiastisch und authentisch. Und außerdem sehen alle drei gut aus.«

»Die Drei als Ziffer geht nicht.« Marvin tritt aus einer Ecke hervor. »Die haben wir schon für ein großes Autobranding. Kraft, Dynamik, Effizienz. Das hat doch wohl Vorrang gegenüber einem Winzerprojekt.«

»Eine Dublette ist in der Tat schlecht«, bestätigt Sven. »Aber das konntest du ja nicht wissen«, er nickt mir zu. »Lasst mal ein Probeshooting von den dreien machen, damit wir eine Ahnung haben, ob die Idee, sie in den Mittelpunkt zu stellen, taugt. Und Aufbruch – feuerrot … arbeitet das mal aus. Und dann will ich die Meinung der Auftraggeber dazu hören.«

Er dreht sich um. »Okay, kommen wir zu den anderen Projekten, Thomas, wie geht es bei euch voran? Lass mal hören – oder noch besser, was sehen.«

Ich höre kaum mehr zu, die anderen Projekte interessieren mich nicht wirklich. In meinem Schädel brummt es. Aufbruch, Erneuerung, das sind für mich Kirchen-Schlagwörter. Ein Wein dagegen ist sinnlich. Vor allem, wenn man, wie wir, einen Tag in einem Weingut verbracht hat. Dazu passt auch keine feuerrote Ferrari-Farbe.

Ich kann mir nicht vorstellen, dass den drei jungen Winzern so ein Etikett gefällt. Oder doch? Bin ich wirklich altmodisch?

Egal. Ich werde mein Etikett gestalten und dann beide Vorschläge zu Sebastian schicken. Und sei es nur, um herauszufinden, in welche Richtung es weitergehen soll.

Und Marvin? Was ist denn das für ein Typ?

Er hat die Drei an sich gerissen. Für ein Autobranding? Ich trau ihm nicht. Und zudem: Bin ich die kleine Schwester von Marvin, die zurückstecken muss, wenn er etwas haben will? Wieso eigentlich?

Mir ist der ganze Tag verdorben.

Trotzdem kann ich mir im Anschluss an die Versammlung die Frage nicht verkneifen, warum die Präsentation des roten Etiketts genau zum Zeitpunkt des Meetings geklappt hat und vorher nicht. Eigentlich weiß ich die Antwort schon, bevor sie kommt.

»Wie gesagt«, Anna zuckt die Achseln, »das Adapterkabel … da steckt man nicht dahinter.«

Ich gehe gar nicht darauf ein.

»Für das Fotoshooting«, wende ich mich an Liza, »haben wir einen speziellen Fotografen, oder suchen wir pro Projekt jemanden aus?«

»Wir haben einen Fotografen«, sagt Jan schnell, »der ist vor allem für Entwicklungsgeschichten gut, und das passt ja jetzt gerade mit diesem Auftrag.«

»Gut«, sage ich, »organisiert ihr bitte das Fotoshooting mit den dreien? Und wir überlegen uns, welche Motive passend sein können?«

Der schnelle Blick zwischen Anna und Joshua entgeht mir nicht, ich kann ihn aber nicht deuten.

»Da sind wir dran«, erklärt Jan.

Verständigen die sich nachts?, frage ich mich. Konferenzschaltungen hinter meinem Rücken? Um mir immer einen Schritt voraus zu sein? Aber der Gedanke erscheint mir so abwegig, dass ich ihn wieder fallen lasse.

»Gut«, sage ich stattdessen. »Gebt ihr mir mal die Homepage des Fotografen? Ich kenne ihn ja nicht.«

Lilli nickt. »Ziemlich einfach. Tom Bilger.«

»Und das soll ich jetzt googeln?«

Lilli zuckt mit den Schultern. »Ich kann dir nachher auch seine Visitenkarte rüberschicken.«

»Gut, dann tu das!«, sage ich zum allerersten Mal scharf, stehe auf, gehe an meinen Tisch und versuche, mich zunächst zu sammeln. Okay, beschwichtige ich mich, ich bin innerlich total aufgewühlt. Okay, das kann alles nur ein Zufall sein. Sie denken sich nichts dabei, sie sind noch jung.

Ich gebe »Tom Bilger Fotografie« ein und sehe eine vielseitige Homepage, von Walter Röhrl bis Karl Lagerfeld, Autos und Architektur. Wenigstens das stimmt mich optimistisch. Der kann was.

Sehr gut, ich atme auf.

Und jetzt? Ich sehe mich um, wo sind meine Leute?

Ich stehe auf und gehe in den Creative-Raum, wo sie, wie vermutet, sitzen.

»Ach, gut, dass du kommst«, empfängt mich Anna, »wir wollten dich gerade informieren.«

Ich glaube ihr kein Wort, lächle aber. »Schön«, sage ich, »dann hatten wir ja genau dieselbe Idee. Mal drüber nachdenken, wie wir die drei in Pose setzen können.«

»Genau«, bestätigt Liza. Sie sitzt längs in einem roten Plüschsofa und hat ihren Laptop auf dem Bauch. »Es geht um Plakate, Flyer, Internetauftritte, um Instagram und Facebook.«

»Mir haben die drei, so, wie sie waren, sehr gut gefallen«, sage ich. »Frisch und natürlich. Nicht aufgemacht, nicht künstlich, genauso bodenständig wie ihr Wein.«

»Aber wollen die was Bodenständiges?«, fragt Jan in die Runde. »Bodenständig, das sind doch schon ihre Väter. Und von denen wollen sie sich doch distanzieren.«

»Na ja«, sage ich, »wir waren doch dort und haben mit ihnen gesprochen. Aufgepeppt passt jedenfalls nicht zu ihnen.«

»Aufgepeppt in einem anderen Sinne«, sagt Anna. »Schwarzweiß, vielleicht? Zwanzigerjahre?«

»Hmm, damals gab es ja auch den extremen Körperkult, Sport für Körper und Geist – aber geendet hat es im Dritten Reich«, wende ich ein.

»Aber nicht jeder Zwanzigjährige, der einen tollen Körper hatte und den auch gezeigt hat, war dann zwangsläufig ein

Nazi«, Joshua runzelt die Stirn. »Das wäre dann doch weit hergeholt. Nein, Aufbruch gehörte definitiv zu den Zwanzigern dazu. Das hatte mit dem NS-Regime noch lange nichts zu tun!«

»Und Aufbruch ist unser Brand!«, ruft Lilli. »Da passt ein gestählter Körper. Und in diesem Fall haben wir gleich drei!«

»Dann kreiert mal ein paar Ideen dazu«, sage ich. »Ich bin gespannt, wie die Meinung der drei jungen Winzer ist. Ich denke nur, dass die Älteren mit so einem Brand sehr an ihre Jugend erinnert werden, und das tut einem neuen Produkt nicht gut.«

»Oder gerade!«, erklärt Lilli, »denn lächelnde Farbfotos gibt es in der Branche schon genügend. Und für einen neuen Brand brauchen wir keinen weißen Tisch mit Weingläsern und Kerzenleuchter drauf und auch kein kariertes Hemd im Weinberg.«

»Trotzdem bin ich der Meinung, dass Wein etwas mit unseren Sinnen zu tun hat. Sinnlich. Nicht nur mit Muskeln.«

»Sinnlich!« Anna verzieht das Gesicht. »Die blond gelockte Weinkönigin im tief ausgeschnittenen Dirndl, oder wie stellst du dir das vor?«

»Sinnlich wäre auch Angelina in ihrer kurzen Jeans, dem karierten Hemd«, ich sehe in die Runde, »und das wiederhole ich extra, in ihrem karierten Hemd, und das Ganze in Schwarz-Weiß, okay, das könnte eine gute Idee sein. Aber ihr seht ja die Jungs neben ihr mit freiem Oberkörper, richtig?«

»Klar«, Lilli legt den Kopf schief. »Warum nicht? Schweiß bei der Arbeit. Die Schweißperlen rinnen auf der braunen Haut, die Muskeln sind angespannt, man kann die Arbeit riechen, das geht an die Sinne!«

»Verwechselst du das Bild jetzt nicht mit den Kumpels aus dem Bergbau?«, frage ich mit leichtem Lächeln.

»Nein, das ist geil! Das zieht!«, erklärt Joshua, während sich Jan zurückhält. Offensichtlich ist die Body-Euphorie nicht so ganz seine Sache.

»Und du?«, frage ich ihn. »Was hältst du von der Idee des Körperkults im Weinberg?«

Er zuckt mit seinen Schultern. »Kann ich mir schon vorstellen«, sagt er schließlich.

»Na gut«, erkläre ich, »dann legt mal los. Schneidert mir einen Flyer und ein Poster zusammen, dann werden wir ja sehen, was die Protagonisten davon halten. Und was der Fotograf dazu sagt.«

»Was soll der schon sagen«, Anna nimmt ihre Füße vom Glastisch, »der setzt unsere Ideen um.«

»Es gibt auch kreative Fotografen«, wende ich ein. »Davon kann man streckenweise auch profitieren.«

»Wir legen ihm das Bild genau so hin, wie wir es haben wollen. So war es bisher immer.«

»Nicht immer ist das, was bisher war, auch die beste Lösung«, sage ich gezielt ironisch. »Und hat nicht Jan vorher gesagt, Tom Bilger sei gut für Entwicklungsgeschichten? Na also!«, und um das letzte Wort zu behalten, gehe ich bereits zur Tür. »Frohes Arbeiten«, sage ich, dann bin ich draußen.

Dort bleibe ich erst einmal stehen und atme tief durch.

»Na?«, sagt eine Stimme hinter mir, »wie geht es?«

Ich dreh mich um.

»Rolf«, sage ich, »Sie habe ich lange nicht gesehen.«

Er muss lachen. »So lange kann ja nicht sein, Sie sind ja erst seit Kurzem hier.«

»Ja, stimmt.« Ich stimme in sein Lachen ein. »Mir kommt es schon ewig vor.«

Es tut mir gut, ihn zu sehen. Er strahlt so eine Ruhe und Verlässlichkeit aus, als ob es in der Agentur überhaupt keine Hektik geben könnte.

»Kommen Sie klar?«

Ich zucke die Achseln.

»Weiß nicht.«

Sven kommt um die Ecke, sieht uns beide und bleibt kurz stehen. »Na, alles im grünen Bereich?«

»Klar«, sagt Rolf. »Der Laden läuft, die Kunden sind zufrieden, der Rubel rollt, muss doch alles bestens sein.«

Sven grinst. »Das ist unser tägliches Ziel. Genau das«, damit nickt er uns zu und geht weiter. Hinter mir höre ich eine Türe klappen. Ist es die zum Creative-Raum? Soll ich zurück?

»Machen Sie sich Ihre eigenen Gedanken«, sagt Rolf. »Die haben Sie erfolgreich gemacht. Nicht die Gedanken anderer«, damit nickt er mir zu und geht weiter. Kann es sein, dass er Gedanken lesen kann? Quatsch.

Aber er hat recht.

Ich gehe an meinen Schreibtisch und fange an, mich ganz allein auf Angelina, Sebastian und Robby zu konzentrieren.

Trotz Rolfs positivem Anstoß ist dieser Tag so unbefriedigend für mich, dass ich, kurz bevor ich die Agentur verlasse, Doris anrufe.

»Sorry«, sagt sie hektisch. »Keine Sekunde Zeit, ich schwimme total im Service. Meine Studentin, die mir für heute fest zugesagt hat, ist einfach nicht gekommen. Keine Absage, kein nichts!«

»Kann ich dir helfen?«

»Wenn du kellnern kannst? Oder die Speisen zubereiten, dann kellnere ich.«

»Keine Ahnung«, sage ich, »ich komme einfach.«

Eine halbe Stunde später bin ich da. Und es ist vollkommen klar, dass sie die Arbeit nicht allein schaffen kann. Alle Tische sind besetzt, sie flitzt hin und her. »Also«, sage ich, »was kann ich tun, ohne dass du mich groß einlernen musst?«

»Bestellungen aufnehmen und servieren?«

»Das müsste ich hinkriegen. Und kassieren?«

»Cash oder Karte, den Karteneinleser erkläre ich dir kurz.

Das wäre echt gigantisch, Katja!« Sie ist völlig außer Atem. Dass sie sich das antut, denke ich, das Café sollte doch eher eine Wohlfühloase sein, und nun ist sie ihr eigener Laufbursche.

Ich schau an mir hinunter. »Ist das Outfit okay?« Weiße Sommerhose und rote Bluse. Rote Bluse – passend zum neuen Etikett. Das fällt mir jetzt erst auf.

»Perfekt!«, ruft Doris und eilt hinter die Theke. Ich gehe ihr nach. »Was soll ich tun?«

»Tisch zwölf, dahinten am Fenster, die sind vorhin gekommen und wissen sicherlich schon, was sie wollen. Magst du Block und Stift, oder kannst du dir die Bestellung merken?«

»Block und Stift«, sage ich. Nicht, dass ich zum Schluss noch alles durcheinanderbringe.

Es ist ein junges, asiatisches Pärchen, und ich verstehe sie kaum. Sie spricht so leise, dass ich zweimal nachfragen muss. Schließlich verstehe ich, dass sie einen Schweizer Wurstsalat und einen Flammkuchen wollen, dazu zwei Gläser Weißwein. Zur Vorsicht wiederhole ich die Bestellung, komme aber nicht bis zur Theke, weil mich zwei Tische weiter ein älterer Herr aufhält. »Zahlen!«, sagt er barsch. »Das habe ich schon vor zehn Minuten gesagt!« Seine Frau legt beschwichtigend ihre Hand auf seinen Unterarm, die er aber unwirsch abschüttelt. Haben Sie es denn eilig?, hätte ich gern gefragt, als Rentner soll man doch das Leben genießen. Aber ich beherrsche mich.

»Ja bitte«, sage ich und bleib an dem Tisch stehen. »Was haben Sie denn gehabt?«

»Das müssen Sie doch wissen!«, raunzt er.

»Ich bin eben erst gekommen«, sage ich.

»Dann erkundigen Sie sich!« Er runzelt die Stirn. »Aber vielleicht heute noch!«

Ich reiße mich zusammen und verzichte auf eine Antwort. Stattdessen eile ich zu Doris, die gerade einen Flammkuchen auf einem Eisenrost aus dem Ofen zieht. »Autsch! Verdammter

Mist!« Sie stellt den Rost unsanft ab, dreht den Kaltwasserhahn auf und hält ihre Hand unter den Wasserstrahl. »Nicht aufgepasst! Heute schon das zweite Mal! Verflixt!«

»Ich dachte, du hättest einen Koch?«, frage ich.

»Sommergrippe«, sagt sie kurz, während sie den Flammkuchen auf ein großes Holzbrett schiebt und zwei Gläser mit Weißwein füllt.

»Ernsthaft?«

»Was weiß ich«, sie zuckt die Schultern. »Vielleicht ist er auch frisch verliebt … das geht an Tisch fünf, dort in der Ecke, die beiden verliebten Jungs.«

Ich reiße den Zettel von meinem Block ab. »Und das ist die Bestellung von Tisch zwölf, außerdem will der alte Kauz dort drüben zahlen.«

»Ja, der ist eine ganz besondere Marke …«. Sie tippt etwas in ihre Kasse und wirft dabei einen Blick auf meinen Zettel. »Schon wieder Flammkuchen. Zum Teufel aber auch. Käse-Wurstsalat. Okay, danke. Gleich sind die Maultaschen fertig, die kannst du an den hinteren Tisch bringen.« Sie schaut mich kurz an. »Toll, dass du da bist, Katja. Das ist mir heute echt über den Kopf gewachsen!«

»Kein Wunder, völlig allein.«

Dass es mich wunderbar von meinen eigenen Problemen ablenkt, werde ich ihr erst nachher erzählen, wenn mehr Zeit ist.

Sie schiebt mir den Kassenzettel für das alte Ehepaar hin. »Zwei Trollinger und zweimal die Tagessuppe, heute Flädlesuppe. Vier fünfzig der Trollinger, fünf fünfzig die Suppe. Genau zwanzig Euro. Pass auf, er wird mosern. Das macht er immer!«

Und tatsächlich.

»Wieso ist denn das schon wieder so teuer? Zwei Suppen und ein Trollinger? Da haben Sie sich doch verrechnet!«

Ein Mädchen am Nebentisch sieht her und stupst ihre Mutter an. »Kann die nicht richtig rechnen?«, fragt sie laut.

»Offensichtlich nicht«, gibt mein Kunde zur Antwort.

»Offensichtlich doch«, kontere ich. »Tut mir leid, der Wein neun Euro, die Suppe elf Euro, das ergibt nun mal leider zwanzig Euro.«

»Dann sind Sie zu teuer!«

Sie müssen ja nicht kommen, hätte ich gern gesagt, aber ich erinnere mich an Doris' Worte.

»Lass doch, Hugo«, sagt seine Frau und legt erneut ihre Hand auf seinen Unterarm, und erneut schüttelt er sie ab. »Es ist ja schließlich mein Geld«, sagt er unwirsch und zieht einen Zwanzigeuroschein aus seinem alten, flachen Geldbeutel. Mein Gott, denke ich.

»Sind Sie verheiratet?«, das kann ich mir dann doch nicht verkneifen.

»Was soll denn das jetzt?«, herrscht er.

»Fünfundfünfzig Jahre«, sagt sie leise.

»Dann haben Sie bestimmt einen großen Anteil an seinem Geld«, sage ich zu der Frau. »Schönen guten Abend noch.« Damit drehe ich mich um, sehe aber gerade noch, wie mir die Mutter des Mädchens einen anerkennenden Blick zuwirft.

»Sorry, vielleicht hast du die Kundschaft jetzt verloren«, sage ich zu Doris, während ich mir das Brett mit dem Flammkuchen auf die eine Hand schiebe und mit der anderen das Tablett mit den zwei Weingläsern balanciere.

»Er ist einer der richtig reichen Stuttgarter«, sagt sie, während sie zwei kleine Suppentöpfe mit den Maultaschen richtet. »Nehmen ist seliger denn geben. Und spielt mit seinen Launen Katz und Maus. Mal so, mal so.«

Ich marschiere los und wäre in der engen Tischreihe fast mit dem Stuhl zusammengeprallt, den der alte Herr genau in dieser Sekunde nach hinten rückt. Im letzten Moment kann ich mein Serviertablett noch ausbalancieren.

»Können Sie nicht aufpassen?«, faucht er mich an.

»Offensichtlich nicht«, sage ich und gehe weiter zu Tisch fünf. Zwei junge Männer sehen mir erwartungsvoll entgegen. »Super«, sagt der eine. »Ich habe schon dermaßen Kohldampf.«

»Na, dann kommt es doch gerade zur rechten Zeit«, sage ich und denke, verdammt, Besteck vergessen, stelle aber gleich darauf erleichtert fest, dass genügend Besteck und Servietten in der bemalten Porzellanschale liegen.

Auf dem Rückweg räume ich das gebrauchte Geschirr der reichen Herrschaften ab und sehe mit Schrecken, dass schon wieder neue Gäste hereinkommen. Diesmal gleich vier. Ich zeige im Vorbeigehen zu dem eben frei gewordenen Tisch. »Vielleicht dort, wenn Sie ein bisschen zusammenrücken?«

Doris hat erneut Speisen und Getränke auf die Theke gestellt. »Käse-Wurstsalat und die Getränke für Tisch zwölf. Der Flammkuchen kommt gleich.«

»Verbrenn dich nicht«, sage ich, lade Teller, Brot und Weingläser auf mein Tablett und lauf wieder los.

»Entschuldigen Sie«, höre ich vom Tisch der Alten.

Nicht zu fassen, denke ich, die sehen doch, dass ich beschäftigt bin. »Einen Moment«, rufe ich im Vorbeigehen und bleibe auf dem Rückweg stehen. »Sie wissen schon, was Sie wollen?«

Wo habe ich nur Block und Stift?, frage ich mich und taste meine Hosentaschen ab.

»Nein«, sagt einer der beiden jungen Männer, »aber das war unter dem Besteckkasten, das ist doch bestimmt für Sie? Trinkgeld?« Damit zieht er einen Schein hervor und streckt ihn mir hin.

Fünf Euro. Ich glaub's nicht. Nehmen ist seliger denn geben?

»Das ist aber nett von Ihnen«, sage ich, denn er hätte es ja auch behalten können.

»Meine Freundin hat mich darauf aufmerksam gemacht«, grinst er. »Solidarität unter Frauen.« Ich nicke seiner Begleiterin zu und erkenne sie in diesem Augenblick: Lilli.

»Na, das ist ja eine Überraschung«, sage ich.

»Finde ich auch.« Und in ihre Runde sagt sie mit leicht abschätzigem Unterton. »Das ist meine neue Chefin.«

Ich weise zu Doris hinter der Theke. »Und das ist meine Freundin, sie hatte Probleme, und unter Freunden hilft man sich.«

»Beispielhaft«, flötet Lilli.

»Finde ich auch«, sage ich und wende mich ab.

Es ist zu viel zu tun, als dass ich mich groß aufregen könnte, aber zum Kassieren schicke ich dann doch Doris an den Tisch. Die Genugtuung für Lilli, dass sie mir nun auch noch Trinkgeld gibt, möchte ich mir ersparen. Endlich ist das Café fast leer. Aus dem geplanten Abschluss-Wein wird leider nichts, mir brennt die Zeit unter den Nägeln. »Sorry«, sage ich, »ich muss dringend noch zu meiner Mutter, es ist schon halb zehn.«

Doris nickt und nimmt mich in die Arme. »Du bist eine wahre Freundin, ich weiß nicht, wie ich das heute ohne dich geschafft hätte.«

»Und wie schaffst du es morgen?«

»Mein Koch hat versprochen, dass er zur Stelle sein wird.«

»Und wenn nicht?«

»Dann ruf ich dich an.«

Wir lachen beide.

»Warte noch, du hast ja heute was verdient, das soll schon mit rechten Dingen zugehen. Lass uns kurz abrechnen. Und Trinkgeld ja auch …«

»Bist du verrückt?« Ich ziehe die fünf Euro aus meiner Hosentasche. »Das ist Lohn genug, alles gut.«

»Dann lass ich mir was einfallen …«, ruft sie mir nach, als ich schon zur Tür gehe.

»Ja, gern. Ein bisschen Zeit zusammen wäre ein tolles Geschenk.«

Sie nickt lachend. »Das schaffen wir. Und ich hoffe, mit deiner Mutter ist alles okay!«

Das hoffe ich auch, denke ich und gehe die wenigen Treppen hinunter zur Straße. Ich bin ziemlich erschlagen, stelle ich fest. Im Service zu arbeiten, ist ein echt hartes Geschäft. Während ich zu meinem Wagen gehe, denke ich noch einmal darüber nach, vor allem über Lilli. Und dann über den alten Kauz. Da mosert er, alles sei zu teuer, und legt dann fünf Euro Trinkgeld hin. Über zwanzig Prozent. Ist das zu verstehen?

Mein Elternhaus ist schon dunkel. Alle Fenster schwarz. Ich stehe davor und habe komische Gefühle. Heimkommen, das war früher etwas Freudiges. Solange ich jung war, hätte ich mir nie vorstellen können, dass sich da etwas ändert. Es war einfach eine Selbstverständlichkeit. Zu Hause war meine Mutter, sie hatte alles im Griff, alles war in Ordnung, es war der Hort meiner Geborgenheit. Mein Nest.

Nun stehe ich davor und habe Angst. Angst vor dem, was ich drinnen vorfinden werde. Angst vor dem, was kommen wird. Zum ersten Mal habe ich das beklemmende Gefühl, dass dieses Haus nicht mehr mein Zuhause ist, nicht mehr der Hort der Geborgenheit, sondern pure Herausforderung. Aus einem Freund ist ein Feind geworden.

Ich brauche eine Weile, bis ich über meine Gedanken hinwegkomme, dann schließe ich auf. »Mutti?«, rufe ich leise. Es könnte ja sein, dass sie schon schläft, also schleiche ich leise die Treppe hinauf in ihr Schlafzimmer. Ihr Nachtlicht brennt, und im ersten Moment erschrecke ich, als ich sie sehe. Ist sie tot? Ihr Mund steht offen, ihr Gesicht wirkt in dem tiefen Kissen so schmal und eingefallen, dass ich auf der Schwelle verharre. Ich wage nicht, weiterzugehen, und halte sogar die Luft an. Aber nein, sie bewegt sich. Ich mache schnell einen Schritt zurück und schließe die Tür, damit sie nicht über mein plötzliches Auftauchen erschrickt, falls sie die Augen öffnet. Draußen im Gang muss ich mich erst einmal beruhigen, so sehr wummert mein Herz.

Okay, sie lebt, sage ich mir dann. Gott sei Dank. Also: Hat sie zu Abend gegessen, hat sie etwas getrunken, hat sie ihre Tablette genommen? In der Küche kann ich nichts nachvollziehen. Alles ist aufgeräumt. Hat sie nichts angerührt? Oder war jemand da? Hat ihr jemand geholfen?

Das ist einfach kein Zustand, denke ich. Sosehr sie jede Hilfe ablehnt, ich kann die Verantwortung nicht übernehmen. Nicht an jedem Tag für vierundzwanzig Stunden. Eigentlich bräuchte sie jemanden, der mit im Haus wohnt. Eine private Pflegerin? Aber was wird das wohl kosten? Und was ist nun mit der Pflegestufe? Und wenn Mutti niemanden im Haus haben will, was eigentlich vorauszusehen ist, was dann?

Fragen über Fragen und die Angst, dass jederzeit etwas passieren könnte. Das macht mich ganz krank.

Hatte sie ein Glas Wasser am Bett? Ich habe nicht darauf geachtet. Soll ich noch mal nachsehen und ihr eines ans Bett stellen? Wecke ich sie da nicht?

Ich bin hin- und hergerissen. Schließlich entscheide ich mich dagegen.

Zumindest suche ich noch ein Blatt Papier und schreibe ihr eine Nachricht. Die lege ich mitten auf den Küchentisch. *»Liebe Mutti, es ist leider später geworden, du hast schon geschlafen. So wünsche ich dir hiermit einen guten Morgen, deine Katja.«*

Einigermaßen beruhigt gehe ich hinaus, ziehe die Haustüre hinter mir zu und schließe ab.

Eigentlich bräuchte ich auch jemanden, der mir beisteht, denke ich. Wen habe eigentlich ich, wenn es hart auf hart kommt?

Mein Bruder tut beschäftigt, Doris ist wirklich beschäftigt, und Heiko? Aus ihm werde ich nicht schlau. Ist auf ihn Verlass? Wäre er eine Stütze?

Aber was denke ich da. Er ist zu nichts verpflichtet.

Wir haben keine Beziehung, wir haben ein bisschen Spaß. Das kann morgen schon wieder vorbei sein.

11. September Donnerstag

In dieser Nacht schlafe ich schlecht. Zwei Mal stehe ich auf und ziehe mich um, weil ich klatschnass geschwitzt bin. Ich versuche, mich zu erinnern. Manchmal kann ich einen Traum zurückholen, aber heute gelingt mir das nicht. Kaum, dass ich aufwache, ist der Traum verblasst.

Um sechs Uhr stehe ich auf, bereite mir einen Cappuccino zu, schmiere mir ein Honigbrötchen und gehe im Morgenmantel zu meinem Apfelbäumchen. Mit dem Ärmel wische ich die Sitzfläche und das Tischchen ab, mehr habe ich nicht dabei, und setz mich dann.

»Na«, sage ich und schau hoch in die mickrige Krone, »dir geht es auch nicht gut. Was fehlt dir denn?«

Vielleicht sollte ich mal googeln? Dünger? Ein paar Nistkästen, Leben in die Bude? Ich bin so mit mir und meinem Baum beschäftigt, dass ich Petroschka erst bemerke, als er neben mir steht.

»Schönen guten Morgen«, sagt er.

»Guten Morgen«, sage ich und ziehe den Morgenmantel über meinen nackten Schenkeln zusammen.

»Darf ich?«, fragt er und zeigt auf den zweiten Stuhl.

»Gern. Ich habe allerdings keinen Cappuccino für Sie, den müsste ich erst machen.«

»Danke fürs Angebot«, er rückt sich den zweiten Eisenstuhl zurecht und setzt sich breitbeinig darauf, »aber ich trinke Kaffee nach guter alter Vätersitte.«

»Vätersitte?«, ich muss lachen. »Ich denke, dass es eher die Frauen waren, die früher Kaffee zubereitet haben.«

Er lacht auch. Dieses graue Etwas, das er anhat, hat nur entfernt Ähnlichkeit mit einem Anzug und spannt über seinem Bauch, seine breiten Wangen sind rot gefärbt, seine Augen glupschen mich hinter seiner Brille an, kurz, es ist wirklich überhaupt nichts Anziehendes an ihm, trotzdem fange ich an, ihn zu mögen.

»Haben Sie sich gerade mit dem Baum unterhalten?«, will er wissen.

Ich nicke. »Er ist so kümmerlich, so jämmerlich. Die dürren Äste mitten im Sommer, andere Bäume strotzen um diese Jahreszeit vor Kraft. Ich habe ihn gefragt, was er hat.«

Petroschka nickt. »Das kann ich Ihnen sagen. Das hier war ja das Haus meiner Tante. Die Zwillingsschwester meiner Mutter. Ihr Mann war ein Nazi. Ich weiß nicht, wie viele Menschen er auf dem Gewissen hat, aber das muss er dort oben mit dem Herrn«, er zeigt nach oben, »selbst ausmachen. Als er gestorben ist, ist meine Mutter hier eingezogen. Oben, ins Dachjuchhe. Gemeinsam haben die beiden zwei Apfelbäumchen gepflanzt, sie nannten sie Else und Judith, ihre eigenen Namen. Ich habe die Bäumchen wachsen sehen, sie waren völlig gesund. Bis meine Mutter, Judith, vor zehn Jahren von einem betrunkenen Autofahrer überfahren wurde und starb. Da ging der eine Baum ein. Wir haben ihn gefällt. Und seitdem kränkelt auch der zweite Baum.«

Ich runzle die Stirn. »Das kann ich nicht glauben. Das ist doch ein Märchen?«

Er zuckt die Schultern und steht auf. »Nein, es ist wahr. Und ich muss zur Arbeit, leider, Frau Klinger, ich hätte gern noch weiter mit Ihnen geplaudert.«

Geplaudert, denke ich, während er aufsteht und ich ihm und seinem unbeholfenen Gang nachsehe. *Geplaudert!* Er watschelt förmlich, denke ich, und als ob er meinen Blick gespürt hätte, dreht er sich noch einmal um und hebt die Hand zum Abschiedsgruß.

Ich grüße zurück und trinke meinen Cappuccino aus. »So«, sage ich zu dem Bäumchen, »du heißt also Else. Und du vermisst deine Zwillingsschwester Judith. Das verstehe ich.« Ich strecke mich ein bisschen über meinen kleinen, runden Tisch und streichle mit den Fingerspitzen über die rissige Rinde. »Und wenn mich jetzt jemand sieht oder hört, liebe Else, dann halten die mich bestimmt für total gaga!« Ich sehe mich schnell um. Dann greife ich nach meiner leeren Tasse und stehe auf. »Aber weißt du was, Else? Ich lass mir was einfallen!«

Nach dem gestrigen Auftakt und schlimmer noch, dem Zusammentreffen mit Lilli, habe ich überhaupt keine Lust, in die Agentur zu gehen. Auf die Arbeit schon. Ich würde liebend gern sofort meine eigenen Ideen zu den jungen Winzern umsetzen, aber der Gegenwind ist da.

Ich finde keinen Parkplatz in der Tiefgarage, so fängt es schon mal an. Morgen kaufe ich mir ein E-Bike, schwöre ich mir. Schluss mit den Benzinkutschen, mit der ständigen Parkplatzsuche. Es kostet nur Zeit, belastet die Umwelt und bringt einen in Dauerstress. Gerade, als ich wieder zur Ausfahrt hinauswill und mir überlege, in einer der Seitenstraßen einen Strafzettel zu riskieren, fährt hinter mir ein Wagen aus einer Parkbucht. Vielleicht fängt der Tag doch noch ganz gut an? Ich parke ein und gehe beschwingt zum Aufzug. Ich werde Else eine neue Freundin kaufen und außerdem … was soll's? Ich lasse mich doch von so jungen Hühnern nicht unterkriegen!

Inzwischen grüßen mich schon einige, wenn ich morgens hereinkomme und durch den lang gestreckten Raum mit seinen Tischinseln gehe. Heute gehöre ich wohl zu den Frühen, denn es sind nur vereinzelt Mitarbeiter da, was mir gerade recht ist. Je weniger, umso besser.

Ich gehe an meinen Arbeitsplatz und fahre den Computer hoch, und während ich warte, dass mein Sicherheitssystem alles geprüft und freigegeben hat, fällt mir auf, wie unpersönlich mein

Schreibtisch noch immer aussieht. Keine Blume, kein Bild, kein Nippes, keine Süßigkeiten, nichts. Mein Schreibtisch sieht so aus, als wollte ich gleich wieder gehen. Vielleicht kennt mein Schreibtisch mein Inneres besser als ich selbst.

Wo sind sie denn?

Im Creative-Raum?

Widerwillig stehe ich auf und beschließe, dort mal nachzusehen. Und ich störe auch prompt beim Eintreten, denn einige drehen sich nach mir um, aber es ist niemand von meinem Team dabei. »Sorry«, sage ich, und »no problem« kommt es zurück.

Sorry und *no problem,* denke ich, während ich an meinen Schreibtisch zurückgehe. Das ist doch irgendwie total lachhaft zwischen lauter Deutschen. Klar ist so eine Agentur wie unsere international, und vieles wird auf Englisch besprochen, aber unter uns? *Sorry* und *no problem?* Ich bin auch schon total easy drauf.

Ich setze mich an meinen Platz und rufe meine Mails auf.

Alles Mögliche, dann stockt mir der Atem. Gestern, 22:30 Uhr:

»Morgen Besprechung vor Ort. Tom Bilger checkt Location. Abfahrt 9 Uhr, Bus Agentur, Anna.«

Um 22:30 Uhr hatten die das losgeschickt?

Tom Bilger hatte den Termin nicht früher klären können?

Oder liegt es gar nicht an dem Fotografen?

Mein Herz schlägt bis zum Hals. Ich habe meine Mails gestern Nacht nicht mehr gecheckt. Aber ich bin die Teamleiterin, ich müsste informiert sein. Haben sie mich ausgebootet, oder bin ich einfach nur zu verpennt, zu alt, um diesen neuen, jungen Herausforderungen gewachsen zu sein?

Halt, rufe ich mich zur Ruhe, du bist nicht alt. Du bist vierundvierzig Jahre jung, warst all die Jahre erfolgreich, hast vieles für deine Agentur erreicht, hast tolle Marketingstrategien entwickelt, manche wurden überhaupt nicht mehr verändert – oder höchstens in Nuancen. Was willst du dir von solchen Rotznasen eigentlich sagen lassen?

Dieser Typ hat recht, wie heißt er? Rolf! Genau.

Sei mal die Wölfin und zeige die Zähne. So geht das jedenfalls nicht.

Ich fahre meinen PC wieder herunter und geh zum Lift. Jetzt wird gleich ein Parkplatz frei, denke ich, irgendjemand wird sich freuen. Und ich freue mich gerade, dass ich doch einen Wagen und kein E-Bike dabeihabe, denn bis nach Lauffen wäre das dann doch keine Option.

Ich gebe die Adresse in mein Navi ein und fahre los. Und wähle an der ersten roten Ampel Lillis Handynummer. Sie geht nicht ran. Also Anna. Die beiden Frauen scheinen mir bei dieser Geschichte die Rädelsführerinnen zu sein. Warum auch immer, einen Grund kann ich bisher nicht erkennen. Persönliche Antipathie? Oder steckt doch etwas anderes dahinter?

Bisher waren Frauen mein Leben lang meine Verbündeten. Es ist das erste Mal, dass ich mit Frauen zu kämpfen habe. Bisher waren es immer Männer, die sich in ihrer Kompetenz bedroht sahen. Also ist auch das eine neue Erfahrung für mich.

Reg dich nicht auf, beschwöre ich mich selbst an der nächsten roten Ampel und wähle Annas Nummer. Auch hier höre ich recht schnell die »Nicht-erreichbar-Ansage«.

Gut, denke ich. Dann anders.

Die große Straßenkreuzung in Zuffenhausen, das gibt mir Zeit. Also google ich Tom Bilgers Mobilnummer. Die hatte ich mir blöderweise noch nicht notiert. Du musst wirklich mehr auf Zack sein, sage ich mir selbst, während ich dem Freizeichen lausche. Gerade, als die Ampel auf Grün schaltet, geht er ran.

»Bilger.«

»Klinger.«

»Ach, gut, dass Sie sich melden, Frau Klinger, guten Tag – ist Ihnen was dazwischengekommen?«

Im ersten Moment weiß ich nicht, was ich sagen soll. Denkt er das wirklich? Oder trickst er?

»Unerheblich«, weiche ich aus, »jedenfalls bin ich jetzt auf dem Weg. Wie weit sind Sie schon?«

»Ich schau mir gerade die Location an und hoffe, wir können dort Tradition mit Moderne verbinden. Prüfe die Möglichkeiten, um vom Klischee wegzukommen.«

»Sehr gut. Und wo sind die anderen?«

»Hmm ...«

»Was heißt das?«

»Sie haben eine Besprechung.«

»Gut, dann fahre ich zunächst mal dorthin, bevor wir uns sehen, wo denn?«

Ich höre an der Pause, dass er nach einer Antwort sucht.

»Jetzt sagen Sie schon.« Ich werde allmählich ungeduldig.

»Im *Adler*.«

»Eine Wirtschaft?«

»Ja, um die Ecke vom Weingut.«

»Sie meinen, die frühstücken dort?«

»Das haben sie mir nicht gesagt.«

Offensichtlich will er es sich mit ihnen nicht verderben. Wahrscheinlich denkt er an seine Aufträge.

»Gut«, entscheide ich, »dann lassen wir die dort erst mal sitzen, und ich komme direkt zu Ihnen. Schauen wir uns gemeinsam um.«

Er brummelt etwas, von dem ich nicht entscheiden kann, ob es begeistert klingt oder eher ablehnend. Aber das ist mir auch egal. Und je länger ich im Auto sitze, umso besser gefällt mir die Idee, mit dem Fotografen zunächst allein unterwegs zu sein.

Und weil mir die Idee so gut gefällt, fahre ich schneller als erlaubt und prompt in eine Blitze. Aber das bremst mich nicht. Ich möchte meine Chance nutzen. Und vor allem möchte ich die langen Gesichter sehen, wenn sie dann antraben.

Fast wäre ich an der Hofeinfahrt zum Weingut vorbeigefahren. Die beiden Holztore kommen mir jetzt noch kleiner vor als beim letzten Mal. Nie und nimmer würde ich dahinter ein Weingut vermuten. Und dass da ein Traktor durchkommt, muss mit viel Zirkelarbeit zu tun haben. Im Hof stehen ein schwarzer Kleinbus und ein schwarzer Porsche Carrera mit Stuttgarter Kennzeichen. Bestimmt der Fotograf, denke ich. Was bedeutet nun so ein Auto? Dass er in seinem Job gut ist und deshalb so gut verdient, oder dass er überteuerte Rechnungen stellt? Ich möchte mal von Ersterem ausgehen.

Ich stelle meinen Audi A3 neben den Porsche. Und finde, verstecken muss er sich nicht. Und dann rufe ich Bilger an. Er ist in dem Weinberg, in dem wir auch schon waren, und Angelina ist bei ihm. Prima, denke ich, Angelina ist für mich werbemäßig auch der tragende Punkt. Eine Winzerin. Eine Weinbäuerin. Oder eine Weinerzeugerin? So ganz sind mir die Begriffe noch nicht klar, aber ich hab ja noch Zeit.

Gut, dass ich diesmal mit dem eigenen Wagen unterwegs bin und stets eine Optionstasche im Kofferraum habe, für jede Eventualität ein Paar Schuhe, Flipflops, feste Schuhe, Regenjacke, warme Jacke. Das kommt mir jetzt zugute. Kurze Zeit später bin ich schon auf dem Weg hinauf zum Weinberg, zu den Rebstöcken, die sich wie Perlen an einer Kette schnurgerade den Berg hinaufziehen. Ich entscheide mich für eine der mit Blumen bewachsenen Gassen, und obwohl ich beim ständigen Bergaufgehen zwischen den Weinreben ins Schwitzen komme, erfüllt mich eine Leichtigkeit, ein absolutes Glücksgefühl. Nach einer Weile bleibe ich stehen und drehe mich um. Unter mir das Dorf, eingebettet in grüne Hänge, auf der gegenüberliegenden Seite ebenfalls Weinzeilen, die sich nach oben ziehen, in Richtung des stahlblauen Himmels. Dort oben nur einige kleine Wolken, die unaufgeregt vorübersegeln. Es ist wie gemalt. Fast kitschig. Aber es ist wahr, es ist die Realität. Das ist doch eigentlich das Leben, denke ich und hol tief Luft. Eine Pflanze, die wächst, die behütet werden muss, bis sie prall ist, dann geerntet wird, gärt, im Weinkeller reift und irgendwann mit großen Erwartungen als Wein getrunken wird. Der Gedanke erfüllt mich, der Kreislauf des Lebens. Nur, dass diese Weinstöcke jedes Jahr von Neuem Früchte hervorbringen, eine ewige Auferstehung, eine ewige Erneuerung, etwas, von dem wir Menschen nur träumen können. Mit all unserer Kunst, chirurgisch und pharmazeutisch, sind wir am Schluss doch armselige Wesen. Kommen auf die Welt, blühen ein einziges Mal und verwelken. Erde zu Erde, Asche zu Asche, Staub zu Staub. Ende.

Während ich sinnend stehen geblieben bin, sehe ich links von mir einen Arm winken und schau genauer hin. Das muss wohl Bilger sein, die Weinstöcke sind so hoch, dass ich es nicht richtig erkennen kann. Er ist sicherlich fünf Reihen von mir entfernt. Ich winke zurück und überlege, wie ich nun am besten hinkomme.

Es bleibt nur die Gasse nach oben, bis ein Querweg kommt. Macht nichts, denke ich, so ist es eben. Ich gehe los, und meine Laune ist noch immer ungetrübt, stelle ich fest. Es dauert nicht lange, bis ich auf einen Querweg stoße. Eine Trasse mit tief eingeschnittenen, schmalen Traktorspuren.

Und dann bin ich oberhalb der Spaliere angekommen und sehe die Reihen hinunter. Dort stehen Angelina und offensichtlich der Bilger, mit seiner Kamera vor dem Auge. Er fotografiert staccato, was ich nachfühlen kann, denn Angelina sieht in ihren abgeschnittenen Jeans und dem übergroßen Männerunterhemd ungemein sexy aus. Eine Frau zum Verlieben. Wie es wohl Sebastian und Robby damit geht?

Sie bemerken mich, schade, ich hätte sie gern noch ein bisschen beobachtet. Ganz offensichtlich hat Angelina ein natürliches Talent, sich fotografieren zu lassen. Sie post nicht, sie ist einfach sie selbst.

Als ich den Gang zwischen den Weinreben hinuntergehe, drehen sich beide nach mir um und erwarten mich. Bilger ist der typische Fotograf, ein süffisantes Lächeln auf den Lippen, was kostet die Welt. Das gute Leben zeigt sich in ein paar Kilos zu viel, aber sein Gesichtsausdruck macht das wieder wett. Er sieht mich an, sein Blick wandert von meinen Haaren bis zu den Schuhen. Es ist ein prüfender, sehr durchdringender Blick. Einer, der wissen will, mit wem er es zu tun hat. Einer, der auf den Punkt da ist. Eigentlich mag ich ihn sofort und wüsste noch nicht mal, warum.

»Bilger«, sagt er und nickt mir zu.

»Hallo, Katja«, Angelina kommt mir entgegen und gibt mir die Hand. »Schön, dass Sie da sind. Tom wollte schon ein paar Eindrücke einfangen.«

Ich nicke. »Ja, hier oben gibt es vieles, was einen inspirieren könnte.«

Bilger verkneift sich eine entsprechende Antwort, aber es ist ihm anzusehen, dass er eine hätte. »Ich wollte mir einfach ein Bild verschaffen«, sagt er stattdessen.

»Gibt es denn schon einen konkreten Vorschlag für unser Branding?«, will Angelina wissen.

Ich zögere. »Ja, es gibt bereits zwei Vorschläge für die Etikettierung eurer Weinflaschen. Die bekommt ihr zur Beurteilung. Da bin ich gespannt.«

»Warum?« Bilgers Augen verengen sich gegen die Sonne. »Weil ein Vorschlag von Ihnen und einer vom Team ist?«

»Wir sind ein Team«, entgegne ich schärfer als gewollt. »Und für die Plakate, Flyer, sonstigen Auftritte sind wir ja heute hier.« Ich blicke Bilger an. »Mein Team berät sich ja noch, wie sieht es mit Ihnen aus? Hatten Sie schon eine zündende Idee?«

»Ja«, sagt er, »ich wäre tatsächlich für die Zwanzigerjahre. Angelina und die Jungs sepia getönt im Weinberg. Ihre Körper schweißglänzend, reife pralle Früchte als Sinnbild für das pralle

Leben, mit hartem, gleißendem Licht. Im Hintergrund in der leichten Unschärfe liegt das idyllische Dorf.«

Also hat er die Idee des Teams schon übernommen, denke ich.

»Könnte Ihnen das gefallen?«, frage ich Angelina.

»Ich muss es sehen. Und wir sind ja drei. Da sind drei zur Abstimmung gefragt.«

Drei, denke ich. Drei Sinne. Die Drei ist die Zahl für das Projekt. Marvin mit seinem Autobranding hin oder her.

»Und was denken Sie über die Idee, die Winzer in die Bildsprache der Zwanzigerjahre zu versetzen?«, will Bilger von mir wissen.

»Ich bin bei der Zahl drei. Drei junge Winzer, drei Sinne spricht der Wein an, Sehen, Riechen, Schmecken. Für mich hat das auch etwas mit Sinnlichkeit zu tun.«

Bilger wiegt den Kopf, Angelina nickt. »Ja, stimmt. Aber wie ließe sich das darstellen?«

Ich versuche, ihren Blick einzufangen. »Sinnlichkeit hat für mich etwas mit Sebastians felsigem Weinkeller zu tun, mit einem kleinen Tisch in einer dunklen Ecke, spartanisch, Kerzenlicht, drei junge Menschen, der Wein … weniger mit Muskeln im Weinberg.« Während ich das sage, denke ich, dass ich das besser später mit meinem Team besprechen sollte, als hier so offen vor Bilger und Angelina. Aber da ist es schon raus.

Angelina wirft Bilger einen Blick zu, der fährt sich über den kurz rasierten Schädel. »Man muss dann aber schon aufpassen, dass das nicht sexistisch wird«, wirft er ein. »Eine hübsche Frau, zwei Männer, eng gedrängt …«

»Angelina soll ja kein tief ausgeschnittenes Dirndl tragen, einfach drei junge Menschen, die meine Sinne als Betrachter berühren – und darum geht es ja. Der Betrachter soll in das Bild hineingezogen werden, er soll es speichern, das Produkt wiedererkennen.«

»Ja, klar«, bestätigt Angelina. »Schließlich kostet das alles recht viel Geld, da möchten wir schon, dass wir uns auch über unsere Werbung ein langjähriges Image aufbauen.« Sie wirft ihre Haare zurück und sieht Bilger an. »Was meinen Sie?«

»Verständlich«, er sieht mich an. »Nur, ich bin nicht maßgeblich, ich führe nur aus.«

Ich muss lachen. »Quatsch. Sie sind ein Kreativer. Und ich habe mich in Hamburg immer auf die Meinung meiner Fotografen verlassen!«

»Die Glücklichen ...«

Bevor ich weiter darauf eingehen kann, klingelt sein Handy. Er zieht es aus der Hosentasche, wirft erst einen Blick aufs Display und dann zu mir.

»Sieht so aus, als wäre die Besprechung zu Ende«, sagt er.

»Wie erfreulich. Dann sagen Sie den Herrschaften doch, sie mögen zu uns auf den Berg steigen.«

Er streckt mir sein Handy hin. »Das muss ja nicht über drei Ecken gehen.«

»Tom?«, höre ich die hohe Stimme von Anna. »Hast du ein paar Fotos im Kasten? Dann können wir die Dummys jetzt virtuell in der Situation dazusetzen ...«

»Mir wäre es lieber, ihr klappt das Laptop zu und kommt hoch zu uns. Die frische Luft tut allen kreativen Gehirnzellen gut.«

Es ist kurz still. »Katja?«

»Ja, ich bin's. Tom Bilger ist gerade beschäftigt.«

»Ah, ja. Ja, dann ... ja, gut.«

»Denke ich auch.«

Bilger sieht mich an und steckt das Handy wortlos wieder ein. Sehe ich da ein Grinsen in seinen Augen?

»Prima«, sagt Angelina. »Wenn wir alle hier sind, macht das ja auch mehr Sinn. Dann ruf ich mal die beiden Jungs an, vielleicht haben sie ja zehn Minuten Zeit. Dann brauchen wir keine virtuellen Dummys.«

»Sieht so aus«, sage ich, und sie greift nach ihrem Handy.

»Darf ich Ihnen was zeigen?«, frage ich Bilger, und während Angelina telefoniert, gehe ich mit ihm zwischen den Reben nach oben zur Quertrasse. Die Steigung strengt Tom sichtlich an. Ich schätze ihn auf höchstens Anfang vierzig.

»Ich bin einfach zu dick und zu unsportlich.«

Seine Ehrlichkeit finde ich entwaffnend.

»Einer meiner Freunde ist Restauranttester für eine Gourmetzeitschrift«, setzt er hinzu. »Da gehe ich zwischendurch mit, und außerdem fotografiere ich ja auch Food«, er holt tief Luft, »was soll ich sagen …«

»Sie erliegen den Verlockungen …«, helfe ich aus.

Er verzieht kurz sein Gesicht. »Ich bin eben ein Genießer.«

»Ach, ich glaube, da gibt es schlimmere Untugenden.« Ich muss lachen, und dieses Lachen tut mir richtig gut. »Übrigens esse ich auch gern«, füge ich noch hinzu.

»Ehrlich? Sie sehen gar nicht danach aus.«

»Wie meinen Sie das jetzt … so verbittert und verhärmt, als hätte ich keinen Spaß am Leben?«

Jetzt lacht er. »Nein, so schlank. Diszipliniert halt.«

»Na«, wehre ich ab, zeige dann aber nach unten, »da kommen sie.«

Vom Hof des Weingutes zieht eine kleine, bunte Truppe in unsere Richtung.

»Schätzungsweise zwanzig Minuten«, sage ich und zeige nach oben. »Ich möchte Ihnen gern etwas zeigen und Ihre Meinung dazu hören.« Und weil er nicht sofort darauf reagiert: »Haben Sie noch Puste?«

»Wenn Sie mir etwas zeigen möchten, hält die Puste noch locker zwanzig Minuten.«

Er zwinkert mir zu, und ich habe, das Gefühl, neben Rolf noch einen Verbündeten gefunden zu haben.

Von der Quertrasse aus kann man das kleine Winzerhäuschen

ganz gut sehen, das wie ein Vogelnest auf einem kleinen Felsvorsprung klebt.

»Ich weiß nicht«, sage ich, »irgendwie zieht es mich an.«

»Ja, hat was.«

Es ist aus Holz, und ein winziger Balkon öffnet sich zu den Weinbergen hin.

»Vielleicht sogar besser als ein Weinkeller«, sinniert Bilger laut, während wir hinaufstapfen.

»Ich könnte mir vorstellen, dass sie einfach an dem alten Holzgeländer stehen, verwittertes Holz, kurze Hosen, schwere Stiefel, müde von der Arbeit, alle drei, aber glücklich, dahinter die bis zum Dorf abfallenden Weinberge mit den prallen Reben und darüber einfach nur eine Drei.«

Er überlegt. »Ja, gutes Bild. Sepia. Oder schwarz-weiß. Aber da fehlt noch was. Ich weiß nicht. Es ist mir noch zu einfach.«

»Ja, gut«, stimme ich zu, »vielleicht ist es auch zu kitschig?«

»Nein, kitschig finde ich es nicht. Schauen wir es uns an, nur vor Ort kann ich eine gute Location beurteilen und mir das endgültige Motiv vorstellen.«

Kurz danach stehen wir vor dem Häuschen. Die Außenwand aus kleinen Holzschindeln, gelb lasiert, ein tief heruntergezogenes Dach mit alten, bunten Ziegeln gedeckt, blühende Büsche rundherum.

»Diese Idylle war von unten gar nicht zu erkennen«, bemerkt Bilger erstaunt. »Das ist doch eher ungewöhnlich für so ein Winzerhäuschen. Ursprünglich war das doch nur zum Schutz gedacht, bei Gewitter oder so – oder für Werkzeuge, dachte ich.«

Ich zucke die Schultern, weil ich wirklich keine Ahnung habe. Bilger geht zu der Türe und drückt die Klinke herunter. Sie lässt sich nicht öffnen, es hätte mich auch gewundert. Also gehen wir auf den Balkon. Er ist keineswegs so baufällig, wie er von unten ausgesehen hat. Ich schätze das ganze Häuschen auf zwölf Quadratmeter.

Bilger drückt seine Nase an das Fenster. »Schöne Vorhänge, schön gestrichene Wände, liebevoll eingerichtet.« Er sieht mich erstaunt an. »Eine richtige Liebeslaube.«

Das Gefühl habe ich auch. Aber von wem?

»Wenn es die schon lange gibt, und so sieht es aus, wer weiß, wie viele Liebespaare sich schon hierher verlaufen haben, um ganz sicher nicht nur die Aussicht zu genießen?« Bilger grinst. Ich mag seine Ironie und seinen Wortwitz.

»Jedenfalls eine tolle Location«, sage ich. Und warum auch immer, es macht mich an. Hier würde ich auch gern mal mit einem Liebhaber sitzen, abends bei Mondschein einen Rotwein trinken und mich dann in dieses kuschelige Häuschen zurückziehen.

Bloß, mit wem? Das macht mich wieder nüchtern. Es fällt mir niemand ein. Nicht mal Heiko.

Inzwischen sind die vier auf der Quertrasse angekommen und bleiben erst einmal stehen, um sich vom Aufstieg zu erholen. Und ich sehe Angelina, die leichtfüßig zu den vieren stößt und zu uns hinaufzeigt. Bilger winkt hinunter, und zu fünft winken sie zurück.

Okay, denke ich, jetzt ist es mit den schönen Gedanken vorbei, jetzt kommen die vier Störenfriede.

»Was denken Sie, wenn Sie hier oben stehen?«, fragt mich Bilger unversehens.

»An Sex«, gebe ich genauso spontan zurück. »An Romantik, an heile Welt. An die wesentlichen Dinge im Leben, an Gemeinsamkeit, Reduktion, an Sich-selbst-Genügen, an Welt-Ausschalten, an Bitte-keine-Probleme, an eine Flasche Wein, ein Brot, Käse und Trauben.«

Er wirft mir einen schnellen Blick zu.

»Haben Sie für all die Wünsche nicht den falschen Beruf?«, will er wissen.

»Nein, das falsche Umfeld«, sage ich. »Im Moment passt nichts, außer meinem Wunsch nach einem anderen Leben.«

»Und was hindert Sie?«

Ja, was hindert mich?

»Ich bin von Hamburg hierhergezogen, weil meine Mutter zunehmend dement wird und mich braucht. Und da Stuttgart ihre Geburtsstadt ist, konnte ich sie nicht umpflanzen.«

Er nickt und sagt nichts mehr.

Was er wohl denkt?

»So hat jeder sein Päckchen«, bemerkt er nach einer Weile und macht eine umfassende Bewegung über die Landschaft. »Vielleicht sieht es idyllischer aus, als es in Wahrheit ist. Wer weiß schon, was unter dem Deckmantel der Idylle alles passiert?«

Angelina ist die Erste, die auf den Balkon kommt.

»Da haben Sie das schönste Plätzchen weit und breit gefunden«, sagt sie anerkennend und ohne das Mindeste aus der Puste zu sein. »Meine Jungs können übrigens nicht weg. Beide stecken in irgendeiner Arbeit.«

Ich nicke. »Macht nichts, wir haben ja zwei Dummys hier.«

»Klar«, Bilger sieht Jan und Joshua entgegen. »Das geht auf alle Fälle.«

»Seit wann bist du denn schon da?«, will Anna forsch von mir wissen.

»Keinen Dienst heute im Soulfood?«, setzt Lilli nach.

»Das dürfte dich ja wohl nichts angehen«, gebe ich zurück. »Und ich nehme doch mal an, dass du einer Freundin auch helfen würdest, oder täusche ich mich da?«

Jan zieht die Stirn kraus. »Jeder ist sich selbst der Nächste«, sagt er. »Nur so kommt man weiter. Das stand in meinem Arbeitsvertrag.«

»Quatsch!« Joshua tippt sich an die Stirn.

»Aber nur so kommt man doch weiter«, verteidigt sich Jan.

»Wo willst du denn hin?«, frage ich.

»Nach oben«, erklärt er.

»Wo immer das auch ist«, meint Anna schnippisch und drängt sich an ihm vorbei. »So, jetzt sind wir hier«, erklärt sie Bilger. »Was steht an? Heimatbilder? Zwei Weingläser und dahinter die untergehende Sonne?«

»So dachten wir uns das«, bestätigt Bilger, und sein Gesichtsausdruck verrät, was er denkt. Außer mir scheint das aber keiner zu durchschauen.

»Nicht wirklich, oder?«, fragt Joshua nach.

»Auf alle Fälle sind Jan und Joshua die beiden Dummys und ersetzen Sebastian und Robby«, erkläre ich. »Und da das Licht gerade gut steht, wie unser Fotograf gesagt hat, legen wir einfach los.«

»Genau«, fährt Bilger fort. »Angelina in die Mitte und ihr Jungs hängt euch einfach mal so über die Brüstung, wie man das manchmal nach einem langen Tag tut. Ich hätte euch gern seitlich-rückwärts. Ein Fuß unten auf den Querbalken, ihr unterhaltet euch.«

»Wie jetzt«, Joshua runzelt die Stirn. »Einfach so?«

»Klar, einfach so.« Bilger hat bereits seine Fototasche geöffnet und sucht sein Equipment zusammen. »Einfach so, als hättet ihr einen langen, gemeinsamen Tag hinter euch. Ihr habt was zu besprechen, seid aber auch glücklich und stolz auf eure Arbeit. Das sehe ich in euren Gesichtern.« Er nimmt die Kamera hoch. »So, alle anderen aus dem Blickfeld, es gibt mehrere Einstellungen.«

Angelina geht wie ein Profi direkt zum Geländer und dreht sich dann zu uns um. Bilger nickt. »Angelina, das sieht klasse aus, die Seite, die bloßen Beine in den schweren Stiefeln, die braunen Haare locker zum Pferdeschwanz gebunden und deine lässige Haltung, das sieht richtig gut aus. Und ihr Jungs stellt euch jetzt vor, ihr seid braun gebrannte, muskelbepackte Winzer, und genau so stellt ihr euch jetzt rechts und links von Angelina hin. Jan hinter sie, also rechts, Joshua links, seitlich gegenüber.«

»Und du meinst, das wird was?«, fragt Lilli misstrauisch, »das ist doch total old-fashioned.«

Ich erhasche einen schmunzelnden Blick von Bilger, der mir ein Gefühl der Verbundenheit und Professionalität gibt.

»Das ist das Motiv, wir probieren es aus, und dann machen wir was draus«, sage ich. »Oder wir nehmen ein anderes.«

»Und dafür sind wir hier hochgestiegen«, Lilli wirft Anna einen bedeutungsvollen Blick zu.

»Schadet keinem«, erklärt Bilger und fordert im nächsten Atemzug: »Los jetzt, das Licht passt, zeigt mir, was ihr draufhabt!«

Als ich zurückfahre, habe ich gute Laune. Alle vier waren mir gegenüber widerwillig und kratzbürstig, aber das hat mir nichts ausgemacht. Liza, so habe ich erfahren, hatte heute einen anderen Job, Angelina war einfach nur klasse, und Bilger hat sein Ding durchgezogen, mit schwarzem Humor und ohne Rücksicht auf Verluste. Jan ist schwer ins Schwitzen gekommen, und Joshuas Einwand, das sei doch überhaupt nicht sein Job, hat er nur mit einer Handbewegung beiseitegewischt. »Wollt ihr ein tolles Motiv oder nicht? Ihr arbeitet für den Erfolg eurer Agentur, nicht für mich.«

Ich bin froh, dass ich allein in meinem Auto sitze und nicht in dem Agenturbus. Ich kann mir gut vorstellen, dass sie den ganzen Rückweg lang lästern, warum auch immer.

Außer, dass es mich gibt, habe ich ihnen ja nichts getan.

Während ich in Richtung Stuttgart fahre, dämmert mir, dass ich ziemlich nah am Haus meines Bruders vorbeikommen werde. Ein Blick auf die Uhr zeigt kurz vor achtzehn Uhr. In die Agentur fahre ich so oder so nicht mehr, wäre es da nicht einen Versuch wert? Ich gebe seine Adresse ins Navi ein, und es zeigt mir direkt die nächste Autobahnabfahrt an. Und von dort aus noch acht Kilometer. Ich hole tief Luft.

Ich bin jetzt schon eine Weile in Stuttgart, und von ihm habe ich noch nicht mehr gesehen als einen Strauß Blumen bei unserer Mutter.

Das mach ich.

Soll ich mich anmelden oder einfach so hereinplatzen?

Ich entscheide mich für einen Spontanbesuch.

Es ist ein Neubaugebiet, in das ich nach acht Kilometern hineinfahre, und es geht mir auf, dass ich noch überhaupt nie da war. Treffpunkt war immer unser Elternhaus. Wie lange wohnt Boris schon hier? Vier Jahre? Einige Häuser sehen wie Zwillinge aus, kaum zu unterscheiden, offensichtlich von einem einzigen Bauunternehmer gebaut, selbst die Gartenanlagen sind identisch. Dann kommen einige adrette, weiße Einzelhäuser, und schließlich stehe ich vor der eingegebenen Adresse, Margeritenweg 2. Irgendwie wirkt das Haus unfertig, so, als sei mittendrin das Geld ausgegangen. Die Böschung von der Straße zum Haus ist noch lehmig, die einzelnen Treppenstufen hinauf zur Haustüre sehen provisorisch aus. Ein Fenster ist mit bunten Kinderabziehbilder verziert, die anderen sind kahl, offensichtlich ohne Vorhänge.

Hab ich mich in der Adresse vertan? Vorsichtshalber sehe ich noch einmal nach. Nein, Margeritenweg 2, das habe ich eingetragen. Entschlossen steige ich aus und gehe die wackeligen Sandsteinplatten hinauf. Auf der Klingel neben der Eingangstür steht handgeschrieben »Klinger«. Ich trete auf die Welcome-Fußmatte mit Eulengesicht und überlege kurz, ob ich nicht besser wieder umkehren soll, da wird die Türe aufgerissen.

»Du kommst echt spät«, werde ich angeschnauzt und mache vor Schreck einen Schritt zurück. Dann erkennen wir uns gleichzeitig, meine Schwägerin steht vor mir. Sie braucht eine Sekunde. »Du?«, fragt sie dann, »was machst du denn hier?«

»Ich …«, mir fällt nichts Sinnvolles ein, so überrumpelt fühle ich mich. »Ich … eigentlich wollte ich euch besuchen.«

»Uns?« Sie sieht mich an. Aus dem etwas pummeligen Hausmütterchen, wie ich sie in Erinnerung habe, ist eine Kampfhenne geworden. »Dann komm herein. Ich muss allerdings gleich weg und warte nur auf meine Babysitterin. Ausgemacht war achtzehn Uhr, weil ich zur Arbeit muss – und wo bleibt sie?«

»Was ist mit Boris?«

»Boris?« Sie sieht mich an, als wäre ich ein Volltrottel. »Was soll schon mit ihm sein? Weißt du das nicht?«

»Was?«

»Abgehauen ist er. Es war ihm alles zu viel. Haus, Frau, Kinder. Sex kriegt er auch woanders, und mehr braucht er von einer Frau ja nicht.«

»Jetzt mal langsam.« Ich spüre selbst, wie ich versteinere.

»Ja, klar«, herrscht sie mich an. »Er hat immer so getan, als ob finanziell und auch sonst alles in Ordnung wäre. Ich habe für den Lebensunterhalt alles zusammengekratzt, er hat nach außen den Sonnyboy gegeben und ab durch die Mitte. Ich habe keine Ahnung, wo er steckt.«

»Aber …« Mir fällt nichts dazu ein. Vor wenigen Tagen war er doch noch bei Mutti?

»Komm erst mal rein.« Sie tritt einen Schritt zur Seite. »Lara, Ludwig, eure Tante ist da«, ruft sie ins Haus.

Ich habe nichts dabei, fällt mir ein, noch nicht mal eine Kleinigkeit für die Kinder. Wie gedankenlos aber auch! Während ich an Isabell vorbei in den Flur trete, kommen die beiden angetobt. »Wie alt sind sie jetzt?«, frage ich.

»Zwei und fünf.«

»Und Boris …«

»Mindestunterhalt. Arbeitet jetzt irgendwie vom Ausland aus. Nicht greifbar.«

»Ich glaube, ich muss mich erst mal setzen!«

»Versprich dir nicht zu viel, wir sind nur spärlich möbliert.«

»Bleibst du bei uns?«, will Lara wissen und schiebt ihre kleine Hand in meine. Und Ludwig, ganz großer Bruder, erklärt, dass ich doch die Tante bin. Die Schwester vom Papa.

»Was arbeitest du denn?«, will ich von Isabell wissen.

»Reinigungsservice. In meinen Beruf kann ich nicht zurück, verträgt sich zeitlich nicht mit den Kids, also bin ich bei einer Putzfirma. Wir haben Großprojekte. Auch den SWR in Baden-Baden. Da kann ich nachts Geld verdienen und mich tagsüber um die Kleinen kümmern.«

»Au Mann!« Ich lass mich von Lara ins Wohnzimmer ziehen. »Und dein Babysitter …«

»… müsste schon seit dreißig Minuten hier sein. Sonst kann ich nicht gehen.«

»Also, wenn du mir vertraust, dann geh. Ich warte, bis sie kommt. Wie heißt sie denn?«

»Nesrin. Kommt aus dem Iran, manchmal macht ihr die Familie einen Strich durch die Rechnung.«

»Und dir dann auch …«

Isabell zuckt die Achseln. »Sie ist sechzehn. Ein liebes junges Mädchen. Sie hat es nicht leicht.«

Ich seufze. »Im Moment … ach, egal. Schau, dass du zur Arbeit kommst, ich komme hier schon klar.«

»Na, dann … falls was ist, ruf mich an. Danke.« Sie kritzelt ihre Handynummer auf einen Zettel, küsst ihre beiden Kinder, und dann höre ich nur noch, wie die Haustüre ins Schloss fällt.

»Malst du was mit mir?«, will Lara wissen. Ich hatte sie gar nicht mehr so ansprechend in Erinnerung, blondes Haar, engelsgleich gewellt bis fast zur Taille, und ein hübsches Gesicht.

»Malen ist doch langweilig«, wirft Ludwig ein, der mich sehr an den jungen Boris erinnert, wie er so dasteht. Breitbeinig, herausfordernd. Was kostet die Welt. Boris!! Hat der noch alle Tassen im Schrank? Den werde ich gleich mal anrufen. Aber nicht vor den Kindern, denke ich.

»Habt ihr denn schon was gegessen?«, will ich wissen.

»Nesrin kocht uns immer was, wenn sie kommt«, erklärt mir Ludwig. »Und dann geht Lara sowieso ins Bett.«

»Und was kocht sie euch denn so?«

»Würschtle«, kräht Lara. »Die mag ich!«

»Wiener Würstle«, übersetzt Ludwig altklug. »Aber heute wollte sie eigentlich Spaghetti machen. Mit Tomatensauce.«

»Na gut.« Ich dreh mich mit Lara an der Hand um meine eigene Achse. »Dann zeigt mir doch mal, wo die Küche ist. Spaghetti krieg ich hin, außerdem habe ich ja auch Hunger.«

Ich schau mich kurz in der Küche um, und es ist nicht schwierig, sich zurechtzufinden. Ich ziehe zunächst mal den passenden Topf hervor, und während sich das Wasser langsam erhitzt und die beiden Kinder brav den Tisch decken, gehe ich raus und ruf Boris an.

»Schwesterherz? Was gibt es?«, will er wissen.

»Mutti fragt gerade nach dir und der Familie. Könnt ihr nicht morgen Abend mal alle zusammen kommen? Sie hat deine Kids ja seit Weihnachten nicht mehr gesehen und bekommt allmählich Sehnsucht.«

»Morgen? Ganz schlecht. Ludwig hat einen Zahnarzttermin. Du weißt, der erste Zahn wackelt und so. Da wird er seine Eltern brauchen. Isabell hält Händchen, und ich spiele ihm den starken Mann vor.« Er lacht. Und ich spüre, wie sich in mir die Wut zusammenbraut.

»Macht nichts, dann übermorgen?«

»Übermorgen? Lass mich sehen ... voller Terminkalender, sorry. Und, ach ja, da steht es, Lara ist zu einem Kindergeburtstag in ihrer ehemaligen Krabbelgruppe eingeladen, da muss ich dann bei Ludwig bleiben.«

»Aha.«

»Tja, aus dem Kinderausflug wird leider nichts. Ich kann dir aber ersatzweise ein paar Fotos schicken, die kannst du Mutter auf deinem Tablet zeigen. Die Kinder sind sowieso zu anstrengend für sie, denke ich.«

»Wo bist du denn gerade?«

»Wo soll ich schon sein, zu Hause natürlich.«

»In deinem schönen, neuen Eigenheim, umgeben von deiner liebenden Familie?«

»Wo sonst?« Er klingt ungeduldig. »Was soll das?«

Ich warte einen Moment, um meinen Aggressionspegel herunterzufahren.

»Wo hast du das eigentlich gelernt?«

»Was?«

»So zu lügen?«

Es ist kurz still.

»Was meinst du?«

»Ich meine, dass ich gerade bei deinen Kindern Babysitter spiele, weil deine Frau als Reinigungskraft nachts zum Arbeiten muss, um das nötige Geld zu verdienen. Wie kommst du dazu, mir eine heile Familienwelt vorzuspielen, obwohl du dich einfach verdrückt hast und alle Verantwortung abstreifst wie ein nasses Hemd?«

Ich höre ihn noch kurz atmen, dann drückt er mich weg.

Ich laufe einige Male im Kreis, bevor ich wieder in die Küche gehe. Die Kinder sitzen erwartungsvoll am Tisch, Lara sogar in ihrem Hochstuhl. »Hast du ihr geholfen?«, will ich von Ludwig wissen.

Er nickt: »Klar, das mache ich immer.«

»Toller großer Bruder«, sage ich, und er lacht stolz.

Toller großer Bruder! Ich denke an Boris. Als ich noch klein war, hatte ich auch mal so einen. Was ist nur in ihn gefahren?

Das Wasser sprudelt, ich gebe Salz und eine halbe Packung Spaghetti hinein und schaue auf meine Uhr. Acht Minuten, okay, jetzt die Tomatensauce, die steht bereits neben dem Herd, fertig im Glas. Ist normalerweise nicht so mein Ding, aber was soll's. Ich gieße die Sauce gerade in einen kleinen Topf, da klingelt es. Passt mir zwar nicht, weil die beiden Töpfe auf dem Herd stehen, aber mit der Ermahnung: »Schön sitzen bleiben«, gehe ich schnell zur Tür.

Draußen stehen eine junge Frau mit Kopftuch und ein junger Mann, der mich misstrauisch ansieht.

»Bist du Nesrin?«, frage ich. »Schön, dass du da bist, ich bin Isabells Schwägerin Katja.« Daraufhin reiche ich ihr die Hand.

»Mein Bruder war misstrauisch, weil ein fremdes Auto vor der Tür steht.«

»Alles gut, kommt einfach rein.« Ich will auch ihm die Hand reichen, aber er macht eine abwehrende Handbewegung. »Nein, schon gut.« Er nickt seiner Schwester zu. »Ich geh dann wieder. Tschüs«, und damit läuft er leichtfüßig die Treppen hinunter. Ich sehe ihm kurz nach, bevor ich die Haustüre schließe.

»Nesrin«, höre ich schon die freudigen Rufe aus der Küche.

»Sie werden erwartet«, sage ich, und sie lächelt mir zu, während sie an mir vorbeigeht und ihr Kopftuch ablegt. »Es sind liebe Kinder.«

So eine aparte, junge, hübsche Frau, denke ich, während ich hinter ihr hergehe. Das feine Gesicht, die dunklen Augen, das schwere Haar, eine echte Schönheit. Sie löst im Gehen ihre zusammengebundenen Haare und läuft direkt zu den Kindern, die sie stürmisch begrüßen.

»Tut mir leid für die Verspätung«, sagt sie zu mir, »aber bei mir zu Hause ist es manchmal etwas kompliziert.«

»Kein Problem«, beschwichtige ich, »ich bin zufällig vorbeigekommen, es hat also gerade gepasst.«

Sie geht sofort an den Herd. »Ich mach das schon, wie lange sind die Spaghetti denn drin?«

»Noch drei Minuten.«

»Gut.« Sie stellt das Sieb parat und wendet sich dann zu mir um. »Sie sind Boris' Schwester?«

»Tja«, sage ich, »ich wusste aber nichts von der Situation. Ich bin wirklich völlig überrascht worden …«

Sie deutet warnend mit ihrem Kopf zu den Kindern. »Ja«, sagt sie laut, »der Papa musste ins Ausland, Geschäfte machen, das dauert eine Weile.«

»Aber wenn er wiederkommt, bringt er mir was Schönes mit«, erklärt Ludwig. »Das hat mir Mama gesagt.«

»Ganz bestimmt«, sage ich und stelle einen weiteren Teller für Nesrin auf den Tisch. »Was trinken wir denn?«, frage ich sie.

»Wasser«, sie deutet in eine Ecke. »Dort steht eine Sprudelmaschine.«

»Ich freu mich auf die Spaghetti«, ruft Ludwig, Löffel und Gabel senkrecht in seinen Fäusten. Damit trommelt er jetzt abwechselnd rechts und links von seinem Teller auf den Holztisch.

»Spadetti«, echot Lara entzückt und patscht mit ihren Händen im Rhythmus des Bruders ebenfalls auf den Tisch.

Nesrin lacht. »Kommt gleich«, ruft sie und singt ein Lied, das ich nicht kenne, aber die Kinder stimmen sofort ein.

Sie kann gut mit Kindern, denke ich, besser als ich. Zudem ist sie flink, in kürzester Zeit steht alles auf dem Tisch. Sie bindet Lara einen Schlabberlatz um und hilft ihr beim Essen, während Ludwig seine Spaghetti schon selbst auf die Gabel rollt.

»Nicht schlecht«, sage ich anerkennend und auch ein bisschen erstaunt, dass eine fertige Sauce so gut schmecken kann. Und dann drängen sich mir doch einige Fragen auf. »Gehen Sie noch zur Schule?«

Sie nickt. »Ja, ich möchte mein Abitur machen und studieren. Mein Vater meint, gute Ausbildung sei wichtig. Falls wir in den Iran zurückgehen, können wir unserem Land helfen.«

»Gute Einstellung«, sage ich, »was macht Ihr Vater denn beruflich?«

»Er ist Taxifahrer. Mit seiner Ausbildung als Zahntechniker konnte er hier nichts anfangen, deshalb will er irgendwann zurück.«

»Irgendwann?«

»Ja, wenn die Politik es zulässt. Unsere Großeltern leben noch in Teheran. Das ist natürlich auch ein Grund …«

»Und Ihr Bruder … begleitet er Sie immer?«

»Er findet, ich sei zu hübsch, um nachts allein durch dunkle Straßen zu laufen.«

Ich weiß nicht, ob sie mir ausweicht, oder ob das wirklich der Grund ist, aber ich belasse es dabei.

»Und wann kommt Isabell von der Arbeit zurück?«

»Meist so gegen zwei Uhr. Ist aber kein Problem, ich schlafe hier und geh vor der Schule nach Hause.« Sie zeigt auf ihre Tasche. »Ich habe alles dabei. Wenn die beiden schlafen, lerne ich. Das ist eigentlich ganz praktisch.«

Nach dem Essen möchte ich mich noch nützlich machen, aber Nesrin winkt ab. »Kommen Sie lieber mal, wenn Isabell Zeit hat, das wird sie freuen. Sie ist ziemlich … deprimiert, seitdem sie allein ist.«

»Das kann ich mir gut vorstellen«, sage ich, verabschiede mich von den Kindern und an der Haustüre von Nesrin. »Gut, dass Isabell Sie hat.«

Nesrin zuckt mit den Schultern. »Es ist eine Win-win-Situation.«

Auf der Fahrt nach Hause versuche ich, Boris noch einmal zu erreichen, er geht aber nicht ran. Schon klar, denke ich, ich erwisch dich schon noch. Nun noch zu Mutter. Da klinkt er sich auch ganz schön aus, der Idiot. Einfach abhauen, die anderen machen lassen. Was ist denn in ihn gefahren?

Ich muss ihn wirklich aufspüren, mit ihm reden.

Es gibt ja Entscheidungen zu treffen.

Und was ist eigentlich mit dem Medizinischen Dienst?

Als ich endlich bei Mutti bin, bin ich erleichtert.

Sie sitzt im Wohnzimmer völlig vertieft vor dem Fernseher. Soweit ich das erkennen kann, läuft ein englischer Krimi.

»Regt dich das nicht auf?«, frage ich, denn ich bin überhaupt kein Krimifan. Was bei der derzeitigen Krimi-Schwemme auf allen Kanälen eine Schwierigkeit darstellt. »Nein«, sagt sie, »ich liebe die englische Landschaft. Und die Häuser. Und die Gärten, das finde ich schön.«

Anscheinend achtet sie überhaupt nicht auf die Handlung, auch gut, denke ich.

»Magst du ein Glas Rotwein?«, frage ich, die Gelegenheit nutzend.

»Gern«, sie nickt mir lächelnd zu.

Eine schöne Frau, finde ich, auch mit siebenundsiebzig Jahren noch.

Auf dem Küchentisch schaue ich nach ihrer Herztablette, das kleine Tellerchen ist leer. Anscheinend hat sie sie genommen. Gut. Mit einer Flasche und zwei Gläsern kehre ich zurück.

»Hast du schon mal über eine Hilfe nachgedacht?«, frage ich sie, während ich einschenke. Sie scheint nachzudenken und antwortet erst, nachdem ich ihr das Glas gereicht habe.

»Ja«, bestätigt sie und dreht ihr Weinglas in den Händen, »eine Hilfe wäre schon schön. Ich bin doch ziemlich vergesslich.«

Ich nutze den Moment. »Soll Frau Kowalski vielleicht öfters kommen?« Die mag sie und kennt sie seit vielen Jahren. Das wäre vielleicht sowieso eine gute Idee.

»Sie sagt immer, dass sie einen kranken Mann hat. Und wenig Zeit.« Sie trinkt einen kleinen Schluck. »Und außerdem ist sie auch vergesslich. Das letzte Mal hat sie das Katzenfutter vergessen, und der Purzel saß da, und ich hatte nichts für ihn.«

Oh, denke ich. Das war ich. Ich habe schlicht und einfach nicht an Muttis vierbeinigen Zaungast gedacht.

»Aber ich kann sie ja mal fragen?«

»Wenn du meinst.«

»Woran denkst du eigentlich, Mama, wenn du tagsüber so allein bist?«

»An vieles.«

»Und woran genau?«

»An früher.«

»Welches war denn deine schönste Zeit, wenn du so zurückdenkst?«

»Meine Kindheit.«

»Deine Kindheit? Nicht damals, als du dich in Papa verliebt hast?«

»Nein, meine Kindheit.«

»Und was hat dir an deiner Kindheit so gefallen?«

»Mama war da. Und meine Geschwister. Aber vor allem Mama. An sie denke ich gern.«

»Wie alt bist du denn, wenn du so zurückdenkst?«

»Fünf?« Sie überlegt und nimmt einen Schluck. »Ich war die Jüngste von sechs Mädchen, weißt du? Abends hat unser Vater Äpfel geschält, und dann haben wir gesungen. Die Nachbarn wollten das immer hören, deshalb hat Papa die Fenster aufgemacht. Immer nach dem Sechs-Uhr-Läuten, das war wie ein Konzert.«

Unvermittelt beginnt sie zu singen. »Ein Lied geht um die Welt …«

Sie hat eine wunderschöne Stimme. Ich höre ihr zu und denke, dass ich das mal aufnehmen sollte, bevor sie eines Tages vielleicht verstummt.

»Hast du nicht auch mal im Radio gesungen?«

»Ja, da war ich neun Jahre alt.«

»Man hätte dich fördern sollen.«

»Das war damals nicht die Zeit«, sagt sie und sieht mich an. »Nicht so, wie du mit dem Klavier. Uns hat keiner gefördert.

Unser Vater hatte dafür gar nicht das Geld. Sechs Töchter.« Sie versinkt wieder in Erinnerungen.

»Aber deine Lehrer, dein Musiklehrer, irgendeiner hätte doch aufmerksam werden und was für dich tun können.«

Sie zuckt die Achseln. »Vielleicht kommt es noch.«

Eine Stunde später liege ich in meiner Wohnung im Bett, aber ich kann nicht schlafen. Alles wirbelt durcheinander. Boris, Mutti, Heiko, meine Arbeitskollegen. Viele Jahre habe ich gedacht, ich sei so eine Art Solokünstlerin im Leben. Alles mache ich allein, alles kann ich allein. Beziehungen nur, wenn sie mein Leben bereichern. Wenn sie schwerlastig werden, dann weg. Ich habe mich oft verliebt, richtig verliebt. Mit Haut und Haaren. Aber trotzdem stand immer die Frage in meinem Hinterkopf: Soll es das sein? Für immer?

Nicht, dass ich Sorge gehabt hätte, dass da noch ein Besserer käme. Wenn ich verliebt war, gab es keinen »Besseren« für mich – eher die Sorge, was wäre, wenn sich meine Lebensumstände ändern, wenn sich meine Richtung ändert. Kann er da noch mit?

Nun hat sich meine Richtung geändert, radikal geändert, und zum ersten Mal in meinem Leben passt meine Lebensphilosophie nicht mehr. Nun hätte ich gern jemanden an meiner Seite. Heiko? Ich habe kürzlich bei meinem Anruf abends die helle Stimme im Hintergrund gehört … und seine Antworten waren unverbindlich. Heiko – wie viele Spiele spielt er? Ich möchte es gar nicht wirklich wissen, es geht mich auch nichts an. Er ist mein Abi-Kamerad, er tut mir gerade gut, mit oder ohne Sex. Keine Bindung. Meine einzige stabile Bindung heißt: Doris.

Ich drehe mich auf die andere Seite. Doris ist beschäftigt. Überbeschäftigt. Und dann noch ihre Familie.

Boris.

An dieser Stelle möchte ich die Gedanken bremsen. Aber es geht nicht. Wie kann das sein? Wir sind beide zur Verantwortung erzogen worden. Die beiden Kaninchen damals. Ihr habt die Verantwortung, hieß es. Und wir haben uns daran gehalten.

Und jetzt – seine eigenen Kinder? Seine Frau?

Denk an was anderes, befehle ich mir. Denk an was Nettes!

Mir fällt nichts ein.

Also stehe ich auf. Es ist Mitternacht, draußen scheint ein fahler Mond, trotzdem ist es warm. Ich gieße mir ein Glas Rotwein ein und gehe hinaus zu meinem Bäumchen. Und erschrecke zu Tode: Da sitzt schon wer. Eine dunkle Gestalt. Im ersten Moment glaube ich wirklich, ich würde träumen, dann sehe ich, dass auch die dunkle Gestalt bei meinem Anblick erschrickt.

»Herr Petroschka!«, sage ich.

»Frau Klinger!«

»Was machen Sie um diese Uhrzeit denn draußen?«, frage ich, mein Glas in der Hand, abwartend.

»Nachdem Sie heute nicht Klavier gespielt haben, dachte ich, ich gehe hinaus«, sagt er so treuherzig offen, dass ich ihn fast lieb gewinne.

»Darf ich?«, frage ich und zeige zu dem zweiten Stuhl.

Er nickt und schiebt ihn mir etwas entgegen.

»Es ist so eine schöne Nacht«, sagt er, und da fällt mir auf, was wir beide tragen: er einen gestreiften Pyjama und ich ein gestreiftes Nachthemd.

»Ja, stimmt.« Ich setze mich und stelle mein Glas auf dem runden Eisentisch ab und sehe, dass auch er ein Weinglas dastehen hat.

»Es ist eine Nacht, die tausend Blüten im Gehirn treibt«, sagt er. »Geht es Ihnen nicht auch so?«

»Ich weiß nicht?«, so ganz geheuer ist er mir noch immer nicht.

»Vollmondnächte sind klar. Der Vollmond zieht einen in seinen Bann. Der Vollmond ist mystisch, alles Mögliche wurde schon in den Vollmond hineininterpretiert … welche Macht er hat. Über die Gezeiten. Über die Menschen, über die Tiere. Da gibt es Reißwölfe und Hexen.«

Er sieht mich in der Dunkelheit an.

»Aber diese Nächte, wie heute«, fährt er leise fort, »Wolkenschleier, die über den Himmel ziehen, mal sieht man ihn, mal nicht. Es ist wie ein Spiel, wie eine türkische Tänzerin, die ihr Gesicht zeigt und dann wieder versteckt. Es hat eine viel stärkere Kraft, eine Suggestionskraft, es sagt mir etwas. Verstehen Sie?«

Ich verstehe zunächst wenig, deshalb frage ich ihn: »Was sagt Ihnen unser Mond heute?«

Er sieht nach oben und ich auch. Und es stimmt, es sind Schleierwolken, die den Mond mal auftauchen lassen und dann wieder völlig verdecken. Alle Lichtnuancen spielen sich dort oben ab, von hell bis stockdunkel.

»Er ist wie das Leben«, sagt Petroschka nach einer Weile. »Verstehen Sie? Jeder war schon mal in einem tiefen Loch, stockdunkel. Und dann hat es sich gelichtet. Plötzlich war es hell. Aber man darf nicht darauf zählen, dass es so bleibt. Ein Windhauch, und alles kann sich wieder verändern, blitzschnell.«

Ich kann nicht darauf antworten, denn ich fühle mich getroffen. Ganz genau so geht es mir im Moment. Aber er scheint nicht auf eine Antwort zu warten. Wir sitzen einfach nebeneinander, und jeder sinniert vor sich hin.

»Wie ist denn Ihr Leben gerade?«, frage ich nach einer Weile, ohne es eigentlich zu wollen. »Hell oder dunkel?«

Er sieht mich an.

»Ich versuche, das Dunkel hell zu machen.«

»Ich kann mir gar nicht vorstellen, dass es in Ihrem Leben etwas Dunkles gibt«, sage ich voller Überzeugung.

»Ist man verantwortlich für das, was geschieht? Kann man Dinge verhindern, die auf einen zukommen? Ist das Schicksal allmächtig oder doch der Mensch? Oder kann man für alles nichts, weil doch ein ganz anderer die Fäden zieht?«

»Das wäre furchtbar«, sage ich, »darauf könnte sich ja jeder Mörder herausreden.«

Er erwidert nichts. Es ist eine Weile still.

»Jeder hat eine eigene Lebensstrategie, selbst, wenn er keine hat. Oder besser, wenn er glaubt, keine zu haben. Wenn er sie nicht erkennt.«

»Ist nicht die Lebensstrategie für viele Menschen, dass sie einfach überleben wollen? Survival?«, frage ich ihn.

»Ja, das war bei uns in den Kriegen so. Das ist in Afrika so. In vielen Ländern, deren Armut wir hier überhaupt nicht erfassen können. Gewalt, Verstümmelung, Angst. Hier in Deutschland überleben wir heute alle. Wir schaffen uns neue Götzen an, tolle Autos, teure Häuser, große Vermögen. Alle streben danach. Wenn man hier unter diesem einsamen Bäumchen sitzt und in den Himmel sieht, spürt man, wie armselig das alles ist.«

Ich denke an meinen Job, an meine Brands, und sage lieber nichts.

»Wissen Sie«, sagt er und greift nach seinem Glas. »Es ist leicht, mit dem Daumen ein Insekt zu töten. Aber auch das ist ein Leben. Die Gedankenlosigkeit der Menschen, die treibt mich um. Gerade in solchen Nächten.«

Er rückt seinen Stuhl zurück und steht auf. »Ich wünsche Ihnen noch eine gute Nacht.«

Ich sehe ihm nach, wie er in seinem gestreiften Pyjama davongeht, das Glas in der Hand, leicht unbeholfen, bis er in der Haustür verschwindet.

12. September Freitag

Ich habe wenig geschlafen, und als ich morgens in die Agentur fahre, habe ich ständig diesen Satz im Ohr: »Es ist leicht, mit dem Daumen ein Insekt zu töten.« Es erscheint mir eine Metapher für so vieles zu sein. Wir töten etwas, das wir brauchen. Wir brauchen die Insekten, weil sie der Anfang einer Nahrungskette sind, die bei uns, den Menschen, endet. Wir töten unsere eigene Grundlage. Selbst im Kleinen, im Allerkleinsten. Der Gedanke lässt mich überhaupt nicht mehr los.

Wie ist das denn in den Weinbergen?

Bio, haben die drei Winzer erklärt.

Also Nützlinge gegen Schädlinge? Und wie geht das genau?

Ich muss allein hinfahren, ich möchte in diese Welt eintauchen, ohne einen Brand im Hintergrund. Den brauchen sie, klar, sie müssen eine Marke werden. Aber die Marke muss die drei erfassen. In ihrem Bestreben, in ihren Gedanken, in ihrer Philosophie, in ihrem Tun.

In der Tiefgarage parke ich neben einem schwarzen Wagen, in dem noch jemand sitzt und sein Tablet bearbeitet. Ich werfe nur einen kurzen Blick hin, aber als ich zum Lift gehe, höre ich eine Autotür hinter mir zuklappen und kurz danach die Stimme: »Ah, Katja, guten Morgen.«

Ich hätte diesen süffisanten Unterton aus tausend anderen Stimmen heraus erkannt.

»Guten Morgen, Marvin«, sage ich, während ich mich nach ihm umdrehe.

»Wie geht es dir?«, fragt er mich, und ich entschließe mich in diesem Augenblick, die Treppe zu nehmen. T-Shirt und Anzug, ein gewinnendes Lächeln, der smarte Wolf im Schafspelz.

»Gut«, antworte ich. »Tolles Team, alles bestens.«

»Wirklich?«, sein Ton bleibt oben hängen.

Ich zucke die Schultern. »Warum nicht?«

»Wenn ich dir irgendwie helfen kann?« Er drückt den Liftknopf.

»Ganz lieb«, sage ich, »aber ich wüsste nicht, wobei.« Und damit gehe ich an ihm vorbei zum Treppenaufgang.

Heute bin ich endlich mal früher dran als die anderen. Ich

fahre meinen Computer hoch, und es tut mir gut, noch Zeit für mich zu haben. Nach und nach kommen die Mitarbeiter herein, manche schweigsam, andere mit einem Spruch auf den Lippen.

Um halb neun kommt auch mein Team, wie immer, im Viererpack. Liza ist nicht dabei.

»Oho!«, sagt Joshua. »Schon so früh?«

»Schlecht geschlafen?«, will Lilli betont freundlich wissen.

»Hat Tom schon eine erste Auslese geschickt?« Jan bleibt an meinem Tisch stehen.

»Quatsch, um diese Uhrzeit pennt der doch noch«, Joshua schubst Jan leicht mit dem Ellenbogen an.

»Offensichtlich«, sage ich, »es ist noch nichts da.«

»War klar«, kommentiert Anne. »Wahrscheinlich ist das Motiv so doof, dass er es gar nicht schicken will. Er fürchtet um seinen Job.«

»He!«, macht Jan. »So schlecht waren wir jetzt auch nicht.«

»Ich spreche vom Motiv, du Dödel«, weist ihn Anna zurecht. »Nicht von den Darstellern.«

Jan sagt nichts mehr.

»Du fändest also ein muskelbepacktes Schwitzfoto mitten in den Reben besser?«, frage ich.

»Klar. Biowein«, sagt sie. »Keine Chemie. Da arbeiten Nützlinge gegen Schädlinge, da ist Natur gefragt, Muskelkraft, Einsatz, Kampf.«

»Die großen drei«, fügt Lilli süffisant hinzu. »Muskelkraft, Einsatz, Kampf.«

»Das ist wenig sinnlich«, werfe ich ein.

»Sinnlich ist der Wein nachts im Bett«, erklärt Anna. »Aber wollen wir das zeigen?«

Joshua grinst und fährt sich durch seine dichten Locken.

»Wir schauen uns erst mal Toms Ausbeute an«, entscheide ich. »Das Motiv hat ja auch etwas mit körperlicher Anstrengung zu tun. Es ist vollbracht, der Tag ist gut gelaufen, nun kommt die Belohnung – der eigene Wein.«

Ich merke selbst, wie lau das klingt. Aber während ich rede, denke ich über etwas anderes nach. Wieso bringt Anna genau die Idee, die ich auch hatte? Mehr auf Bio hinweisen, Nützlinge gegen Schädlinge?

»Okay«, meint Joshua, »wir rufen ihn an.«

Er wendet sich zum Gehen.

»Und dann«, sage ich schnell, »sollten wir mit den dreien einen Termin vereinbaren. Großes Fest zur Vorstellung des Trios, der neuen Weine, des Etiketts – Presse und so, das muss rechtzeitig organisiert werden, sonst läuft uns die Zeit weg.«

»Was sollen wir der Presse denn schreiben: Wir haben noch nichts, aber kommt doch schon mal zum großen Event?«, fragt Lilli spitz.

»Zunächst müssen wir wissen, wann für die drei ein guter Zeitpunkt wäre. Danach richten wir uns dann«, antworte ich betont ruhig.

»Na, denn«, flötet Lilli, »an die Arbeit.«

Am Abend rufe ich Frau Kowalski an. Sie meint, wenn möglich, solle ich doch kurz vorbeikommen, sie höre nicht mehr so gut. Tja, denke ich, eigentlich hatte ich mir meinen Feierabend anders vorgestellt, mal irgendwo in einem Biergarten sitzen, mal nichts denken, nichts tun. Der Tag war anstrengend genug. Diese ganze Agentur-Bagage ist anstrengend, denke ich, während ich zu der von Frau Kowalski angegebenen Adresse fahre.

Bei ihr war ich noch nie, obwohl sie schon mindestens seit zwanzig Jahren regelmäßig zu uns nach Hause kommt. Aber klar, denke ich, es gab bisher ja keinen Grund. Wann habe ich sie zuletzt gesehen? Ich kann mich nicht erinnern.

Ingrid Kowalski wohnt in einem kleinen, adretten Mehrfamilienhaus ohne Aufzug, zweiter Stock, und sie steht schon an der geöffneten Wohnungstür, kaum, dass ich unten geklingelt habe. Sie hat sich gut gehalten, das sehe ich gleich. Ich hätte sie trotzdem nicht mehr erkannt. Sie mich wahrscheinlich auch nicht.

»Schön, dass Sie hergekommen sind«, begrüßt sie mich und macht einen Schritt zurück, um mich eintreten zu lassen. Eine spiegelblanke, kleine Wohnung, so ordentlich, dass sie schon fast unbewohnt wirkt.

»Mögen Sie sich setzen?«, fragt sie und zeigt zu dem kleinen Tisch am Fenster. »Darf ich Ihnen was anbieten?«

Ich hätte Lust auf ein frisches, kaltes Bier. Versuchsweise sage ich ihr das, und sie bringt tatsächlich zwei Flaschen und zwei Tulpengläser aus der Küche. »Gute Idee«, sagt sie dazu.

Während sie einschenkt, sehe ich mich um. Mehr als zwei Zimmer kann die Wohnung eigentlich nicht haben.

Wir stoßen an, und nach dem ersten, tiefen Schluck muss ich es wissen. »Darf ich Sie was fragen?«

»Aber ja«, erwartungsvoll blickt sie auf.

»Meine Mutter sagte, Ihr Mann sei krank?«

Sie lächelt mich an. Ich schätze sie auf Mitte sechzig, rund zehn Jahre jünger als meine Mutter. »Mein Mann ist vor über zehn Jahren gestorben.« Sie setzt ihr Glas ab. »Das ist auch der Grund, weshalb ich mit Ihnen sprechen möchte. Ich hatte jahrelang drei Putzstellen und habe nun das Rentenalter erreicht. Meine Rente und meine Witwenrente reichen, um nun zu meiner Familie nach Aalen zurückzuziehen. Meine Mutter ist Ende achtzig, sie braucht unsere Hilfe. Meine Schwester wohnt mit ihrer Familie in der Nähe, aber sie hat einen aufwendigen Beruf und wenig Zeit.«

»Oje«, sage ich. »Ich hatte eigentlich genau das Gegenteil erhofft, dass Sie mehr Zeit für meine Mutter aufbringen könnten.«

Sie sieht mich an und schüttelt langsam den Kopf. »Ich habe

Ihren Bruder schon vor einem Jahr auf den Zustand Ihrer Mutter aufmerksam gemacht. Ihre Adresse hatte ich ja nicht …«

»Schon vor einem Jahr?«

»Ja, es war offensichtlich, wohin es führen würde. Sie trug mir jedes Mal Grüße für meinen Mann auf. Manchmal meinte sie, ich sei doch gestern erst da gewesen und ich könne wieder gehen. Und immer, wenn sie selbst etwas verlegt hat, sagte sie mir das in so einem misstrauischen Ton, dass klar war, was sie mir damit sagen wollte.«

»Und mein Bruder?«

»Er sagte mir, er hätte sie längst informiert. Sie zeigten aber kein Interesse.«

Ich spüre, wie mein Herz zu rasen beginnt. »Nichts hat er. Kein einziges Wort. Im Gegenteil. Meine Freundin hat mich im Mai informiert. Ich bin sofort hergeflogen und nun auch umgezogen.«

Ingrid Kowalski schüttelt den Kopf. »Wissen Sie, ich kenne keinen einzigen Mann, der sich Gedanken um seine Eltern macht. Die meisten meinen, das sei Frauensache, und schieben die Verantwortung ab.«

Als ich nichts darauf antworte, meint sie: »Vielleicht gibt es irgendwo solche Exemplare, ich kenne aber keines.« Und als ich noch immer nichts sage: »Kein einziges.«

»Oje!« Ich nehme einen tiefen Schluck. »Und Sie? Sie haben zuerst Ihren Mann gepflegt und jetzt Ihre Mutter?«

Sie zuckt die Achseln. »Zehn Jahre meinen Mann. Das war nicht einfach.«

»Sie sind eine bewundernswerte Frau«, sage ich spontan. »Haben Sie Kinder?«

»Nein, leider nicht.«

»Und wer pflegt später Sie einmal?«

»Sind Kinder ein Garant dafür, dass man gepflegt wird?«

Trotz allem muss ich lachen. »Siehe meinen Bruder, nein.«

Sie lacht auch, sagt aber gleich: »Eigentlich ist es nicht zum Lachen. Schon gar nicht, dass er Ihnen nichts gesagt hat.«

»Ja … mein Bruder …«, mehr sage ich nicht. Das ganze Elend wäre jetzt zu viel. »Wie wollen wir denn jetzt verbleiben?«, frage ich stattdessen.

»Die Wohnung hier ist gekündigt, zum 1. November muss ich draußen sein.«

»Und bis zum 1. November kann ich auf Sie zählen? Und was wäre, wenn ich Sie bitten würde, öfters zu kommen?«

»Wie meinen Sie das?«

Ich erzähle ihr, wie ich täglich im Stress und in Sorge bin, dass meine Mutter ihre Tabletten nimmt, dass sie genug Wasser trinkt, dass sie nicht stürzt und stundenlang hilflos irgendwo liegt.

»Sie braucht jemanden im Haushalt. Sie haben doch genug Zimmer«, sagt Ingrid schließlich.

»Sie will niemanden. Deshalb kam ich ja auf Sie. Sie hätten sogar die Wohnung hier kündigen und kostenfrei bei uns einziehen können.«

Ingrid sieht mich nachdenklich an. »Wissen Sie, wie ich mein Leben rückblickend betiteln könnte?«

»Wie?«, will ich wissen.

»Mein Leben, eine Pflegestelle«, sagt sie.

Mein Leben, eine Pflegestelle, denke ich, als ich kurz bei Mutti vorbeifahre und regle, was ich auf die Schnelle regeln kann, und mich dann endlich auf den Weg nach Hause mache. Manche trifft es schon hart. Wenn du nie dein eigenes Leben leben kannst, weil du immer Rücksicht nehmen musst? So gesehen, habe ich bisher ein extrem eigennütziges Leben gelebt. Keinen Ehemann, keine Kinder, keine Tiere … nur mich. Alles, was ich getan habe, konnte ich ohne Rücksicht auf irgendjemanden frei bestimmen. Und was ich verdient habe, musste ich mit niemandem teilen. Meine Ausgaben waren rein freiwillig.

Boris fällt mir ein. Sich mir nichts, dir nichts aus der Verantwortung zu ziehen, einfach sang- und klanglos zu verschwinden, das will mir nicht in den Kopf. Das passt doch gar nicht zu ihm. Oder doch? Eigentlich kenne ich nur den Boris meiner Kindheit und Jugend. Was weiß ich, wie er sich entwickelt hat? Und vor allem: Was er will? Zu seinem Urzustand zurück? Die Zeit vor Frau und Kindern?

Das hätte er sich früher überlegen sollen, dann hätte er Single bleiben müssen.

So wie ich.

Ich fahre durch Stuttgarts Straßen, und ein Gedanke jagt den nächsten. Irgendwann biege ich in meine Straße ein und kann mich überhaupt nicht erinnern, wie ich hergekommen bin. Nicht an eine einzige Kreuzung, an keine Ampel.

Mann, Katja, denke ich, fängt das bei dir jetzt auch schon an? Aber dann beruhige ich mich selbst. Automatisiertes Tun. Keine Demenz. Trotzdem gefährlich.

Als ich die Wohnungstüre hinter mir geschlossen habe, lehne ich mich erst einmal mit dem Rücken dagegen und atme tief ein und aus. Es tut gut, etwas für mich allein zu haben. Wenigstens hier kann ich die Welt draußen lassen, wenn ich sie nicht hereinlassen will.

In diesem Moment klingelt mein Smartphone.

Eigentlich wollte ich mir jetzt etwas kochen, ein Glas Wein dazustellen und sonst nichts.

Aber dann krame ich das Telefon doch aus der Tasche, man weiß ja nie. Nach der Erfahrung mit der fast mitternächtlichen Mail schau ich lieber mal aufs Display.

Anonym.

Anonym? Mein erster Impuls ist: Da gehst du nicht ran. Wer sich anonym meldet, ist von vornherein verdächtig.

Ich stehe noch immer mit dem Rücken an der Tür. Höchstens noch zwei Klingeltöne, dann schaltet es sowieso ab.

Ich geh ran.

»Katja?«

Es ist Boris' Stimme.

»Boris? Wieso rufst du denn anonym an?«

»Ich habe ein neues Handy.«

»Ach so, verloren?«

»Nein, mit Absicht.«

»Aha. Na gut. Blöd. Aber gut, dass du anrufst. Ich wollte sowieso …«, er schneidet mir das Wort ab.

»Bist du zu Hause?«

»Ja.«

»Allein?«

»Klar. Was soll das?«

»Wie ist die Adresse?«

»Ich habe sie dir doch schon …«, aber dann fällt mir ein, dass er ja ein anderes Handy hat, und ich nenne sie ihm noch einmal.

»Ich wäre in etwa einer Stunde bei dir, passt das?«

»Um Mitternacht? Ist das nicht …«

»Passt das?!?«

»Ja … wenn …«

Aber er hat schon aufgelegt.

Mitternacht, ich schau auf die Uhrzeit. Nein, noch vor Mitternacht. Egal. Ich habe jetzt Hunger, ich koche uns was, soll er ruhig kommen, dann erfahre ich zumindest, was in meinen Bruder gefahren ist.

Eigentlich wollte ich heute Abend einen Wildlachs aus dem Wok für mich machen. Mit Reis. Schon deshalb, weil das Rezept superschnell fertig ist und klasse schmeckt. Ich habe extra dafür eingekauft, Erdnusskerne, Knoblauchzehen, Ingwer, Chili, Zuckerschoten, Sojabohnensprossen, Koriandergrün, eine Limette, Kokosmilch und Currypaste – alles da. Aber dreihundert Gramm Lachsfilet für zwei Personen? Einen Mann wie Boris?

Vielleicht hat er ja schon gegessen.

Sonst könnte ich nur noch einen Kartoffel-Zwiebel-Auflauf bieten. Aber warum soll ich jetzt auf den Lachs verzichten, auf den ich mich seit meinen Einkäufen freue?

Ich stelle Wok und alle Zutaten bereit, damit es nachher schnell gehen kann.

Dann decke ich den Tisch.

Eine Stunde, hat er gesagt. Also fange ich rechtzeitig mit dem Reis an und genehmige mir einen Kochwein.

Als es klingelt, schlägt mein Herz bis zum Hals. Es erinnert mich an die Kindertage, an die Ankunft von Knecht Ruprecht, bei dem man nie so richtig wusste, was passieren würde.

Ich drücke den Öffner für die Haustüre und möchte gerade das Flurlicht für ihn einschalten, da biegt er schon im Dunkeln um den Treppenabsatz und ist gleich darauf bei mir an der offenen Wohnungstür. »Komm herein«, sage ich, trete zur Seite und schließe dann die Tür hinter uns beiden. Er hat abgenommen, das sehe ich auf den ersten Blick. Und aus dem biederen Familienvater ist ein Rocker geworden, schwarze Jeans, schwarze Lederjacke, längere Haare. Außerdem hat er etwas Gehetztes an sich. Weit weg von dem Ruhepol, der mein Bruder früher für mich war.

»Machst du bitte die Rollläden zu?«, fragt er und weist zum gedeckten Tisch am Fenster.

»Das geht nicht, das Haus hat keine Rollläden. Und wie du siehst, habe ich auch noch keine Vorhänge.«

»Dann lass mal sehen.« Er geht mir voraus in die Küche. »Ja, das geht.« Ich folge ihm. »Dann hier.« Er rückt sich an dem kleinen Küchentisch einen Stuhl zurecht.

»Sag mal …«, beginne ich, aber er winkt ab. »Erzähl ich dir gleich.« Dann schnuppert er zum Wok. »Bereitest du was für uns vor?«

»Lachs im Wok. Mit Reis. Dauert aber ein paar Minuten. Und außerdem ist der große Tisch im Wohnzimmer gedeckt.«

»Dann deck halt um, macht ja nichts.«

Dann deck halt um … typisch mein Bruder. Delegieren war schon immer seine Stärke. »Ich?!? Warum nicht du?«

Er verzieht nur kurz das Gesicht.

»Ach so, du kannst ja nicht ans Fenster«, sage ich mokant.

»Wenn du wüsstest, wie wahr das ist«, erwidert er düster. Ich decke um und fülle dann zwei Gläser mit meinem neuen Lauffener Wein.

»Nicht so viel«, winkt Boris ab. »Ich brauche einen klaren Kopf.«

»Du verlässt Frau und Kinder, kümmerst dich nicht mehr um sie und brauchst einen klaren Kopf? Den hast du doch schon abgegeben, meine ich«, sage ich einigermaßen aufgebracht.

»Also, hör zu.« Er schiebt den leeren Teller etwas von sich weg. »So was bespricht man eigentlich nicht mit seiner kleinen Schwester, aber trotzdem.«

»Augenblick«, ich gieße zwei Schuss Erdnussöl in den Wok und gebe Knoblauch, Ingwer, Chili und Korianderstiele dazu und nach kurzem Umrühren die Currypaste. Und anschließend den Lachs. Solange der gart, habe ich etwa eine Minute Zeit. Ich drehe mich zu Boris um. »So, dann besprich das mal mit deiner kleinen Schwester.«

»Okay.«

Boris fährt sich kurz mit fünf Fingern durch sein Haar. Offensichtlich weiß er nicht so richtig, wie er anfangen soll.

»Also, gut. Isabell und ich hatten … wie soll ich sagen, Feiertagssex. Keine Spannung mehr, eigentlich auch kein Interesse mehr. Ich spürte deutlich, dass ihr die Kinder vollauf genügen.«

»Kinder?« Ich beobachte den Lachs. »Und Haushalt? Und Mann? Sie ist von Beruf Arzthelferin, an Weihnachten hat sie mir noch erzählt, dass sie sich weiterbildet, um später wieder in ihren Beruf einsteigen zu können, wenn die Kleine im Kindergarten ist.«

»Ja, von mir aus.«

»Von dir aus? Wie sich das anhört!«

Zuckerschoten und Kokosmilch dazu, den Reis abtropfen lassen und alles auf zwei Schalen anrichten.

»Mhhh«, sagt er, als ich den Teller vor ihn hinstelle. »Sieht das lecker aus! Und es duftet!«

»Ja«, sage ich und setze mich dazu. »Aber nun erst mal: zum Wohl!« Ein »Herzlich Willkommen« verkneife ich mir, während wir zu unseren Gläsern greifen und anstoßen.

»Also«, greife ich den Faden wieder auf, während er zunächst mit dem Essen beschäftigt ist, »der Feiertagssex mit deiner Frau war dir also zu langweilig. Ist es das, was du mir sagen willst? Du hast Aufregung gesucht?«

»Ja, klar. Wie die meisten Männer, die ihre Frauen betrügen. Aufregung, Abwechslung, vielleicht auch Bewunderung. Bewunderung natürlich auch von den Kameraden. Der geht fremd, der traut sich was. Toller Hecht, halt.«

»Okay, das habe ich verstanden. Und gefunden hast du diese Abwechslung wo?«

»Da, wo es am unkompliziertesten abläuft, wo man sich nichts Zusätzliches ans Bein bindet, im Puff.«

»So weit, so gut«, sage ich, trinke einen Schluck und sehe ihm ins Gesicht. »Für einen Mann, der bewundert wird, für einen tollen Hecht siehst du aber ziemlich gebeutelt aus, finde ich. Oder verschafft dir dein Engagement im Puff vielleicht doch zu viel Aufregung? Und deswegen hast du deine Familie verlassen?«

»Das hatte nichts mit dem Puff zu tun. Das hätte so weiterlaufen können. Ich hab mich verliebt.«

»Wie jetzt … in eine der … Frauen dort?«

Er schüttelt den Kopf.

Da ich mir keinen Reim darauf machen kann, warte ich ab.

Er lädt sich ein Stück Lachs auf die Gabel und sieht mich an.

»Der hier«, damit nickt er zu dem Lachs, »will eigentlich nur laichen, wenn es ein Naturlachs ist. Mehr will er nicht. Aber wem begegnet er auf dem Weg zu seinem Laichgebiet? Einer Horde wilder Bären. Jeder hat es nur darauf abgesehen, ihn zu killen.« Er schiebt sich den Lachs in den Mund. »Und wie man sieht«, sagt er undeutlich, »ist es ja auch gelungen. Er wurde gekillt.«

»Aha. Und das ist jetzt eine Assoziation für dich? Also willst du mir sagen, du bist der Lachs und von wilden Bären umzingelt?«

Boris zuckt die Schultern. »So in etwa«, er spült mit Wein nach.

»Jetzt mal im Klartext!« Ich schiebe meinen Teller auf die Seite. »Was ist da im Puff passiert?«

»Nicht im Puff! Ganz profan bei meinem Freund in der Kanzlei. Sie hat dort ein Praktikum gemacht.«

»Na ja«, ich lehne mich zurück. »Das kann man ja klären – deshalb muss man doch nicht spurlos verschwinden und seine Familie im Stich lassen.«

»Hast du eine Ahnung!«

»Offensichtlich nicht.« Ich runzle die Stirn. »Also klär mich auf. Was ist mit ihr?«

Er holt tief Luft. »Sie ist Türkin. Und es geht an die Ehre ihrer Familie, dass sie sich mit einem verheirateten Mann eingelassen hat.«

»Ein Ehrendelikt?«

»Sie ist versprochen. Als Jungfrau.«

»Jetzt hör auf!« Ich glaub ihm kein Wort. »Das ist doch ein Märchen aus dem Mittelalter!«

Er holt tief Luft. »Ihr Bruder ist draufgekommen, er hat uns zufälligerweise zusammen gesehen. Recht eindeutig verliebt. Und hat sofort seinen Vater und die ganze Sippschaft alarmiert. Jetzt habe ich Angst, dass sie ihr was antun.«

Ich spüre, wie sich etwas in mir zusammenzieht. Mehr will ich eigentlich gar nicht hören. Aber ich frage doch.

»Und dir auch?«

Er nickt.

»Wie alt ist dieses Mädchen denn?«

»Neunzehn.«

»Oh, mein Gott.«

Ich greife nach dem Glas und nehme einen Schluck.

»Also habe ich versprochen, sie vor ihrer Familie zu beschützen«, fährt er fort.

»Wie denn das?«, frage ich, »mit der Polizei?«

»Nein, natürlich nicht. Wie sollte das gehen?«

Boris spießt ein weiteres Stück Lachs auf.

»Wie denn dann?«

»Wir sind untergetaucht. Ich meine … das ist eine Großfamilie, ein Clan. Da weiß man wirklich nicht, was passiert.«

»Aber muss man gleich etwas Schlimmes befürchten?«

»Sie ist eine Schande für die ganze Familie, so stand es in der SMS ihres Bruders. Ich möchte es nicht darauf ankommen lassen.«

»Eine Schande«, wiederhole ich gedehnt. »Und jetzt?« Nachdem er nicht gleich darauf antwortet, sondern weiterisst, gebe ich mir selbst die Antwort: »Jetzt brauch ich einen Schnaps.«

Ich stehe auf, hole zwei Schnapsgläser und den Mirabellenschnaps, der noch in einer Umzugskiste mit der Aufschrift »Allerlei« steht.

»Du hast also«, ich versuche, es zu wiederholen, während ich einschenke, »du hast dich also mit diesem … wie heißt sie überhaupt? … diesem Mädchen versteckt. Ja, wo denn?«

»Zunächst mal in einer kleinen Wohnung. Angemietet.« Er sieht mich an. »Ja, was sollte ich tun? Sie mit nach Hause nehmen?«

Warum auch immer, Nesir kommt mir in den Sinn. Begleitet von ihrem Bruder. Das scheint in manchen Familien tatsächlich ein Thema zu sein.

»Vielleicht solltest du deiner Frau reinen Wein einschenken?«

»Ich habe gedacht, dass ich das schnell regeln kann … und, ehrlich gesagt, Isabell ist unendlich weit fort. Als hätte es sie nie gegeben.«

»Also wirklich!« Ich stürze den Schnaps hinunter. »Du warst auch mal in sie verliebt. Genau wie jetzt in diese … egal! Aber deine Kinder! Lara und Ludwig! Wie bringst du das übers Herz?«

»Gar nicht. Ich sehe aber keinen Weg.« Er legt sein Besteck weg und sieht mich an. »Die Tragweite ist viel größer, als du dir das ausmalen kannst. Sie haben herausgefunden, wer ich bin. Ich bin ein Stück Scheiße, das sich an der Tochter vergriffen hat. So hat es mir Merve vorgelesen. Und es kamen ständig Drohungen. Gegen mich und gegen sie. Und die wurden immer schlimmer. Plastischer. Daraufhin haben wir ihr Smartphone stillgelegt. In einer solchen Situation kann ich doch nicht nach Hause fahren und mich gemütlich mit den Kindern ins Wohnzimmer setzen. Ich weiß ja nie, wer klingelt.« Er sieht mir in die Augen. »Außerdem habe ich die Verantwortung für sie.«

»Für wen jetzt?«, frag ich nach.

»Für Merve!«

»Aber für deine Familie doch auch!«, beharre ich.

»Ja, eben!«

»Du hättest Isabell einweihen können. Einfach abzuhauen, ist doch absolut feige!«

Er zuckt die Achseln. »Sag du mir, was das Beste ist? Panik verbreiten? Oder mal eine Auslandsreise, bis sich die Wogen geglättet haben?«

»Werden sie sich glätten?« Ich kann nur den Kopf schütteln. »Boris, das ist einfach … ungeheuerlich.«

Er schweigt.

»Boris«, sage ich langsam, »Boris, du machst mir Angst!«

»Ich wollte nur, dass du die Hintergründe kennst. Kümmere dich um Mutti und um meine Familie, verrate aber nichts. Für die Kinder bin ich auf einer langen Geschäftsreise, für Isabell der Sauhund. Stimmt ja auch.«

»Was ist mit Geld?«

»Ich habe mein Konto leer geräumt. Aber ich kann Isabell derzeit nichts abgeben, ich weiß ja nicht, was noch kommt. Sie hat noch unser Familienkonto.«

»Auf dem nichts drauf ist.«

»Wenig.«

So, wie er gekommen ist, geht er auch wieder. Wie ein Dieb in der Nacht, denke ich, als ich ihm im dunklen Treppenhaus nachsehe. Ich höre das leise Klicken der Haustüre, als er sie zuzieht, dann ist er weg. Vorhin, denke ich plötzlich, beim Nachhausefahren, habe ich noch von meiner Zeit als Single geträumt, unabhängig, frei, keine Verantwortung.

Und plötzlich dreht sich das Karussell, und alles ist anders.

Es wird wieder eine schlaflose Nacht, das sehe ich schon kommen. Soll ich ein Schlafmittel nehmen? Baldrian? Oder noch einen Schnaps?

Ich entscheide mich dagegen. Kein Alkohol, keine Schlafmittel, die gute, alte Meditation. Alle Gedanken verbannen. Keinen einzigen zulassen. Wenn sich einer aufdrängt, sofort wieder wegschicken.

Ich brauche ewig, bis ich endlich eingeschlafen bin.

13./14. September Wochenende

Der nächste Tag bringt das, worauf die Natur schon ewig gewartet hat, Regen. Beim ersten Blick durch mein Schlafzimmerfenster sehe ich einen tiefen, verhangenen Himmel, graue Häuser auf der anderen Straßenseite und durch den dichten Regen alles in einem so düsteren Licht, als wollte es gerade Abend werden. Am besten bleibe ich im Bett, denke ich und schau auf die Uhr. 7 Uhr. Viel zu früh für einen Samstag. Gleich weiterschlafen? Aber dann fällt mir nach und nach die gestrige Nacht wieder ein.

Boris, denke ich. Was für ein Schlamassel!

Was kann ich tun?

Am besten wäre doch, es wäre ein Traum gewesen. Also doch lieber weiterschlafen? Ich mache die Augen zu und versuche es, komme aber nicht von dem Gedanken an Boris los. Wie er gestern hier saß. Was er erzählt hat. Einfach unfassbar. Auf der anderen Seite haben auch schon genug andere ihre Frauen oder Freundinnen umgebracht. Eifersucht und verletzter Stolz dürften also weiter verbreitet sein, denke ich. Und bekloppte Männer auch. Das gibt's überall. Aber nun bin ich so wach, dass ich mir einen Cappuccino hole.

Eines steht fest, denke ich, während die Kaffeemaschine arbeitet, die, die hinter ihm her sind, verstehen wohl keinen Spaß. Die leben nach eigenen Regeln. Da spielt Stolz eine Rolle, Ehre und Tradition. Und da kommt mein Bruder daher und beginnt ein Liebesverhältnis. Nichts ahnend? Oder nach dem Motto, in Deutschland sind alle Frauen doch sowieso selbstbestimmt? Hat er sich gar nichts dabei gedacht?

Auf der anderen Seite: Warum muss sich eine junge Frau überhaupt vorschreiben lassen, wen sie zu lieben hat?

Ich muss noch mal mit ihm reden.

Aber wo finde ich ihn?

Ich spüre eine tiefe Traurigkeit in mir, die sich so richtig festgesetzt hat. Dazu passt das Wetter, denke ich, als ich mich am frühen Nachmittag aufrapple, um zu Mutti zu fahren. Draußen hat es sich abgekühlt, überall stehen Pfützen. Es muss die letzten Stunden ordentlich geschüttet haben. Trotz Schirm fühlt sich alles klamm und feucht an, bis ich endlich im Auto sitze.

Also gut, denke ich, jetzt beim Konditor Muttis Lieblingskuchen kaufen, ein paar sonstige Einkäufe, und nach unserem Kaffeeklatsch kümmere ich mich um ihre Wäsche. Damit habe ich für den Samstag wohl genug zu tun und bin abgelenkt. Oder kann, ganz im Gegenteil, stundenlang vor mich hin brüten.

15. September Montag

Das Wochenende war eine Qual. Boris hat nicht mehr angerufen, trotzdem lauerte ich ständig darauf. Wird er sich nun gar nicht mehr melden? Außer zu Mutti zu fahren, hatte ich zu nichts Lust. Immerhin haben wir einen kleinen Spaziergang gemacht, als der Regen kurz pausierte, aber darüber hinaus wollte ich niemanden sehen und niemanden treffen. Das einzige Thema, das mich interessiert hätte, wollte ich nicht ansprechen. Es war besser, wenn ich allein blieb. Das Wetter kam mir entgegen, ich kruschtelte so ein bisschen in meiner Wohnung herum, nahm mal das in die Hand, dann das, aber so richtig produktiv war ich nicht.

So bin ich heute Morgen direkt erleichtert aufgestanden, endlich wieder eine Aufgabe, eine Ablenkung. Mein Sehnsuchtsort: die Agentur. Wer hätte das gedacht. Ich schüttle den Kopf über mich, und trotzdem, schon auf der Fahrt geht es mir besser. Auch, dass ich in unserer Tiefgarage auf Anhieb einen Parkplatz finde, ist ein gutes Zeichen, finde ich. Und als ich an meinem Arbeitsplatz ankomme, steht dort Liza und hat ganz offensichtlich auf mich gewartet.

»Hi, Liza«, begrüße ich sie, »brennt der Busch?«

Sie grinst. »Eher der Weinberg.« Als sie meinen Gesichtsausdruck sieht, beschwichtigt sie mich sofort. »Nein, nein. Tom hat übers Wochenende die Fotos geschickt, und die wollte ich kurz mit dir durchgehen. Ich muss mir ja auch überlegen, welche Location für meine Influencer-Szene gut wäre, die wollen natürlich was Eigenes auf die Beine stellen, brauchen aber ein paar, na, sagen wir, Anregungen. Selbst durch den Weinberg gehen, Interviews, auf Robbys nackten Schultern reiten und dabei Trauben pflücken, da kann ich mir sogar schon vorstellen, wer auf so was abfährt …«

»Kein schlechter Gedanke«, ich fahre den PC hoch, und sie schiebt einen Stuhl an meinen Tisch. »Ah, schau, da sind sie. Eine ordentliche Datenmenge.« Wie selbstverständlich nimmt sie meine Maus, wirft dann aber einen schnellen Blick zu mir. »Oh, sorry, alte Gewohnheit.«

»Schon gut«, ich winke ab, »mach nur.«

Sie rückt näher, öffnet die Datei und schiebt die kleinen Fotos rasend schnell herum.

»So«, erklärt sie, »das wäre jetzt mal so ein bisschen sortiert, ist doch okay so?«

»Absolut«, bestätige ich. Sie ist wirklich unglaublich schnell.

»Schau mal, die hier«, sagt sie und zieht einige der Fotos auf den ganzen Bildschirm. »Angelina ist sehr fotogen«, überlegt sie laut. »Schau mal hier, völlig unverkrampft, sie spielt mit dem Betrachter, sie liebt die Kamera, das ist ganz eindeutig. Tolles Foto!« Sie verharrt bei einem Bild, bei dem die Sonnenstrahlen seitlich gedämpft durch die Weinblätter auf Angelinas Gesicht fallen. Für den Betrachter wirkt es, als hinge sie gerade irgendwelchen schönen Gedanken nach. Sinnlich, ohne aufgesetzt zu sein.

»Toll!«, sag auch ich.

»Dazu braucht es eigentlich gar keinen Wein und keine Trauben, die Blätter reichen«, erklärt Liza. »Das nehmen wir mal ganz nach vorn in unsere Auswahl.«

»Ja, passt«, willige ich ein.

»Und jetzt die Helden der Nacht«, grinst Liza und schiebt die Fotos schnell weiter, bis die Motive mit Angelina, Jan und

Joshua kommen. »Na, das ist doch was«, sagt sie und zwinkert mir zu.

»Ich bin gespannt«, sage ich, und das bin ich wirklich. Ja, Tom hat die Szene gut eingefangen. Man erfasst sofort, dass es ein Balkon ist, darunter die Weinberge, das Dorf. Drei junge Winzer, die zwar müde, aber euphorisch sind, denn: Ihr Wein wird gut!

»Das haben sie gar nicht mal schlecht gemacht«, kommentiert Liza mit erstauntem Unterton. »Aber Angelina ist natürlich der Knaller. Schon, wie sie dasteht. Wie früher die jungen, hübschen Bäuerinnen. Sagenhaft kräftig, selbstbewusst, feminin. Da kann man eigentlich jeden dazustellen …«

»Na, na, na«, sage ich, »werten wir mal unsere Jungs nicht so ab …«

»Ah, das ist also der neue, innovative Brand für die neue, junge Zielgruppe?«

Liza und ich werfen uns einen kurzen Blick zu und drehen uns gleichzeitig um. Hinter uns steht Marvin mit Blick auf den Bildschirm.

»Noch nicht«, erwidere ich. »Wir arbeiten dran.«

»Das lässt ja hoffen«, er lächelt uns freundlich zu und geht dann an uns vorbei.

»Was hat er denn?«, frage ich Liza.

Sie zuckt die Achseln. »Nicht beachten. Alleinstellungsmerkmal.«

»Was meinst du damit?«

»Er verträgt keine Konkurrenz.«

»Ich bin doch keine Konkurrenz. Hier geht es doch um ein Miteinander.«

»Das glaubst aber nur du.«

Ich will gerade nachhaken, da kommen Lilli und Anna um die Ecke.

»Na?«, begrüßt uns Lilli, »trautes Miteinander?«

»Kann man so sagen«, erwidert Liza im selben Ton, »ich verliebe mich gerade!«

»Au, wow!«, macht Anna und kommt näher. »Ihr habt die Fotos durchgesehen, bleibt es bei den Motiven?«

»Welche meinst du jetzt?«, will ich wissen.

»Na, die, die wir bisher haben. Eine Winzerin im Weingarten und drei auf dem Balkon.«

Ich lasse mich nicht provozieren. »Mach mir doch einfach eine Liste, welche Motive du dir noch so vorstellst?«

»Wir sind hier doch nicht in der Schule!«

»Aber es wäre vielleicht ein produktiver Ansatz.«

»Angelina ist jedenfalls eine Schau!«, mischt sich Liza ein. »Die ist ein Hingucker, ob mit oder ohne Wein.«

»Na«, Lilli schnalzt mit der Zunge, »das verbilligt und verkürzt die Sache doch ungemein!«

Ich betrachte sie, wie sie so vor mir steht. Wie eine pubertierende Schülerin, die ihre Grenzen austesten will.

»Kann es sein«, entfährt es mir plötzlich, »dass Ihr alle miteinander gar keinen Bock auf diese Weingeschichte habt?«

»Es gäbe spannendere Themen«, erklärt Lilli schnippisch. »Gab es bei euch in Hamburg doch sicherlich auch. Oder habt ihr Labskaus beworben?«

Ich zucke mit den Achseln. »Wenn es sein muss, findet man mit etwas Engagement auch für Labskaus ein glühendes Publikum.«

»Pff!«, macht Lilli und dreht sich zu Anna um. »Weinberge und Hauspantoffeln, das war schon immer unser Traum auf dem Weg zu einer steilen Karriere.«

»Lasst Ergebnisse sehen, dann kommt die Karriere ganz von allein«, entgegne ich. »Was ist mit dem Veranstaltungstermin? Bei den dreien schon nachgefragt? Presse? Sind die beiden unterschiedlichen Weinetiketten schon als Dummy fertig? Auf einer Flasche? Zum Ansehen?«

»Ausschneiden? Mit Uhu auf eine Flasche kleben?« Anna sieht mich mit gerunzelter Stirn an.

»Wäre nicht das Schlechteste, dann kann man sich das vorstellen.«

»Wie langweilig ist das denn!«, Lilli wirft Liza einen Blick zu. »Meinst du, auch nur einer deiner Influencer-Schätzchen kommt zu so einem Event?«

»Die wirklich wichtigen schon«, entgegnet Liza seelenruhig. »Die wollen schließlich verdienen. Und mit Wein lässt sich das machen.«

»O Mann!« Lilli wirft ihr langes blondes Haar nach hinten.

Die nächsten Stunden ist so viel los, dass ich Boris glatt vergesse. Erst, als ich mich in meinen Wagen setze, um zu Mutti zu fahren, fällt er mir wieder ein. Vor meinem Elternhaus steht ein City-E-Bike mit Korb, und ich tippe richtig: Frau Kowalski ist da. Das freut mich wirklich. Ich finde die beiden in der Küche. Als ich hereinkomme, ist Ingrid Kowalski gerade dabei, das Abendbrot zu richten, und Mutti singt in den höchsten Tönen. »So ein Tag, so wunderschön wie heute ...« Sie strahlt und ist wirklich glücklich.

»Wollen wir zu dritt essen?«, frage ich. »Es ist so schönes Wetter, draußen, vielleicht, in unserer Laube?«

»Au ja«, sagt Mutti sogleich. »Papa hat die Laube extra gebaut, damit wir draußen essen können. Dabei war er gar kein Handwerker.« Und sie lacht schallend. »Und übrigens auch kein guter Liebhaber.« Leicht verschmitzt sieht sie mich an. »Das macht aber nichts. Er war ein guter Papa!«

»Ja«, gebe ich ihr recht, »das war er wirklich!«

»Dann wisch ich draußen mal kurz den Tisch ab?« Ingrid sieht mich fragend an. »Der dürfte ziemlich schmutzig sein.«

»Gute Idee«, bestätige ich, »und ich pack schon mal alles auf ein Tablett, was Sie hier so schön gerichtet haben.«

»Und ich hole die Blumen«, sagt Mutti.

»Welche Blumen?«, ich sehe mich um.

Aber meine Mutter steht schon auf. »Die heute ein Mann für mich abgegeben hat.«

»Von Boris?«, will ich wissen. Mir gefriert das Blut in den Adern.

»Vielleicht«, sagt sie kokett. »Boris ist ja mein Sohn.«

Ich stehe schon. »Wo sind sie? Ich hol sie schnell.«

»Im Wohnzimmer.«

Wenn da jetzt ein angebliches Kärtchen von Boris dabei ist, dann ist das ganz klar ein Hinweis, denke ich. Dann zeigen sie, dass sie wissen, wo Mutti wohnt. Ich stürze ins Wohnzimmer. Mitten auf dem Esstisch steht ein großer Strauß Sommerblumen in Muttis Bleikristall-Lieblingsvase. Ich suche nach einem Kärtchen, es liegt neben dem Strauß. *»Liebe Mama, ich bin auf einer langen Geschäftsreise, denke aber an dich. Und Katja kümmert sich, dein Boris.«*

Gott sei Dank. Ganz eindeutig seine Handschrift. Da ist wohl meine Fantasie mit mir durchgegangen. Ich nehme die Blumen mit hinaus.

»So ein schöner Strauß«, sage ich, »das ist aber lieb von Boris.«

Mutti sitzt schon am Tisch und deutet nach oben. »Weißt du noch, wie Papa mit den Schilfmatten gekämpft hat, bis sie endlich festsaßen?« Sie kichert. »Immer, wenn ein Windstoß kam, sind sie ihm davongeflogen.«

»Klar, das war lustig für uns …«, ich lache ebenfalls und denke, dass ich nach alten Fotoalben suchen sollte. »Und Papa hat mit uns früher im Herbst immer Drachen gebaut, weißt du das auch noch?«

»Ja«, nickt sie stolz. »Er war wirklich ein guter Papa.«

Zum ersten Mal, seit ich in Stuttgart bin, fahre ich mit einem guten Gefühl nach Hause. Mutti blüht in Ingrid Kowalskis Gegenwart auf, es tut richtig gut, das zu sehen. Und es lässt im Moment alle anderen Probleme klein erscheinen.

Es ist später geworden als gedacht. Ich freu mich auf eine ausgiebige Dusche und dann auf ein frühes Zubettgehen. Endlich allein sein. Mit einem allerdings habe ich nicht gerechnet. Petroschka. Er sitzt unter dem kleinen Apfelbäumchen mit zwei Gläsern Wein und mit Lisa an seiner Seite. Ich bin erstaunt, grüße, und möchte weitergehen, aber er macht eine große Geste.

»Frau Klinger, ich habe eine Überraschung für Sie«, er zögert und strahlt über sein ganzes rundes Gesicht. »Für uns.«

Ich bleibe stehen und denke, wie komme ich jetzt aus dieser Nummer raus? »Schauen Sie«, sagt er und springt für seine Fülle erstaunlich behände auf. Hinter dem Bäumchen zaubert er einen weiteren Eisenstuhl hervor, den er aufklappt, und außerdem ein Glas aus einem geflochtenen Picknickkorb, der zu seinen Füßen steht.

»Und jetzt müssen wir etwas begießen!« Während ich noch immer abwartend dastehe, nimmt er eine Flasche im Eismantel, füllt das frische Glas und die beiden anderen wieder auf.

»Champagner«, verkündet er. »Zur Feier des Tages.«

Lisa schenkt mir ebenfalls einen lächelnden Blick. »Kommen Sie nur«, sagt sie, »es ist wirklich etwas Tolles!«

Innerlich seufze ich. Für mich wäre es jetzt etwas Tolles, mich direkt ins Bett zu legen, die Augen zuzumachen und in Tiefschlaf zu fallen.

Aber beide sehen mich so erwartungsvoll an, dass ich nicht anders kann und meinen Kurs ändere ... vom Weg auf die Wiese.

»Zuerst müssen Sie mit uns anstoßen«, bestimmt Petroschka, und er ist wirklich aufgeregt. Was kann es sein? Lisa und er? Blödsinn!

»Wir haben auf Sie gewartet«, sagt Lisa und hebt ihr Glas. »Nicht mehr lange, und es wäre dunkel geworden.«

Ich hätte später heimfahren sollen, denke ich, schäme mich aber gleich für diesen Gedanken, denn die beiden sehen so erwartungsvoll aus, dass ich das Glas in Empfang nehme, mit Petroschka und Lisa anstoße und »Nun bin ich aber gespannt« sage.

Petroschka deutet auf den dritten Stuhl. »Den habe ich heute extra dazugekauft. Und sogar noch einen vierten, sollte sich Fräulein Gassmann mal dazusetzen wollen.« Das bezweifle ich zwar, nehme aber brav Platz. »Und jetzt die große Überraschung!« Petroschka steht vor mir und lacht mich an. »Sie werden staunen.«

»Sie machen mich neugierig«, erwidere ich.

»Augen schließen!«

Folgsam schließe ich die Augen. Langsam werde ich wirklich neugierig. Vielleicht doch Lisa und Petroschka? Verlobungsringe? Dazu würde der Champagner passen.

Aber nein. Sie könnten Vater und Tochter sein. Auf der anderen Seite …

»So, jetzt!«

Das Erste, was ich sehe, ist Petroschkas rot angelaufenes Gesicht und seine kugelrunden Augen. Das Zweite lehnt an seinem Bein, ein Bäumchen in einem großen Topf mit einer breiten, rosaroten Schleife.

»Darf ich vorstellen? Das ist Judith!«

Zuerst stutze ich, dann fällt mir die Geschichte der Zwillingsschwestern Else und Judith ein. Ich hatte ja selbst ein Zwillingsbäumchen kaufen wollen, das hatte ich ganz vergessen.

»Ach!« Ich springe auf. »Das ist aber eine schöne Idee!«

Petroschka strahlt.

»*Sie* haben mich auf die Idee gebracht!«

Ich knie mich neben dem Bäumchen nieder und schüttle einen der dünnen Zweige. »Willkommen, Judith. Wir werden ganz arg auf dich aufpassen. Und«, ich greife an die Rinde des Apfelbäumchens, »herzlichen Glückwunsch, Else, nun hast du wieder Gesellschaft. Eine Zwillingsschwester. Was meinst du, wie du jetzt wieder aufblühst!«

»Die passende Erde habe ich auch gekauft«, freut sich Petroschka. »Und Dünger.«

»Sie sollen es gut haben«, fügt Lisa an.

Vielleicht bin ich ja doch im richtigen Haus gelandet, denke ich und hebe mein Glas. »Auf Else und Judith.«

19. September Freitag

Die Tage vergehen mit Entwürfen und Überlegungen, Planungen und Umplanungen in der Agentur. Ich wollte noch einmal für weitere Fotomotive mit Tom Bilger vor Ort recherchieren, aber ständig kommt etwas dazwischen. Auch der Termin für die Pressekonferenz steht noch nicht, und langsam bin auch ich froh darüber, denn irgendwie kommen wir mit diesem Projekt nicht weiter. So zäh waren noch nicht einmal die ganz großen, millionenschweren Aufträge in Hamburg. Und hier handelt es sich ja eher um eine kleine Sache, wenn auch eine, die mit dem richtigen Team richtig Spaß machen könnte. Mein Eindruck ist aber eher, dass sich ständig etwas dazwischenstellt. Einige Poster-Vorschläge sind so dilettantenhaft ausgearbeitet, dass ich mich frage, ob die vier jemals so etwas gemacht haben?

Was soll das Geschwafel von einem richtigen Brand, wenn es schon daran hapert, das Winzer-Trio so zu platzieren, dass es Aufmerksamkeit erregt? Ich werde noch immer nicht schlau aus diesem seltsamen Team und spüre nur, dass meine Unzufriedenheit wächst.

Am Freitagnachmittag, die meisten aus der Agentur sind schon im Wochenende, stoße ich an der Tür zur Tiefgarage fast mit Rolf zusammen.

»Oh, lange nicht gesehen«, sagt er. »Geht es gut?«

Ich weiß nicht, was dieser Mann an sich hat, dass er sich wie eine große Ruheglocke über einen stülpen kann. Ich sehe ihn an, und schon fühle ich mich leichter.

»Ich weiß nicht. Ständig werde ich durch lächerliche Geschichten behindert, gute Vorschläge versanden oder werden abgelehnt, über andere wird stundenlang diskutiert, wir wären effektiver, wenn wir zu zweit wären. Zwei, die das Produkt lieben und tatsächlich umsetzen wollen.«

»Ich kann Ihnen gern mal Ihre Erfolgsstatistik zeigen. Die habe ich mir nämlich angesehen. Und genau so, wie Sie Ihre Erfolge in Hamburg durchgezogen haben, sollten Sie das hier auch tun. Hören Sie nicht auf andere, seien Sie Sie selbst. So, wie Sie sind, sind Sie gut. Lassen Sie sich nichts einreden!«

Er sieht mich so eindringlich an, dass ich mich fast hypnotisiert fühle.

»Sie machen mir Mut«, sage ich.

»Den haben Sie gar nicht nötig. Sie sind richtig gut. Lassen Sie sich von denen nicht kleinmachen.«

»Aber warum wollen die mich kleinmachen?«

Er sieht mich an, und in diesem Moment wird mir klar, dass er mehr weiß, als er mir sagen kann.

»Setzen Sie sich durch. Das können Sie!« Damit dreht er sich um und geht, und ich schau ihm nach, seiner drahtigen Figur, seinem aufrechten Gang. Ich weiß so gar nichts über ihn, denke ich. Dabei bestärkt er mich die ganze Zeit.

Warum eigentlich?

Jedenfalls habe ich endlich ein freies und unbeschwertes Wochenende vor mir, denke ich, als ich in meinen Wagen einsteige. Ingrid ist heute bei Mutti, sie hat mir für die nächsten Tage ihre Hilfe zugesagt, also kann ich durchatmen und die letzten Baustellen in meiner Wohnung beseitigen. Die Fernseher gehen noch immer nicht. Das bekomme ich sicherlich allein hin, wenn ich mir mal die Zeit dafür nehme. Und Heiko? Ich habe ihn die letzten Tage vertröstet, aber nun hätte ich ja mal richtig Zeit. Für uns beide. Und Doris? Mal nachfragen, wie es ihr geht. Oder einfach nur ein Gläschen mit ihr trinken. Oder zu dritt. Egal, einfach mal treiben lassen, Kraft schöpfen.

Kaum fahre ich aus der Tiefgarage heraus, kommen mir aber auch Isabell und die Kinder in den Sinn. Und Boris. Aber darüber mag ich im Moment nicht nachdenken, das belastet mich nur.

Und dann die drei im Weinberg. Vielleicht sollte ich einfach mal allein zu dem Trio hinausfahren? Mir ein eigenes Bild verschaffen, genau so, wie es Rolf gerade gesagt hat. Meiner eigenen Inspiration vertrauen, wie ich es all die Jahre gemacht habe, mich nicht von außen beeinflussen lassen, schon gar nicht von Leuten, die mehr Störfeuer als Teamworker sind.

Ich parke gerade rückwärts in eine enge Lücke zwischen zwei dicken Schlitten am Gehsteig ein, da klingelt das Handy. Nicht jetzt, denke ich, der hohe Randstein ist nah, meine Felgen teuer. Erst, als ich exakt stehe und den Motor zufrieden ausmache, sehe ich nach.

Eine mir unbekannte Handynummer. Soll ich zurückrufen? Eigentlich habe ich keine Lust. Aber wenn mit Mutti etwas ist? Nein, Ingrid habe ich gespeichert.

Jemand aus Hamburg?

Die Nummern habe ich auch gespeichert.

Der Malermeister, der endlich die gelben Striemen überpinseln will? Zu spät, die Möbel stehen schon, die Bilder hängen.

Petroschka? Hat der überhaupt ein Handy?

Also gut, ich rufe zurück.

»Klinger«, sagt die Stimme.

»Ach, Isabell, du hast angerufen, ich habe die Nummer nicht erkannt.«

»Ach so? Ich hatte sie dir doch gegeben?«

Stimmt. Auf einen Zettel gekritzelt, den ich auf dem Küchentisch liegen gelassen habe.

»Wie geht es euch?«, weiche ich aus.

»Da ist etwas Seltsames passiert, ich wusste nicht, mit wem ich das besprechen kann. Dann dachte ich an dich.«

Ich schlucke. Am liebsten hätte ich wieder aufgelegt. Es kann nur etwas Unangenehmes sein.

»Ja?«, mache ich und spüre selbst, wie zögerlich es klingt.

»Ja, tut mir leid, wenn ich störe.«

»Was ist denn passiert?«

»Wart mal ... die Kinder, Ludwig, gehst du mal mit Lara in den Garten?«

Ich höre Ludwigs mäkelnde Stimme im Hintergrund. »Es ist überhaupt nicht schön draußen, was sollen wir da?«

»Dann in dein Zimmer, was spielen?«

»Wieso kann ich nicht hierbleiben?«

»Weil ich was ... ach was!« Ich höre einen Stuhl rücken, dann wieder Isabell: »Ich geh kurz raus, bleibst du dran?«

»Ja«, sage ich und nutze die Zeit, um aus meinem Wagen auszusteigen. Ludwig hat recht, es ist wirklich nicht schön draußen, es ist kalt geworden, und es sieht aus, als zöge die Dunkelheit zwei Stunden zu früh herauf. Ich hänge mir meine Tasche um, halte meine Jacke am Kragen zu und gehe langsam den Gehweg entlang, bis sich Isabell wieder meldet.

»Bist du noch dran? Sorry, aber das ist nichts für Ludwigs Ohren. Wenn er zuhört, löchert er mich anschließend.«

»Kann ich verstehen«, sage ich und bleibe vor unserem Gartentürchen stehen. Und dann muss ich trotz allem lächeln. Der Anblick ist auch zu komisch – Fräulein Gassmann steht mit ihren beiden Walkingstöcken mitten im Garten und inspiziert das frisch eingepflanzte Apfelbäumchen.

Ob sie sich wohl hinsetzen würde, wenn es wärmer wäre, frage ich mich, und vor allem, wenn sie unbeobachtet wäre?

Ich entschließe mich, noch ein paar Meter am Haus vorbeizulaufen, denn unser Telefonat ist ganz sicherlich nicht für Fräulein Gassmanns Ohren bestimmt.

»Also, pass auf. Ich bin gespannt, was du sagst … Boris hatte sein Büro doch in einem Bürohaus. Du weißt schon, gemeinschaftliche Räume wie Küche, Kopierraum, Konferenzraum, aber unterschiedliche Berufe.«

»Ist mir bekannt.«

»Und das Büro neben Boris hat Marc, der arbeitet fürs Fernsehen. Drehbücher, Ideen und so was.«

»Okay«, sage ich, um überhaupt etwas zu sagen. Langsam wird mir kalt.

»Und heute kam da plötzlich ein Typ, hat mir Marc erzählt, und hat nach Boris gefragt.«

»Was für ein Typ?«

»Breitschultriger Typ, im Anzug. Sehr gepflegte Erscheinung, sagte Marc, akkurater Haarschnitt und ausrasierter Bart. Aber als Marc sagte, er wisse nicht, wo Boris steckt, sei er unangenehm geworden, nah an den Tisch und so was. Marc sagte, er fühlte sich richtig bedroht.«

Oje, denke ich. »Und dann?«

»Kam Matthias herein, der hat den Raum gegenüber. Der hat gespannt, dass da was schräg war.«

»Und dann?«

»Marc sagt, der Typ zeigte überhaupt keinen Respekt. Boris schulde seiner Familie was, hat er den beiden erklärt. Und das würden sie sich holen, egal, wie.«

Also sind sie ihm auf der Spur. Sein Büro haben sie schon mal gefunden. Was kommt als Nächstes?

»Was sagst du dazu?«, will Isabell von mir wissen.

»Das erschreckt mich«, sage ich wahrheitsgemäß. Soll ich sie jetzt aufklären? Übers Telefon? Ich weiß nicht, ob das der richtige Weg ist.

»Mich erschreckt es auch«, sagt sie. »Boris schuldet diesem Typen was? Aber was denn? Geld?«

»Weiter hat er nichts gesagt?«

Ich sehe direkt, wie sie den Kopf schüttelt, bevor sie »Wohl nicht« sagt und nach einer kurzen Pause »Aber es macht mir Angst« hinzufügt.

»Ja«, sage ich. »Das hört sich nicht gut an. Willst du die Polizei einschalten?«

»Was soll ich denen sagen? Mein Mann ist abgehauen, hat Frau und Kinder sitzen lassen, und schuldet jetzt irgend so einem Banditen irgendwas?«

»Ja, das wäre vielleicht nicht das Schlechteste.«

»Die lachen mich doch aus!«

»Hmm«, mache ich, aber irgendwie ist es mir nicht wohl bei dem Gedanken, dass Isabell nun nichts ahnend in dem Haus sitzt. Mit den Kindern.

»Isabell«, starte ich einen Versuch, »was hältst du davon, wenn du morgen die Kids einpackst und wir treffen uns bei Mutti?«

Sie überlegt.

»Sie würde sich jedenfalls freuen, dich und die Enkel zu sehen.«

»Meinst du?«

»Ich denke, doch!«

»Ich hatte nie so das Gefühl, dass sie uns besonders mag.«

Stimmt, denke ich. Das hatte ich auch nicht. Aber ich mochte Isabell bisher ja selbst nicht. Ihr Getue mit den Kindern ist mir bei jedem Familientreffen auf die Nerven gegangen. Und die Kinder auch. Das hat sich erst seit unserem letzten Zusammensein geändert.

Aber, vielleicht, denke ich zum ersten Mal, kam ihr übersteigertes Getue aus demselben Gefühl des Nichtmögens heraus? Reine Übersprunghandlungen? Könnte ja immerhin sein.

»Na«, sage ich aufgeräumt, »jetzt haben wir zumindest mal die Gelegenheit, uns wirklich kennenzulernen.«

»Tja«, sie seufzt. »Ganz ehrlich, unter anderen Bedingungen wäre mir das lieber gewesen.«

»Nun ist es eben so, wie es ist.«

»Das sagt er auch immer!«

»Wer?«

»Dein Bruder!«

Wir verabreden uns auf morgen, und ich denke im selben Moment, dass ich das gar nicht wollte. Ich wollte mir den Samstag doch freihalten. Ganz für mich.

Irgendwie bin ich in Stuttgart ständig in einer Fremdbestimmt-Falle.

Ich gehe den Weg wieder zurück bis zum Gartentor. Fräulein Gassmann ist verschwunden. Vielleicht hat sie mich doch gehört?

Egal, denke ich, ich kann mir nicht um alle Gedanken machen. Ich bin schließlich auch noch da. Und vor allem freu ich mich jetzt auf ein leckeres Abendessen, und danach werde ich die beiden Fernseher in Gang bringen, wobei mir der kleine im Schlafzimmer wichtiger ist als der große. Und dann nach den Nachrichten einen netten Film sehen und anschließend schön einschlafen. Aber jetzt erst mal: bequeme Sachen an, Handy ausschalten, Spaghetti aglio e olio e peperoncino auf den Teller, dazu einen guten Rotwein ins Glas. Das wäre doch gelacht!

20. September Samstag

Der nächste Morgen beginnt gut. Beide Fernseher laufen, was mich ein bisschen stolz auf mich selbst macht. Der Himmel hängt tief, und ein Blick auf die wenigen Passanten in ihren dicken Jacken zeigt mir, dass ich besser gleich wieder ins Bett gehe. Zu Cappuccino und Honigbrot nehme ich mein Tablet mit, um Zeitung zu lesen, und das Handy, um mich mal wieder bei meinen Freunden in Hamburg zu melden. Das habe ich bisher zu selten gemacht. Was soll ich auch erzählen? Es gibt ja nichts Positives. Oder zumindest fast nichts. Und eigentlich kennen die mich dort nur gut gelaunt und obenauf.

Ich schalte den Fernseher ein, rutsche zum Kopfteil hoch, lehne mich an und ziehe die Knie unter der kuscheligen Decke an, meine Lieblingsstellung. Jetzt kann nichts mehr schiefgehen, meine Laune steigt, ich fühle mich rundum wohl. Beim zweiten Cappuccino greife ich nach dem Handy. Zuerst werde ich Karin anrufen, wir haben zusammen gearbeitet und darüber hinaus einiges miteinander unternommen. Immer, wenn Patrick keine Lust hatte, war ich mit ihr unterwegs. Theater, Kino, aber oft auch einfach draußen in der Natur.

Ich lasse das Handy allerdings gleich wieder sinken, als ich fünf anonyme Anrufe sehe, alle etwa im Abstand von zehn Minuten zwischen 22 und 23 Uhr. Da lag ich gestern schon im Bett und habe eine Tierdokumentation gesehen. Und das Handy hatte ich sowieso ausgeschaltet.

Zwischen 23 und 24 Uhr. Ich spüre, wie sich mein Herzschlag beschleunigt. Ich wollte eigentlich cool in den Tag starten. Aber damit ist es jetzt vorbei. Was hat das zu bedeuten? Fünf Anrufe, also dringend. Hat er vielleicht sogar vor meiner Tür gestanden? Ich schäle mich vorsichtig zwischen Teller und Kaffeetasse unter meiner Bettdecke hervor und geh zur Wohnungstür. Alles wie immer. Also runter zur Haustüre, versuchsweise drücke ich auf meinen eigenen Klingelknopf und höre es oben schellen. Also alles gut, ich hätte ihn gehört.

Kaum bin ich wieder im Bett, ruft Heiko an.

Was ich denn heute vorhätte? Es sei doch ausgemachtes Kuschelwetter. Kuscheln, lecker essen, lecker trinken, kuscheln. Er sei gerade in der Markthalle und stünde vor dem italienischen Stand. Da gebe es genau die richtigen Zutaten für so ein Wetter.

»Wenn ich hier jetzt einkaufe, brauchen wir uns den ganzen Tag nicht mehr aus dem Bett herauszubewegen.«

Hmm, denke ich, das ist eigentlich exakt in meinem Sinn.

»Ich habe blöderweise eine Verabredung mit meiner Schwägerin bei meiner Mutter.«

»Hört sich prickelnd an. Ist das nun meine Konkurrenz?«

Ich muss lachen. »Nicht wirklich. Meine Mutter weiß noch gar nichts von ihrem Glück – und wenn, dann hätte sie es wahrscheinlich schon wieder vergessen.«

»Soll ich deine Schwägerin anrufen und um eine Verschiebung bitten?«

»Nein«, ich überlege kurz, »das mache ich schon selbst. Ich vertröste sie auf morgen. Sonntag ist sowieso der bessere Tag für einen Besuch.«

Isabell sieht das auch so. »Ich habe heute noch einiges zu erledigen, mir passt das ganz gut. Lara braucht dringend warme Schuhe, die vom Vorjahr sind zu klein, die von Ludwig, na, kannst du dir ja vorstellen, die sind längst in einer Sammlung, außerdem hätte Lara nie und nimmer die Schuhe ihres großen Bruders angezogen.« Ich höre sie kurz lachen. »Sie ist schließlich ein Mädchen.«

»Weißt du was?«, sage ich und spüre, wie mich eine warme Woge der Zuneigung durchflutet, »darf ich das übernehmen? Suche ihr richtig tolle Schuhe aus, solche, mit denen sie total glücklich ist, die aber noch …«, ich stocke, »dir als der Mutter brauche ich das ja wohl nicht zu sagen …«

»Was meinst du?«

»Zweckmäßig sind.«

Isabell lacht. »Ja danke, das ist mein ständiger Kampf mit Lara.«

»Nein«, sage ich, »wirklich, Isabell, es ist mir ernst damit. Das ist mein Herbstgeschenk für … beide. Ludwigs Füße sind doch sicherlich auch gewachsen?«

Es ist kurz still. »Damit hilfst du uns wirklich.«

Ich weiß nicht, was ich darauf antworten soll, also sage ich schließlich: »Jeder hat mal gute und mal schlechte Zeiten. Da hilft man sich gegenseitig. Und außerdem«, ich brauche nicht lang nachzudenken, »mag ich die beiden. Sag ihnen einen schönen Gruß. Kannst du das Geld auslegen, oder wie sollen wir das machen?«

»Das krieg ich hin.«

»Du bekommst es morgen bei Mutti zurück. Und noch mal, bitte, Isabell, schau nach den wirklich guten Schuhen. Das ist mein Ernst.«

Ich höre nur ein leises »Danke« und lehne mich in meine Kissen zurück.

Habe ich mich jetzt freigekauft?

So richtig traue ich mir selbst nicht, aber dann überwiegt doch das Gefühl, das Richtige getan zu haben.

Eine Weile bleibe ich noch so liegen, ungewaschen, verstrubbelt im Schlafanzug, dann überlege ich, wie lange man wohl von der Markthalle in der City bis zu mir braucht. Nicht lange. Also dusche ich, bring mein Gesicht und die Haare auf Vordermann. Nicht zu viel, aber zumindest so, dass ich mich selbst im Spiegel leiden kann.

Als es klingelt, stehe ich in meinem asiatischen Seidenmantel in der offenen Wohnungstür. Kaum höre ich die Schritte unten auf der Holztreppe, fällt mir Boris ein, wie er nachts im Dunkeln heraufgestürmt kam. Was, wenn es nun gar nicht Heiko ist, dem ich gerade geöffnet habe?

Aber er ist es.

Mit einem breiten Grinsen und zwei schweren Einkaufstaschen biegt er um den Treppenabsatz und bleibt stehen, als er mich sieht.

»Holla!«, ruft er zu mir herauf.

»Hi«, antworte ich.

»Ich bin viel zu dick angezogen«, erklärt er lautstark.

»Das lässt sich ändern«, sage ich und trete einen Schritt in die Wohnung zurück, bevor Gassmann und Petroschka uns hören. Heiko ist sofort bei mir in der Wohnung, stellt die Einkaufstüten rechts und links unsanft ab, schließt meine Tür mit einem Fußtritt und breitet die Arme aus.

»Ich habe dich vermisst!«

Ich ihn auch, stelle ich fest.

Er streift mir den Morgenmantel ab, der willig und leicht auf meine Füße fällt, und so stehen wir uns gegenüber wie im wüstesten Macho-Sexfilm, er völlig angezogen, ich völlig nackt.

»Lange nichts so Schönes gesehen«, sagt Heiko und lächelt.

Ich stehe einfach da und überlege, was ich sagen soll.

»Sorry«, sagt er, »aber ich bekomme einen Steifen, können wir dagegen was tun?«

Ich lege meine Handfläche prüfend auf die Stelle: »Stimmt!«, und in dem Moment überfällt mich die Lust. Wie kann das so schnell passieren, denke ich, aber da drängt er mich schon zum Esstisch.

»Nein«, sagt er, nachdem wir beide innerhalb kürzester Zeit gekommen sind, »das scheint unsere Spezialität zu sein. Zack und gut!«

Ich rutsche vom Tisch herunter.

»Ja, es scheint uns beiden gutzutun.«

»Du bist gut«, sagt er und zieht seine Jacke aus. »Ich schwitze.«

»Ich nicht.«

Er schüttelt den Kopf, und wir sehen uns in die Augen. Seine sind blau. Das ist mir noch nie aufgefallen. Wer hat noch so stahlblaue Augen? Marvin. Aber an den möchte ich gerade nicht denken.

Ich spüre seine Hand in meinem Nacken, dann küssen wir uns. Auch das ist gut. Einfach gut.

»Hallo, Katja«, sagt er, als wir uns wieder trennen.

»Willkommen, Heiko«, antworte ich. »Schön, dass du wieder da bist.«

»Finde ich auch.« Er nickt und stolpert, weil ihn seine heruntergelassene Hose behindert. »Was dagegen, wenn ich mich ausziehe?«

»Tu, was du nicht lassen kannst.«

Während er seine Schuhe auszieht, nehme ich seine beiden Einkaufstaschen und trage sie in die Küche. Er hat weltmeisterlich eingekauft, das muss ich ihm lassen. Antipasti in vollendeter Form, von eingelegten Auberginen und Zucchini über Büffelmozarella bis hin zu verschiedenen Käsesorten, Mortadella, Parmaschinken und Salami. Und sogar in Knoblauch und Olivenöl gebratene Garnelen. Außerdem Baguette und Grissini. Ich drapiere alles auf dem Küchentisch, somit ist er voll beladen.

Heiko kommt nach.

»Reicht das fürs Erste?«, will er wissen.

»Was meinst du?« Ich sehe ihn lächelnd an, wie er so nackt vor mir steht, und in dem Moment scheint ihm die Doppeldeutigkeit auch aufzugehen.

Er grinst. »Noch sind wir jung und für jedes Abenteuer zu haben.«

»Ich glaube nicht, dass sich das mit zunehmendem Alter ändern wird.«

»Nicht?«, er zieht eine Augenbraue hoch. »Du machst mir Hoffnung.«

Ich muss lachen.

»Was soll ich uns auftun?« Ich zeige auf den vollen Tisch.

»Hast du eine große Platte?«, will er wissen. Ich nicke und zeige auf die mittlere Tür des Küchenschranks. »Gut, dann lass mich das machen. Wein hast du?«, und auf mein Nicken, »dann bitte einen leichten Weißwein, ich komme gleich nach.«

Ich trage meinen Lieblingswein im Weinkühler mit zwei Gläsern ins Schlafzimmer und denke: »Herz, was willst du mehr?«

Ich kann mich an keinen Liebestag in meiner Vergangenheit erinnern, der schöner gewesen wäre. Wir können uns gut riechen, stelle ich fest. Unsere Körper finden immer wieder zueinander, es ist, als wäre es schon immer so gewesen.

»Seltsam«, sage ich irgendwann. »Dass wir uns so … nah sind.«

»Wie meinst du das?« Heiko umwickelt gerade eine Grissinistange mit Parmaschinken und hält sie mir zum Abbeißen vor den Mund.

Ich zucke die Achseln. »Schwer zu erklären. Wir sind uns so nah, als …«

»… würden wir uns schon viele Jahre kennen«, nimmt er mir das Wort aus dem Mund. »Tun wir doch auch.«

»Ja, aber nicht so.«

»Aber vielleicht ist es eben doch die Vertrautheit der früheren Jahre? Schließlich haben wir ja wichtige Jahre miteinander erlebt.«

»Ja, aber als Freunde. Wir alle zusammen.«

»Mehr oder weniger.«

»Was meinst du mit *mehr oder weniger?*«

»Na ja, das eine oder andere Techtelmechtel, kleine Liebschaften untereinander, tu nicht so.«

Oh, echt, denke ich, habe ich da was vergessen?

»Ich war beispielsweise total in Doris verliebt.«

»Ach«, sage ich und beiße von seinem Grissini ab. »Ich dachte, in mich?«

»Auch.«

»Auch?«

»Ja, also«, er greift nach meinem Weinglas, »trink was, sonst ist das Grissini zu trocken.«

»Auch?«

»Na, Katja, wir waren doch alle einmal rundherum verliebt, ich bitte dich. Mit vierzehn, mit fünfzehn, mit sechzehn, ist doch ganz klar.«

»Ich nicht«, behaupte ich. »Jedenfalls …«

»Ja, das haben wir ja schon geklärt … an der Eiche … erinnerst du dich? Euch haben die älteren Jungs interessiert – immer das Spiel mit dem Feuer!«

Ich greife ihm zwischen die Beine. »Meinst du das?«

»Hmm«, er stellt das Glas ab und schaut nach unten auf meine Hand. »Du befeuerst zumindest gerade …«

Wir schaffen es, stundenlang höchstens einmal aufzustehen, um Essen wegzutragen oder welches zu holen, die Weinflasche kalt zu stellen oder zurückzuholen, alles andere ist weit weg. So, wie ich es mir gewünscht habe, die Welt bleibt draußen.

»Oh«, sagt er plötzlich. »Ist schon achtzehn Uhr?«

Ich greife träge nach meinem Wecker und drehe ihn in unsere Richtung. »Ja, gleich. Wieso? Hast du einen Termin?«

»Nein, *SWR aktuell.*« Er zeigt zum Fernseher. »Funktioniert der inzwischen?«

»Eigenhändig von mir eingerichtet«, prahle ich.

»Gut«, Heiko grinst, »denn ich hätte es nicht gekonnt.«

Ich reiche ihm die Fernsteuerung. »Und was gibt es heute so Wichtiges aus dem Ländle, außer dass Samstag ist, das Wetter schlecht und der Herbst kommt?«

»Na, vielleicht die Schießerei gestern Nacht? Bin gespannt, ob sie was bringen.«

»Welche Schießerei?«

»Hast du echt nichts mitgekriegt?«

»Nee«, ich richte mich auf. »Was war denn?«

»Sie ermitteln noch. In einem Wohnviertel, völlig ungewöhnlich, irgendwo in Vaihingen. Offensichtlich gab es einen Verletzten, aber von dem fehlt jede Spur, nur Blut wurde gefunden. Vielleicht gibt es jetzt ja schon mehr Infos.«

Ein Verletzter? Ich bin sofort wie elektrisiert. »Und wann war das?«

Heiko zuckt die Achseln. »Irgendwann gegen Mitternacht. Blaulicht und Tatütata.«

»Ich habe nichts gehört.« Ich werfe einen schnellen Blick auf die Uhr. »Schalt doch mal ein!«

»Oh«, er legt den Kopf schief, »eine sensationslüsterne Lady?«

Ich gebe keine Antwort, ich sehe nur die fünf anonymen Anrufe vor mir. Alle fünf zwischen 23 und 24 Uhr. Hat das etwas zu bedeuten? War Boris am Schluss sogar der Verletzte? Hätte er meine Hilfe gebraucht?

»Was ist denn los ...«, Heiko beobachtet mich. »Entspann dich wieder, das sind irgendwelche Idioten, wer hat denn schon eine Knarre?« Ich hole tief Luft und spüre, wie sich in mir alles zusammenzieht. Jegliches Wohlgefühl ist wie weggeblasen, nun stört mich auch plötzlich seine Hand auf meinem Bauch. Nicht viel, und ich hätte sie unwillig weggewischt.

»Was ist denn los mit dir?« Heiko hat offensichtlich feine Antennen.

»Sorry«, ich fasse nach seinem Arm und schwindle schnell eine Ausrede zusammen, »ich bin mal in Hamburg aus Versehen in so eine Auseinandersetzung geraten, das verfolgt mich immer noch.«

»Oh!« Er runzelt die Stirn. »Soll ich ausschalten?«

»Nein, nein. Vielleicht kommt ja gar nichts ...« Ich schau nach meinem Handy. Es muss noch im Wohnzimmer liegen. Vielleicht hat sich Boris ja wieder gemeldet?

»Bin gleich zurück«, sage ich und steh auf.

»Bringst du auf dem Rückweg die Oliven mit?«

Ich nicke, klaube auf dem Weg zur Toilette das Handy vom Tisch und schalte es dann im Sitzen hektisch ein.

Nichts. Einige WhatsApps aus Hamburg. Sonst nichts. Ich weiß nun nicht, ob mich das beruhigt oder noch mehr beunruhigt. Jedenfalls stelle ich erst im Schlafzimmer fest, dass ich die Oliven vergessen habe.

»Du bist ja völlig durcheinander.« Heiko schaltet den Fernseher aus. »Wenn ich das gewusst hätte …«

»Nein, nein«, ich stürze mich regelrecht auf ihn, um die Fernbedienung in die Finger zu bekommen. Aus Spaß hält er sie mit gestrecktem Arm hoch, aber mir ist nicht nach Spaßen, und ich beiße ihm in den Arm.

»He, halt, halt!« Er richtet sich auf und hält mich fest.

»Gib her!«, ich strample. »Schalt ein. Ich muss das wissen!«

»*Psycho II?*«, fragt Heiko, »Fortsetzung?«, aber er schaltet den Fernseher wieder ein. Ich löse mich von ihm und setze mich an den Kopfteil zurück. Mir ist klar, dass ich paranoid auf ihn wirken muss, aber im Moment kann ich nicht anders.

»Sag mal«, sagt er und beobachtet mich von unten. »Wieso seid ihr Frauen nur so überspannt?«

»Wieso wir Frauen?« Ich spüre, wie sich meine Stirn kräuselt. »Was meinst du denn mit *ihr Frauen?*«

»Na ja, du bist nicht die Erste, die wegen einer Kleinigkeit total abdreht, und man fragt sich als Mann, he, was ist denn jetzt passiert? Gerade war sie doch noch völlig okay? Alles lief rund, wir hatten tollen Sex …«

»Ah, es liegt also am Sex? Wenn der toll ist, ist alles andere auch okay?«

»Hab ich das jetzt gesagt?«

»Ja, das hast du!«

Wir funkeln uns an.

»Weißt du was?«, er steht auf. »Danke für den tollen Sex und dir noch einen schönen Abend.« Damit geht er raus.

Ich weiß nicht, ob ich hinterhersoll oder besser liegen bleiben. Mein Bauch sagt, liegen bleiben, mein Kopf: Du kannst ihn doch nicht so gehen lassen, er weiß doch überhaupt nicht, was Sache ist.

Aber eigentlich bin ich im Moment nur froh, dass ich allein bin.

Bin ich also doch psycho, genau wie er sagt?

Nein. Ich starre auf den Fernseher und nehme nichts wahr. Im Moment ist mein Leben psycho.

Und da kann er nichts dafür.

Ich springe aus dem Bett und lauf ins Wohnzimmer, aber seine Kleider sind weg und er auch. Auf dem Rückweg sehe ich die Essensreste in der Küche und die beiden leeren Weinflaschen und denke, Mensch, Boris. Wegen dir geht alles kaputt. Das jetzt auch noch.

Den ganzen restlichen Abend sitze ich wie auf heißen Kohlen. Der SWR berichtet zwar kurz über eine Schießerei, aber es gibt keine weiteren Informationen. Ich versuche, Heiko anzurufen, aber er hat das Handy ausgeschaltet. Und es kommt auch kein anonymer Anruf. Bis Mitternacht nicht, dann schlafe ich ein und träume so wirres Zeug, dass ich mitten in der Nacht schweißgebadet aufwache und mich umziehen muss. Hat das was zu bedeuten?

Nein, rede ich mir ein. Alles in Ordnung. Und jetzt schlaf weiter und träum einfach was Nettes.

21. September Sonntag

Wenigstens bringt der Sonntag gutes Wetter, so ein bisschen goldenen Oktober mit fast sommerlichen Temperaturen. Durch meine Schlafexzesse habe ich lange geschlafen, länger als gewöhnlich, und stehe jetzt am Fenster und schau trübsinnig in den strahlenden Tag. So blöd, denke ich. Ich habe alles vermasselt. Wir hätten jetzt gemütlich aufwachen können, gemeinsam frühstücken, und alles wäre in bester Ordnung. Stattdessen kriegen wir uns wegen nichts in die Haare und reagieren beide genau gleich: aufgebracht und beleidigt.

Ich höre mir selbst beim Seufzen zu, dann mache ich mich

ans Aufräumen, trinke nebenher einen Cappuccino, schau mehrfach auf mein Handy und beschließe, Boris mal auszuklammern. Sicher waren seine Anrufe und die zeitgleiche Schießerei ohnehin bloß ein Zufall. Und das eine hat mit dem anderen überhaupt nichts zu tun. Fast erleichtert wende ich mich anderen Fragen zu: Wie wird es heute bei Mutti wohl ablaufen? Soll ich einen Kuchen mitbringen? Fürst Pückler, das wird sie sich wünschen, klar. Und Obstkuchen, falls sie es sich wieder anders überlegt. Und die Kinder? Vielleicht so kleine Igel-Kuchen und ein paar Schokoküsse?

Na, ich kaufe einfach großzügig ein, dann kann nichts schiefgehen. Und Kakao für die Kids? Milch? Für uns auf alle Fälle vorsichtshalber noch eine Packung Kaffee. Gemahlen. 15 Uhr, so hatten wir uns verabredet. Vielleicht sollte ich früher hin, damit alles organisiert ist und nachher gut abläuft?

Aber jetzt erst mal Haare waschen, denke ich. Den gestrigen Tag abspülen. Alles abspülen. Meine Laune, meine aufkeimenden Gefühle für Heiko, meine Sorge um Boris, gleichzeitig aber auch meine Wut auf ihn, mein mangelndes Durchsetzungsvermögen in meinem Team, meine Erfolglosigkeit, einfach alles. Ich kontrolliere die Zeiger im Monstrum-Boiler, nicht, dass er wieder nach Wassernachschub verlangt, und dusche mich schließlich in aller Gründlichkeit, sogar mit Bodyscrabbing und Maske für die Haare, was ich normalerweise nie tue, weil ich es schrecklich finde, fünf Minuten mit nassen Haaren herumzustehen. Als ich endlich nach meinem Badetuch greife, die Haare und mich trocken rubble und das kleine Fenster öffne, damit der Dampf abziehen kann, bleibe ich davor stehen und sehe hinaus – und zum ersten Mal an diesem Tag spüre ich ein leichtes Lächeln, das sich ganz ohne mein Zutun auf meinem Gesicht ausbreitet. Es tut mir richtig gut, dieses Lächeln. Dort unten, und es ist das einzige Fenster, von dem aus ich in diese Richtung sehen kann, sitzen Petroschka und Lisa an meinem kleinen Tisch, haben Kaffeetassen und Teller vor sich und scheinen sich gut zu unterhalten. Judiths rote Schleife haben sie von dem kleinen Stamm abgebunden und sie dekorativ an Lisas Rücklehne gehängt.

Ich bleibe eine Weile stehen, und als hätte er meinen Blick gespürt, dreht sich Petroschka plötzlich nach mir um. Ich winke aus meinem kleinen Fenster heraus, und beide winken zurück. Lisa sogar mit einer »Komm«-Geste. Ich lehne ab, freu mich aber trotzdem.

Na also, denke ich, klappt doch. Und während ich mich eincreme, die Haare föhne und mich schminke, denke ich darüber nach, warum sie das nicht schon früher gemacht haben? Tisch und Bänke in den Garten – das ist doch das Natürlichste der Welt, wenn man schon das Glück hat, mitten in der Stadt einen Garten zu besitzen.

Das Thema lenkt mich wunderbar ab, und als ich endlich im Auto sitze und zum Konditor fahre, fühle ich mich schon viel besser.

Mutti hat sich mit einem cremefarbenen Kostüm und roter Rüschenbluse besonders hübsch gemacht. Das Kostüm, Brokat mit Silberfäden durchzogen, trug sie früher immer nur zu besonderen Anlässen. Es ist ihr etwas weit geworden, aber sie sieht wirklich gut aus, die hellen Haare frisch gewaschen und frisiert, ich tippe auf Ingrid, die gestern da war.

»Du hast dich aber richtig fein gemacht«, sage ich anerkennend zur Begrüßung.

»Es geht ja auch um einen ganz besonderen Gast«, sagt sie mit geheimnisvollem Gesichtsausdruck.

»Und ob!«, bestätige ich. »Freust du dich?«

»Und ob!«

Ich muss schmunzeln. »Wo soll ich denn den Kaffeetisch decken?«, frage ich. »Im Wohnzimmer oder draußen in der Laube?«

»Wo waren wir immer, wenn der Besuch bedeutend war?«, will sie von mir wissen.

Ich überlege. »Bei Geschäftspartnern von Papa im Wohnzimmer und bei deinen Damen meistens in der Laube.«

»Dann also im Wohnzimmer, denn der Besuch ist ja bedeutend.«

Mir erscheint der Besuch von Isabell und ihren beiden Kindern weniger bedeutend, außerdem kann ich mir denken, dass die Laube mit dem großen, spannenden Garten für Kinder geeigneter wäre als unser gutbürgerliches, dunkles Wohnzimmer mit den gefährlich dünnwandigen Bodenvasen.

Sicherlich kann ich sie später noch umstimmen, es ist ja erst knapp zwei Uhr vorbei.

»Was hast du denn Schönes mitgebracht?«, fragt sie und deutet auf den großen weißen Karton mit der Aufschrift ihrer Lieblingskonditorei.

»Kuchen, Torten, allerlei Leckereien.«

Sie lacht mich an und spitzt mädchenhaft den Mund.

»Und meinen Lieblingskuchen auch?«

»Ja, Obstkuchen«, sage ich versuchsweise.

»Und für Boris auch?«

Oje, denke ich. Hat sie vergessen, dass Isabell kommt, und erwartet stattdessen Boris? Deshalb die ganze Aufmachung?

»Fürst Pückler«, sage ich.

Sie denkt über etwas nach, das ist ihr deutlich anzusehen.

»Fürst Pückler war ja auch Papas Lieblingskuchen«, sage ich schnell.

Sie nickt. »Jaja, beide Männer mochten gern süß.« Sie lacht. »Boris immer diese Berggipfel aus Nugat mit Nüssen, wie hießen die noch schnell?«

»Die Nuss-Nugat-Berge? Ja, genau!«

»Die mussten immer ganz spitz sein.« Sie legt die flache Hand auf den Karton. »Hast du die dadrin?«

Jetzt kann ich auch lachen, denn zufälligerweise habe ich für die Kinder zwei gekauft, wahrscheinlich genau aus dieser Erinnerung heraus.

»Aber klar«, sage ich. »Magst du dich nicht setzen? Und ich richte schon mal alles?«

Ich rücke ihr den Küchenstuhl zurecht, aber sie tritt hinter ihn und hält sich an der Rücklehne fest. »Nein, nein. Ich bin viel zu aufgeregt. Das wird ein Fest!«

Langsam beschleicht mich die Furcht, dass nachher alles schiefgehen wird.

»Aber du weißt schon, wer kommt?«

Sie legt den Zeigefinger auf den Mund. »Pssst. Nicht verraten. Das ist ein großes Geheimnis.«

»Gut, Mama. Schau, das Wetter ist heute noch mal so richtig schön geworden, und Papa hat die Gartenlaube doch so toll gemacht. Soll ich nicht draußen decken?«

Sie sieht hinaus.

»Das mit den Schilfmatten war ein großer Spaß. Ständig sind sie weggeflogen. Erinnerst du dich noch daran?«

»Klar! Das war lustig«, sage ich. »Also decke ich in der Laube?«

»Aber ja«, sagt sie, »das Wetter ist doch so schön.«

»Ja, finde ich auch, dann stelle ich dir deine Gesundheitsliege raus, weißt du, die, die du vor fünfundvierzig Jahren von Papa geschenkt bekommen hast, als du mit mir schwanger warst …«, ich warte auf eine Reaktion, aber als keine kommt, fahre ich fort: »Und dazu deine blaue Lieblingsdecke, weißt du? Dann kannst du dich ein bisschen hinlegen.«

»Ja«, sagt sie, »das Wetter ist doch so schön.«

Ich nicke und bin froh, dass wenigstens das geklärt ist.

Punkt 15 Uhr klingelt es, und ich beglückwünsche mich dafür, dass ich so früh dran war. Jetzt stehen alle Kuchen und süßen Teile auf einer Tortenplatte in der Laube, der Tisch ist gedeckt,

Kaffeekanne, Milchkännchen, Zuckerdose, alles ist bereit. Mutti ist auf ihrem Liegestuhl eingenickt, das ist mir gerade recht, dann kann ich Isabell und die Kids in aller Ruhe begrüßen, bevor alles im großen Trubel untergeht.

Isabell steht in einem geblümten Kleid und mit zwei Schuhkartons vor der Tür, rechts von ihr Ludwig, seine kleine Schwester an der Hand. Alle drei sind so hübsch angezogen, als ginge es zu einem Geburtstag.

»Schön, dass es klappt«, sage ich und bücke mich zu Ludwig und Lara hinunter. »Ihr seht ja fantastisch aus!«

»Klar«, erklärt Ludwig ganz cool, »wir gehen ja auch zur Omi.«

Ich mache die Tür frei. »Dann kommt herein. Allerdings, die Omi ist im Garten eingeschlafen, also sind wir erst mal leise, damit sie nicht erschrickt.«

»Psst!«, macht Lara und legt ihren kleinen Zeigefinger auf den Mund, was mich sehr an die Geste meiner Mutter von vorhin erinnert.

»Alles klar?«, will Isabell wissen.

Ich zucke die Schultern. »Wenn man das bei einer Frau wüsste, die die Dinge alle paar Minuten anders sieht, wäre es einfacher.«

»Na ja«, Isabell winkt ab. »Wird schon klappen!«

Ich zeige auf die beiden Schuhkartons. »Und das? Die hättest du doch nicht mitschleppen müssen!«

»Doch, Ludwig bestand darauf, sie dir zu zeigen. Die beiden wissen, dass du sie spendiert hast, und er will wissen, ob sie dir auch gefallen.«

»Der Junge wird mal ein ganz Großer«, lobe ich. »So einen hätte ich gern als erwachsenen Freund ...«, mitten im Satz fällt mir Heiko ein, und ich breche ab.

»Falls er nicht nach seinem Vater kommt«, raunt mir Isabell zu. »Dann hättest du weniger Freude.«

Ich kann nichts darauf sagen.

»Das ist aber schön hier«, sagt Ludwig, während wir durch den Flur zur Küche gehen. An der Terrassentür zum Garten bleibt er stehen und sieht hinaus. »Sonst ist es immer Winter, wenn wir hier sind«, sagt er zu seiner Mutter. »Das ist doch schade. Und wir haben eine Omi. In der Vorschule sprechen wir gerade von Großeltern, die weit weg sind, und wie schade das für alle ist, und wir haben eine Omi in der Nähe und sehen sie nie.«

»Ja«, bestätigt Isabell, stellt die beiden Kartons auf dem Esstisch ab und sieht mich an. »Da hat er recht. Meine Eltern wohnen für einen Kurzbesuch wirklich zu weit weg.« Sie fixiert einen Punkt hinter mir. »Vielleicht wäre jetzt der Moment, wieder in Richtung Heimat zurückzuziehen.«

»Ich fände es schade«, sage ich aus einem Impuls heraus und dann: »Aber vielleicht ziehe ich ja auch irgendwann wieder nach Hamburg zurück … aber das …«, ich sehe in den Garten, »will ich mir jetzt gar nicht ausmalen!«

»Na ja, und eigentlich wollte ich auch nie mehr aufs Land zurück«, Isabell zuckt mit den Schultern. »In der Nähe einer Stadt zu leben, ist eben doch was anderes.«

»Du musst schauen«, Ludwig zieht mich an der Hand. »Wie findest du die?« Er packt seine Schuhe aus dem Karton, warm gefütterte wadenhohe Stiefel mit Traktorenbereifung statt Sohle, so kommt es mir wenigstens vor. »Wasserdicht«, er pocht mit dem Knöchel gegen das dunkelbraune Leder. »Die sind top. So super Stiefel hat keiner außer mir!« Er strahlt, und ich bin kurz davor, ihn in meine Arme zu schließen, allerdings will auch Lara nun ihre Schätze vorführen. Sie hat sich rosarote Boots mit Blümchenschaft ausgesucht. Das erscheint mir für Schnee und Matsch genau richtig.

»Super!«, sage ich und gehe in die Hocke. »Kommt mal her, ihr beiden Rabauken, es freut mich, wenn es euch freut.«

Lara schlingt sofort ihre dünnen Arme um meinen Hals, und auch Ludwig umarmt mich. Ein komisches Gefühl steigt in mir auf. Als ich wieder aufstehe, sehe ich Isabell, die mich etwas betreten ansieht. »Leider waren sie nicht gerade günstig«, sagt sie. »Ludwigs Stiefel fünfundneunzig Euro und Laras Stiefel neununddreißig fündundneunzig Euro.«

Eigentlich hätte ich sogar mit mehr gerechnet. Ich schüttle den Kopf und lege einhundertfünfunddreißig Euro abgezählt auf den Tisch. »Alles gut. Ich freue mich über die Vorstellung, welche Schuhe sie demnächst tragen.«

»Dürfen wir jetzt raus?«, will Ludwig wissen, »Omi begrüßen?«

»Au ja, Omi«, kräht Lara.

»Macht mal langsam«, sage ich, »und seid nicht traurig, wenn sie euch nicht erkennt. Sie ist schon alt, und alte Menschen sind manchmal … wundersam.«

»Wie im Märchen?«, will Lara wissen.

Ich werfe Isabell einen Blick zu.

»Genau wie in deinem Märchen«, bestätigt sie.

Gemeinsam gehen wir hinaus und bleiben vor der Liege stehen. Mutti schläft mit offenem Mund und schnarcht dabei leise. Ich berühre behutsam ihre Hand.

»Mutti«, sage ich, »schau, sie sind jetzt da. Isabell, deine Schwiegertochter, und deine beiden Enkel. Genau wie an Weihnachten.«

Ihre Augen öffnen sich langsam, und ich kann nichts für den Vergleich, der mir einfällt, aber er ist einfach da … Krokodile schauen auch so. Erst eine langsame Lidbewegung, dann verhangener Blick, dann stechendes Auge. Sie setzt sich auf.

»Wer … wer seid ihr?«

Und offensichtlich meint sie auch mich. »Ich bin's«, sage ich und lenke ihren Blick auf mich.

»Ach, du.« Sie betrachtet mich. »Und die anderen?« Die Abwehr in ihrer Stimme ist unüberhörbar.

»Deine Schwiegertochter, Isabell, und deine beiden Enkel. Wie verabredet zum Kaffeetrinken.«

»Mit mir wurde nichts verabredet.«

Isabell sieht mich schräg an. »Sollen wir wieder gehen?«, flüstert sie.

Ich winke ab, aber Mutti sagt: »Warum nicht? Ich kenne Sie ja nicht.«

»Mutti«, sage ich jetzt etwas fester. »Das ist deine Familie! Isabell und deine Enkelkinder Ludwig und Lara.« Was sich die beiden Kinder neben mir denken, mag ich mir gar nicht ausmalen.

»Meine Familie ist Boris«, sagt sie, »und der ist noch nicht da.«

Nun werfe auch ich einen Hilfe suchenden Blick zu Isabell. Sie verzieht das Gesicht.

»Boris ist im Ausland«, sagt Isabell. »Eine lange Geschäftsreise.«

»Wer ist sie?«, fragt mich Mutti.

»Deine Schwiegertochter.«

»Dann müsste sie doch wissen, dass Boris hier ist.«

Das wird mir zu viel.

»Komm, Mutti«, ich reiche ihr die Hand zum Aufstehen, »der Kaffeetisch ist gedeckt, die Torten, Kuchen und sogar die Nuss-Nugat-Berge warten auf uns.«

Doch der Versuch, mit den Nuss-Nugat-Bergen etwas Lustiges einzubringen, misslingt.

Sie sieht sich erneut um. »Die Nuss-Berge sind für Boris. Wo ist er?«

»Komm, steh erst mal auf.«

Diesmal reiche ich ihr beide Hände, und diesmal etwas eindrücklicher.

»Warum kommt er nicht runter?«, fragt sie, greift dann doch nach meinen Händen und lässt sich aus dem Liegestuhl ziehen.

»Runter?«

Und zum ersten Mal schwant mir, dass da etwas dran sein könnte. Ihr Kostüm, ihr Getue. Während ich sie aus dem Liegestuhl ziehe, kreisen bei mir sämtliche Alarmlichter im Kopf.

Wenn er sich hierher geflüchtet hat, weil er mich nicht erreicht hat? Könnte das sein? Hockt er etwa oben, in seinem Jugendzimmer? Womöglich verletzt?

Die Kinder sind da, Isabell ist da.

Isabell hat keine Ahnung, was mit Boris los ist.

Ich versuche, einen klaren Gedanken zu fassen, eine klare Linie zu finden, aber so schnell gelingt mir das nicht.

»Weißt du was?«, sage ich eindringlich zu meiner Mutter, »ich schau mal nach, warum er noch nicht da ist.« Und dabei zwinkere ich Isabell zu. Sie soll das als Entgegenkommen einer dementen Frau gegenüber auffassen. »Und in der Zwischenzeit setzt ihr euch mal in die Laube? Wäre doch schade um den schönen Kuchen und den heißen Kaffee.«

Ich spüre direkt, wie unangenehm es Isabell ist, nun mit Mutti allein zu bleiben, und auch die Kinder legen eine offensichtliche Scheu an den Tag. Dann gibt sich Isabell augenscheinlich einen Ruck, und mir fällt ein, dass ihr eigentlicher Beruf ja Arzthelferin ist. Sie wird das schaffen, da bin ich mir sicher. Und tatsächlich, sie bietet Mutti ihren Arm an. »Also«, sagt sie, »setzen wir uns doch an die schöne Tafel, Katja hat ja recht. Und Ludwig und Lara haben sich so gefreut, dich mal wiederzusehen. Weihnachten ist ja schon wieder so lange her.«

Die Worte scheinen zu wirken. Mutti dreht sich nach Ludwig um, der noch immer stocksteif an ihrem Liegestuhl steht. »Ja, dann komm«, sagt sie zu ihm. »Ich hatte ganz vergessen, dass ich schon so große Enkel habe.«

Ich gehe langsam bis zur Terrassentür, dann spurte ich die Treppe hinauf in den ersten Stock.

Vor Boris' Zimmertür bleibe ich stehen und klopfe.

»Komm ruhig rein, ich habe euch schon gesehen«, höre ich seine Stimme von innen.

Ich halte kurz die Luft an, dann drücke ich die Klinke herunter und öffne die Tür.

Er liegt in seinem Jugendbett, ganz so wie damals, die Fußballposter hinter sich an der Wand, und grinst mir entgegen.

»Bist du verletzt?«, ist meine erste Frage. Er schüttelt den Kopf.

»Hast du eine Ahnung …«, fahre ich ihn an, dann bemerke ich, dass da noch eine zweite Person ist. Eine junge Frau sitzt in seinem Bürosessel und dreht sich zu mir um.

»Ich bin Merve.«

Mir stockt der Atem. Klar hätte ich darauf gefasst sein müssen, war ich aber nicht. Sie sieht aus wie sechzehn. Langes dunkles, gewelltes Haar, schmale Figur, hübsches Gesicht mit großen dunklen Augen und starken Augenbrauen.

»Oh, mein Gott«, sage ich, trete ein und schließe die Tür hinter mir. »Was soll das nun werden? Unten ist Mutti, die faselt die ganze Zeit von dir. Deine Kinder sind unten. Wenn die noch oft hören, dass du da bist, wird das schwierig. Und erst Isabell …«

»Ich habe sie nicht eingeladen!«

»Du bist ein Idiot!«, sage ich und hätte ihm am liebsten eine gescheuert. »Selbstgefällig dazu! Da gab es doch einen Schusswechsel, kam in den Nachrichten. Und einen Verletzten! Die ganze Zeit mache ich mir Sorgen, was mit dir ist und …«

»Ich habe fünf Mal bei dir angerufen. Du bist nicht ran.«

»Ja, super!«, schnauze ich ihn an. »Eine Schießerei. Die hatte doch mit euch zu tun? Vaihingen? Wohnt ihr da, oder was?«

»Wohnten …«, sagt er langsam. »Können aber nicht mehr zurück.«

»Und die Schießerei? Jetzt lass dir doch nicht jedes Wort …«

»Die hatte nichts mit uns zu tun«, fällt Merve ein. »Das haben wir aber erst später in den Nachrichten gehört. Bei der Knallerei haben wir Angst bekommen, alles stehen und liegen lassen, aus der Wohnung runter in den Keller und in den Garten. Und weg.«

»Und wieso sagst du, ihr könnt nicht mehr zurück?«

Merve zuckt mit den Schultern. »Boris denkt, dass die Straße durch die Schießerei jetzt ein Brennpunkt ist. Große Aufmerksamkeit, und sein Wagen steht noch dort.«

»Ja, und? Dann holen wir das Auto.«

»Darauf warten die doch nur«, wirft Boris ein.

»Leidest du jetzt unter Paranoia?«, will ich wissen.

»Nein, aber unter einer ganzen Großfamilie«, sagt er. »Das sind nicht nur der Papa und ein Bruder, das sind der Papa, die vielen Onkels, die vielen Söhne, was glaubst du, was da abgeht?«

»Und alle hinter dir her?«, frage ich Merve direkt.

»Nicht alle«, sagt sie leise und senkt den Blick.

Verflucht, denke ich. »Aber wenn ihr das doch alles gewusst habt, wie konntet ihr euch …«

Merve winkt ab. »Es wäre sowieso passiert. Ich habe mich dem Willen meiner Familie nicht gebeugt. Noch nie. Das habe ich immer irgendwie jongliert – nur jetzt, ein Liebesverhältnis –, und dann auch noch mit einem verheirateten deutschen Mann, das war ein echter Affront.«

»Das ist, als würdest du in ein Wespennest stechen«, fährt Boris fort.

»Und warum habt ihr euch dann nicht zurückgehalten?«, frage ich, und auf der Zunge liegt mir: Wie blöd kann man denn sein …

»Weil wir uns verliebt haben«, sagt er, und auch sie sieht mich eindringlich an: »Ich möchte mir meinen Mann selbst aussuchen.«

Dagegen habe ich kein Argument.

Im Gegenteil. Gruseliger Gedanke. So ein ausgesuchter Mann, für den man sich nicht selbst entschieden hat, könnte ja auch ein Greis sein.

»Also, gut«, willige ich ein. »Und jetzt?«

»Jetzt überlegen wir, was wir machen können«, erklärt Boris.

»Super!« Ich mustere ihn, wie er so zufrieden auf seinem Jugendbett liegt. Als ob sich sein Problem irgendwann von selbst lösen würde, als ob er gar nicht dazugehöre. Ein großes Spiel. »Aber dir ist schon klar, was du da angerichtet hast – ich meine, nicht nur für dich, sondern auch für Merve ...« Ich sehe, dass sie einen Einwand erheben will, und winke ab: »Auch wenn du tausendmal anders denkst als deine Familie, jetzt hast du sie am Hals. Und Boris auch. Und wir? Als deine Familie? Ich mag gar nicht darüber nachdenken.« Ich will gehen, bleibe mit der Hand auf der Türklinke aber noch einmal stehen. »Und, teurer Bruder, was sage ich jetzt unten? Boris lebt seit Kurzem mit seiner neuen Liebe in seinem alten Jugendzimmer und mag gerade keinen Nuss-Nugat-Berg – oder was?«

»Nuss-Nugat-Berg? Hebst du mir einen auf?« Er setzt ein Gesicht auf wie in seinen Jugendtagen, schmelz-bittend, nur dass dies heute nicht bei mir zieht.

»Da unten hast du eine Familie. Die hast du einfach sitzen lassen. Ohne Geld. Ohne Ansage, warum eigentlich?«

»Weißt du das nicht?«, sagt er treuherzig. »Männer sind feige. Wenn es irgendwie geht, vermeiden sie eine Aussprache.«

»Das akzeptiere ich nicht«, fauche ich ihn an. »Deine Familie hat ein Recht auf die Wahrheit. Regle das. Und hier hast du eine Geliebte, die durch ihre eigene Familie gefährdet ist. Regle das. Du bist doch sonst immer so schlau, großer Bruder!«

Damit gehe ich raus und ziehe die Tür hinter mir zu. Draußen, im Gang, muss ich mich erst mal an die Wand lehnen. Mein Puls rast, mir ist sterbensübel.

Soll ich Isabell raufschicken? Das wäre eigentlich die beste Maßnahme, dann können die drei klären, wie sie weiter miteinander umgehen wollen. Und ich spiele derweil mit den Kindern.

Doch als ich unten bin, sitzen Mutti und Ludwig ganz dicht nebeneinander und haben einen Teller mit dem Nuss-Nugat-Berg vor sich stehen. Sie scheinen Spaß zu haben, auch Isabell schaut lachend auf, als ich an den Tisch trete, und Mutti fuchtelt mit der Kuchengabel dozierend in meine Richtung. »Wie Boris«, sagt sie, »er sieht aus wie Boris. Und er mag auch diese Spitzberge hier … warum hast du mir denn nicht gesagt, dass ich so einen Enkel habe?«

Ich werfe Isabell einen Blick zu, aber die zuckt nur die Schultern.

»Du hast sogar zwei Enkel, Mutti«, sage ich und zeige auf Lara, die gerade dabei ist, die Streusel einzeln von ihrem Pflaumenkuchen zu picken.

»Ah, ja?« Mutti wirft nur einen flüchtigen Blick zu Lara und beschäftigt sich dann wieder mit Ludwig. Darüber hat sie den erwachsenen Boris im ersten Stock ganz offensichtlich total vergessen. Und Ludwig scheint es wirklich Spaß zu machen.

»Siehst du«, sagt er plötzlich zu Isabell. »Jetzt habe ich auch eine Omi. Nicht nur immer die anderen!«

Isabell nickt. »Das freut mich ganz besonders!«

»Hast du noch Kaffee?«, frage ich und greife zur Kanne, bevor ich mich neben sie setze. Was soll ich jetzt machen? Sie tatsächlich hochschicken? In diese Situation, zu den beiden, ohne sie vorher aufzuklären? Oder sie mal eben zur Seite nehmen und aufklären? Dann müsste ich ihr auch erzählen, dass Boris bei mir war. Vor Tagen schon. Davon habe ich ihr auch nichts erzählt.

Ist Isabell in irgendeiner Weise gefährdet? Quatsch, denke ich. Aber so ganz sicher bin ich mir auch nicht.

Müsste ich Isabell mit ihren Kindern irgendwie aus dem Weg schaffen?

So, dass sie es gar nicht merken?

Wenn dieser Typ in Boris' Büro war, wer sagt denn, dass er

nicht im Margeritenweg auftaucht? Liegt es an mir, irgendwie zu handeln?

»Wo leben denn deine Eltern noch mal genau?«, frage ich Isabell beiläufig.

»In Eggermühlen«, sagt sie und sieht mich an. »So grob fünfzig Kilometer nördlich von Osnabrück. Klein und beschaulich.« Sie überlegt. »Mir war es dann doch zu klein. Zu viel Landschaft. Als ich meine Ausbildung fertig hatte, bin ich nach Bremen. Die Stadt gefällt mir, die Praxis, in der ich gearbeitet habe, war klasse, alles hat gepasst. Eigentlich war ich rundherum zufrieden. Und dann bin ich mit Freunden zu einem verlängerten Wochenende an den Timmendorfer Strand gefahren und da … na ja«, sie bricht ab. »Da habe ich mich verliebt.« Sie fährt Lara über ihre blonde Lockenmähne. »Und alles wurde anders.«

»Hmm«, mache ich und beobachte, wie Mutti mit Ludwig förmlich aufblüht.

»Wann kommt er denn in die Schule?«, will ich wissen.

»Nun, er wird nächsten Monat sechs – da hätte er schon eingeschult werden können … aber die Situation hat mich überfordert … nächstes Jahr.«

»Das verstehe ich. Ludwig in der Schule, Lara im Kindergarten, du arbeitest nachts … aber dann könntet ihr jetzt zumindest noch mal gemeinsam wegfahren.«

Sie zuckt die Schulter. »Wegfahren? Du meinst, in den Urlaub? Dafür hätten wir sowieso kein Geld. In der jetzigen Situation. Mit dem Haus … und allem.«

»Verkauf doch das Haus.«

»So einfach ist es nicht …«

Das kann ich mir vorstellen.

»Und wenn du zu deinen Eltern fährst, würden die sich denn freuen?«

»Und wie. Meine Eltern sehen die beiden so selten, und

meine Schwester hat keine Kinder – das kannst du dir ja vorstellen …«

Sie bleibt mit der Stimme sinnend oben, zuckt dann aber mit den Schultern. »Wenn der Vater nicht auf Familie steht …«, fügt sie leise hinzu. Und ich verstehe, dass sie Boris' Namen wegen der Kinder absichtlich nicht ausspricht.

»Weißt du was?«, frage ich leise und lehne mich leicht zu ihr. »Schau mal, wie glücklich Ludwig ist, dass er nun eine Omi hat. Was meinst du, wie er in seiner Vorschule auftrumpfen könnte, wenn er auch noch bei seiner anderen Omi gewesen wäre? Und dem Opa dazu?«

Isabell mustert mich, als wäre ich verrückt geworden. Mir fällt zum ersten Mal auf, dass sie schöne Augen hat, moosgrün mit gelben Sprengeln. Ganz ausgefallen. Mit langen, schwarzen, echten Wimpern.

»Ja«, erklärt sie, »das wäre wie Weihnachten und Ostern zusammen, allerdings sind wir gerade in der Fastenzeit …«

»Mama, spielen wir was?« Laras Kuchen sieht ziemlich zermatscht aus, offensichtlich wird ihr nun langweilig.

»Gleich«, verspricht Isabell und zeigt auf ihr Tortenstück, das sie erst zur Hälfte geschafft hat. »Das esse ich noch, und dann gehen wir in den Garten.«

»Gibt es auch eine Schaukel?«

Isabell sieht mich ratlos an, und ich spähe in den Garten. »Ja, da gab es sogar mal eine. Aber ob die noch da ist? Die war immer dort hinten, sieht man von hier aus nicht. Aber der Garten ist Abenteuer genug … für jedes Kind!«

»Also gleich?«, will Lara wissen.

Isabell greift zu ihrer Tasse. »Lass mich erst mal in Ruhe essen und trinken, und dann gehen wir. Okay?«

»Aber ihr redet doch die ganze Zeit.«

Ich muss lachen. »Da hast du recht, so ist das mit den Erwachsenen. Weißt du was, Lara, wir hören jetzt auf zu reden, essen unseren Kuchen und gehen dann gemeinsam auf Entdeckungsreise. Was sagst du dazu?«

Lara gibt sich zufrieden, nur ist jetzt Ludwig hellhörig geworden, der ebenfalls auf Entdeckungsreise gehen will. Und da steht doch tatsächlich meine Mutter auf und sagt zu den beiden Kindern: »Wenn sich hier jemand auskennt, dann ich. Also, wir gehen jetzt gemeinsam in den Garten.« Sie kichert. »Ich bin mal gespannt, was wir alles entdecken.«

Wir sehen den dreien nach, Lara in ihrem schwingenden Kleidchen, Mutti im Kostüm und Ludwig in heller Hose und Hemd. Nach ein paar Schritten greifen sowohl Ludwig als auch Lara nach der Hand meiner Mutter, und ich zücke schnell mein Smartphone, um ein Foto zu machen.

»Glaubst du das?«, frage ich Isabell.

»Nie im Leben«, erklärt sie gerührt. »Sie war doch immer froh, wenn die Rabauken wieder weg waren.«

Wir lachen beide.

»Okay, pass auf«, sage ich und denke, dass jetzt der Moment gekommen ist, um ihr die Wahrheit zu sagen. Aber wie ich so dem Idyll von meiner Mutter mit den beiden Enkeln an den Händen nachschaue, schaffe ich es irgendwie nicht. Was würde passieren? Panik. Angst. Möglicherweise eine Kurzschlusshandlung.

Wenn sie für zehn Tage verreisen würde, da könnte doch viel passieren.

Vielleicht hätte sich in zehn Tagen alles geklärt?

Isabell lädt sich ein großes Stück ihrer Fürst-Pückler-Torte auf die Gabel und erklärt mit vollem Mund: »Die schmeckt wirklich genial!«

Soll ich oder soll ich nicht?, frage ich mich und mache dann mit mir selbst einen Kuhhandel aus: Wenn sie auf meinen Vorschlag eingeht, ist alles gut. Wenn nicht, gehe ich direkt mit ihr in den ersten Stock.

»Was ich vorhin gesagt habe, meine ich wirklich so. Was glaubst du, wie stolz Ludwig wäre, wenn er nicht nur etwas von seiner Omi in Stuttgart, sondern auch von seinen Großeltern in Eckedingsda berichten könnte?«

Isabell setzt gerade die Kaffeetasse an und korrigiert mich, bevor sie trinkt: »Eggermühlen.«

»Ja, klar, Eggermühlen!«

»Und wie soll das gehen?«

»Könntet ihr bei deinen Eltern wohnen?«

»Eigentlich schon. Das Haus ist groß genug … da ist Platz, Katja, das ist auf dem Land …«

»Also wären da nur die Hin- und Rückfahrt und, na ja, eine Woche leben, mal essen gehen, mal was kaufen, summa summarum siebenhundert Euro, das müsste doch ausreichen, oder nicht?«

»Lass das, Katja!«, sagt sie streng und lädt sich ihre Kuchengabel erneut voll. »Das habe ich im Moment nicht. Kein Gedanke!«

»Jetzt pass mal auf, Isabell, und das meine ich jetzt ernst. Ich kann nichts dafür, dass mein Bruder ein solcher Idiot ist. Und ich kann das auch nicht wiedergutmachen. Aber ich möchte, dass Ludwig und Lara die Chance haben, ihre Großeltern kennenzulernen. Ich habe keine Kinder, ich habe mein Leben lang gut verdient und musste nie viel ausgeben. Es ist mein Herzenswunsch, dass ihr morgen nach Eggermühlen fahrt.« Ich überlege. »Nein, eigentlich lieber heute noch.«

»Spinnst du? Ich habe einen Job. Da kann ich nicht einfach abhauen – und außerdem –, wir sind doch nicht auf der Flucht!«

Doch, seid ihr, denke ich.

Plötzlich sieht sie mich mit ganz anderen Augen an.

»Katja, da stimmt doch was nicht. Sag mir, was los ist!«

»Tja«, sage ich und lehne mich auf der alten Holzbank zurück. »Tja, mir wäre lieber, ihr würdet nach … Eggermühlen fahren.«

»Weißt du etwas, das ich nicht weiß?« Sie legt ihre Kuchengabel auf den Teller zurück und sieht mir direkt ins Gesicht.

»Es ist nichts, was du wirklich wissen möchtest. Es ist auch nichts, was ich eigentlich wissen möchte. Aber am liebsten wäre mir …«

»Katja!«

»Also gut.« Ich zeige zu meiner Mutter, die gerade mit den Kindern in den verwilderten Teil unseres Gartens abbiegt. »Mutti ist ja physisch fit, aber sollten wir nicht vielleicht trotzdem ein Auge auf sie haben?«

»Und dann erzählst du mir, was du weißt?«

»Dann erzähle ich dir, was ich weiß«, sage ich.

Was für ein Desaster. Was wird nun passieren?

Ich weiß nicht so richtig, wo ich anfangen soll. Also versuche ich es chronologisch, während wir durch unseren Garten gehen, in dem gerade alles wächst, was irgendwie Leben in sich hat.

»Er war bei dir?« Ihr Ton ist erstaunt.

»Ja«, sage ich. Und lasse auch das monatelange Puff-Szenario nicht aus.

Isabell ist nicht geschockt. »Strapse und High Heels waren schon immer sein Ding. Zu Weihnachten hat er mir mal eine Kiste voll Sexspielzeug geschenkt und fand das witzig – nach Laras Geburt. Und du kennst das ja – nein«, sie wirft mir einen schnellen Blick zu. »Das kennst du nicht, nach einer Geburt bist du anders gepolt. Deine Hormone stellen sich um. Dein Kind ist da, und dein Mann fühlt sich vernachlässigt, in die zweite Reihe gedrängt.« Sie überlegt. »Das war wohl der Moment … ich habe mir schon gedacht, dass da was ist … aber im Puff?«

Zu meinem Erstaunen lacht sie. »Das hat er wohl in einem seiner vielen Videos gesehen. Den starken Maxe spielen. Rotlichtmilieu.« Sie sieht mich an. »Entschuldige, wenn es bitter klingt, aber mit so einem Joystick in der Hand war er dann schon stark. Wenn die Kugeln zischen, kannst du ja im Notfall deinen Mantel aufspannen und davonfliegen.« Sie schüttelt den Kopf. »Und nun hockt er da oben? Mehr ist ihm nicht geblieben?«

»Er hockt nicht alleine dort oben.« Jetzt ist der Moment gekommen, in dem ich von Merve erzähle. Wie die beiden sich verliebt haben, entdeckt wurden und dann Hals über Kopf vor der Familie geflohen sind. Und sich nur vor lauter Angst verstecken. Sie bleibt stehen und fasst mich am Arm. »Weißt du was, Katja, vor ein paar Wochen wäre ich noch rasend eifersüchtig gewesen. Aber in der Zwischenzeit hat er so viel kaputtgemacht«, sie verzieht ihr Gesicht. »Da ist nichts mehr.« Sie schweigt kurz, als würde sie in sich hineinspüren: »Es ist traurig, dass eine große Liebe so enden muss, aber wirklich, Katja, ich kann es selbst kaum glauben, es regt sich nichts in mir. Überhaupt nichts. Als ob er ein fremder Mensch wäre.«

Ja, denke ich, das Gefühl einer verlorenen Liebe kenne ich. Das, was man in dem anderen gesehen hat, findet man einfach nicht mehr. Ich will gerade etwas erwidern, da fährt Isabell fort: »Es ist gut, Katja. Lass ihn dort oben hocken. Ich nehme dein Angebot an und fahre mit den Kleinen nach Eggermühlen. Und dann hilfst du mir vielleicht, diese Albtraumhütte zu verkaufen. Und dann fängt mein Leben neu an. Und das von Ludwig und das von Lara.«

»Du bist stark«, sage ich, ehrlich überrascht.

»Nein, ich will nur überleben.«

»Trotzdem bist du stark!«

»Ich bin gar nicht so stark, wie du denkst!« Sie zeigt zu dem alten Birnbaum, den mein Vater einmal gepflanzt hat. Er ist kräftig gewachsen und trägt eine Unmenge an Früchten. »Aber wie der Baum hier – siehst du, er hat auch nur einen Stamm. Und trotzdem trägt er die ganze Last.«

Ich nicke.

»Boris hätte nie eine Familie gründen dürfen, das ist die Wahrheit. Er hätte Single bleiben sollen, ein bisschen Häuser planen, viel Computer spielen, mal hier, mal dort, gerade so viel verdienen, dass es für ihn reicht. Wie oft hat er in seinem Büro gesessen und dort gar nichts zu tun gehabt? Ich weiß das von seinen Kollegen. Dann hat er irgendwelche Videospiele gespielt. Joystick, sein Lieblingswort. So hat er auch seinen … Johannes bezeichnet, weißt du? Er ist ihm heilig, sein Joystick. Vielleicht hätte er selbst ein Puff aufmachen sollen, was weiß ich.«

Ich sehe an Isabell vorbei meiner Mutter nach. Sie spielt laut lachend mit den Kindern.

»Aber an Weihnachten … sorry, Isabell, wenn ich das jetzt so sage, du warst immer die Oberglucke des perfekten Familienlebens.«

»Ja, klar. Weil es in Wahrheit kein Familienleben war.«

Sie sieht mich prüfend an. »Sei ehrlich, was hast du gedacht, als du unser Haus gesehen hast?«

»Ich war …«, überlege ich, »ich war … ehrlich erschrocken.«

»Und was denkst du, warum es deinem Bruder vier Jahre lang so wichtig war, dich von diesem grandiosen Neubau fernzuhalten?«

Ich zucke die Schultern.

»Weil von Anfang an kein Geld da war.« Sie fasst mich an der Schulter. »Katja! Es war sein Traum! Er hat sich das alles zurechtgeträumt – aber nichts dafür getan. Und die Realität hat sich seinem Traum nicht angepasst – verstehst du? Und dann ist er von der einen Realität, Haus, Frau, Kinder, in seine Traumwelt gesprungen. Das Mädchen. Alles seins … verstehst du?«

»Das ist ja krank«, sage ich leise.

»Krank? Weiß ich nicht.« Sie zuckt die Schultern. »Er lebt im falschen Leben. Das trifft es vielleicht besser.«

»Und du?«, will ich wissen.

»Ich bin eine Frau. Schau dich in der Tierwelt um, die Mütter kämpfen für ihre Jungen. So bin ich auch.«

»Gut«, sage ich. »Isabell, ich bin froh, dass wir darüber gesprochen haben … und danke, dass du so offen warst!«

»Du hättest mich völlig blauäugig nach Eggermühlen geschickt …«

Ich kann mir ein Grinsen nicht verkneifen. »Ja, weißt du, vielleicht liegt das Gestalterische in unserer Familie … ich dachte, wenn du zehn Tage aus der Gefahrenzone bist, dann kann ich den Rest vielleicht regeln.«

»Den Rest regeln?«, sie sieht mich an und zieht die Augenbrauen hoch. »Du bist genauso eine Traumtänzerin. Was willst du denn in zehn Tagen für deinen Bruder regeln, wenn eine ganze Großfamilie hinter den beiden her ist? Die Blauäugigkeit scheint bei euch in der Familie zu liegen.«

Ich nicke ergeben. »Stimmt«, sage ich, »da geht es dir offensichtlich besser.«

»Wie meinst du das?«

»Du bist fraglos grünäugig.«

Sie grinst.

»Und weil ich so grünäugig bin, sammle ich nachher meine Kinder ein, fahre in unser Luftschloss, regle das mit meinem Job, und wenn alles in trockenen Tüchern ist, machen wir uns auf den Weg nach Eggermühlen. Und du kannst hier dann alles in Ruhe regeln.« Sie zwinkert mir zu, und wir schlagen die Hände gegeneinander. »Aber eines muss ich dir schon noch sagen«, erklärt sie ernst. »Du übernimmst eine Verantwortung, die du überhaupt nicht zu übernehmen brauchst. Die Dinge gehen ihren Gang. Mach dich frei davon. Er ist zwar dein Bruder, aber er ist ein eigenständiger Mensch, du kannst ihn nicht retten. Er geht seinen Weg.«

Sie hat recht, das weiß ich. Und trotzdem werde ich das Gefühl nicht los, dass ich ihn schützen muss. Und meine Mutter auch.

»Weißt du«, sage ich, »ich habe immer gedacht, du wärst die Oberglucke. Dabei bin es ich.«

Während sich Mutti schweren Herzens von Ludwig verabschiedet, steige ich noch einmal nach oben und klopfe an Boris' Zimmertür. »Deine Frau und deine Kinder gehen jetzt – und ich auch. Mutti braucht noch ein Abendessen, und dann sollte sie ins Bett. Du wohnst hier, also kümmere dich. Tschüs!«

Ich höre irgendeine unwillige Antwort, aber dann Merves helle Stimme: »Natürlich tust du das! Sie ist deine Mutter! Ich wäre froh, wenn ich eine Mutter hätte, um die ich mich kümmern könnte.«

Ab diesem Moment mag ich sie. Ja, der gute Boris, da hat er jetzt eine Frau an seiner Seite, die ihn antreibt. Seine süße, kleine Traumfrau. Geschieht ihm gerade recht.

Und damit Mutti auch nicht vergisst, dass dort oben ja noch Boris und Merve sind, sage ich ihr das beim Abschied noch einmal. »Die beiden passen jetzt auf dich auf.«

»Ach ja?«, offensichtlich hat sie es schon vergessen. »Das ist ja schön. Dann gehe ich doch direkt mal hoch zu ihnen.«

Es reizt mich sehr, da Mäuschen zu spielen, aber ich habe schlicht und einfach keine Lust mehr, mich ständig um andere zu kümmern. Isabells Worte gehen mir durch den Kopf. Boris zieht seine Sache durch, so oder so. Und er hätte Single bleiben sollen. Für alles andere ist er nicht geschaffen.

Als ich losfahre, bin ich noch immer aufgewühlt. »Mann«, sage ich laut zum Lenkrad, »jetzt hast du immer gedacht, Boris sei der geborene Familienvater! Wie kann man sich nur so täuschen!« Ich klatsche ärgerlich mit der flachen Hand auf das Leder und erwische dabei die Hupe. Der Autofahrer vor mir sieht kurz in den Rückspiegel, und ich entschuldige mich mit Handzeichen. Kann ja mal passieren.

Unweigerlich muss ich an Heiko denken. Am besten, ich fahre jetzt zu ihm und entschuldige mich. Unser Streit war einfach zu blöd. So ein schöner Abend, so eine schöne Nacht! Und dann so ein blöder Ausrutscher.

An der nächsten roten Ampel gebe ich Heikos Kontaktdaten ein und sehe, dass ich überhaupt keine Adresse von ihm habe. Ich kann ihn also gar nicht besuchen.

Wo soll ich hinfahren?

Unentschlossen gebe ich bei Grün Gas und fahre in die nächste Parklücke, die sich bietet. Jetzt mal langsam. Ich habe Heikos Handynummer, tippe auf Anruf. Seine Sprachbox geht ran. Ich zögere, dann schalte ich ihn weg. Nein, das tu ich mir nicht an. Das ist zu einfach. Ich muss selbst mit ihm reden. Keine Sprachbox, keine WhatsApp, ich muss ihm erklären, was in meiner Familie gerade los ist, dass ich viel zu viel regeln wollte und wir alle einen Knacks haben.

Erneut rufe ich ihn an. Keine Veränderung, die Sprachbox. Gerade will ich ihm zumindest schreiben, dass ich ihn gern sprechen würde, da ruft er zurück.

»Heiko«, sage ich schnell, »es tut mir leid. Ich weiß nicht, wie das passieren konnte.«

»Mir tut es auch leid«, erwidert er langsam. »Aber ich weiß genau, wie das passiert ist.«

Kann er nicht, denke ich. Wie auch. Er hat ja keine Ahnung. »Es ist an dem Abend etwas mit meinem Bruder passiert, hab ich befürchtet … aber das ist eine schwierige Geschichte, es hat …«

»Weißt du«, unterbricht er mich, »ob es dein Bruder war, deine Mutter oder der Heilige Geist, das interessiert mich nicht. Es ist einfach diese Art, die ich nicht mehr ertrage. Ich hatte das bei meiner Frau. Von einer Sekunde auf die andere war sie völlig ausgewechselt. Und sofort sah sie als meine Wohlfühlbasis in unserer Beziehung nur den Sex …«

»Ja, aber vielleicht war es doch auch so«, schneide nun ich ihm das Wort ab.

Es bleibt kurz ruhig. »Siehst du? Genau das meine ich. Als ob mein einziger Indikator für eine Beziehung der Sex wäre. Dann kann ich auch in den Puff ...«

»Aber vielleicht hast du das so vermittelt?«

»Bist du jetzt meine Eheberaterin?« Er schnaubt. »Ich bin nicht der einzige Mann, der ständig in diese Ecke gestellt wird. Und ich bin nicht der einzige Mann, dem diese abwechselnden Leckerchen und Platzverweise zu blöd sind. Irgendwann sind wir nur noch die Hündchen, die Männchen machen. Wir verraten uns selbst, um es euch recht zu machen. Und dann kriegen wir plötzlich eins drauf und wissen noch nicht mal, warum. Sind wir der Spielball für eure Launen? Für die weiblichen Hormone? Wir haben auch Hormone. Das interessiert aber keine Sau!«

Damit legt er auf.

Ich bleibe wie betäubt sitzen.

Was war denn das jetzt? Heiko? Der so aufgeräumt und männlich war, so selbstbewusst und selbstbestimmt? Habe ich ihn so verletzt?

Ich rufe ihn sofort an, aber es meldet sich nur seine Mailbox. Und auch auf meine Bitte per WhatsApp reagiert er nicht.

Betreten fahre ich nach Hause. Es schmerzt mich mehr, als ich gedacht hätte. Warum eigentlich?, frage ich mich, nachdem ich geparkt habe und die Straße entlang langsam nach Hause gehe. Bin ich in Heiko verliebt? Ist das der Schmerz? Oder das Versagen, dass ich in dieser Beziehung nicht gewonnen habe? Dass er sich von der tollen Katja so einfach abwendet?

Wenn das so wäre, was stimmt dann mit meinem Selbstwertgefühl nicht?

22. September Montag

Montag. Ich mag das Wort schon gar nicht mehr hören. Montag. Alles geht wieder von vorn los. Mein Team in der Agentur, das wie Uhu festklebt und ständig gegen mich arbeitet, Heiko, den ich verscheucht habe, und Boris und Merve, die in unserem Elternhaus hocken. Unser Elternhaus, denke ich, unsere Eltern. Was ist bloß passiert, dass wir beide so komisch sind? Keine gescheite Beziehung zustande kriegen? Die Ehe unserer Eltern war doch völlig normal? Liebevoll, harmonisch, ohne Streit? Ich verstehe es einfach nicht. Und nun sitzt Boris wieder bei Muttern. Allerdings – wenn die beiden dort blieben, könnten sie sich ja auch um Mutti kümmern, dann wäre zumindest dieses Problem gelöst … aber Boris als Samariter? Am liebsten würde ich mir die Decke über den Kopf ziehen, gebe mir dann aber einen Ruck, schalte das *Morgenmagazin* ein und stehe auf, um mir einen Cappuccino zu machen. Mit dem ich selbstverständlich noch einmal zurück ins Bett flüchte.

Morgen ist Herbstbeginn, wie ich mit Blick auf das Datum feststelle. Was ist eigentlich mit der Weinlese? Sebastian meinte, sie sei von Jahr zu Jahr früher. Im letzten Jahr, nach dem heißen Sommer, sogar schon Ende August. Also müsste sie doch schon längst laufen? Oder bereits gelaufen sein? Ich nehme einen Schluck, aber der Kaffee ist noch zu heiß. Seit über einer Woche halten mich die vier hin, zeigen mir Entwürfe und erzählen von geplanten Events – ohne dass dabei etwas Greifbares entsteht. Für wann ist denn der Fototermin festgelegt? Das hänge an Tom Bilger, der sei ziemlich ausgebucht, einfach begehrt als Fotograf.

Mein Etiketten-Vorschlag wurde zwar ausgeführt, aber nicht so, wie ich ihn vor meinem geistigen Auge gesehen habe. Also will ich ihn noch einmal neu sehen. Dafür basteln die vier an ihrer Ferrari-roten Alternative herum. Habt ihr die beiden Ideen denn schon mal zu Angelina, Sebastian und Robby geschickt?, habe ich letzte Woche nachgefragt. Die Entwürfe müssen ja noch nicht ausgefeilt sein, um zu hören, wohin deren Meinung geht. Ja, hätten sie. Aber noch keine Resonanz bekommen. Ich glaub ihnen nicht. Fast bin ich so weit, dass ich die gesendete Mail auf meinem PC sehen will.

Jetzt, im Bett, nehme ich mir vor, die Dinge noch mal stärker anzugehen. Sie bremsen mich durch Untätigkeit aus. Da gibt es einen Fachbegriff, denke ich und greife nach meinem Handy, weil er mir nicht einfällt. Das Gegenteil zum Burn-out ist das Bore-out-Syndrom, lese ich. Das Bore-out-Syndrom basiert auf dem Gefühl der Langeweile, das durch mangelnde Erwartungen am Arbeitsplatz verursacht wird.

Na, so schlimm ist es noch nicht, aber kaltgestellt fühle ich mich schon.

Egal. Ich raffe mich auf. Ab heute mache ich alles anders. Ich werde alle mit entsprechenden Anweisungen und Erwartungen überschütten.

Ich schaffe es, meinen Tatendrang bis in die Agentur aufrechtzuerhalten.

Am Eingang begegnet mir Sven. »Na, geht es voran?«, will er nach einer kurzen Begrüßung wissen.

»Wir arbeiten dran«, sage ich diplomatisch.

Er hält mir die Tür auf und meint dann: »Bei der nächsten Vollkonferenz könnt ihr ja eure Ergebnisse schon mal zeigen. Ich bin gespannt«, er schenkt mir ein schnelles Lächeln, das mir recht dünnlippig erscheint, und eilt davon. Nachdenklich gehe ich zu meinem Platz.

Joshua und Jan sind schon da, sie stehen locker an einem der Tische, Lilli und Anna sehe ich nicht. Und Liza hat noch etliche andere Aufträge am Laufen, wie ich inzwischen weiß. Sie kommt erst dann ins Spiel, wenn man das Ergebnis ganz sicher vermarkten kann.

Aber immerhin Joshua und Jan. Ich gehe auf direktem Weg zu den beiden und setze ein betont ernstes Gesicht auf. »Sven Petersen will wissen, wie weit wir sind«, sage ich, »und ich auch. Also«, ich zeige zu Jans PC, »schreibt mir doch mal auf, was in der Zwischenzeit, seitdem wir gemeinsam im Weinberg waren, eigentlich passiert ist? Und zwar nicht nur das, was ihr mir ständig erzählt, sondern auch das, was wirklich durchgeführt wurde.«

Damit drehe ich mich um und gehe zu meinem Tisch zurück. Ich kann mir gut vorstellen, dass sie jetzt völlig konsterniert sind, aber das ist mir egal.

Und jetzt rufe ich Tom Bilger an. Als ich ihn überraschenderweise direkt dranhabe, frage ich ganz unverblümt: »Sagen Sie mal, Tom, was hindert Sie eigentlich daran, mit meinem Team und unseren jungen Winzern die Fotos im Weinberg zu machen?«

Ich höre ihn kurz prusten, dann sagt er: »Sie. Sie haben doch nie Zeit.«

»Wie?«, ich bin kurz sprachlos. »Wie? Keine Zeit? Sie seien fully booked, wurde mir gesagt.«

»Ja, klar, bin ich auch«, sagt er. »Bin ich immer. Aber die Fotosession im Weinberg habe ich voll auf der Agenda. Ich warte nur auf das *Wie*, das *Was* und das *Wann*.«

Während ich mit ihm telefoniere, sehe ich Anna und Lilli hereintänzeln. Sie gehen mir schon von Weitem auf den Nerv, stelle ich fest. Aber jetzt ist Schluss mit lustig, lange genug habe ich darauf vertraut, dass sie ihren Job machen. So, wie ich es von meiner Arbeit in Hamburg gewöhnt war: Es wird gemeinsam besprochen, was zu tun ist, dann werden die Dinge vom Team ausgeführt und schließlich zusammengefasst, bewertet, und der Brand ist geboren.

Das hier ist eher Bestattung als Aufbruch.

Ich stehe direkt wieder auf, denn ich sehe, wie die vier hektisch die Köpfe zusammenstecken. So, das reicht mir jetzt!

Ich bitte alle vier in einen der kleinen Beratungsräume.

Dort bleiben sie herausfordernd stehen.

»Wenn man ein Produkt gemeinsam anfängt, dann könnte man doch davon ausgehen, dass alle gleichermaßen an einem Strang ziehen«, sage ich in die Runde. Keiner antwortet.

»Bei unserem Produkt habe ich das starke Gefühl, dass keiner von euch ein Interesse hat, das wirklich durchzuziehen. Es würde mich mal interessieren, warum eigentlich nicht? Wir haben alle Vorbereitungen getroffen. Wir waren dort. Wir haben die drei jungen Winzer und die Location kennengelernt. Der Fotograf hat sich ein Bild gemacht. Nun kommt es darauf an, diese drei Winzer einzigartig zu machen, ihnen den richtigen Brand zu verpassen. Woran liegt es, dass ihr das nicht tut?«

»Tun wir doch!«, Anna zuckt mit den Schultern. »Wie kommst du darauf, dass wir das nicht tun?«

»Welche Ergebnisse liegen denn vor?«, will ich wissen. »Seit Tagen frage ich nach – und was habe ich konkret vorliegen? Nichts!«

»Wieso?«, wehrt sich Lilli, »wir haben einige Events in Planung, haben die beiden Etiketten optimiert, haben einen Zeitplan aufgestellt, Presse, Internet, Influencer.« Sie sieht mich mit gefurchter Stirn an. »Vielleicht habt ihr das in Hamburg mit mehr Tamtam gemacht, wir können das hier fast lautlos. Und sehr effektiv, wie du an den Agenturzahlen siehst.«

»Die Agenturzahlen interessieren mich an dieser Stelle nicht«, kontere ich. »Ich habe vorhin Jan schon gesagt, dass ich eure Aktivitäten aufgelistet sehen will. Kein Wischiwaschiblabla mehr. Fakten! Außerdem will ich wissen, warum Tom noch keinen Termin für unsere Fotosession gemacht hat!«

»Weil er keine Zeit hat?«, stellt Lilli süßlich in den Raum.

»Wer hier keine Zeit hat, bin angeblich ich!«, schnauze ich sie an. »Ich habe vorhin mit ihm telefoniert!«

Es ist kurz still.

»Und jetzt sage ich es noch einmal. Ich möchte in kürzester Zeit eure Aktivitäten in dieser Sache auf dem Tisch haben. Angefragt, besprochen, bestätigt. Mit Datum und Uhrzeit. Also dann, meine Damen!«, ich funkle Lilli und Anna an. »Und meine Herren!« Damit gehe ich aus dem Raum.

Was jetzt dadrin los ist, kann ich mir gut vorstellen. Es ist mir aber auch egal. Ich bin in diesem Laden jetzt nicht mehr das liebe Kind. Neu oder nicht, alles muss man sich auch nicht gefallen lassen.

Als ich am Abend meinen PC herunterfahre und zur Tiefgarage gehe, habe ich tatsächlich eine Maßnahmenliste vorliegen, die ich zwar noch nicht kontrolliert habe – aber immerhin. So langsam kommt Normalität in mein Berufsleben, finde ich, und fahre, um diesen ersten Erfolg zu feiern, direkt zu Doris.

Sie freut sich, mich zu sehen, und weist zu einem kleinen Tisch direkt am Fenster. »Extra für dich reserviert«, sagt sie laut, und ja, es stimmt, es steht ein Reserviert-Schild auf der Tischplatte, wenn auch nicht für mich.

Auf dem Weg dorthin muss ich an dem Tisch vorbei, der mir dank des alten Ehepaars und Lilli lebhaft in Erinnerung geblieben ist, und ich verharre kurz, denn schon wieder sitzt dieser seltsame Kauz da. Mir fällt sogar sein Name ein. Hugo. So hatte ihn seine Frau genannt.

»Na, Fräulein«, sagt er, als er mich sieht, »haben Sie heute wieder Dienst?«

»Nein, Herr Hugo«, antworte ich und bleibe in der schmalen Gasse zwischen dem Stuhl, seiner Frau und dem Nachbartisch stehen. »Heute bin ich schlicht Gast!«

Er verzieht das Gesicht. »Wie kommen Sie denn auf *Herr Hugo?* Hugo ist mein Vorname!«

»Sie haben sich mir ja nicht vorgestellt«, sage ich. »Mein Name ist Katja Klinger.«

»Klinger?«, er wirft seiner Frau einen Blick zu. »Tochter von Konstantin Klinger?«, will er dann wissen. Ich nicke erstaunt.

»Warum arbeiten Sie denn als Serviererin? Ihr Vater war ein veritabler Geschäftsmann!«

»Woher kennen Sie ihn?«

»Lange her«, sagt er und winkt ab. »Wie geht es denn Ihrer Frau Mutter? Sie war stets eine sehr hübsche, adrette Person.«

»Meine Mutter ist noch immer hübsch«, sage ich und verkneife mir weitere Details.

»Und wohlauf?«, will er wissen.

»Und wohlauf«, bestätige ich.

»Dann grüßen Sie die Frau Mama bitte«, er stockt, »von Hugo und Harriet.«

»Und weiter?«, frage ich.

»Wir sind ihr bekannt«, winkt er ab, um gleich nachzufragen: »Nicht wahr, Harriet?«

Sie sieht mich an und zeigt ein kleines Lächeln. »Ja«, sagt sie, »ja, ich denke, mein Mann hat recht. Wir sind Ihrer Mutter bekannt.«

Ich will mich schon mit einer höflichen Floskel verabschieden, da sagt er: »Ihr Vater war ein ziemlicher Draufgänger, nicht wahr, Harriet?«

Ich bleibe stehen, und seine Frau zieht nur kurz eine Augenbraue hoch.

»Ja«, fährt er fort, »damals dachte ich, Ihr Vater kann nur Mädchen zeugen. Unsere.« Harriet legt ihre Hand auf seinen Unterarm. Es scheint ihn aber nicht zu bremsen. »Und ich nur Jungs«, währt er fort. »Ihren Bruder.« Er sieht mich an. »Wie heißt er noch gleich?«

Ich sage nichts, weil ich nicht glauben kann, was ich da höre.

»Ach nein«, sagt Harriet und schüttelt den Kopf. »Machen Sie sich nichts draus, das sind seine Scherze. Oder besser«, sie runzelt die Stirn, »das waren stets die Scherze von Konstantin und meinem Mann. Burschenschaft in Tübingen. Nehmen Sie es nicht ernst.«

Ich nicke.

Burschenschaft. Aha, daher weht der Wind.

»Kein Problem«, sage ich, »dann haben Sie also gemeinsam studiert, mein Vater und Sie?«

»Ja, vor allem das Leben«, er setzt ein süffisantes Lächeln auf, »außerdem die Frauen – und in hohem Maße das Bier.« Er klopft mit der flachen Hand auf den Tisch. »Es war eine schöne Zeit.« Und nach kurzem Nachdenken. »Die schönste überhaupt.«

»Ach«, sage ich abwiegelnd, weil mir schon wieder seine Frau leidtut, »so schlecht scheint es Ihnen ja nicht zu gehen.«

»Das eine hat mit dem anderen nichts zu tun«, sagt er harsch. »Und außerdem möchte ich jetzt zahlen.«

»Ich bin nicht im Dienst.«

Er fixiert mich kurz. »Das ist auch besser so.« Dann sieht er seine Frau an. »Konstantins Tochter eine Serviererin.« Er schüttelt den Kopf. »Das ist ja ungeheuerlich!«

Mir reicht's. Ich wünsche den beiden noch betont höflich einen schönen Abend und gehe zu meinem Tisch. Trotzdem lässt mich das Gespräch nicht los. Doris stellt mir unaufgefordert ein Glas Wein hin und fragt, ob ich hungrig sei? Ja, sage ich, und weil ich nicht lange darüber nachdenken will, bestelle ich einen Flammkuchen.

Ich bohre in meinem Gedächtnis. War dieses Ehepaar bei uns zu Besuch? Häufig? Als ich noch klein war? Ich kann mich nicht erinnern. Trotzdem gehen mir die Sätze nicht aus dem Kopf: *Konstantin konnte nur Mädchen, ich nur Jungs.*

Blödsinn, sage ich mir.

Ich muss Mutti nach den beiden fragen. Hoffentlich hat sie die Namen noch auf dem Schirm. Und was sagte Doris das letzte Mal, er sei einer der reichen Stuttgarter? Geerbt, oder was?

Es macht keinen Sinn, weiter darüber nachzudenken. Ich sehe, wie die beiden bei Doris bezahlen und dann aufstehen und gehen. Harriet nickt noch kurz in meine Richtung. Ich verstehe das als Abschiedsgruß und nicke zurück.

Er ist so ein richtiger Hagestolz, denke ich, als ich den beiden nachsehe. Bisher hatte ich nie eine Person, die zu diesem Wort gepasst hätte, aber bei ihm passt es absolut. Hager, groß, selbstherrlich. So sehr von sich eingenommen, dass er alles andere darüber vergisst.

Eine Freundschaft mit meinem Vater kann ich mir kaum vorstellen. Mein Vater war doch ein ganz anderer Typ ... aber wer weiß schon, wie sich die Menschen im Lauf ihres Lebens entwickeln.

Wie Boris. Wie konnte er sich so verändern? Er war doch immer lebensfroh, leutselig, hat alle Menschen für sich eingenommen. In jeder Gesellschaft richtig am Platz und überall derjenige, dem bald alle zuhörten. Witzreich und geistvoll – und jetzt?

Jetzt ist er auf der Flucht. Vor was, vor wem? Vor allem vor sich selbst, denke ich. Wahrscheinlich würde er sein Leben gern zurückdrehen. Aber wie weit? An welchem Tag hat er seine Weichen falsch gestellt?

An welchem Tag habe ich die Weichen gestellt?

Ganz klar mit der Entscheidung, wieder herzukommen.

Seither geht alles schief.

Doris macht mir ein Handzeichen, zehn Minuten. Okay, denke ich. Entweder dauert der Flammkuchen noch zehn Minuten, oder sie hat in zehn Minuten Zeit.

Ich warte einfach.

Als sie sich mit einem Brett Flammkuchen und einem zweiten Glas Wein einen Weg um die herumstehenden, leeren Stühle bahnt, freu ich mich auf Abwechslung, aber ich frage mich auch, was sie denn nun von Heiko und mir eigentlich weiß?

»Na«, sagt sie, stellt Glas und Flammkuchen ab und zieht sich einen Stuhl heran. »Das hast du gut erwischt. Die Rushhour ist vorbei, noch zwei Tische, das ist easy. Jetzt kommt der Ausklang.«

»Ist dein Koch wieder zuverlässig?«

»Wie alle Männer. Wann sind die schon …«

Wir grinsen uns an. Das gewachsene Freundinnengefühl, das kein Mensch trüben kann. Wir kennen uns einfach schon so lange. So gut.

»Na«, sage ich und greif nach ihrer Hand. »Wie geht es dir?«

»Ehrlich oder Glanzjournal?«

»Na, wie schon …«

»Meine Familie streikt, weil ich nur noch hier bin, mein Mann erkennt nicht an, was ich tue, sondern sieht nur das, was ich nicht tue … also, im Klartext vernachlässige. Den Haushalt, klar. Die Kinder, klar. Den Garten, klar. Seine Hemden sind nicht mehr so akkurat gebügelt, er gibt sie jetzt in eine Wäscherei. Sein Sexleben leidet auch, was er dagegen tut, weiß ich nicht.«

»Ach je«, sage ich, denn mein erster Gedanke gilt Boris.

»Na, die Probleme hast du ja nicht«, sagt sie und verzieht das Gesicht. »Als Single bist du doch immer fein raus, kannst dir nehmen, was du willst, kannst fallen lassen, was du nicht mehr willst, musst keine Kompromisse suchen, dir nichts vorschreiben lassen, kein Gemäkel von morgens bis abends, mal von deinen Kindern, dann wieder von deinem Mann, bist nicht der Blitzableiter für alle Launen um dich herum und nicht die Erfüllerin aller Bedürfnisse.« Sie atmet aus. »Weißt du was?« Sie sieht mir direkt in die Augen.

»Nein? Was?«, frage ich.

»Wollen wir tauschen?«

Ich muss lachen. Wirklich von Herzen.

»Doris«, sage ich schließlich, »das ist der Oberknaller. Ich kann verstehen, dass dir der Kragen platzt und du alles gern auf zero stellen würdest – aber mit mir tauschen, tu dir das nicht an.«

»Wieso«, sagt sie, »dir geht's doch gut? Guter Job, freies Leben, und das mit deiner Mutter kriegst du auch noch in den Griff, da zweifle ich keine Sekunde. Du warst doch schon immer die Macherin.«

»Okay, Doris«, ich beuge mich etwas zu ihr, »wenn du wirklich alles hören willst, dann musst du dir jetzt mindestens eine halbe Stunde Zeit nehmen. Und wenn du dann noch tauschen willst, fress ich einen Besen!«

»Fang mal lieber mit deinem Flammkuchen an«, sie deutet auf das Brett, »der wird sonst kalt.«

»Okay«, ich greife zu, »wenn du mir hilfst?«

»Mach ich. Und dann schieß los. Ich bin ganz Ohr.«

Zwei Stunden später fahre ich nach Hause. Doris kennt nun meine derzeitige Situation, und ich weiß nun, wer Hugo ist. Er hat, wie mein Vater, Jura studiert, ist dann in die Immobilienfirma seines Vaters eingetreten, da kann man Juristen ja immer gut gebrauchen, hat Doris augenzwinkernd erklärt, aber viel machen musste er nicht, denn den Grundstein zum Reichtum hatte schon der Urgroßvater gelegt. In seinem Fall ging es eigentlich nur noch um die Besitz-Verwaltung, nicht mehr um die Vermehrung. Dafür war er Mittelpunkt der Stuttgarter Society und nicht nur dort als Schwerenöter verschrien.

Sein Satz über die beiden gezeugten Mädchen und über Boris geht mir während der ganzen Fahrt nicht aus dem Kopf. Eigentlich wäre ich noch gern bei Mutti vorbeigefahren und hätte sie direkt befragt, aber es ist zu spät.

Doris ist meine Geschichte mit Boris, Agentur und Heiko unter die Haut gegangen. Aber so ist das Leben, hat sie gesagt. Mir schwirrt der Kopf beim Heimfahren, und das liegt nicht an dem einen Glas Wein, das ich getrunken habe. Es ist so vieles, was in letzter Zeit über mich hereinbricht, und ich bin das einfach nicht gewöhnt.

Vor dem Haus ist ein Parkplatz frei. Ich glaub das ja gar nicht. Stehen nicht in Berlin die Autos monatelang unbewegt vor dem Hauseingang und stauben zu, nur, weil endlich mal ein perfekter Parkplatz gefunden wurde? Ich packe gerade meine Sachen zusammen, da geht mein Handy.

Heiko, ist mein erster Gedanke.

Dann sehe ich »Kowalski« auf dem Display.

Ingrid?

Ich gehe ran.

»Katja«, höre ich ohne eine Begrüßung, »ich wollte eben noch einmal nach Ihrer Mutter sehen, da ist mir eine wildfremde Frau in der Küche begegnet. Ich bin zu Tode erschrocken.«

»Ja …«, ich suche nach einer kurzen Erklärung, »wie soll ich sagen, mein Bruder ist zurückgekehrt … mit ihr. Sie heißt Merve.«

»Hat sie mir gesagt, ja. Wir sind beide erschrocken. Aber trotzdem … es wäre ja nett gewesen, man hätte mich informiert.«

»Ja, stimmt. Tut mir leid. Ich dachte, die wären schon wieder weg. Nur für einen kurzen Besuch …«

»So sieht das aber nicht aus. Eher so, als ob die sich da oben in Boris' Jugendzimmer eingenistet haben. Also ehrlich, Katja, das kann doch nicht sein? Ein erwachsener Mann? Boris? Er hat doch Familie!«

Ich weiß nicht, was ich antworten soll.

»Und wenn die beiden jetzt mit im Haus wohnen, dann bin ich doch überflüssig?«, fährt sie fort.

O nein. Wie kann ich ihr das erklären?

»Bitte machen Sie einfach weiter«, sage ich. »Mutti kennt Sie und vertraut Ihnen – und mein Bruder ist einfach …«, und weil mir nichts Besseres einfällt, sage ich: »ein Mann.«

Das scheint sie zu überzeugen, denn ich höre sie kurz Luft holen. »Gibt es noch irgendwelche Überraschungen, auf die ich gefasst sein muss?«

Ja, ein etwas außer Rand und Band geratener Familienclan, denke ich, sage aber: »Nein, ich denke nicht. Mein Bruder hat sich da in was Unüberlegtes hineinmanövriert, da muss er jetzt halt wieder einen Weg herausfinden.«

»Na gut«, erklärt sie. »Wie ist es morgen? Sie oder ich?«

»Morgens Sie, abends ich?«

»In Ordnung. Gute Nacht!«

Ich bedanke mich und hol nun selbst erst mal tief Luft. Du lieber Himmel, da sind die beiden Frauen in der Küche aufeinandergetroffen. Kein Wunder, dass die gute Kowalski zu Tode erschrocken war.

Ich hoffe, dass Mutti morgen gut drauf ist, ich muss unbedingt mehr über diese angebliche Freundschaft mit Hugo und Harriet erfahren. Im Briefkasten finde ich einen Packen Werbung und einen Brief. Gut, dass er nicht in die Werbung reingerutscht ist, sonst wäre er unbemerkt in die Mülltonne gewandert. So nehme ich beides mit hinauf in meine Wohnung.

Den Brief wende ich hin und her. Behörde. Jetzt bekomme ich das Medizinische Gutachten. Pflegestufe bewilligt oder nicht? Nun mach schon auf, befehle ich mir schließlich und hole ein Messer aus der Küche.

Jürgen Kurzmann, so hieß er doch, der Mann mit der Entscheidungsgewalt, ja oder nein? Ich zögere noch, als ich den Brief auseinanderfalte, aber dann schau ich schnell nach den Fakten. Bewilligt! Pflegestufe 1. Endlich ein Lichtblick, denke ich, danke, Jürgen!

Es tut mir so gut, dass ich mich direkt ans Klavier setze und einige Lieder spiele, die mir spontan in die Finger kommen. Ein Aufatmen, eine Befreiung. Ein Pflegedienst, morgens und abends. Das hilft schon mal ganz gewaltig. Einkaufen kann ich ja trotzdem und nach ihr sehen, aber der tägliche Druck ist weg. Und dann bekommt sie ein Alarm-Armband und ist über Knopfdruck mit dem Pflegedienst verbunden, falls etwas sein sollte. Das ist eine riesige Verbesserung, ein Schritt nach vorn.

Ich bin richtig glücklich und höre an meinen eigenen Liedern, wie das klingt. Ein Potpourri aus Klassik und Modern, Schlagern und Chansons. Ich höre nur kurz auf, um ein weicheres Licht als die Deckenlampe einzuschalten, einige Kerzen anzuzünden und mir ein Glas Wein einzuschenken. Und dann spiele ich weiter, wie im Rausch. Und wenn nun alle Nachbarn rebellieren würden, wäre es mir auch egal. Das ist mein Abend. Den habe ich mir verdient.

23. September Dienstag

Es gibt Stimmungen, die tragen mich eine ganze Weile. Die Stimmung, dass nun alles gut wird, ist so eine. Und genau so fahre ich am nächsten Morgen in die Agentur. Ich lese noch einmal die Liste der bisher angeleierten und durchgeführten Maßnahmen durch und frag mich, warum ich nicht schon viel früher aufgesprungen bin und mich durchgesetzt habe. Was wir bisher gemacht haben, ist einfach zu wenig, um diese drei jungen Winzer fulminant an die Öffentlichkeit zu bringen.

Hier sind wir. Schaut her. Wir sind jung, innovativ und anders. Und wir sind Meister. Zwei Winzermeister und ein staatlich geprüfter Techniker für Weinbau und Önologie. Wir arbeiten zusammen, wir sind ein Team, wir wollen das Beste erreichen, das Beste für die Natur und den besten Wein … für Sie! Während mir diese Gedanken durch den Kopf schießen, weiß ich, dass dies von Anfang an der Schlüssel gewesen wäre. Und dass ich den Schlüssel hatte, mich aber selbst ausgebremst habe. Zu viel Teamgeist, zu viele Hemmungen beim Neubeginn, zu viel *bring nicht gleich alle gegen dich auf.* Und was kam dabei heraus? Laue Geschichten. Gar nichts.

Rolf hat es von Anfang an gesagt.

Ich mach mich auf die Suche nach ihm. Er hat sein Büro ein Stockwerk höher, aha, deshalb ist er mir hier nur selten über den Weg gelaufen. Ich gehe nach oben, eine Kaffeetasse in der Hand. Und finde ihn, wie er gerade mit jemandem im Gespräch ist.

Abwartend bleibe ich hinter seinem Rücken stehen. Doch er sieht mich in der spiegelnden Fensterscheibe und dreht sich nach mir um. »Ach, sieh mal an«, sagt er, »die Dame aus dem unteren Stockwerk.«

Ich muss lachen. »Ich will nicht stören.«

»Bringen Sie mir etwa einen Kaffee?«

»Wenn Sie aus meiner Tasse trinken mögen?«

Er nickt seinem Gesprächspartner, einem jungen Mann, zu. »Wir besprechen das nachher.« Dann sieht er mich an. »Und was führt Sie nun zu mir?«

»Die Kaffeetasse ist nur der Vorwand.«

»Aha.« Er lächelt und zeigt zu einem kleinen Tisch mit zwei Stühlen. »Wollen wir uns setzen?«

»Tja«, mache ich, während ich mich setze und ihm die Tasse über die rot lackierte Tischplatte zuschiebe. »Ich weiß auch nicht … doch, ich weiß. Ich hatte plötzlich das Bedürfnis, Sie zu sehen.«

»Ah«, er lächelt. »Wenn es so ist, sollten wir vielleicht endlich zum *Du* übergehen.« Ich nicke. »Und was hat das Bedürfnis ausgelöst?«, fährt er fort.

Ich hole kurz Luft. »Es waren zwar immer nur Andeutungen, aber ich habe gespürt, dass es da etwas gibt, von dem ich keine Ahnung habe. Was arbeitet da gegen mich?«

»Nun«, seine Stimme wird eindringlich, genauso wie sein Blick. »Zunächst einmal wusste hier keiner, dass du kommen solltest. Das hat unser CIO in Hamburg allein entschieden. Alle anderen wurden vor vollendete Tatsachen gestellt. Du wurdest ihnen schlicht vor die Nase gesetzt. Die hatten jetzt die Arbeit mit einem Projekt, das sie sowieso nicht wollten. Das Projekt nicht, und dich schon gar nicht. Das ist nicht gegen dich, das ist ein Fakt.«

Ich spüre, wie ich zu zittern anfange. Nicht schlimm, nicht äußerlich, aber innerlich.

»Warum sagt mir das keiner?«, frage ich.

»Ich nehme mal an, du hast bisher noch nicht gefragt.« Er greift nach meinem Kaffeebecher. »Darf ich? Das Geheimnis ist nämlich, dass unten die besseren Kaffeesorten gekauft werden. Sven steckt dahinter.«

Ich höre gar nicht hin. »Dass sie gegen mich arbeiten, spüre ich seit dem ersten Tag. Alles wird verzögert, übergangen, es kommt nichts Konstruktives, keine Ideen, kein Input, nur Kritik und Widerstand. Es ist so mühsam, wie ich noch nie eine Zusammenarbeit erlebt habe.«

Rolf stellt meinen Becher wieder ab und sieht mich eine Weile an. »Du kannst das. Das zeigen deine Hamburger Erfolge. Nur, dass man dort für dich war. Hier sind sie gegen dich.«

»Aber geht es nicht eigentlich auch um den Erfolg der Agentur, nicht bloß um mich?«

»Das ist ihnen egal. Du bist ein Versuch. Sie zeigen dem CIO, dass Stuttgart eben nicht Hamburg ist. Und dass sie sich von Hamburg nichts aufzwingen lassen.«

»Der Anfang sollte schon das Ende sein? Soll ich das so sehen?«

»Darauf arbeiten sie hin.«

Er trinkt einen Schluck und schiebt mir die Kaffeetasse wieder zu.

»Und warum verrätst du mir das alles?«

»Weil ich alt genug bin, um die Wahrheit zu sagen.«

»Nennt man so etwas nicht Mobbing?«

»Nein, Arbeitserleichterung. Bevor du gekommen bist, hatten sie ihre Arbeit. Du kamst zusätzlich. Und dann auch noch von oben verfügt.«

»Und der von oben?«

»Welche Interessen der verfolgt, lässt sich schlecht einschätzen. Aber auch der tut nichts, wenn er nichts davon hat. So ist es nun mal.«

Ich stehe auf. »Rolf, du bist für mich der Fels in der Brandung. Danke dir.«

Er steht ebenfalls auf und grinst. »Na, ganz so wild ist es nicht. Du sollst nur wissen, in welchem Haifischbecken du dich hier bewegst.«

Ich nicke, nehme meine Kaffeetasse und dreh mich noch einmal spontan nach ihm um. »Bist du eigentlich verheiratet?«

Er stutzt, dann lacht er, und seine Augen sprühen vor Vergnügen. »Keine Chance. Mich will keine.«

Ich muss auch lachen. »Siehst du, da sind wir schon zu zweit. Mich will auch keiner.«

Absurderweise habe ich gute Laune, als ich wieder hinuntergehe. Jetzt weiß ich zumindest, dass nicht ich der unfähige Depp bin, sondern dass sie mich schlicht und einfach wieder loswerden wollen. Na gut, denke ich. Besser, Klarheit zu haben, als ständig blind gegen Windmühlen anzulaufen.

Anna kommt mir entgegen. »So?«, sagt sie, »war die Liste jetzt aussagekräftig? Können wir weitermachen?«

»Womit wollt ihr denn weitermachen?«, frage ich freundlich.

»Na«, sie runzelt die Stirn. »Den drei Winzern einen coolen Brand zu verpassen, denke ich.«

»Gute Idee«, sage ich und gehe an ihr vorbei zu meinem Tisch. Dort setze ich mich hin und denke nach. Dass etwas nicht stimmt, hatte ich ja schnell begriffen. Dass das Projekt in schlaffen Segeln hängt, auch. Kein Interesse von oben, ganz offensichtlich. Und noch weniger von meinem Team.

Was mache ich also hier?

Ich sehe mich um, die große Fensterfront, die vielen Tische, die bunten Sitzinseln, alles licht und offen, alles schenkt einem ein gutes Gefühl, eine offene Atmosphäre zum Arbeiten. Und alle, die ich sehe, scheinen sich auch wohlzufühlen, arbeiten allein oder zu zweit, oder stehen am Fenster und warten beim Blick hinaus auf die ultimative Idee.

Ich drucke mir die Liste aus und mach Vermerke hinter jede einzelne Zeile, dann gehe ich auf die Suche und finde die vier im Creative-Raum. Sie sitzen wie eine konspirative Truppe im engsten Kreis.

»Stör ich?«, frage ich und wedele mit meinem Blatt.

Lilli sieht unwillig auf, nur Jan sagt: »Nein, natürlich nicht. Gibt es etwas Neues?«

»Na also«, entgegne ich, »das müsstet ihr mir doch sagen? Wann die Fotos gemacht werden? Wann der neue Internetauftritt online geht? Wann die Presse benachrichtigt wird?«

Sie sehen sich an.

»Das steht doch alles da«, sagt schließlich Joshua und zeigt zu meinem Blatt.

»Aha? Soll ich euch mal vorlesen, was da steht? Angefragt, angedacht, in Verhandlung. In der Zeit, die wir schon verbraucht haben, kann man einen ganzen Hamburger Hafengeburtstag aus dem Boden stampfen – oder ein Stuttgarter Weinfest, von mir aus. Das wahrscheinlich sogar zwei Mal. Also, was ist los?«

Lilli reckt sich aus ihrer Sofaecke empor. »Wir haben gerade die nächsten Schritte überlegt.«

»Und die wären?«, frage ich. Wahrscheinlich meint sie die nächsten Schritte, um mich loszuwerden.

»Also, die stehen kurz vor der Weinlese«, erklärt Jan, »die prüfen jeden Tag, ob es losgeht. Das kann sich von dem einen auf den anderen Tag ändern, je nach Witterung und Wetteraussichten. Der Kellermeister hat da die Entscheidungsmacht. Da konnten wir bisher nicht dazwischenfunken.«

»Aha«, sage ich. »Die letzten zwei Wochen nicht? Dann rufe ich da jetzt mal selbst an. Eure Vorschläge für die Poster sind fertig, oder? Damit Tom Bilger eine Vorlage hat?«

»Haben wir dir alles auf deinen Rechner geschickt«, sagt Lilli lustlos.

»Wann denn das?«

»Müsste inzwischen angekommen sein.«

Als ich wieder an meinem Tisch sitze, denke ich, dass ich in der Zwischenzeit eigentlich auch keine Lust mehr habe. Meine Euphorie der ersten Tage ist längst passé. Und was mir Rolf heute gesagt hat, gibt mir den Rest. Außerdem habe ich das Gefühl, noch immer nicht alles zu wissen. Ich denke, dass da noch mehr hinter der Sache steckt.

»Na, alles gut? Kann ich dir irgendwie helfen?«

Ich sehe auf. Marvin steht an meinem Tisch.

»Willst du mir einen guten Rat geben?«, frage ich.

»Ja, gern«, erwidert er. »In welche Richtung soll er denn gehen? Führungsqualität? Terminmanagement? Brand-Gestaltung?«

»Du könntest mir einfach erzählen, was hier hinter meinem Rücken läuft?«

Er lächelt süffisant. Oder herablassend? Jedenfalls so, dass ich ihm direkt eine reinhauen könnte.

»Egal, was läuft, am Schluss geht es immer nur darum, die Stimmung in den Griff zu bekommen und in positive Energie umzusetzen. Das ist die Kunst.«

»Aha«, sage ich und lächle. »Du bist also der geborene CEO für alle Gebiete?«

»Es gibt Menschen mit natürlicher Führungskraft, die brauchen keinen Titel«, er zuckt die Achseln. »Aber mach dir nichts draus. Du gibst dein Bestes. Das ist offensichtlich. Das findet Sven auch.«

Er nickt mir zu, und bevor ich antworten kann, geht er in

Richtung Creative-Raum davon. Durch das Gespräch mit Rolf kann ich sein Verhalten einordnen. Es geht nicht um mich. Es geht um Marvin, um seine Position. Offensichtlich sieht er sich durch mich bedroht.

Warum eigentlich? Ein Miteinander wäre doch viel effektiver als ein Gegeneinander?

Wie bizarr das alles ist!

Und was es unnötig an Nerven kostet. Und an Energie.

Ich gehe früher heim als sonst. Es ist mühsam, jeden einzelnen Schritt erstreiten zu müssen. Am liebsten wäre ich hinausgefahren zu den drei Winzern, aber wie käme es dort an, wenn ich mein Team hintergehen würde? Nicht gerade professionell, also lasse ich es und fahre stattdessen zu meiner Mutter.

Unsere Familiendinge beschäftigen mich sowieso seit gestern Abend.

Sie sitzt in einem neuen Hausanzug am Küchentisch und sieht aus dem Fenster, als ich hereinkomme. Vor ihr ein klein geschnittenes Käsebrot, kleine halbierte Partytomaten und ein Becher Tee. Alles noch unberührt.

»Hallo, Mutti, hast du keinen Appetit?«

Sie sieht mich an, und ich merke, dass sie erst zurückfinden muss.

»Wo warst du denn mit deinen Gedanken?«

»Bei Boris.«

»Bei Boris? Ja, habt ihr es denn heute schön gehabt?« Ich denke an die beiden oben im Jugendzimmer. Gut so, da hat er sich doch tatsächlich um unsere Mutter gekümmert.

»Ich weiß nicht, warum er nicht mehr kommt«, sagt sie und sieht mich sorgenvoll an. Ich greife nach ihrer schmalen Hand, sie ist kalt.

»Ist dir warm genug?«, will ich wissen und prüfe mit der anderen kurz die Temperatur der Tasse. Noch warm. »Komm, trink doch was, das tut dir gut!«

»Es war doch so fröhlich mit ihm. So lustig im Garten. Und er ist doch ein so hübscher Junge.« Ihre Hand verkrampft sich.

Jetzt dämmert es mir. Sie spricht nicht von Boris, sie spricht von Ludwig. Sie verwechselt ihren Enkel mit ihrem Sohn.

»Er ist in den Urlaub gefahren, erinnerst du dich?«, frage ich und ziehe das Handy hervor. Isabell hatte mir eine kurze Nachricht geschickt, dass alles bestens sei, aber seither hatten wir keinen Kontakt mehr.

»Wart mal, vielleicht kannst du ja mit ihm reden, würde dir das gefallen?«

Sie nickt und sieht wieder in den Garten hinaus.

Heute hat sie keinen besonders guten Tag, scheint mir. Ob sie sich überhaupt an Hugo und Harriet erinnert? Gleichzeitig denke ich, dass ich dringend mit Boris sprechen sollte. Verkriechen die beiden sich tatsächlich den ganzen Tag dort oben?

Beim zweiten Klingeln ist Isabell dran, und ich erkläre ihr kurz die Situation. »Facetime? Kein Problem. Er sitzt gerade neben mir. Wart mal, ich ruf dich gleich an.«

Es geht problemloser als gedacht, Mutti umklammert mein Handy und spricht mit Ludwig, als wäre es das Normalste der Welt. Ludwig erzählt ihr von dem Reiterhotel ganz in der Nähe und dass er dort schon auf einem Pony gesessen habe und ganz sicherlich mal ein großer Reiter werde. Mutti blüht vor dem Display förmlich auf. »Ja«, sagt sie, »mein Großvater war noch in der Kavallerie. Das ist gut, wenn du jetzt reiten lernst!«

Ludwig erzählt und erzählt, und Mutti sieht fasziniert in sein Gesicht und scheint total vergessen zu haben, dass dies nur ein Handy ist. Als sich Ludwig verabschiedet und Isabell auflegt, strahlt sie mich an. »Was für ein feiner Junge!«

»Ja«, sage ich und versuche mein Glück.

»Waren Hugo und Papa eigentlich gute Freunde?«

Ein versonnener Ausdruck legt sich über ihr Gesicht, bevor sie antwortet. »Er war ein sehr gut aussehender junger Mann.

Und aus den besten Kreisen. Mein Vater meinte immer, er wäre eigentlich die richtige Partie für mich gewesen.«

Gott bewahre, denke ich. So einen Typen möchte ich nicht als Vater haben, Reichtum hin oder her.

»Mochte Opa denn Vati nicht?«

»Doch, schon. Aber Hugo stammt aus einem sehr angesehenen Elternhaus, weißt du? Das ist eine sehr vermögende Familie. Und Papa hat sich alles selbst erarbeitet.«

»Ja, aber das ist doch eigentlich noch viel mehr wert«, sage ich. »Das spricht doch für Papa.«

»Ja schon …«, sagt sie gedehnt.

»Und Harriet? Seid ihr oft zusammen gewesen?«

»Wir haben beide Tennis gespielt. Das weißt du ja. Wie du als Kind auch. Und Boris als Kind …« Sie überlegt. Offensichtlich fällt ihr jetzt auf, dass da was nicht stimmen kann, dass Boris nicht der kleine Junge sein kann, mit dem sie eben telefoniert hat.

»Hattet ihr ein Verhältnis, du und Hugo?«, frage ich schnell, um sie abzulenken.

»Wieso?«

»Ich habe Hugo und Harriet zufällig getroffen. Er meinte, Boris sei von ihm.« Jetzt bin ich auf ihre Reaktion gespannt. Wird sie aus dem Gespräch aussteigen?

Sie greift nach dem Henkel ihrer Teetasse und zieht ihn hin und her.

»Mutti? Ist Boris von Hugo?«

Ihre Augen finden meine, und jetzt ist diese Abwesenheit weg, mit der sie so fremd durch mich hindurchsieht und die mich immer so erschreckt. Diesmal sieht sie mich wirklich an. »Das hat mir dein Vater mal vorgeworfen. Aber ich bin nie fremdgegangen. Dein Vater dagegen schon.«

»Hat Harriet mit Papa …?«

Mutti zuckt mit den Achseln. »Harriet war zu lieb, sie hat

deinen Vater nicht gereizt. Er suchte eher das Abenteuer.« Sie schiebt die Tasse wieder weg. »Aber er war ein guter Vater. Und ein guter Ehemann. Das zählt zum Schluss.«

»Hmm.« Er suchte das Abenteuer? Das hört sich ja nicht wirklich gut an. »Aber Hugo und Harriet …«, frage ich weiter, »seid ihr später denn nicht mehr befreundet gewesen? Ich kann mich an die beiden nicht erinnern.«

»Papa schon. Mit Hugo. In diesem komischen Männerbund. Und Harriet hatte ihre Freundinnen … ich weiß nicht. Es hat sich verloren.«

»Ich habe sie beide zufällig getroffen. Sie lassen dich grüßen. Du seist immer sehr adrett und hübsch gewesen, sagte Hugo.«

Mutti lächelt. »Adrett und hübsch. Ja, das war damals so. Adrett und hübsch, aber wir hatten es faustdick hinter den Ohren. Die Männer hatten keine Ahnung.«

»Was meinst du?«

»Den Männern war das Fremdgehen gestattet. Das konnte offiziell geschehen. Aber wo kamen denn die Frauen her, mit denen sie fremdgegangen sind?«

»Du hast gerade gesagt, du wärst nie fremdgegangen?«

»Vielleicht habe ich es vergessen.«

Ich sehe sie an. Dieser wache Blick ist mir fast unheimlich. Wie kann sie denn so plötzlich aus diesem Nebel auftauchen und sein wie früher? Und wie könnte ich sie festhalten, damit sie nicht wieder abtaucht?

»Ist nun Boris von Papa oder nicht?«

»Warum ist das so wichtig?«

»Weil er so … gar nicht wie Papa ist. Weil er so anders ist als früher, weil er Dinge tut, die ich ihm nie zugetraut hätte, weil er … sich sein eigenes Leben verbaut.«

»Menschen verändern sich. Jeder von uns. Du auch, Katja. Vielleicht strebst du ja auch plötzlich nach etwas ganz anderem?«

»Wonach strebst denn du?«

Sie zieht die Tasse wieder her. »Nach einem Glas Wein statt Tee. Mit dir. Und der Gnade, dass ich nicht alt werden muss, wenn es denn mit mir bergab geht.«

»Meinst du, ein Mensch spürt, wenn es mit ihm bergab geht?«

»Es ist wie ein Wellental«, sagt sie und sieht mich nachdenklich an. »Mal bist du oben, und mal tauchst du ab. Und wenn du abgetaucht bist, musst du die Oberfläche wiederfinden. Wenn du aber falsch herumsuchst, findest du sie nicht und sinkst immer tiefer.«

»Geht es dir manchmal so?«

»Ich weiß nicht«, sagt sie und greift nach meiner Hand. »Ich weiß nicht, ob es so ist. Ich weiß nur, dass ich froh bin, dich zu haben. Und Boris.« Sie sieht zur Küchentür. »Wo ist er eigentlich?«

Ich möchte diese kostbaren Minuten nicht zerstören und gehe nicht darauf ein. Lieber Gott, lass sie so bleiben, wie sie gerade ist. So hell und wach, so, wie sie immer war. Bitte lass sie nicht wieder zurücksinken. Das hat sie nicht verdient!

Wir trinken ein Glas Wein zusammen, und ich schmiere auch mir ein Brot, damit sie Gesellschaft hat. Und ich frage noch einmal nach. Wie war sie denn als junge Frau? Nicht viel anders als die jungen Frauen heute, sagt sie nur. Sie habe ihr Leben genossen, das Gefühl, die ganze Welt erobern zu können. Sie habe auch die Liebe genossen. Es gab interessante Männer damals, erklärt sie mir, nicht nur meinen Vater. Das Problem für alle jungen Frauen war allerdings die Verhütung. »Das Glück war dann die Antibabypille«, sagt sie.

»Ja«, bestätige ich, »das waren die berühmten Achtundsechziger, als alles anders wurde. Die sexuelle Freiheit, die Einengung weg, die alten Zöpfe ab.«

»Ja, da war ich Mitte zwanzig.« Sie lächelt versonnen, und ich merke, wie sie in ihre Erinnerungen verschwindet. Die Klarheit von vorhin ist weg. Sie ist noch nicht abgetaucht, aber sie sinniert irgendwelchen Dingen nach, zu denen ich keinen Zutritt habe. Ich möchte sie nicht allein sitzen lassen, sonst würde ich nach oben gehen und nachsehen, was sich in Boris' Jugendzimmer so tut.

Ob die beiden noch da sind?

»Ob Boris von Hugo ist?«, sagt sie plötzlich. »Ich dachte immer, Harriets Tochter sei von Papa.«

Ich brauche ein paar Sekunden, dann greife ich nach ihrer Hand. »Mutti, aber vorhin hast du gesagt, Harriet hätte Papa nicht gereizt?«

Sie macht eine wegwerfende Handbewegung. »Was heißt das schon, wenn Männern danach ist?«

»Und du und Hugo?«

»Wir waren damals eine große Clique. Wir waren nicht anders als ihr heute. Hugo ... Hugo hat es immer probiert. Bei allen. Er hatte auch eine langjährige Freundin, eine Zweitfrau, hat er immer gesagt.«

»Und du und Hugo?«

»Ich glaub nicht. Er war nicht mein Typ. Zu selbstverliebt, zu schmierig, zu überfreundlich. Nicht echt. Er musste sich immer mit den Namen wichtiger Menschen herausheben. Alle seine besten Freunde. Außerdem geizig. Da müsste ich schon sehr betrunken gewesen sein ...«

Ich schüttle den Kopf. »Ich dachte, früher, nach dem Krieg, sei immer alles so sittlich gewesen, so streng und katholisch ... Zwänge überall.«

»Vielleicht«, sagt sie. »Nach außen.«

»Ich sehe dich in einem völlig neuen Bild.«

»Du hast mich nie gefragt.«

»Ja«, überlege ich, »weil Mütter eben Mütter sind. Da späht man als Kind nicht hinter die Rolle.«

»Wir waren jung«, wiederholt sie noch einmal, und ich befürchte, dass sie müde wird. Aber eines muss ich trotzdem noch wissen: »Und Boris?«

»Tja, eben«, seufzt sie, »Boris ist die Frage …«

Sie sieht mich an, dann überzieht ein Lächeln ihr Gesicht, mir scheint, vom Kinn bis in den Haaransatz. »Aber du bist ganz sicher unser Kind. Papas und meins. An diesen Abend erinnere ich mich noch ganz genau … im Herrenzimmer«, sie kichert. »Ausgerechnet im Herrenzimmer.« Sie wirft mir einen bedeutsamen Blick zu. »Das Herrenzimmer war damals immer den Herren vorbehalten, weißt du? Nach einem Dinner wurde dort der Kamin angezündet, dann die Zigarre, der Cognac und die tiefsinnigen Männergespräche«, sie kichert wieder. »Manchmal haben wir Frauen an der Schiebetür gelauscht und uns bei den ach so wichtigen Gesprächen vor Lachen gebogen.«

»Und dort bin ich entstanden?«

»Ja«, sie schaut aus dem Fenster, »sehr romantisch. Auf einem echten Perserteppich …« Sie entzieht mir die Hand und sieht vermutlich Szenen vor ihrem inneren Auge, an denen sie mich nicht teilhaben lässt.

Ich beobachte sie eine Weile, dann stehe ich auf. Sie scheint es nicht einmal zu bemerken. Also gut, schau ich mal nach oben.

Auf mein Klopfen an Boris' Tür rührt sich nichts, also drücke ich die Klinke vorsichtig nach unten. Merve hat offensichtlich geschlafen, sie setzt sich im Bett auf, als ich in der Tür stehe.

»Entschuldige«, sage ich. »Ich wollte dich nicht erschrecken … ich hab geklopft.«

»Ja«, sie schwingt die Beine aus dem Bett und fährt sich kurz durch die Haare. »Ich bin eingeschlafen.«

»Was soll man auch sonst hier tun«, sage ich.

»Ich würde schon was tun, wenn ich wüsste …«, erwidert sie rasch.

»So war das nicht gemeint.« Ich winke ab.

»Komm doch rein«, sie schiebt den Bürostuhl vom Schreibtisch her. »Viel Platz ist zwar nicht.«

»Ist ja auch ein Jugendzimmer«, ich schließe die Tür hinter mir. »Und wo ist Boris?«

»Er sagt, er müsse seinen Laptop aus dem Büro holen, bevor sich da jemand dran vergreift.«

Hmm. Leidet er nur unter Verfolgungswahn, oder hat er recht?

»Na gut«, sage ich und setze mich. Im ersten Moment weiß ich nicht, was ich mit ihr reden soll, und bereue, überhaupt heraufgekommen zu sein.

»Mit eurer Mutter«, beginnt Merve, und ich sehe in ihr junges, hübsches Gesicht und bekomme urplötzlich einen Wahnsinnszorn auf diese Kerle, die ihr ihr Leben vorschreiben wollen. »Mit eurer Mutter«, wiederholt sie, »könnte ich denn da was tun? Ich will mich nicht einmischen, ich bin ja fremd hier. Aber ich mag auch nicht so untätig herumsitzen, wenn Hilfe gebraucht wird.«

»Woran denkst du denn?«, frage ich vorsichtig nach.

»Egal«, sie schüttelt den Kopf. »Ich kann alles. Ich kann putzen, kochen, das habe ich alles bei meiner Mutter gelernt. Und wenn wir in unserer Heimat, bei unseren Verwandten in Anatolien waren, war ich auch auf dem Feld. Ich kann melken. Und reiten, wenn auch nur Esel«, sie lacht. »Aber egal. Auf dem Land ist das normal.«

»Boris sagt, du seist erst neunzehn, stimmt das?«

Sie zuckt mit den Achseln. »Ja. Im besten Heiratsalter, sagt mein Vater.«

Wahnsinn, denke ich. Ich bin mehr als doppelt so alt und habe nie ans Heiraten gedacht.

»Hast du Mutti … sorry, wir duzen uns doch?«

»Klar!« Sie nickt und reicht mir die Hand. »Ich bin Merve.«

»Katja.«

Wir sehen uns in die Augen. Neunzehn, denke ich noch einmal. Sie könnte meine Tochter sein.

»Hast du unsere Mutter schon kennengelernt?«

»Ja, aber nur flüchtig. Sie weiß nicht, wer ich bin, glaube ich. Und Frau Kowalski auch schon. Wir sind beide erschrocken ...«

Ich muss lachen. »Ja, die Situation ist für uns alle neu. Für dich ja auch.«

Sie nickt. »Es tut mir leid, dass wegen mir so viel Unruhe entsteht.«

»Ach was!«, wehre ich mit beiden Händen ab und habe eine plötzliche Eingebung: »Komm mit. Mutti sitzt noch unten. Wir gehen gemeinsam runter ... das passt doch gerade ganz gut.«

»Wirklich?«

Ich nicke.

»Ja, gern«, sagt sie und steht auf. »Für mich sind Omis sowieso die besseren Mütter – ich sehe meine nur leider so selten.« Was für eine hübsche Frau, denke ich, was für eine Figur. Sportlich, drahtig, lange, schlanke, gebräunte Beine. In der kurzen Hose wie aus einem Sportjournal geschnitten. Kein Wunder, dass sich Boris in sie verliebt hat, zumindest vom Äußeren ist das leicht nachzuvollziehen.

»Die besseren Mütter?«, wiederhole ich, ohne richtig zugehört zu haben. Dann geht es mir auf. Wer hat noch gleich so etwas Ähnliches gesagt? Wer wünscht sich eine Omi? Ludwig. Boris' Sohn. »Ja«, sagt sie und steht schon an der Tür. »Findest du das komisch?«

»Nein. Aber warum?«

»Wenn ich bei meiner Oma war, hatte ich immer das Gefühl, dass die Zeit anders läuft. Langsamer. Und sie hat so was Beruhigendes, an sie kann man sich ankuscheln, sie hat Zeit, von ihr kann man lernen. Kuchen backen, Heilkräuter, Tiere, Medizin, weißt du? Mütter sind jung, hektisch, sie wissen selbst noch nicht alles. Großmütter dagegen schon.«

Ich bin neben ihr stehen geblieben. »Okay, Merve«, sage ich, »dann schauen wir mal, ob meine Mutter eine gute Oma für dich abgeben könnte.« Ich muss lachen.

»Was ist?« Merve streicht ihr schweres, dunkelbraunes Haar nach hinten.

»Dass nun meine Mutter ein drittes Enkelkind bekommt«, sage ich, »in so kurzer Zeit. Das fand ich gerade irgendwie komisch.«

»Wieso ein drittes?« Und während wir die Treppen hinuntergehen, erzähle ich ihr von Boris' Kindern, die ihre Oma bisher nur einmal im Jahr gesehen haben.

»Nur einmal im Jahr? Aber warum?«, will sie wissen.

»Boris ist kein Familienmensch, behauptet er.«

»Schade«, sagt sie. »Da hat er eine wunderbare Familie und will sie nicht.«

»Hat er dir das gesagt?« Ich bleibe mitten auf der Treppe stehen. Vielleicht hätten wir doch oben im Zimmer noch ein bisschen reden sollen.

Sie dreht sich zwei Stufen tiefer nach mir um. Ihre Hände machen eine unschlüssige Bewegung. »Ich weiß nicht, ob das Wort richtig ist, aber mir kommt er immer vor wie ein Getriebener. Rastlos. Auf der Suche. Ich weiß nicht, wonach? Er hat doch alles?«

Ich kann nichts darauf antworten. Vierundzwanzig Jahre war ich weg. Ich war sechzehn, als er das Haus verließ und in eine Studentenbude zog. Wir hatten nur noch selten Kontakt. Was ist in den vierundzwanzig Jahren passiert? Was hat ihn geprägt?

»Ja«, sage ich, »man sollte glauben, dass er alles hat. Aber, wer weiß? Nun hat er sich in dich verliebt. Was plant er?«

Erneut diese Handbewegung. »Ja, wir haben uns verliebt. Und ich habe ihn gewarnt, ihm gesagt, worauf er sich einlässt. Und was passieren könnte, falls wir auffliegen ...«, sie holt tief Atem und sagt dann, »ich weiß nicht.«

»Was weißt du nicht?«

»Ob er dachte, das sei alles nur ein Spiel, bei dem man irgendwie auf die höhere Ebene kommen muss.«

»Spielt er?«

»Am PC? Ständig. Ich glaube, diese Videospiele inspirieren ihn, geben ihm das Gefühl, dass sich alles irgendwie lösen lässt.« Sie sieht mich an, ein trauriges Lächeln überzieht ihr Gesicht. »Im Notfall drückst du auf Reset, und alles beginnt von vorn.« Sie geht weiter. »Aber so ist das Leben nicht.«

Ein Reset, denke ich. Ja, alles von vorn. Wie schön wäre das denn?

Ich hole tief Luft und bestätige: »Nein, so ist das Leben nicht!«

Ich nehme Merve spontan an der Hand, als wir eintreten. Mutti sitzt noch immer in gleicher Haltung am Küchentisch, das Weinglas vor sich.

»Mutti«, sage ich, als wir vor dem Tisch stehen. »Merve kennst du ja schon?«

Sie hebt den Kopf und mustert uns beide. Ich habe nicht den Eindruck, dass sie in der Gegenwart ist. Aber dann wiederholt sie plötzlich. »Merve?«

»Ja, Merve ist eine liebe Freundin … von mir«, sage ich und weiß in dem Moment selbst nicht, warum ich Boris aus dem Spiel lasse.

Sie mustert uns beide.

»Bist du müde«, will ich wissen, »magst du ins Bett?«

Sie schüttelt den Kopf.

»Dann trinken wir jetzt noch einen Schluck zusammen«, sage ich, und als sie nickt, rücke ich Merve einen Stuhl am Küchentisch zurecht und hole auch ihr ein Glas.

»Und wer bist du?«, fragt sie plötzlich, als wir schon ein paar Minuten sitzen und ich gerade nach einem geeigneten Gesprächsthema suche.

»Merve«, sagt Merve freundlich. »Ich komme aus der Türkei, und ich liebe es, hier in Deutschland zu sein.«

»Also eine Ausländerin«, stellt meine Mutter fest.

»Ja«, bestätigt Merve, »ich bin nicht in Deutschland geboren. Aber als Kleinkind hierhergekommen.«

»Du sprichst gut deutsch.«

»Sie könnte meine Tochter sein«, werfe ich ein, »Merve ist neunzehn Jahre alt.«

»Ja«, sagt Mutti und sieht mich sinnend an. »Weshalb hast du eigentlich keine Kinder?«

Was soll ich darauf antworten?

»Weil ich nie den richtigen Mann kennengelernt habe.«

»Aber jetzt hast du eine Tochter?«

Merve und ich sehen uns an. Meine Mutter stellt mich vor Probleme, stelle ich fest.

»Ich wäre glücklich, eine Großmama wie Sie zu haben«, nimmt mir Merve die Antwort ab. »Das war schon immer mein größter Wunsch!«

Meine Mutter sieht sie an, und es kommt dieses Leuchten in ihr Gesicht, das ich schon beim Facetime-Gespräch mit Ludwig gesehen habe.

»Ich freue mich darüber«, sagt meine Mutter, und im nächsten Atemzug: »Hast du keine Großmutter?«

»Doch, sogar zwei. Aber sie sind weit weg, und ich sehe sie selten. Ich vermisse sie.«

Mutti nickt. »Meine Großmütter waren auch weit weg. Und mein Vater war im Krieg.« Sie schüttelt leicht den Kopf. »Nirgends ist es leicht.« Dann sieht sie mich an: »Ich bin müde.«

»Gut, dann bringe ich dich jetzt ins Bett.«

»Darf ich helfen?«, Merve schiebt ihr leeres Glas auf die Seite. »Es wäre mir eine Freude.«

Mutti nickt. »Frau Kowalski hat mir schon gesagt, dass in Zukunft viele nette Menschen kommen.«

Der Pflegedienst, denke ich, genau, das muss ich ja auch noch organisieren.

»Ja«, sagt Merve fröhlich, »sehen Sie, und ich mach den Anfang.« Sie steht auf und reicht ihr den Arm.

»Und wann gehen wir mal wieder in den Garten?«, fragt Mutti mich, während sie aufsteht.

»Jederzeit«, sagt Merve beschwingt. »Ich bin ja da.«

»Ja?« Sie sieht Merve forschend an und nimmt dann ihren Arm. »Hat Boris dich geschickt?«

Statt Merve antworte ich: »Ja, das könnte man so sagen.«

»Er ist ein lieber Junge«, sie sieht mich an, und ich frage mich, warum er eigentlich immer der liebe Junge ist, obwohl er doch überhaupt nichts für sie tut. Und ich?, hätte ich gern gefragt, sage stattdessen aber: »Ja, das ist er.«

Gemeinsam begleiten wir sie in ihr Schlafzimmer, wo sich Mutti von Merve ohne Murren ausziehen lässt. Ich frage mich, ob sie denkt, dies sei nun schon der Pflegedienst, von dem wir mehrfach gesprochen haben? Als sie mit allem versorgt im Bett liegt und wir ihr zum Abschied eine gute Nacht wünschen, sieht sie Merve an und fragt: »Und wer bist du?«

»Ich helfe Katja ein bisschen«, weicht sie aus.

»Das ist gut. Boris kann ja nicht alles allein machen.«

Gemeinsam räumen wir noch die Küche auf, und Merve betont, dass sie wirklich gern helfen, auch das Einkaufen übernehmen würde, aber sie traut sich nicht auf die Straße. »Aber deine Brüder sind doch nicht überall«, wende ich ein. »Stuttgart ist groß …«

»Sie sind gut vernetzt«, sagt sie und zuckt mit den Schultern. Dabei fällt mir das Kellerfenster wieder ein, durch das jeder Depp einsteigen kann.

»Hat Boris einen Haustürschlüssel?«, will ich von Merve wissen. Sie nickt. »Ja, den von eurer Mutter.«

»Und hat er das Kellerfenster verbarrikadiert?«

»Soviel ich weiß, nicht«, sie schüttelt den Kopf. »Er sah keine Notwendigkeit, es weiß ja keiner, dass wir hier sind.«

»Trotzdem!« Ich sehe sie an. »Wer weiß schon, was noch alles passiert. Das muss er morgen dringend machen.«

»Ich sag's ihm«, sagt sie, aber ich sehe ihr an, was sie denkt. Er ist einfach nicht der Macher, er ist der Träumer. »Oder wir machen das besser selbst«, ergänze ich.

»Kein Problem, ich kann mit Bohrer, Hammer und Nägeln umgehen«, sie grinst. »Das habe ich in den Ferien bei meinen Großeltern gelernt, da ist ständig was kaputt.«

»Manches ist doch für manches gut«, sage ich und lächle ihr zu, als ich zur Haustüre gehe. Sie begleitet mich und gibt mir die Hand. »Danke.«

»Wofür?«

»Für alles.«

Es hätte nicht viel gefehlt, und ich hätte sie in den Arm genommen.

Während ich durch die Stuttgarter Straßen nach Hause fahre, denke ich über mich nach. Langsam spüre ich, wie das warme Gefühl zurückkommt. Ja, ich war vierundzwanzig Jahre nicht da, aber das hier ist doch meine Heimat. Vertraute Ecken, Erinnerungen, die wieder hochkommen, mein Elternhaus, »meine« Straße, ja, selbst das Gymnasium, an dem ich kürzlich vorbeigefahren bin, gleich darauf umgedreht und mich auf den Parkplatz gestellt habe. Eine Weile habe ich es von außen betrachtet. So viele Tage, so viele Jahre, mal zu Fuß, mal mit dem Fahrrad. Dort, hinter den Büschen, haben wir die ersten Zigaretten geraucht, auf dem Dach zum 1. Mai in einer Nacht-und-Nebel-Aktion spaßeshalber die rote Fahne gehisst, und die Abifeier, quer über den Schulhof. Alles erscheint mir unverändert, als wäre es erst gestern gewesen. Und dann bin ich ausgestiegen und einfach hineingegangen. Die breite Treppe hoch zur gläsernen Eingangstür. Dahinter dieser Geruch, der sich in meinen Sinnen eingegraben hat. Die steinernen Treppen hoch in den ersten Stock. Der Bereich vor dem Bio-Hörsaal, wo wir Rock 'n' Roll mit Überschlag geübt haben, bis unser Biolehrer kam. Ein Stockwerk höher vor dem Chemiesaal das Gleiche. Der lange Lehrergang, an dessen Wand mal ein Bild von mir hing. Ich war gut in Kunst, zeichnen machte mir Freude. Es waren Acrylfarben, mit denen ich einen knalligen Sonnenuntergang am Meer gemalt hatte, mit einer glutrot ins Meer abtauchenden Sonne und barfüßigen Fußabdrücken, die leichtfüßig über den hellen Strand ins Wasser gingen. Ich als leidenschaftliche Schwimmerin dachte beim Malen daran, der Sonne freudig entgegenzuschwimmen, positiv. Plötzlich wurde ich ins Lehrerzimmer gerufen und vorsichtig befragt. Was war los? Der Schulpsychologe sah mein Bild anders und forschte, ob ich Selbstmordabsichten hätte? Nein, überhaupt nicht. Aber andere könnten das so auffassen – für die jungen Schüler ein eher schwieriges Motiv, hieß es. Also musste ich die Fußstapfen neu malen: aus dem Meer herauskommend. Das umgedrehte Bild habe ich heute noch. Es hängt mit all den anderen an meiner Galeriewand.

Es war später Nachmittag, nur in einzelnen Räumen hörte ich noch gedämpften Unterricht. Ich fand mein Klassenzimmer der frühen Gymi-Jahre wieder. Und den Blick ins Grüne, der mich immer wieder vom Thema abschweifen ließ. Frühling, Sommer, Herbst und Winter, immer gab es einen Grund, die Bäume zu betrachten, die Vögel, den Park dahinter und die Wolken, die darüber hinwegzogen. Ich habe mich auf meinen Stuhl von früher gesetzt, falls er das tatsächlich noch war, und spürte ein Ziehen im Bauch. Wie schnell die Zeit vergeht. Was ich nun im Rückblick alles weiß, was ich zu jener Zeit noch nicht einmal ahnen konnte.

Konfuzius fällt mir ein: Erfahrung ist wie eine Laterne, die an unserem Rücken hängt und immer nur das Stück Weg beleuchtet, das bereits hinter uns liegt.

Wie recht er hatte. Auf der anderen Seite, hätte ich etwas geändert, wenn ich damals schon gewusst hätte, was ich heute weiß?

Wäre ich vielleicht sogar in Stuttgart geblieben oder früher zurückgekehrt? Ich weiß es nicht.

Ich habe mich in Hamburg sehr wohlgefühlt, aber es sind eben zwei Welten mit zwei völlig unterschiedlichen Mentalitäten.

Nach einer Weile habe ich das Schulgebäude mit melancholischer Stimmung verlassen.

Na gut, denke ich, als ich in unsere Straße einbiege, jetzt werde ich aufs Alter hin auch noch sentimental. Wie wird das erst in zwanzig Jahren sein, oder im Alter meiner Mutter? Daran möchte ich gar nicht denken.

In unserer Straße ist es stockdunkel. Dadurch erscheinen die beleuchteten Fenster der Häuser noch heller, noch strahlender. Und wie so oft stelle ich einen gewissen Voyeurismus in mir fest. Es macht einfach Spaß, in andere Wohnungen zu schauen. Was für Möbel? Was für Lampen? Und ist da jemand? Sitzt eine Familie gemütlich am Tisch?

Im Norden trifft man die unverhangenen Fenster ja häufig an. Hier, im Süden, war ich eher heruntergelassene Rollläden oder dicke Vorhänge gewöhnt, die den Blick nach innen verwehrten. Das hat sich geändert, zumindest hier in meiner Straße. Vielleicht liegt es auch an den Bewohnern, die der Außenwelt zeigen wollen, wer sie sind und was sie haben. Oder hat sich auch hier die niederländische Weltanschauung durchgesetzt, nur, wer etwas zu verbergen hat, grenzt sich ab?

Ich fühle mich wohl, als ich geparkt habe und aussteige. Irgendwie habe ich das Gefühl, dass sich manche Knoten lösen. Mutti und Merve, das war doch schon mal gut. Klar, sie wird nicht bleiben, aber für die Zwischenzeit wäre das doch ein guter Weg. Den Pflegedienst … darum werde ich mich morgen kümmern. Boris? Er ist erwachsen. Was soll ich da tun? Meine Arbeit in der Agentur? Das lasse ich auf mich zukommen. Und Heiko?

Ja, Heiko schmerzt noch. Aber vielleicht liegt es wirklich an mir, das Geschehene zurechtzurücken?

Es ist spät, und ich bin müde. Während ich in meine Wohnung gehe, mich ausziehe und bettfein mache, denke ich darüber nach, was der schönste Traum für diese Nacht wäre.

Wäre es meine Versöhnung mit Heiko?

Oder, dass Boris einen Weg findet?

Oder, dass Mutti gut versorgt ist?

Oder, dass ich mit Doris mal wieder ein unbeschwertes Wochenende erlebe, irgendwo in den Bergen, vielleicht im Allgäu?

Dieser Gedanke gefällt mir, er wühlt mich nicht auf, sondern schenkt mir eine fröhliche Zuversicht. Diesen Traum werde ich mir ausmalen, bis er sich einstellt.

Ich liege schon unter meiner dicken Decke, genussvoll ausgestreckt und bereit, meinen Allgäu-Traum anzunehmen, da surrt mein Handy. Nein, denke ich, ich sehe nicht drauf, ich werde ganz sicher nicht drangehen. Aber ich kenne mich ja. Zumindest einen Blick riskieren und den Rückruf auf morgen vertagen … aber ein Anruf um diese Uhrzeit?

Isabell.

Ich bin sofort hellwach und nehme den Anruf an.

»Isabell?«, frage ich, »ist etwas passiert?«

»Guten Abend, Katja«, sagt sie förmlich, »entschuldige die späte Stunde …«

»Was ist passiert?«, unterbreche ich sie ungeduldig. »Etwas mit den Kids?«

»Nein. Hier ist alles klasse. Die Kinder sind glücklich, meine Eltern auch.« Sie sammelt sich kurz, was mir schon wieder viel zu lange dauert, aber ich beherrsche meine Ungeduld. »Die

Nachbarn haben mich gerade angerufen. Sie wissen, dass wir im Urlaub sind, und trotzdem brannte plötzlich Licht im Haus.«

Mein erster Gedanke gilt Boris. »Meinst du, Boris hat noch etwas geholt?«

»Dachte ich auch. Aber meine Nachbarn denken ja, er sei im Ausland. Also haben sie mich informiert. Und die Polizei auch.«

Ich schlucke kurz.

»Und?«

»Sie haben nichts gefunden. Zumindest kein eingeschlagenes Fenster oder so was.« Sie schweigt, dann sagt sie: »Meinst du, Boris schleicht sich wie ein Dieb nachts ins Haus?«

»Wie spät war es denn?«

»Na, es wird ja schon früh dunkel ... so gegen zweiundzwanzig Uhr.«

»So spät ist das ja noch nicht ...«

Sie schweigt.

»Das verdammte Haus«, bricht es dann aus ihr heraus. »Ich mochte es noch nie. Und der Gedanke, dort bald wieder zu schlafen, wenn jemand in den Zimmern herumschleicht ...«

»Ja«, besänftige ich sie, »da hast du recht. Aber wenn es Boris war ...«

»... der dürfte mir da nicht begegnen – und nachts schon gar nicht«, unterbricht sie mich. Fast muss ich schmunzeln. Isabell fährt die Krallen aus. »Jedenfalls wäre es dann kein Einbruch«, sage ich zu ihr, »das ist doch schon mal eine gute Nachricht.«

»Na, ich weiß nicht.« Sie stockt. »Jedenfalls danke – das Gespräch hat mir gutgetan. Und entschuldige.« Sie überlegt. »Hast du schon geschlafen?«

»Fast.«

»Ja, gut, dann gute Nacht.« Damit legen wir beide auf, und ich kuschle mich wieder zurecht.

Klar war es Boris, denke ich. Bei Mutti war er nicht, also

versucht er, irgendwas zu organisieren. Oder sucht irgendwas. Keine Ahnung, was in seinem Hirn vor sich geht.

Gerade versuche ich, mich wieder in meinen Allgäu-Traum hineinzudenken, da klingelt das Handy noch einmal.

Mist, denke ich, greife aber trotzdem danach. Erneut Isabell. Mein Herzschlag verdoppelt sich. Ist da also doch mehr passiert als zunächst angenommen?

»Sorry, Katja, dass ich schon wieder störe, aber das muss ich dir schnell noch sagen.«

Ich richte mich auf. »Ja, was denn?«

»Ich habe hier doch meist kein Netz. Aber gerade kommen die Nachrichten von heute Nachmittag herein.« Sie lacht erleichtert. »Es hat sich geklärt.«

»Wie?«

»Eben kam die Whatsapp von Nesir von heute Nachmittag – sie hat gefragt, ob sie ins Haus dürfe, weil sie noch Arbeitsmaterialien für ein Referat dort liegen hat, die sie für die Schule braucht. Und das hat sie drei Mal gefragt, und schließlich hat sie sich entschuldigt und geschrieben, dass sie sich die Unterlagen nun einfach geholt hätte.«

Nun lache auch ich befreit auf.

»Nesir. Da muss mal einer drauf kommen ...«

»Ja. Sie hat ja dort einen Schreibtisch, an dem sie immer arbeitet, wenn sie babysittet.« Sie atmet tief durch. »Gott sei Dank.«

»Ja, wirklich!«

»Du glaubst es nicht«, sagt sie jetzt leise, »aber der Gedanke, Boris könnte da in der Dunkelheit herumgeistern, hat mich richtig verfolgt. Bei Nesir ... jetzt ist alles gut.«

»Ja, jetzt ist alles gut.«

Ich kuschle mich in meine Decke und spüre, dass ich lächelnd einschlafe.

24. September Mittwoch

Am nächsten Morgen fühle ich mich krank. Richtig krank. Ich weiß auch nicht, warum, die Schultern schmerzen, der Rücken und die Nieren schmerzen, mein Kopf ist leer, jeder Gedanke ist mir zu viel. Ich schau auf die Uhr, sieben Uhr. Gott sei Dank, ich habe noch Zeit, wieder zu mir zu kommen. Auch physisch. Ich kuschle mich in meine Decke und denke an eine Wärmflasche, an flauschige Bettsocken, an einen Ingwertee, an irgendjemanden, der sich um mich kümmert. An meine Mutter. Kranksein bedeutete früher immer ein besonderes Maß an Aufmerksamkeit. Eigentlich war Kranksein schön, wenn man nicht zu krank war. Wer krank im Bett lag, bekam immer einen kleinen Trost, wenn Mutti einkaufen war. Meist eine kleine Schleckerei für den kleinen Patienten.

Ich stöhne und drehe mich auf die andere Seite. Kleinsein war schon schön. So fern jeder Verantwortung. Jetzt muss ich selbst aufstehen, wenn ich was will. Ich bleibe noch liegen, lasse den Fernseher aus und die dicken Vorhänge zu. Und dann höre ich es. Der Wind peitscht um das Haus. Oder ist das Regen? Ich krabble noch tiefer unter meine Decke. Ich mag heute nicht raus. Die Welt unter meiner Decke verspricht Geborgenheit, Abgeschirmtheit, weg von allem, was mich bedrängt.

Um neun Uhr rufe ich Sven an und sage, dass ich mich hundsmiserabel fühle und nicht zur Arbeit kommen werde. Er antwortet nur kurz, dass er das verstehen könne. Ich weiß zwar nicht so richtig, was er meint, bedanke mich aber und lass mich in meine Kissen zurücksinken. Egal. Ich will mal nichts wissen, von keinem und von niemandem. Ich trinke einen Melissentee mit viel Honig und spüre, wie der Schlaf kribbelnd von den Zehenspitzen nach oben kommt, mich schwer werden lässt und mich schließlich völlig ausschaltet.

Wie lange ich geschlafen habe, weiß ich nicht, aber als ich wieder aufwache, sind die Gliederschmerzen weg, dafür drückt mich eine bleierne Müdigkeit nieder. Ich kenne mich selbst nicht mehr. Was ist denn los? Ich bin doch sonst so ein agiler Typ? Ein Blick auf die Uhr zeigt, dass es Mittag ist. Kurz vor zwölf. Das ist gut, finde ich, bis zwei Uhr stehen sowieso alle Uhren still, also drehe ich mich um und schlafe weiter. Um zwei plagt mich der Hunger, und langsam finde ich wieder zu mir. In der Küche stelle ich einen kleinen Topf mit Wasser auf, schneide Ingwerscheiben, stell das Honigglas bereit, belege ein altes Brötchen dick mit Käse und warte darauf, dass das Wasser kocht. Schließlich packe ich alles auf mein Tablett und gehe ins Bett zurück. Inzwischen habe ich die Vorhänge aufgeschoben, und der Tag gibt mir recht. Bei so scheußlichem Wetter muss man einfach im Bett bleiben. Ich denke an das kleine Apfelbäumchen, wie es dem wohl bei dem Sturm geht, aber jeden weiteren Gedanken verbiete ich mir. Bis 15:30 Uhr, habe ich mir vorgenommen. Um 15:30 Uhr werde ich den Pflegedienst anrufen und einen Termin vereinbaren. Und außerdem mal nachschauen, welche wichtigen oder weniger wichtigen Nachrichten eingegangen sind. Aber bis 15:30 Uhr, und zwar exakt bis 15:30 Uhr, werde ich überhaupt nichts tun, außer einfach mal krank sein.

Um Punkt 15:30 Uhr rapple ich mich hoch. Über den Verband Pflegehilfe habe ich mir schon vor einiger Zeit eine Auswahl an Pflegediensten kommen lassen und mir einen ausgesucht – in der Hoffnung, den richtigen erwischt zu haben. Aber was ist schon richtig? Das zeigt sich doch immer erst im Nachhinein, denke ich, während ich die Nummer wähle. Anrufbeantworter. Alle beschäftigt. Zu wenig Personal? Oder so beliebt, dass sie kaum nachkommen? Ich widerstehe der Versuchung, gleich wieder aufzulegen, und hinterlasse meine Nummer.

Okay, beginnen wir den Tag. Am besten mit einem Cappuccino. Mit der Tasse in der Hand denke ich an Isabell. Gut, dass sich das so einfach geklärt hat. Ich müsste sie vielleicht noch mal anrufen? Sie ist gleich dran.

»Ich habe die Polizei schon informiert, dass es falscher Alarm war. Und die Nachbarn auch.«

»Klasse, wenn man solche Nachbarn hat, die sich noch kümmern.«

»Ja«, sagt Isabell, »das ist das Gute an dieser Straße, das sind fast alles junge Familien, und die haben keine Lust auf blödsinnige Nachbarschaftsfehden.«

»Und wann kommst du zurück?«

»Es reizt mich wirklich gar nichts, zurückzukehren. Ludwig ist am liebsten den ganzen Tag auf diesem Reiterhof in Bockraden, das ist bei uns um die Ecke, und die Kleine will auch schon ständig aufs Pony. Eigentlich könnte ich direkt hierbleiben.«

»Tja, gute Idee, klar, und woran klemmt's?«

»Du bist lustig. Ich müsste eine Wohnung anmieten, ich bräuchte Arbeit, wir müssten umziehen, das alles kostet Geld.«

»Deine Eltern würden doch sicherlich helfen …«

Sie holt Luft und senkt die Stimme: »Weißt du, ich liebe das hier. Aber leben möchte ich in der Stadt, nicht auf dem Land. Das ist eben so.«

Gut, denke ich, das kann ich verstehen. »Dann musst du das Haus verkaufen und neu anfangen …«

»Wir stehen beide im Grundbuch, und der Hauskredit läuft auf uns beide. Wenn er nicht einwilligt, kann ich das Haus nicht verkaufen. Den Kredit bezahle ich derzeit aber allein zurück.« Sie überlegt. »Aber jetzt weiß ich ja immerhin, wo er steckt, und kann das hoffentlich mit ihm klären.«

»Mach das«, stimme ich ihr zu. »Am besten bald, bevor er sich wieder in Luft auflöst …«, ich meine das spaßig, merke aber, dass sie überhaupt nicht darüber lachen kann.

Wir verabschieden uns, und ich nehme einen Schluck von meinem Cappuccino.

Das scheint alles gar nicht so leicht zu sein. Ich denke an Heiko. Was ist schon leicht?

Heiko. Coaching. Was coacht er eigentlich?

Ich greife nach meinem Tablet und finde eine gut aufgemachte Seite mit und von Heiko. Ich hätte an den Umgang mit Internet, Mac und Co. gedacht, schließlich ist er ja Informatiker, vielleicht auch noch an Management Coaching oder Motivationsberatung, irgendwas in die Richtung, aber Männer-Coaching?

»Finde deine Männlichkeit wieder«, lese ich. »Deine Identität, deine Lebensvision, dein Selbstbewusstsein. Löse dich aus der weiblichen Komfortzone, in der du dich selbst einlullst und zum Neutrum wirst. Entdecke deine eigene Männlichkeit, anstatt Pornos zu schauen. Bekämpfe deine Midlife-Crisis und deine Lustlosigkeit, komm dir selbst auf die Spur. Unterwerfe dich keinen weiblichen Launen, nur der Harmonie zuliebe, bleib dir treu!«

Ich dreh das Tablet um. Das muss ich erst einmal verdauen. Aha, denke ich. Die weiblichen Launen. Das war ich. Er ist sich selbst treu geblieben, indem er gegangen ist. Hat er das nicht gesagt? Die unberechenbaren Launen seiner Frau seien auch ein Grund für die Trennung gewesen? Therapiert er sich mit seinem Coaching selbst? Ich nehme das Tablet wieder hoch und lese weiter:

»Die Männerwelt befindet sich im Wandel. Klassische männliche Werte wie Stärke und Authentizität gelten nicht mehr. Die Männer haben angefangen, sich nach weiblichen Kriterien zu definieren, und lassen auch ihren eigenen Selbstwert von Frauen bestimmen. Hilfsbereit und wohlerzogen, das gefällt den meisten Frauen, aber wo steckt die männliche Führungspersönlichkeit mit Ecken und Kanten? Das sind dann die Kerle, die sich die Frauen fürs Fremdgehen suchen. Die wirklichen Männer.«

Aha, denke ich. Da ist unser guter Heiko wohl von seiner Frau betrogen worden. Von einem »richtigen« Kerl. Er war der liebe Jasager, und der »Nein«-Sager hat dann die Früchte geerntet. Kein Wunder, dass ihm das gestunken hat.

Und welchen Heiko habe ich denn eigentlich erlebt?

Ich gehe in meinen Gedanken zurück. Wie er mir hier ganz am Anfang beim Einrichten geholfen hat. War das jetzt männlich, weil ich offensichtlich Hilfe brauchte? Die Aktion an der Eiche, unser erster Sex. War das was aus seinem Coaching-Lehrbuch, verführ sie im Wald? Und als er am Apfelbäumchen auf mich gewartet hat, die vollen Einkaufstüten, das gemeinsame Kochen, die Lust danach … War das aus dem Kapitel: *Ich habe ein Wild erlegt und bringe es nach Hause?*

Das ist doch alles Quatsch, bis auf seinen komischen Abgang und unser nachfolgendes Telefonat ist er mir wie ein völlig normaler Mann vorgekommen. Kein Muttersöhnchen, kein verhätscheltes Bubi, kein Jasager, kein Schleimer, einfach ein Mann.

Wo, um Gottes willen, sieht er denn das Problem?

Ich muss mit ihm reden.

Wann hat er denn seine Termine?

Ah, meistens abends, deshalb seine abendlichen Absagen. Und wo? Eine Stuttgarter Adresse, die mir nichts sagt. Soll ich mal hinfahren? Ich nehme das Tablet, Google Earth. In der City in Richtung Killesberg, das Haus ist ein großer, rechteckiger Kasten, mehrere Etagen. Es hat überhaupt keine Aussagekraft.

Aber halt, die Außentermine.

Was haben wir heute für einen Tag? Ich schau schnell auf mein Handy. Tatsächlich. Heute Abend, 19 Uhr. Parkplatz, steht da. Es sind nur die Koordinaten eingegeben und der Nachsatz: kleiner Fußmarsch. Bei jeder Witterung! Entsprechende Kleidung mitbringen, festes Schuhwerk, Outdoor.

Ich fühle mich sofort gesund. Endlich mal was nach meinem Geschmack, das werde ich mir heute anschauen. Treffpunkt 19 Uhr, ich google schnell den Sonnenuntergang. 19:12 Uhr. Und die Koordinaten? Ein ziemlich großer Wald. Ziemlich außerhalb. Und dann weiß ich es. Es ist diese Waldhütte. Die Holzbänke, die Bierkisten und Heiko, der den Schlüssel hatte. Die Feuerstelle. Die Eiche.

Es spricht alles dafür. Der geheime Männlichkeits-Treffpunkt heute Abend ist dieser Platz. Das lasse ich mir nicht entgehen.

Heiko, unser Schulfreund, ein Männercoach. Ob Doris das weiß? Egal. Es ist bizarr und aufregend zugleich.

Ich erinnere mich, an welcher Stelle wir vor wenigen Tagen losmarschiert sind, Heiko und ich. Und ich bin um 18 Uhr dort und stelle fest, dass der Parkplatz genau den Koordinaten entspricht, vor allem sehe ich mit einem gewaltigen Adrenalinstoß, dass Heikos Wagen dort steht. Nur der Wagen, Gott sei Dank, und der ist leer. Also fahre ich ein Stück zurück, parke in einem Seitenweg und suche dann den schmalen Fußweg, den wir vor knapp drei Wochen genommen haben. Es ist noch gut eine Stunde hell, und ich nutze das Licht, um auf dem Waldpfad möglichst schnell voranzukommen, was allerdings gar nicht so einfach ist, denn durch den Starkregen ist die Erde rutschig geworden, und bei den vielen Abzweigungen frage ich mich, ob ich überhaupt noch auf dem richtigen Weg bin?

Sicher bin ich erst wieder, als ich an den kleinen Bach komme, der das letzte Mal noch völlig ruhig unter der kleinen Holzbrücke hinuntergeflossen ist. Jetzt rauscht er den Berg herunter, und die Gischt sprüht hoch über die Rundhölzer des Stegs. Ich bleibe erst einmal stehen, denn es sieht gefährlich glitschig aus. Aber wahrscheinlich gefährlicher, als es ist, beruhige ich mich und warte ab, bis sich mein Puls normalisiert hat. Dann wage ich es. Das dünne Astgeländer hilft mir, ich komme unbeschadet auf der anderen Seite an. Klasse, denke ich und drehe mich nach der Brücke um. Das gibt Selbstbewusstsein, auch ohne Coaching. Nun kommen bald die hüfthohen Farne, die ich so schön fand. Nur, dass sie diesmal vor Nässe triefen. Ich strecke die Arme hoch und bin froh, dass ich meine lange Regenjacke anhabe. Gut, die Jeans wird nass, aber die trocknet ja auch wieder. Den größten Erfolg verbuche ich für mich, als ich an der Lichtung ankomme. Die Hütte, die Eiche, ich habe es gefunden. Jetzt in Deckung bleiben. Ich kontrolliere mein Handy, stelle die Flugsicherung gegen unerwünschte Anrufe ein und schalte den Blitz aus, falls ich fotografieren will. Es ist 18:45 Uhr. Die Vorbereitungen sind getroffen, sehe ich, das Lagerfeuer ist mit Holz bestückt, die Bierbänke stehen daneben. Was wird nun passieren? Welche seltsamen Männerrituale wird Heiko nun vollziehen?

Ich warte, und die nasse Jeans wird zunehmend unangenehm auf der Haut. Ich hätte meine leichte Regenhose über die Jeans ziehen sollen, aber auf die klatschnassen Farne war ich nicht gefasst, also rubble ich mit meinen Händen die Oberschenkel warm. Dann erstirbt meine Bewegung. In der Zwischenzeit ist es dunkel geworden, und was ich sehe, wirkt gespenstisch. Auf der anderen Seite der Lichtung geistern Lichtpunkte durch den Wald und kommen näher. Ein Fackelzug. Ich halte unwillkürlich den Atem an. Es geht also los.

Eine dunkle Gestalt nach der anderen betritt die Lichtung, die Gesichter im Widerschein der Fackeln rot beleuchtet. Auf die Entfernung erkenne ich niemanden, nicht einmal Heiko. Ich zähle acht Männer, die nun zu der Lagerfeuerstelle gehen und ihre Fackeln in das dort aufgeschichtete Holz stecken. Dann setzen sie sich rund um die Feuerstelle auf den Boden. Nicht lange und das Feuer lodert auf, die Flammen schießen hoch auf und erhellen die Szene. Jetzt erkenne ich Heiko, er sitzt seitlich zu mir und sieht, wie alle anderen, bewegungslos ins Feuer.

Überhaupt habe ich nicht den Eindruck, dass jemand spricht. Was tun sie, frage ich mich, ist das eine Art von Meditation? Nach einer Weile, das Feuer hat sich beruhigt, scheint Heiko eine Frage in die Runde zu richten. Ich erkenne es an seiner Haltung. Er strafft sich, auch die anderen richten sich auf. Was werden sie tun, nackt ums Feuer tanzen? Barfüßig durch die Glut gehen? Ich bin auf alles gefasst, aber nichts geschieht. Offensichtlich spricht immer nur einer, die anderen hören zu. Sonst passiert nichts. Ich hätte so gern gehört, über welche Themen sie reden. Ich kann mir das alles nicht so recht vorstellen. Worüber unterhalten sich Männer untereinander, wenn nicht über Fußball, Frauen oder Politik? Öffnen sie tatsächlich ihre geheimsten Kammern? Wissen sie überhaupt, dass sie welche haben?

Ich bin eigentlich mehr auf archaische Männlichkeitsrituale gefasst gewesen, dröhnende Urschreie und Brustgetrommel. Auf leise Töne weniger. Wie lange sitzen sie schon dort? Eine Stunde? Heiko hat ein paarmal Holz nachgelegt, sonst ereignet sich nichts. Nicht einmal ein Bier bekommen sie, obwohl es doch diesen Kühlschrank in der Holzhütte gibt, wie ich aus eigener Erfahrung weiß. Es ist auf die Dauer ermüdend, und ich überlege, wie ich mich zurückziehen könnte, finde aber keine Möglichkeit. Der Waldweg ist mir bei Dunkelheit nun doch zu gefährlich. Und der direkte Weg zum Parkplatz führt nun eben an der Hütte vorbei. Also muss ich warten, bis sie weg sind.

Selbst schuld.

Plötzlich stehen sie auf und kommen auf mich zu. Ich erschrecke und duck mich. Haben sie mich entdeckt? Dann erkenne ich, dass nicht ich das Ziel bin, sondern die Eiche. Die ist keine fünfzig Meter von mir entfernt. Heiko erkenne ich jetzt gut. Er geht den anderen voraus und bleibt an dem Baum stehen. »Sie ist vierhundertzwanzig Jahre alt. Seit vierhundertzwanzig Jahren steht diese Eiche hier und lässt die Welt an sich vorüberziehen.« Er macht eine Pause, während sich die anderen um die Eiche herum verteilen. »Legt einfach mal eure Hände auf die Rinde und horcht in euch hinein, welche Gefühle das auslöst.«

Er tritt zurück und sieht in meine Richtung. Für einen Moment glaube ich wirklich, er würde mir direkt in die Augen sehen, aber das kann nicht sein. »Fühlt ihr was?«, will er wissen.

»Kraft«, sagt einer.

»Ehrfurcht vor diesem Leben«, sagt ein anderer.

»Was löst das in dir aus?«, fragt Heiko. »Macht dich das größer oder angesichts dieses Lebens kleiner?«

»Ich glaube, der Baum gibt etwas ab«, antwortet einer aus der Runde. »Er macht mich nicht größer, er macht mich …«, er sucht offensichtlich nach dem richtigen Wort.

»Glücklicher?«, hilft Heiko.

Die Stimme eines Mannes, der hinter der Eiche steht und den ich nicht sehen kann, sagt: »Offener. Wie bei den Atemübungen öffnet mir das den Brustkorb.«

»Ja«, sagt ein anderer, »vielleicht fühlt sich das so an, Glück?«

»Mich erinnert es an den Obstgarten meiner Großeltern, das war für mich als Kind immer eine Oase des Glücks.«

»Und wie hast du diese Glücksmomente in dein Erwachsenenleben herübergerettet?«, will ein anderer wissen.

Es ist kurz still. »Ich glaube, gar nicht.«

»Was begleitet dich in deinem Erwachsenenleben?« Ich erkenne Heikos Stimme.

»Das Schattenkind«, sagt er. »Nicht das Sonnenkind.«

»Was war so schlimm?«

»Ich hatte abstehende Ohren und bin von meinen Mitschülern immer gehänselt worden.«

»Und das ist nun also dein Trauma, bis heute?«

Es ist kurz still. »Offensichtlich bekomme ich es nicht los.«

»Dreh das um«, höre ich Heiko sagen. »Nicht du hast einen

Fehler gemacht, du konntest ja nichts für deine abstehenden Ohren, sondern deine Mitschüler waren fies. Es ist ihre Schuld, nicht deine.«

»Ich habe kein Selbstwertgefühl, dagegen kämpfe ich ständig an.«

»Wie kämpfst du an?«, fragt ein anderer aus der Runde.

»Indem ich der tolle Hecht bin, der alles kann. Immer besser als die anderen.«

»Und wie machst du das?«, fragt die gleiche Stimme.

Es kommt keine Antwort.

»Erkenne dich«, ich höre eine tiefe, männliche Stimme. »Wir sind unter uns, es wird nichts nach draußen getragen.«

»Nicht immer mit sauberen Mitteln«, kommt leise die Antwort.

»Und fühlst du dich dabei wohl?«

Darauf kommt keine Antwort.

Nach einigen Momenten der Stille höre ich Heiko wieder: »Auch der Baum hat seine Erfahrungen und wie wir alle auch seine Schattenseiten. Sie kennenzulernen und zu akzeptieren, mit ihnen umzugehen und sie nicht zu verdrängen, das ist unsere Aufgabe. Deshalb treffen wir uns.«

Ich stehe still hinter meinem Busch und bin ehrlich erstaunt. Das läuft hier anders ab, als ich gedacht hätte. Männer, die ihre Schattenseiten aufarbeiten wollen? Schattenseiten, Schattenkind, ist das nicht ein Begriff, den Sigmund Freud geprägt hat? Es ist schon so lange her, dass ich mich damit beschäftigt habe. Vielleicht sollte ich das auch mal tun? Ein Frauenseminar? Meine Schattenseiten aufarbeiten?

»Und außerdem«, sagt jemand hinter dem Baum. »Du hast doch gar keine abstehenden Ohren.«

»Ich habe sie operieren lassen.«

»Also schleppst du nur noch das Trauma mit dir herum …«, sagt ein anderer.

Ich sehe förmlich, wie er nickt.

»Und zwar jeden Tag. Und das Auftauchen einer neuen Kollegin hat es wieder verstärkt. Deshalb bin ich hier. Das ist meine Schattenseite.«

»Also, bei dir war es eine neue Kollegin, die den Wunsch ausgelöst hat, etwas für dich zu tun«, höre ich Heiko sagen. »Hanjo, was war es bei dir?«

»Meine Schulkameraden nannten mich immer den Schussel.«

»Und was hatte das zur Folge?«

»Dass ich mich nie getraut habe, unser Baby auf den Arm zu nehmen, weil ich immer Angst hatte, ich könnte es fallen lassen.« Kurze Pause. »Dabei hätte ich es so gern …«

Die weiteren Sätze rauschen an mir vorbei. Irgendetwas hat mein Gehirn in Alarmstimmung versetzt, ich weiß aber nicht, was. Ich stehe gut verborgen im dichten Gebüsch, keiner hat einen Hund dabei, der mich entdecken könnte, es ist dunkle Nacht, kein Vollmond, der aufgehen und mich bescheinen könnte, nichts. Und trotzdem rumort es in meinem Bauch, als ob ich verfolgt würde.

Und plötzlich trifft mich die Erkenntnis wie ein Schlag, sodass ich nach hinten stolpere und mich gerade noch mit einem schnellen Griff an einem der Büsche festhalten und einen Sturz vermeiden kann, was in der nächtlichen Stille allerdings einen Höllenlärm macht. Das Gespräch erstirbt sofort.

»Was war das?«, fragt einer. Offensichtlich lauschen sie nun alle. Ich wage nicht, mich zu bewegen, halte mich reglos an dem Busch fest, damit die Äste nicht zurückschnellen.

»Wir sind mitten im Wald«, höre ich Heikos Stimme, und dafür könnte ich ihn auf der Stelle küssen, »mitten in der Natur. Vielleicht wollte ein Fuchs auf die Lichtung, oder es war ein Reh.«

»Oder eine Ehefrau«, sagt einer, und alle lachen.

Damit ist das Thema erledigt, und sie wenden sich wieder

Hanjo zu. Langsam, nach und nach, will ich die Buschzweige loslassen, doch manche Dornen haben sich so in meinen Fingern verhakt, dass ich meine zweite Hand brauche, um sie aus meiner Haut zu lösen.

Marvin!, denke ich, und es verschlägt mir erneut den Atem! Die Stimme war mir doch gleich … und dann die Kollegin. Die Kollegin bin ich! Mannomann! Marvin hat ein Trauma. Ein »Ich-genüge-nicht«-Trauma. Ein »Ich-werde-nicht-angenommen«-Trauma.

Gut, dass ich das weiß.

Der Abend ist zwar äußerst unbequem, aber sehr aufschlussreich.

Auch, was Heiko angeht.

Ich höre noch gut eine Stunde mehr oder weniger zu, meistens nur noch, wenn ich Marvins Stimme höre. Als sie sich endlich zurück zur Hütte bewegen, atme ich auf. Das wird wohl das Ende der Veranstaltung sein, gut, nicht mehr lang, und auch ich kann den direkten Weg einschlagen.

Aber weit gefehlt. Anstatt nach Hause zu gehen, tragen sie Bierbänke an das Lagerfeuer, entfachen das Feuer neu, und Heiko geht in die Hütte und kommt mit Bierflaschen zurück. Was gibt das jetzt?

Die große Gemütlichkeit danach? Oder kommen jetzt, da die Anspannung nachlässt und der Alkohol die Zungen lockert, noch ganz andere Probleme und Themen zum Vorschein als nur die abstehenden Ohren?

Mein Problem ist, dass ich nicht an ihnen vorbeikomme. Mehrfach bin ich kurz davor, den Weg durch den Wald einzuschlagen … aber dann trau ich mich doch nicht. Vielleicht wäre es möglich, die Hütte quer durch den Wald auf kurzer Distanz zu umgehen. Das müsste doch irgendwie gehen. Aber da es keinen Weg gibt, ist das Unterholz so dicht und zugewachsen, dass ich es nach einigen Versuchen aufgebe.

Also sitze ich neben meinem Busch im Moos und sehe den Männern zu. Ich hätte jetzt auch gern ein Bier getrunken. Was kann ich tun? Eigentlich nur warten. Nach einer Weile versuche ich, in meine eigene Seele zu blicken. Licht und Schatten. Die dunkle Seite, so nannte Freud das doch? Und wie waren noch mal seine weiteren Erkenntnisse? Ich krame in meinem Gedächtnis. Dann fällt es mir wieder ein: Frauen ab dreißig sind psychoanalytisch unbeeinflussbar, weil sie in ihrer Entwicklung bereits festgezurrt sind. Starr und unveränderlich, das war seine Einschätzung. Dagegen sind dreißigjährige Männer große Jungs, noch gut formbar.

Hmm, Herr Freud, was soll mir das jetzt sagen?

Während ich die Männer auf der gegenüberliegenden Seite durch das wieder erstarkte Lagerfeuer im Blick habe, auch ihre zunehmend ausschweifende Gestik, überlege ich, warum ich bis heute Single bin. Wirklich, weil ich mich damit besser fühle, unabhängiger, freier? Oder steckt da was in mir drin, das ich nicht benennen kann? Angst vor Bindung? Ich denke an Hugo und meinen Vater. Burschenschaft, Männerbund, Männerfreundschaften, Geheimnisse unter Männern, Gespielinnen, außereheliche Kinder, was weiß denn ich? Hat mein Unterbewusstsein als Kind vielleicht mehr mitbekommen, als ich heute davon weiß? Die Harmonie zu Hause, ja, die war da. Weil beide Eltern ihre Freiheiten hatten? Waren es am Ende zwei Individualisten, die sich als äußeres Bild eine Ehe gönnten, zwei Kinder, damit war dem bürgerlichen Leben Genüge getan? Eine Art kooperierende Hausgemeinschaft. Wenn Mutti wieder einen ihrer klaren Momente hat, werde ich sie darauf ansprechen. Vielleicht öffnet sie sich ja? Und Boris? Eigentlich passt er doch in das Bild. Mehr Abenteuerlust als Familiensinn.

Mir fallen Muttis Worte wieder ein: Harriet war Papa zu langweilig. Er suchte das Abenteuer. Eroberungen.

Na, denke ich, die Eroberung hat Boris ja jetzt. Mit allen Konsequenzen.

Und ich habe hier die Konsequenz für meine Neugierde, sitze in der Dunkelheit mitten im Wald, mein Rücken beginnt zu schmerzen, und seitdem ich nicht mehr stehe, sondern mich hingesetzt habe, durchnässt das Moos meine Jeans. Mir ist kalt, und morgen habe ich wahrscheinlich eine Blasenentzündung. Auch eine Konsequenz. Selbst schuld, denke ich, wenn man schlecht ausgerüstet losrennt, muss man die Konsequenzen tragen.

25. September Donnerstag

Ich habe nur kurz geschlafen. Obwohl ich erst gegen 2 Uhr heimgekommen bin, habe ich trotzdem noch ein heißes Bad genommen, wohl wissend, dass das Wasserrauschen in den alten Rohren sicherlich das ganze Haus aufwecken würde. Trotz der fehlenden Stunden im Bett bin ich voller Tatendrang aufgewacht. Der Shutdown von gestern Morgen ist wie weggeblasen, ich schalte den Fernseher ein, hole mir meinen Morgencappuccino, durchforste die *Stuttgarter Zeitung,* die ich seit einigen Tagen online abonniert habe, sehe zwischendurch zum *Morgenmagazin* und fühle mich rundum wohl. Und mit diesem Gefühl gehe ich eine gute halbe Stunde später an Fräulein Gassmann vorbei, die mir freundlich zunickt, setze mich in den Wagen und fahre zur Agentur.

Einige blicken kurz auf und grüßen, als ich durch unsere große Agentur-Etage gehe. Bei manchen, so bilde ich mir zumindest ein, hält dieser Blick länger. Gehe ich anders? Selbstbewusster? Könnte sein, denn ich fühle mich auch ziemlich selbstbewusst.

Anna kommt gerade mit einem Kaffee um die Ecke und

stutzt kurz, als sie mich sieht, dann steuert sie direkt auf mich zu. Sie wirkt wie ein Torpedo im Angriff.

»Guten Morgen«, sage ich lächelnd.

»Ich weiß nicht, ob der so gut wird«, erklärt sie stirnrunzelnd. »Unsere Winzer haben sich endlich gemeldet, die beiden vorgeschlagenen Etiketten gefallen ihnen nicht. Weder deines mit den drei Sinnen, noch unseres mit dem roten Aufbruch. Keines zeigt, sagen sie, wie sie sich selbst sehen, nämlich als junges, starkes Team mit biologischen Produkten von hoher Qualität.«

»Und das fällt denen jetzt ein? Die Etiketten liegen ihnen doch schon lange vor?«

Anna zuckt mit den Achseln. »Egal. Wir können nichts machen, was die nicht wollen. Und wenn wir es noch so gut finden.«

»Und woher weißt du das?«

»Kam heute morgen als Mail. Übrigens mit cc zu Sven. Sicherlich wird er uns nachher sprechen wollen.«

»Tja«, überlege ich, »vielleicht sollten wir uns erst mal im Creative-Raum verschanzen?«

»Der ist besetzt, Marvin und sein Autoprojekt.«

»Aha. Kraft, Dynamik, Effizienz.« Und abstehende Ohren, denke ich, und zu meiner Belustigung nickt Anna. »Ja«, sagt sie, »Marvin ist immer obenauf.«

»Das ist doch schön für ihn«, antworte ich, »aber es bringt uns im Moment nicht weiter – oder meinst du, Marvin möchte die Projekte tauschen?«

Sie sieht mich an, als wäre ich nun vollends durchgeknallt.

»Ganz bestimmt nicht!«, stößt sie hervor.

»Na also«, sage ich betont ruhig. »Dann setzen wir uns in einem der kleinen Beratungsräume zusammen und werfen alle unsere neuen Ideen auf den Tisch. Vielleicht kommt ja was Vernünftiges dabei heraus. Trommelst du die anderen bitte zusammen?«

Während Anna davonschwirrt, gehe ich an meinen Platz und lese die Mail von Angelina. Ihre Sichtweise kann ich gut nachvollziehen, sie wollen sich anders präsentieren. Das Etikett soll kommunizieren, wie sie sich fühlen. Ein einziger Blick des Kunden muss ihre Charaktereigenschaften erfassen: jung, biologisch, nachhaltig. Stimmt, denke ich, dem sind wir nicht gerecht geworden.

Allerdings finden sie die Fotoidee oben in dem Weinberg-Häuschen schön. Für die Flyer, die Plakate und fürs Internet.

Immerhin, denke ich und atme auf, das ist doch schon mal die halbe Miete.

Und gerade kommt eine neue Mail herein, Sven. Er würde das Problem gern mit uns besprechen, sei aber schon auf dem Weg zu einem wichtigen Meeting. Und auch morgen, Freitag, nicht anwesend. Also Montag. Und vielleicht hätten wir ja bis dahin schon eine entsprechende Lösung.

Auch gut, denke ich. Umso besser.

Die weiteren Stunden sehen wir uns die Etiketten erfolgreicher Weine an. Woher kommt der Erfolg, überlege ich laut. Liegt es an dem Namen, den man schon ewig zu kennen glaubt? Liegt es am Weingut? Liegt es am Preis? Liegt es tatsächlich am Etikett? Das ja wohl nur für den Kunden, der vor einem großen Regal im Supermarkt steht und nach der Flasche greift, die ihm am besten gefällt. Aber genau das wollen doch unsere drei Weinbauern nicht, sie wollen exklusiv sein. Nicht für die Masse arbeiten. Können sie auch nicht, sage ich, dafür ist der Weinberg zu klein.

Jeder hat eine Meinung dazu, und zum ersten Mal habe ich den Eindruck, dass wir wirklich zusammenarbeiten. Bis ich abends die Agentur verlasse, haben wir unendlich viele Ideen auf den Tisch geworfen, aber der Durchbruch war noch nicht dabei, da sind wir uns einig. Trotzdem habe ich ein gutes Gefühl. Und einen völlig neuen Gedanken: Schade, dass mir Marvin nicht über den Weg gelaufen ist, ich hätte ihn heute gern gesehen.

In der Eingangshalle checke ich meine privaten Nachrichten, bevor ich in die Tiefgarage gehe. Nichts Aufregendes, Gott sei Dank. Ich überlege, wonach mir nun der Sinn steht. Am liebsten würde ich zu Heiko, aber ich trau mir selbst nicht so ganz. Vielleicht würde ich mich ja verraten? Oder sollte ich ihm meine nächtliche Lauschaktion sogar gestehen? Nein, da wäre er bestimmt sauer. Wer wird schon gern bespitzelt, kein Mensch. Also zu Doris. Ob das eine gute Idee ist? Kann ich ihr die grandiosen Neuigkeiten erzählen?

Am besten fahre ich zunächst auf neutrales Terrain, und das wäre meine Wohnung. Mit einer Jacke könnte ich sogar noch gut bei den Bäumchen sitzen, vielleicht mit einem Gläschen Wein? Während ich noch darüber nachdenke, klingelt mein Smartphone. Ingrid Kowalski. Schon der Name auf dem Display jagt mir einen Adrenalinstoß durch den Körper. Vielleicht klingt mein »Ja, Ingrid« deshalb auch ein bisschen gehetzt, denn sie beschwichtigt gleich: »Es ist nichts mit der Mama.«

»Gott sei Dank.« Ich atme aus.

»Aber Merve hat mich angerufen, Ihre Nummer hat sie nicht, Boris ist noch nicht zurück. Die ganze Nacht nicht.«

»Oje!«

»Und sie hat natürlich Angst.«

»Logisch.«

»Ich bin sowieso gleich auf dem Weg zu Ihrer Mutter, Abendbrot und so, es wäre …«

»Jaja«, schneide ich ihr das Wort ab, »ich komme auch. Ich fahre gleich los.«

Großer Fehler, denke ich, während ich den Wagen starte, großer Fehler, Merve meine Nummer nicht gegeben zu haben. Sie hätte mich schon viel früher anrufen können, heute Morgen, oder selbst noch in der Nacht. So saß sie wahrscheinlich die vielen Stunden angstvoll irgendwo im Haus und hat sich alles Mögliche ausgemalt.

Und da kann man sich ja auch einiges ausmalen. Boris. Er wollte seinen Laptop holen. Im Büro. Ist dort was passiert? Ich muss Isabell anrufen. Sie kennt Boris' Kollegen und deren Telefonnummern. Hoffentlich.

An der nächsten roten Ampel wähle ich ihre Nummer und habe Glück, sie geht direkt dran.

»Hey, Katja«, sagt sie fröhlich. »Schön, dass du anrufst … genau im richtigen Moment. Ludwig sitzt glücklich auf einem Pony, und ich bekomme gerade einen Roten Hengst auf Eis serviert.« Sie kichert. »Die sind wirklich nett hier.«

»Das freut mich«, sage ich, »aber wir haben ein Problem. Boris ist gestern Abend ins Büro, um seinen Laptop zu holen, und ist seither nicht mehr aufgetaucht.«

Isabell lacht. »Das ist kein Problem. Das ist typisch Boris. Auf und davon, wenn es brenzlig wird.«

»Nein, im Ernst«, widerspreche ich. »Erinnere dich, was du über diesen Typen in seinem Büro erzählt hast. Wenn ihm was passiert ist?«

»Vielleicht entführen sie ihn ja und verlangen Lösegeld.« Ich höre an ihrer Stimme, dass sie nicht mehr ganz nüchtern ist. »Lösegeld!« Sie lacht über ihre eigenen Worte. »Echt, das wär's noch.«

»Isabell«, versuche ich es noch einmal, »kannst du mir die Handynummern seiner Kollegen schicken? Dann frag ich die mal.«

»Matthias und Marc? Ja, mach ich. Viel Glück dabei … und Katja«, sagt sie noch, kurz bevor ich auflege. »Vielen Dank für alles. Ludwig und Lara sind hier richtig glücklich. Die Großeltern, die Pferde, die anderen Kinder, die netten Besitzer, sie blühen richtig auf.«

»Und du auch …«, sage ich.

»Und ich auch …«, bestätigt sie lachend.

Vor meinem Elternhaus bleibe ich kurz im Wagen sitzen und wähle die Nummern, die mir Katja geschickt hat.

Marc geht gleich dran, er war gestern gar nicht im Büro.

Matthias erreiche ich nicht, also schreibe ich ihm eine Nachricht. Hoffentlich liest er die auch.

Und wenn Boris verschollen bleibt, was soll ich tun? Die Polizei anrufen?

Ich habe keine Antwort, also steige ich aus.

Ingrids E-Bike steht noch nicht da. Ich klingle kurz und rufe schon beim Aufschließen: »Hallo, ich bin's!« Dann gehe ich geradeaus zur Küche durch. Sie ist aufgeräumt, der Tisch leer, kein Mensch da. Liegt Mutti etwa im Bett? Ich laufe schnell die Treppen hoch, aber ihr Bett ist leer und ordentlich gemacht. In meinem Kopf pocht es. Was hat das zu bedeuten? Ich klopfe an Boris' Tür und öffne direkt danach, auch dieser Raum ist leer. Und penibel aufgeräumt. Wo ist Merve?

Vorsichtshalber sehe ich auch in meinem Jugendzimmer nach. Blödsinn, denke ich, klar, dass da niemand ist, und schließe die Tür gleich wieder. Und jetzt? Das Wohnzimmer?

Daran bin ich im Flur vorbeigelaufen, das wäre mir aufgefallen. Aber um sicherzugehen, laufe ich die Treppe wieder hinunter und schau hinein. Nichts. Noch nicht einmal ein Blumenstrauß auf dem Tisch. Ratlos und mit gewaltigem Herzklopfen gehe ich in die Küche zurück und bleibe vor dem Fenster stehen. Auch im Garten keine Spur. Weder von Mutti noch von Merve. Und dann fällt mir plötzlich etwas auf: zwei Spuren durch das hohe Gras. Niedergedrückte Halme. Könnte … ich fasse nach der Terrassentür, sie ist unverschlossen. Also, los, raus und im Laufschritt der Fährte nach, um die Gartenbiegung herum. Dann bleibe ich stehen. Vor der hohen Brombeerhecke zum Nachbargrundstück stehen sich Merve und meine Mutter im kniehohen Gras gegenüber. Was machen sie? Arme hoch, Arme runter, Gymnastik? Ich muss erst mal meine ganze ausgestandene Angst loswerden, bevor ich auf sie zugehe.

Merve entdeckt mich gleich. »Hallo, Katja, wir machen ein bisschen was, damit unsere Knochen nicht versteifen.«

Nun hat auch meine Mutter mich entdeckt und lacht mir zu. »Wir spielen Hampelmann.« Und wie zur Bestätigung wirft sie beide Arme noch einmal hoch, was aber nicht so richtig gelingt. Klar, sie ist eingerostet, denke ich, besonders ihre schmerzende Schulter.

Merve spielt weiter den Hampelmann, während sie auf mich zukommt. »Es ist lustig mit deiner Mutter«, sagt sie fröhlich. »Und außerdem lenkt es mich ab.«

»Und zudem tut es meiner Mutter gut«, füge ich an.

»Ja«, sie nickt. »Sie ist ja noch fit, sie bräuchte eigentlich jeden Tag Bewegung, damit sie so bleibt. Und spezielle Übungen für die Schulter, sonst verklebt die. Und dann wird es schwierig.«

»Du könntest doch gleich dableiben und den Job übernehmen«, schlage ich spontan vor.

Sie schüttelt nur den Kopf. »Ja, tolle Idee. Aber ich kann nicht für immer hierbleiben ... ich will noch was lernen, mein Leben liegt noch vor mir.«

Dagegen kann ich nichts sagen.

Meine Mutter kommt nun auch auf mich zu. »Wir spielen Hampelmann«, ruft sie. »Arme hoch und Beine breit, Arme runter, Beine zu, das macht Spaß. Machst du mit?«

Und weil ich nicht so sein will, stehen wir kurz danach zu dritt da und spielen auf Merves Kommando Hampelmann. Und da fängt meine Mutter plötzlich an, im Takt dazu ein altes Kinderlied zu singen: »Es tanzt ein Bi-Ba-Butzemann in unserm Haus herum, fidibum ...«, und plötzlich muss ich lachen. Es ist so albern, dass es schon wieder gut ist. Und Merve und meine Mutter lachen mit. Für einen kurzen Moment ist die Welt absolut in Ordnung.

Gut zwanzig Minuten später sind wir wieder in der Küche. Mutti setzt sich glücklich erhitzt an den Küchentisch und sieht Merve erwartungsvoll an. Ist ja irre, denke ich, wie schnell sie sich an Merve gewöhnt hat.

»Und jetzt das Abendbrot?«, möchte Merve wissen. »Haben Sie Hunger?«

»Ja«, antwortet meine Mutter, »ich habe Hunger. Und außerdem Durst. Auf ein Glas Wein.« Damit wirft sie mir einen schelmischen Blick zu.

»Fein«, Merve sieht mich kurz an, »darf ich?«

»Ich freu mich«, ermuntere ich sie. »Dann schau ich schon mal nach einer Flasche Wein. Rot oder weiß?«, will ich von meiner Mutter wissen.

»Das, was ich früher auch immer getrunken habe«, antwortet sie.

»Gut, dann rot«, sage ich, weil ich Lust auf Rotwein habe.

»Sag ich doch«, erklärt meine Mutter und nickt mir zu. Wie sie da so sitzt, so offensichtlich mit sich und ihrem Leben zufrieden, frage ich mich, ob so eine Demenz vielleicht auch eine kleine Befreiung sein kann? Man ist stellenweise wieder Kind, kann Verantwortung abgeben, muss sich nicht ständig um alles allein kümmern. Kann es sein, dass man diesen Zustand auch genießen kann? Wenn man mit der zunehmenden Vergesslichkeit nicht streng, sondern spielerisch umgeht? Ich muss mal einen Arzt fragen. Oder die Fachleute vom Pflegedienst, wenn sie zu der ersten Besprechung kommen.

Merve ist schnell. Schneller als ich, Mutti hat bereits einen Teller mit einem belegten Brot vor sich stehen, da klingelt es.

Komisch, denke ich, Ingrid hat doch einen Schlüssel, und klar, wir klingeln kurz, um uns anzukündigen, aber so nachdrücklich?

»Merve«, sage ich leise, denn plötzlich ist eine unbestimmte Furcht da. Sie sieht auf, erkennt meine Handbewegung, und gemeinsam gehen wir in den Flur und weiter Richtung Herrenzimmer. Von dort aus sieht man zur Eingangstüre. Doch bevor wir dort ankommen, höre ich den Schlüssel im Schloss und noch etwas anderes, eine Männerstimme: »Na, dann … geht doch!«

Erschrocken fasse ich nach Merves Hand und ziehe sie auf die gegenüberliegende Seite, zur Kellertür. Fiebernd öffne ich sie, und Merve gleitet wie ein Schatten an mir vorbei, bevor ich sie bis auf einen Spalt wieder zuziehe. Ingrid kommt in Sicht, dahinter ein schmaler Mann, Hemd und Jeans, recht jung. Er geht direkt hinter ihr her. »Sie sind also die Betreuerin von der Mama? Ja, dann fragen wir die Mama doch mal, wo ihr feines Söhnchen gerade steckt? Vielleicht hier im Haus? Mit der kleinen Merve?« Ich drehe mich zu Merve um, und wir sehen uns an.

»Das kaputte Kellerfenster«, flüstere ich ihr zu. »Geh schon voraus.« Ich muss hören, was passiert. Sollte der Kerl gegen meine Mutter losgehen, würde ich mich einmischen.

»Das habe ich repariert«, raunt sie zurück. »Und das ist mein kleiner Bruder. Der ist lieb.«

Lieb? Seine Stimme ist gut zu hören. »So, Mama«, sagt er laut. »Jetzt habe ich ein paar Fragen!«

»Nenn mich nicht Mama«, höre ich meine Mutter antworten. »Sie sind nicht mein Sohn. Sie kenne ich ja gar nicht! Mein Sohn heißt Boris!«

»Ja, sehr schön«, höre ich ihn wieder. »Und wo ist denn Ihr Boris?«

»Auf einem Reiterhof«, sagt sie wie aus der Pistole geschossen.

»Verarschen kann ich mich selbst!«

»Sie ist dement«, höre ich Ingrids Stimme. »Das habe ich Ihnen doch schon vorhin gesagt …«

»Verarschen?«, die strenge Stimme meiner Mutter. »Lassen Sie solche Wörter. Wer sind Sie überhaupt?«

»Ein Freund von Boris. Ich will ihm etwas Schönes bringen. Ich muss nur wissen, wohin.«

»Er wünscht sich ein Pony«, sagt meine Mutter versonnen. »Wollen Sie ihm das schenken?«

»Ein was?«

»Bi-Ba-Butzemann, Bi-Ba-Butzemann, er tanzt im Haus herum«, höre ich meine Mutter singen.

»Also gut«, höre ich ihn wieder, »offensichtlich ist sie wirklich verwirrt. Aber vielleicht wissen Sie ja mehr?« Die Frage geht wohl an Ingrid. »Es geht um meine Schwester. Sie heißt Merve. Jung, hübsch, dunkle lange Haare. Wir vermissen sie, seitdem sie mit … mit ihrem Sohn«, da zeigt er wohl auf Mutti, »zusammen ist.«

»Merve«, sagt Ingrid lang gedehnt und sucht wohl nach einer Antwort, ohne lügen zu müssen.

In dem Moment stößt Merve neben mir die Kellertür auf und ruft: »Ferhat … ich bin da. Lass uns reden.«

Erschrocken versuche ich, sie zurückzuziehen, aber sie ist im Nu an mir vorbei und läuft geradewegs in die Küche. Besorgt gehe ich hinterher. Was wird passieren? Der junge Mann hat sich umgedreht und sieht uns mit finsterem Blick entgegen.

»Dachte ich es mir doch!«

»Und woher weißt du …?«

Er zuckt die Achseln und antwortet auf Türkisch. Ich bleibe auf der Schwelle stehen. Im Notfall würde ich die Polizei rufen, aber es scheint sich kein Notfall anzubahnen. »Wo können wir in Ruhe reden?«, will Merve von mir wissen, und ich sage spontan: »Im Wohnzimmer.«

»Ist dort denn aufgeräumt?«, mischt sich Mutti ein, und ich nicke. »Ja, Mutti, alles gut.«

»Nehmt aber das gute Porzellan«, ordnet sie mit einem Bestätigung heischenden Blick zu Ingrid an: »Wenn man Gäste hat!«

»Danke«, antwortet Merve, fasst nach der Hand ihres Bruders und zieht ihn mit. »Das machen wir.«

Ich bleibe stehen und sehe den beiden nach. Auch der Bruder sieht aus wie aus einem Modekatalog, so gepflegt und gut aussehend. Modern. Kaum zu glauben, dass diese Brüder so hinter dem Mond sein sollen? Zur Vorsicht bleibe ich in Hörweite, falls der hübsche, liebe Bruder ausrasten sollte.

»Verrückt!«, Ingrid schüttelt den Kopf. »Jetzt lebe ich schon so lange, und gerade, als ich in Rente gehen will, wird mein Leben spannend.«

»Mein Leben ist auch spannend«, erklärt meine Mutter und greift nach ihrem Brot. »Wollten wir nicht was trinken?«

»Rotwein«, erinnere ich mich.

»Ja, genau, Rotwein!« Sie sieht sich nach Ingrid um. »Und wer sind jetzt unsere Gäste?«

»Freunde von Boris«, sagt Ingrid spontan.

»Dann kriegen die doch bestimmt auch ein Glas Rotwein?«

»Aber selbstverständlich«, sage ich.

Eine halbe Stunde später steht Merve in der Tür, hinter ihr, halb verdeckt, ihr Bruder. Er nickt einmal an ihr vorbei in den Raum hinein, sagt: »Mein Auftreten von vorhin tut mir leid, einen schönen Abend noch«, und geht dann zur Haustüre. Ingrid und ich sehen uns an, sagen aber kein Wort.

»Das war Ferhat, mein jüngster Bruder. Im Prinzip denkt er genau wie ich, aber es ist nun eben mal mein Vater, der den Ton angibt, und wenn der sagt: ›Bringt mir Merve zurück‹, dann gibt es da kein Vertun, dann ist das ein ernst gemeinter Auftrag, ein Befehl. Und das ist dann nicht nur Sache der Brüder, sondern der ganzen Familie, also auch der Neffen.« Sie verzieht das Gesicht. »Und das sind viele.«

»Komm, setz dich doch«, sage ich und deute auf den letzten leeren Stuhl.

»Und was heißt das jetzt?« Ingrid sieht sie stirnrunzelnd an.

»Nun, ich habe mit Ferhat gesprochen, er wird mich nicht verraten, obwohl das natürlich ein schwerer Vertrauensbruch wäre, wenn es herauskommt. Ich weiß nicht, was sie mit ihm machen würden.«

»Was würden sie denn mit dir machen, wenn sie dich finden?«

Sie zuckt die Achseln. »Nun, ich war ja versprochen. Schon seit meiner Kindheit, das war wohl ein ganz praktischer Deal für die beiden Familien, also bin ich praktisch verlobt. Und hab mich dem widersetzt.« Sie nimmt beide Hände nach oben. »Nach Anatolien verbannen?«

»Man hört immer von Ehrenmorden«, führe ich vorsichtig an.

»Ob sie so weit gehen würden ... glaub ich nicht. Aber man weiß auch nie, ob nicht doch einer durchdreht. Es sind ja nicht alle wie Ferhat, es gibt auch Fanatiker, die sich auf irgendwelche Stellen im Koran berufen, die es gar nicht gibt. Oder zumindest nicht so, wie sie sie auslegen.«

»Für sich selbst auslegen«, ergänzt Ingrid, »für die Männer ...«

»Klar!« Sie zwirbelt sich ihr schweres Haar zusammen. »Immer für die Männer. Alles!«

»Bescheuert!«, sage ich.

»Finde ich auch«, erklärt Mutti, hellhörig geworden, und wir sehen sie alle überrascht an. »Männer sind nicht besser als Frauen. Das habe ich damals schon immer gesagt. Papa wusste das.«

»Ja, Papa war selbstbewusst genug, um mit einer starken Frau zu leben«, gebe ich ihr recht, und sie nickt. »Und jetzt?«, will ich von Merve wissen. »Wenn sie deinen Bruder unter Druck setzen, was dann? Dann kreuzt hier so ein anderer Typ auf? So ein radikaler Moslem? Wir können Mutti doch nicht unter Polizeischutz stellen lassen ...«

Merve nickt. »Ja, deshalb muss ich spätestens morgen hier weg.«

»Zu mir?«, schlägt Ingrid sofort vor. »Ich könnte ein Gästebett aufschlagen.«

»Das ist wirklich lieb, kann ich aber nicht annehmen«, Merve lässt ihr aufgezwirbeltes Haar wieder los, es fällt wie eine schwarze Wolke über ihre Schultern. »Ach, ich weiß auch nicht. Es hätte einfach nicht passieren dürfen.«

»Das Verlieben oder das Entdecktwerden?«, frage ich nach.

Sie holt tief Luft. »Ich fürchte, beides.«

»Wenn wir nur wüssten, wo Boris steckt«, ärgere ich mich.

»Im Reiterhof«, erklärt Mutti bestimmt. »Und die junge Dame hat ja gar nichts zu trinken, kümmerst du dich nicht?«

Ich werfe Merve einen Blick zu, und trotz allem müssen wir lachen. »Rotwein?«, frage ich.

»Nein, lieber Wasser.« Sie steht auf. »Das hole ich aber selbst.«

Ich sehe ihren flinken Bewegungen zu und schlage mit der Hand leicht auf den flachen Tisch. »Also, Entscheidung. Du kannst die Nacht nicht hierbleiben.«

»Warum nicht?«, fragt Merve.

»Na, du bist gut! Du kannst ja zumindest eine Nacht bei mir schlafen, das Sofa ist breit genug.«

»Und wenn Boris kommt?«

»Und wenn er nicht kommt?«

»Boris kommt?«, fragt meine Mutter.

»Nein, leider noch nicht«, sage ich. »Er ist ja noch unterwegs.«

»Auf dem Reiterhof. Sag ich doch«, ergänzt meine Mutter.

»Ja, genau dort!«, bestätige ich.

»Du nimmst mich mit?«, will Merve wissen.

»Ist mir lieber, als dich hierzulassen.«

»Sehe ich auch so«, erklärt Ingrid Kowalski.

»Weißt du, was mir Ingrid angeboten hat?«, fragt sie, nachdem wir eine gute Stunde später in meinen Wagen gestiegen sind. »Nein, was denn?«, frage ich, während ich den Motor starte und beim Wegfahren noch immer etwas beunruhigt in den Rückspiegel sehe. Nachdem Merve nicht gleich antwortet, schau ich zu ihr hinüber. Sie lächelt versonnen.

»Was denn?«, frage ich noch einmal nach.

»Nun, wir saßen ja einige Male zusammen. Mit deiner Mutter, die übrigens recht witzige Dinge erzählt. Ich glaube, die beiden, dein Vater und deine Mutter, waren keine Kinder von Traurigkeit.«

»Keine Kinder von Traurigkeit«, wiederhole ich. »Ja, das glaube ich auch. Wahrscheinlich erzählt sie dir mehr als mir.«

Merve lacht. »Meine Mutter erzählt mir auch nichts.« Sie überlegt. »Aber vielleicht gibt es in ihrem Leben nicht so viel zu erzählen.« Sie wirft mir einen Blick zu. »Bei deiner Mutter schon. Das ist toll.«

Ich hätte Lust, mit Merve zu Doris zu fahren, dann könnten wir uns ausführlich unterhalten, außerdem habe ich Hunger. Es ist noch recht früh, das Wetter hat sich gebessert, morgen soll es sogar einen strahlenden Herbsttag geben. Aber vielleicht ist es doch keine so gute Idee.

Also lieber direkt nach Hause.

Nach Hause. Die Adresse. Genau, denke ich. »Sag mal, Merve, woher hatte Ferhat denn Muttis Adresse?«

»Ferhat sagte, sie wurde ihm gegeben. Da sollte er nachschauen. Die haben das recherchiert, wahrscheinlich sämtliche Familienmitglieder und Freunde von Boris abgeklopft, keine Ahnung.«

»Ganz schön viel Aufwand, vor allem, wenn du doch gar nicht zurückwillst.«

»Es geht um die Ehre und das verlorene Gesicht. Um das wiederherzustellen, ist jeder Aufwand gerechtfertigt.«

»Oje«, sage ich und denke an meine unbeschwerte Zeit als junge Frau. Selbstbestimmt, wählerisch, aktiv.

»Erzählst du mir was über dich?«, bitte ich sie. »Schule – und was machst du jetzt?«

Sie sieht hinaus. »Abi. Richtig gut. Besser als meine Brüder. Ich wollte studieren. Literatur. Ich liebe Bücher.«

»Du liebst Bücher?«

Sie lacht. »Ich lese viel. Ich bin eine richtige Leseratte. Schon immer. Und als wir in der Schule Deutschunterricht hatten, habe ich angefangen, deutsche Literatur zu lesen. Das interessiert mich einfach.«

»Sagenhaft!« Ich schüttle den Kopf. »Die jungen Deutschen ziehen sich am liebsten Streamingdienste rein, und ein türkisches Mädchen liest deutsche Literatur.«

»Ich bin ja in Stuttgart aufgewachsen«, meint sie lachend. »Bei meinen Großeltern sieht es natürlich anders aus. Streamingdienste gibt es dort nicht. Noch nicht mal richtig Internet. Aber egal. Ich habe mich mit Ingrid unterhalten, sie hat viel gefragt, auch über mein Leben, und warum ich denn nicht studiere.«

»Ja«, sage ich, während ich mich in den Stau auf der Durchgangsstraße einfädele. »Wenn du Abitur hast, wieso hast du nicht gleich angefangen?«

»Mein Vater fand nicht, dass das nötig sei. Vor allem, weil ich bei vier Brüdern ja das einzige Mädchen bin. Und sowieso heiraten werde.«

»Und deine Mutter?«

»Meine Mutter ist eine ganz liebe Frau. Aber sie hat bei solchen Entscheidungen nichts zu sagen.«

»Ja, aber du hättest gern studiert?«

»Klar. Wäre auch einfach gewesen, hier in Stuttgart werden Literaturwissenschaften angeboten. Ich bin zwischendurch einfach in die Hörsäle geschlichen und habe zugehört«, sie grinst. »Das hat mir gefallen, aber vielleicht sollte ich doch besser gleich etwas Handfestes machen. Am liebsten eine Buchhandelslehre. Das würde mir liegen.«

»Hmm«, mache ich und denke, dass dies wahrscheinlich einfacher einzufädeln wäre als ein Studium.

»Und stell dir vor, was mir Ingrid vorgeschlagen hat?«

Jetzt sind wir wieder am Anfang unseres Gespräches, denke ich, während wir in der Blechlawine dahinzuckeln. »Ich bin gespannt ...«

»Ich habe dir doch gesagt, dass ich mich mit Landwirtschaft auskenne. Pflanzen, Tiere, Ackerarbeit, zwar in der Türkei, aber das ist ja egal.«

»Ach ja, stimmt.« Neugierig werfe ich ihr einen Blick zu, sie glüht förmlich vor Begeisterung.

»Ingrids Schwester hat einen Reitstall und kann Hilfe gebrauchen. Sie heißt Rita. Ingrid hat sie gleich angerufen und ihr von mir erzählt. Rita will mich kennenlernen, und wenn wir uns leiden können, dann, stell dir vor, dürfte ich zu ihr. Für die Hilfe im Reitstall könnte ich in ihrer Einliegerwohnung wohnen, bekäme Lohn und könnte, wenn alles klappt, nebenher meine Lehre machen. Sie will sich erkundigen. Oder studieren. Was sagst du?«

»Ja, das ...«, für einen Moment bin ich sprachlos. »Das wäre natürlich irre!«

Merve lacht neben mir wie ein kleines Mädchen. »Ja, das wäre das vollkommene Glück«, sagt sie.

»Und Boris?«, will ich wissen.

Sie sieht mich an. »Ich glaube, bei all den Schwierigkeiten hat er sich recht rasch entliebt.«

»Und du?«

»Ich hätte mir ein Leben mit ihm schon vorstellen können. Er konnte so witzig sein. Und steckt immer voller Ideen. Aber jetzt – auch mit seiner Familie –, das ist alles nicht richtig.«

»Wusstest du nicht, dass er verheiratet ist?«

»Getrennt, hat er mir gesagt.«

»Nun«, sag ich trocken. »Inzwischen stimmt das ja auch.«

Sie kontrolliert ihre Fingernägel, dann sieht sie wieder auf. »Was meinst du, wo er steckt?«

»Wenn ich das wüsste.«

»Ist er vielleicht abgehauen?«, überlegt sie. »War ihm das alles zu viel?«

»Oder ist ihm etwas passiert?«, ganz so einfach will ich meinen Bruder nun doch nicht abschreiben. »Immerhin habt ihr euch verliebt, und nun hat er deswegen wohl eine Menge Ärger am Hals.«

Merve nickt. »Ja, stimmt, das hat er.« Und damit verfällt sie in brütendes Schweigen.

»Gäbe es da eine Lösung?«, will ich wissen.

Merve zuckt mit den Schultern. »Ich bräuchte einen Vermittler. Jemanden, der meinen Eltern erklären kann, dass Mädchen in Deutschland nicht zwangsverheiratet werden, sondern ihren eigenen Weg gehen. Mit Beruf und Mann. Aber wer sollte das sein? In unserer Verwandtschaft denken die meisten so.«

»Vielleicht könnte ich zu deinen Eltern gehen und mit ihnen reden? Ich bin ja schließlich unbefangen und kein rotes Tuch.«

Sie sieht mich an und muss lachen. »Super Idee!«

»Also nicht?« Ich runzle die Stirn. »Dann lassen wir dich einfach verschwinden? Aber das ist doch eigentlich auch kein guter Weg.«

Sie überlegt. »Ja, das habe ich auch gedacht. Ich würde schon lieber den geraden Weg gehen und meine Eltern informieren. Ihren Segen haben.« Sie zuckt mit den Achseln. »Aber ich weiß nicht, wie.«

»Eben doch eine Vermittlung«, sage ich. »Die Dinge erklären.«

»Das müsste aber ein Mann sein. Einer, den sie achten, dem sie zuhören.«

»Und wer könnte das sein? Wem würden sie zuhören?«

»Dem Imam«, sagt sie, wie aus der Pistole geschossen.

Ich überlege. »Ja – und ginge das?«

Sie zuckt die Schultern. »Eigentlich schon. Sie gehen ja immer hier ins Gebetszentrum. Und der Imam ist sehr aufgeschlossen.« Wir sehen uns an.

»Und wie kommt man an den Herrn ran?«, will ich wissen und reiche ihr mein Smartphone.

Während ich mich auf den Verkehr und vor allem auf die vielen Blitzer konzentriere, googelt sie. »Ganz problemlos«, erklärt sie schließlich und deutet auf das Display. »Hier stehen seine Telefonnummer und seine E-Mail-Adresse!«

»Das ist gut«, sage ich. »Kennt er dich? Willst du ihn anrufen?«

Sie holt tief Luft.

»Was ist?«, frage ich nach.

»Er ist eine Respektsperson«, erklärt sie leise.

»Hast du Angst?«

Sie zögert. »Ja, schon«, erklärt sie schließlich.

»Bitte ihn um Hilfe. Dann wirst du sehen, was er sagt. Wenn er sich querstellt, kannst du immer noch auflegen. Wenn nicht, dann hast du vielleicht jemanden gefunden, der sich für dich einsetzt.«

Sie sieht mich zweifelnd an. »Meinst du?«

»Das meine ich!«

Sie nickt. »Gut, ich werde mir aufschreiben, was ich sagen will. Sonst bin ich vielleicht zu aufgeregt.«

»Gute Idee.« Ich weise nach vorn, während wir in meine Straße abbiegen. »Gleich sind wir da.«

»Oh, lauter alte Häuser«, sagt sie. »Eher eine günstige Gegend?«

»Bis die Hipster sie entdeckt haben – jetzt ist sie eher teuer.«

Ich fahre die Straße und die Seitenstraße drei Mal ab, bis ich endlich einen Parkplatz habe. »So viele Autos«, sagt Merve, »das ist schon krass!«

»Ja«, sage ich, »vor allem diese dicken Dinger, die Platz für zwei brauchen.«

»Oder die, die nicht richtig parken können und trotzdem

Platz für zwei brauchen«, kichert sie und zeigt auf einen kleinen Fiat, der Platz heischend zwei Parkplätze belegt.

»Parken ist hier der allabendliche Kampf«, erkläre ich, während ich das Gartentor für sie öffne. »So, wir sind da.«

»Ah«, erklärt sie, »schade, dass es schon so dunkel ist. Jetzt sehe ich das alles gar nicht richtig.«

Wir gehen direkt zur Haustüre, und während ich den Haustürschlüssel herauskrame, sieht sich Merve um. »Aber immerhin mit Garten«, erkennt sie. »Sind das nette Leute im Haus?«

In diesem Moment geht die Außenleuchte an, die mit dem inneren Flurlicht gekoppelt ist. Ich erstarre kurz in meiner Bewegung, und Merve sieht mich an. »Ist was?«

»Eigentlich will ich nicht, dass uns jetzt jemand begegnet«, erkläre ich leise. »Das wirft nur wieder Fragen auf. Da lasse ich mir lieber morgen etwas einfallen.«

Also bleiben wir stehen und warten, bis das Licht wieder erloschen ist, dann schließe ich auf. »Also, bitte«, fordere ich Merve auf, und sie geht im Dunkeln vor.

Zwei Stufen vor Petroschkas Wohnung geht die Tür auf. »Wieso machen Sie denn kein Licht?«, fragt er, breit in der Tür stehend, und drückt auf den Lichtschalter. »Ich habe Sie doch kommen hören. Ein Postbote hat etwas für Sie abgegeben, das wollte ich Ihnen persönlich überreichen.«

Merve neben mir steht stockstarr, das fühle ich mehr, als ich es sehen kann. Und auch Petroschka, nun von den Flurlampen angestrahlt, starrt Merve an.

»Was machst denn du hier?«, will er von ihr wissen.

»Petrolein«, sagt sie leise. »Wohnst du hier?«

»Ja, klar ...«

»Ach so, das ist dein Haus, von dem du immer erzählst?«

»Und ob!« Das Staunen ist ihm ins Gesicht geschrieben. »Wie kommt denn das jetzt?« Damit sieht er mich an. »Wie kommt das Mädchen hierher?«

»Kennt ihr euch?«, frage ich, weil mir nichts anderes einfällt. Petroschka in seiner alten Trainingshose, Unterhemd, die Augen aufgerissen. Merve, die seitlich hinter mir steht, halb versteckt, ungläubig, völlig perplex. Und ich dazwischen.

»Tja«, sagt schließlich Merve. »Bei mir ist gerade einiges los.«

»Aber du wohnst – du wohnst nicht dort?«

Sie schüttelt den Kopf. »Nein, keine Gewalt. Ich habe mich einfach verliebt. In den falschen Mann.«

»Echt jetzt?«

»Ja, echt!«

Petroschka? Merve? Ich verstehe überhaupt nichts mehr.

»Und …«, er sieht mich an. »Wie … was haben Sie damit zu tun?«

»Es ist ihr Bruder«, kommt mir Merve zuvor, »in den ich mich verliebt habe.«

»Madonna!«, sagt er und schlägt das Kreuz. Dann fragt er nach. »Und jetzt?«

»Und jetzt findet meine Familie das nicht ganz so lustig.«

Er nickt. »Kann ich mir vorstellen.«

Merve zuckt mit den Schultern. »Aber irgendwann wäre es ohnehin so gekommen.«

Petroschka nickt und sieht dann mich an. »Und wo ist jetzt Ihr Bruder?«

»Verschwunden!«, gibt Merve an meiner Stelle die Antwort. »Wir warten, dass er sich meldet.«

»Madonna!«, wieder schlägt er das Kreuz. »Und jetzt?«

»Jetzt hat mich Katja mitgenommen, damit ich so lange irgendwo wohnen kann.«

»Und dann?«

»Dann sehen wir weiter«, sagt Merve mit mildem Ton. »Ich denke, ich fange ein neues Leben an. Die Weichen sind gestellt.«

»Mit dem Bruder?«, fragt er mich.

»Eher ohne«, antwortet Merve.

Er nickt. »Und wer weiß, dass du hier bist?«

»Niemand.« Sie zuckt die Schultern.

Petroschka sieht mich mit bedeutungsvollem Blick an. »Also tragen Sie die Verantwortung, dass ihr nichts passiert.«

Ich weiß nicht, was ich sagen soll. »Ich glaube«, sage ich, »wir gehen jetzt nach oben.«

»Ja«, sagt Petroschka bedächtig, »tun Sie das. Und ich schließe die Haustüre ab.«

Oben schließe ich die Wohnungstür ebenfalls hinter mir ab und gehe Merve voraus in meine Küche. »Da habe ich mit Boris auch gesessen«, sage ich und zeige zu dem kleinen Küchentisch. Sie steht mit ihrer Tasche auf der Schwelle und sieht mich an. »Wo soll ich das hintun?«, fragt sie. »Wenn ich auf dem Sofa schlafen soll, zum Sofa?«

Ich bin so durcheinander, dass ich nur nicke und ihr folge. Sie geht zur Couch, setzt sich und sieht sich um. »Das ist schön«, sagt sie, »sehr gemütlich.« Aber dann legt sie den Kopf schief und sieht mich mit großen Augen an. »Dass du mit Petro unter einem Dach wohnst, das ist ja …«, anscheinend fehlen ihr die Worte.

»Dann erklär mir mal, was es damit auf sich hat.« Ich stehe vor ihr. »Woher kennst du ihn?«

»Petrolein?« Sie lacht. »Aus dem Frauenhaus. Er ist ein Weltverbesserer, ein Menschenretter.«

»Also, warte mal.« Ich muss erst mal Luft holen. »Aus dem Frauenhaus? Was soll das heißen?«

Sie macht eine unbestimmte Handbewegung. »Eine Freundin von mir hat sich dorthin geflüchtet. Sie hat folgsam geheiratet, eine Tochter bekommen – und ihr Mann ist ein absolut jähzorniger Prolet. Da ist sie geflüchtet. Ich besuche sie zwischendurch.«

»Und was macht ein Mann wie Petroschka im Frauenhaus?«

»Magst du dich nicht setzen?«, fragt Merve und rückt etwas auf die Seite. »Dann erzähle ich dir, was ich weiß.«

»Hast du keinen Hunger?«

Sie fasst sich an ihren flachen Bauch. »Doch, ich glaube, schon.«

»Also. Ich auch. Ich habe noch Käse, Brot und Wurst. Radieschen. Rotwein. Lass uns in die Küche gehen. Und dann klärst du mich mal auf, was es mit Petroschka auf sich hat.«

Man merkt, dass Merve keine verwöhnte Tochter ist, die sich erst mal auf den Stuhl setzt und wartet, was da kommt, nein, kaum in der Küche, findet sie zielsicher Teller, Besteck und Gläser und schneidet Brot, während ich Käse und Wurst auf eine Platte lege. »Davon habe ich immer mal geträumt«, sagt sie, als wir am Tisch sitzen und ich eine Flasche Wein entkorke.

»Wovon?«, will ich wissen.

»So zu leben wie du ...«, sie macht eine Handbewegung. »So schön, so eigenbestimmt, so selbstständig. Kein Mann, der glaubt, dir sagen zu müssen, wo es langgeht. Du bist bestimmt sehr glücklich!«

Sie sagt das so sicher, dass ich kaum ein Gegenargument weiß. Gestern hätte ich noch viele gewusst, aber jetzt muss ich zugeben, dass sie recht hat.

»Ja, das stimmt«, sage ich, »aber zwischendurch habe ich schon auch von einer Familie geträumt. Einfach eine Einheit gegen den Rest der Welt.«

»Wo gibt es das denn? Die Familie musst du mir mal zeigen. Die Frauen, die im Frauenhaus sind, sind fast alle verheiratet. Schöne, heile Welt.«

Ja, stimmt, denke ich.

»Also, lass uns mal anstoßen«, ich schenke ein und hebe mein Glas. »Auf die Zukunft.«

»Da mache ich gern mit«, sie lächelt. »Auf ein neues Leben.«

»Greif zu.« Und während ich beobachte, wie sie sich sorgfältig eine Brotschnitte belegt, stehe ich noch mal auf und hole die Butterdose und ein Glas saure Gurken aus dem Kühlschrank.

»Fast vergessen«, sage ich. »Wurst ohne Butter schmeckt doch nicht.«

»Stimmt«, sagt sie und deckt ihr Brot noch einmal ab.

»Und jetzt, was hat es denn mit Herrn Petroschka auf sich? Ich konnte es ja kaum glauben, dass ihr euch kennt ...«

»Also«, sagt sie, während sie ihr Brot bestreicht, »wie gesagt, er ist ein Weltverbesserer. Er organisiert immer mal was für die Frauen dort, Kleider, Spielsachen für die Kinder, Kosmetik, Handys, alles Mögliche.«

»Wirklich?« Ich muss sie so erstaunt angesehen haben, dass sie lachen muss. »Ja«, sagt sie, »und dort haben wir uns kennengelernt. Er hat meine Freundin beraten. Welche Möglichkeiten ihr offenstehen, sie ist ja Türkin und kennt sich mit solchen Dingen nicht so gut aus. Und manchmal haben wir uns dort gesehen, zufällig. Das ist alles.«

»Also wirklich im Frauenhaus?«

Sie nickt. »Ja, wirklich. Petrolein ist zwischendurch dort, weil er helfen will.«

»Unser Petroschka?« Ich glaube es kaum. »Also, du meinst, mein Vermieter?«

»Genau der Mann, den wir vorhin gesehen haben.«

Mir fällt nichts dazu ein.

»Er meinte mal, er hätte eine Schuld zu begleichen. Er hätte ein Haus geerbt, das ganz sicherlich mit dem Leid und Tod vieler Menschen zu tun hat.«

Da fällt es mir wieder ein. »Ach ja. Die Geschichte mit den Apfelbäumchen.«

»Apfelbäumchen?« Merve schneidet ihr nun wieder belegtes Brot in der Mitte durch und beißt herzhaft hinein. Ich erzähle ihr kurz die Geschichte der Zwillingsschwestern Else und Judith. Else, der das Haus gehörte, und Judith, die von einem betrunkenen Autofahrer überfahren wurde und starb.

»Ach ja?«, fragt Merve mit vollem Mund und trinkt schnell

einen Schluck aus ihrem Wasserglas. »Ich weiß nur, dass seine Tante mit einem Nazi verheiratet war. Der hat dieses Haus wohl auf irgendeine böse Art von einer jüdischen Familie … na, sagen wir mal, übernommen. Und Petrolein hat es geerbt. Und nun versucht er, da wieder etwas gutzumachen. Und ist eben zwischendurch im Frauenhaus, um seine Hilfe anzubieten.«

»Aber …«, ich weiß nicht so richtig, wie ich darauf reagieren soll. »Ich weiß wirklich nicht, was er eigentlich arbeitet. Ich sehe ihn nur morgens recht früh aus dem Haus gehen.«

»Er geht zur Stuttgarter Tafel. Essensvorbereitungen, Essensausgabe. Solche Dinge macht er.«

»Woher weißt du das?«

»Von meiner Freundin.«

»Der Petroschka! Ich glaub's ja kaum. Dabei kam er mir so spießig vor. Ich war kaum eingezogen, stand er mit der Hausordnung da.«

Sie lacht und zeigt dabei schöne, weiße Zähne. So eine hübsche, junge Frau, denke ich erneut.

»Ja, Regeln sind ihm wichtig. Das sagt er meiner Freundin auch immer. *Du musst dein Leben regeln, es selbst in den Griff kriegen. Und im Notfall, stelle dir eigene Regeln auf.* Das sind so ungefähr seine Worte.«

»Hmm«, ich denke darüber nach. So unrecht hat er gar nicht. Meine Regel ist, wenn etwas unerträglich wird, dann kappe es.

»Übrigens hat er einem Mädchen tatsächlich geholfen. Das hatte aber nichts mit dem Frauenhaus zu tun. Sie kam als Siebzehnjährige aus Russland hierher, Ballett, Klavier, alles, was dazugehört, sie war wohl gut, und ihr Traum war, am Staatstheater mittanzen zu können, dann eine böse Verletzung am Knie, Kreuzbandriss, Operation, aus der Traum.«

»Verletzung am Knie?« Ich horche auf, verwerfe den Gedanken aber gleich wieder, Lisa Landwehr ist schließlich kein russischer Name. Trotzdem frage ich nach: »Blass? Fast durchscheinend, wie eine Ballerina?«

Merve zuckt die Achseln. »Ich kenne sie nicht. Habe nur davon gehört …«, aber dann horcht sie auf. »Eigentlich müsstest du sie kennen. Petroschka hat sie aufgenommen, weil sie kein Geld mehr hatte. Sie wohnt bei ihm, bis sie wieder anfangen kann. Etwa ein Jahr, hat er gesagt, so lange dauert so eine Verletzung.«

Ich denke nach. »Ja, gut«, sage ich dann, »könnte passen. Wenn sie es ist, dann arbeitet sie jetzt beim *Aldi* an der Kasse.«

»Ja, ist doch gut«, sagt Merve. »Sie muss ja fürs Zimmer nichts zahlen, sagt Petrolein, dann reicht das doch.«

»Keine Miete?«

»Nein, das gehört zu seiner Wiedergutmachung. Er selbst braucht nicht viel zum Leben, sagt er immer. Stimmt wohl auch.«

»Wahnsinn«, sage ich. »Ich habe ihn völlig falsch eingeschätzt.«

»Wir können ihn ja hochholen?«, schlägt Merve vor. »Das freut ihn bestimmt.«

»Keine schlechte Idee.«

Wir versinken in Schweigen, ich knabbere mehr, als dass ich esse, aber Merve hat guten Appetit. »Darf ich?«, fragt sie, nachdem ihr Teller wieder leer ist, und zeigt zum Brotkorb. »Klar«, ermuntere ich sie, »dazu steht ja alles da.«

»Auch richtig dick? Das liebe ich.«

»Auch richtig dick.«

Und während sie sich ihr zweites Brot dick mit Käse und Wurst belegt und dann mit halbierten Cornichons garniert, sieht sie mich plötzlich an und sagt: »Denkst du auch ständig nach, was mit Boris ist?«

Ich nicke. »Wenn man so gar keine Nachricht hat …«

»Seine Büronachbarn?«

»Der eine war nicht da, der andere hat sich noch nicht gemeldet.«

»Hmm«, sie überlegt.

»Jetzt mal ehrlich, was würden sie ihm tun, wenn sie ihn erwischen?«, will ich wissen.

»Sie denken wahrscheinlich, wenn sie ihn haben, haben sie auch mich. Keine Ahnung. Besser nicht darauf ankommen lassen.«

»Gut«, sage ich, »dann gehe ich schon mal zu Petroschka runter und bitte ihn zu einem Glas Wein hoch. Nach dem Essen. Zwanzig Minuten? Oder schaffst du noch ein drittes Brot?«

»Im Schnellgang?«, fragt sie.

»Lass dir Zeit!«

Petroschka freut sich, das ist offensichtlich. Als er eine halbe Stunde später erscheint, hat er sich schön gemacht. Eine dunkelgraue Stoffhose mit Bügelfalte und ein blütenweißes Hemd, die schütteren Haare gescheitelt und mit etwas Pomade festgeklebt. In der Hand hält er eine Flasche badischen Rotwein, und über sein Gesicht tanzt ein Lächeln.

»Das freut mich ja so«, sagt er, kaum dass er im Zimmer steht. »Auf dich haben sie doch aufgepasst wie auf einen Ferrari?« Er wendet sich an mich. »Sie sagten, Ihr Bruder?« Er schüttelt den Kopf. »Zufälle gibt's ...«

Ich nicke und mache eine undefinierte Handbewegung zum Raum hin. »Couch oder Tisch? Wohin möchten Sie sich setzen?«

»Setzen?«, wiederholt er meine Aufforderung. »An den Tisch?« Er sieht mich an. »Oder spielen Sie nachher noch was? Dann lieber die Couch. Und am liebsten auf den roten Ledersessel, den habe ich in so guter Erinnerung.«

»Guten Abend, gute Nacht ...«, sage ich, was ihm ein Lächeln entlockt. »Jeder Mensch hat an seine Kindheit irgendeine schöne Erinnerung«, er wirft Merve einen schnellen Blick zu,

»wenn er Glück hat. Dieses Wiegenlied ist meine. Meine Mutter hat es immer gesungen.«

»Ich habe auch gute Erinnerungen«, wiegelt Merve ab. »Vor allem an meine Kindheit, unsere Urlaube bei den Großeltern, die Arbeit draußen in der Natur. Das hat mir immer gefallen.«

»Also Tisch«, bestimme ich. »Wenn ich spiele, können wir uns ja immer noch umsetzen.«

»Du spielst wirklich?« Merve sieht zu meinem Klavier. »Es sieht alt aus.«

Ich muss lachen. »Ja, stimmt. Es ist alt. Aber deswegen nicht schlecht.«

Ich nehme Petroschka seinen Wein ab und bringe unseren auf den Tisch, lösche das helle Deckenlicht und ersetze es durch vereinzelte Lampen und einige Kerzen.

»Kuschelig«, lobt Merve, die Wein und Wassergläser hereinträgt und alles behutsam abstellt.

»Gemütlich bei Ihnen«, findet Petroschka, der sich, noch immer mitten im Raum stehend, umsieht. »Die Bilder, das habe ich ja schon gesagt. Aber alles zusammen. Sie haben ein Händchen für so was.«

»Haben Sie sich in Ihrer Wohnung selbst eingerichtet?«

Er zögert. »Ja, aber das würde Ihnen nicht gefallen. Im Vergleich hierzu ist es bei mir dunkel und eng. Ich habe halt die Möbel meiner Tante übernommen. Das erschien mir praktisch.«

So ungefähr kann ich mir das vorstellen.

»Und in den Möbeln meiner Mutter, also eines drüber«, er weist zur Decke, »wohnt Fräulein Gassmann. Die hatte ja auch nichts.«

Zum ersten Mal, seit ich aus Hamburg weg bin, habe ich plötzlich das Gefühl, als ob sich mein Herz weiten würde. Was ist das ganze hochtrabende Schickimicki-Gehabe gegen so einen Menschen wert, frage ich mich und muss aufpassen, dass mich nicht die Rührung überkommt. »Ja, also«, höre ich mich sagen,

»wenn Sie sich neu einrichten wollen, stehe ich Ihnen gern zur Verfügung.«

»Dafür habe ich kein Geld übrig«, erklärt er und geht zum Tisch.

»Das geht auch mit einem schmalen Geldbeutel«, widerspreche ich.

»Jetzt freue ich mich erst mal auf ein Glas Wein«, weicht er aus, »und auf deine Geschichte, Merve. Da bin ich ja gespannt.«

Wir sitzen bis Mitternacht. Ich erzähle von dem mitternächtlichen Besuch meines Bruders, und Merve schildert ihre Geschichte. Zwischendurch sprechen die beiden über Interna, die ich nicht nachvollziehen kann, vielleicht auch deswegen, weil meine Gedanken immer wieder abschweifen. Wo Boris wohl ist? Warum er sich nicht meldet? Merves Pläne, nach Aalen zu ziehen und dort zu studieren oder eine Buchhandelslehre zu machen, falls möglich, findet Petroschka fantastisch. »Bücher, Tiere und Natur, das bist ganz du«, erklärt er mit roter Gesichtshaut. Offensichtlich steigt ihm der Wein in den Kopf.

Als er sich verabschiedet, fällt ihm das Paket wieder ein, das er mir eigentlich geben wollte und das noch immer unten bei ihm steht. Ich vertage die Übergabe auf morgen, denn ich bin richtig müde. Morgen früh Agentur. Mal sehen, wie das wird. Und Merve hier. Während ich ihr den Vortritt ins Badezimmer lasse, richte ich ihr noch schnell ein improvisiertes Bett auf der Couch und ziehe mich in der Zwischenzeit um.

Und als ich dann endlich erschöpft ins Bett sinke, kann ich nicht schlafen, strample die Decke weg, ziehe sie wieder hoch, Seitenlage, Rückenlage, Bauchlage. Obwohl das Fenster offen ist, bekomme ich keine Luft. Ganz sicher ein Hinweis auf mein Inneres.

Da wohne ich also in einem Haus, in dem ich der einzige zahlende Mieter bin. Einer muss es sein, hat Petroschka erklärt.

Fräulein Gassmann hat er aufgenommen, nachdem sie aus dem Gefängnis entlassen wurde und nicht wusste, wohin. Sie hat ihren Stiefvater und jahrelangen Peiniger umgebracht. Und das, obwohl sie schon im Schuldienst war und es ihr eigentlich gut ging. Kurzschlusshandlung, sagte Petroschka, beim Besuch in ihrem Elternhaus hat er sie wohl anzüglich gefragt, ob sie noch einmal in ihr Kinderzimmer wolle? Das sei doch immer so schön gewesen. Daraufhin hat sie zugeschlagen, er ist mit dem Kopf gegen die Buffetkante geknallt, und das war's dann. Für ihn, aber auch für Lotta Gassmann. Totschlag.

»Wo sollen die Menschen dann hin?«, hatte Petroschka mich gefragt. »Irgendjemand muss sie doch auffangen.«

Ich habe nur den Kopf geschüttelt. Und er hat mich aus seinen runden Augen angesehen. »Ich habe das hier alles geerbt. Geld dazu. Ich brauch nicht viel. Warum soll ich nicht tun, was ich tu?«

»Andere würden die Wohnungen teuer vermieten, sich ein gutes Leben gönnen, feine Restaurants, Autos, Reisen …«

»Das gibt mir nichts«, sagte er und hielt sich die Hand aufs Herz. »Sehen Sie, hier drin muss es stimmen. Und da stimmt es. Danach lebe ich.«

Ich konnte nur nicken.

Und jetzt hält mich das wach. Ständig kreisen meine Gedanken um Petroschka, Fräulein Gassmann, Lisa Landwehr, Merve und Boris.

Schließlich stehe ich auf, um mir in der Küche ein Wasser zu holen.

Dort stoße ich auf Merve, sie sitzt am Küchentisch und starrt vor sich hin.

»Kannst du auch nicht schlafen?«, frage ich unnötigerweise.

Sie schüttelt den Kopf.

»Es ist so viel passiert. Ich bin erst neunzehn Jahre alt, und in meinem Leben ist schon so viel passiert!«

Ich gehe zu ihr hin, sie steht auf, und wir nehmen uns in die Arme.

Sie könnte meine Tochter sein, denke ich wieder einmal.

»Keine Angst, Merve, ich helfe dir. Gemeinsam kriegen wir das schon hin.«

26. September Freitag

Der Wecker meines Handys klingelt, und ich bin sofort hellwach. Es fühlt sich fast bizarr an, wie das Adrenalin durch meinen Körper strömt und alle Sinne sofort geschärft sind. Draußen ist es hell. Kaffeeduft. Merve. Petroschka. Die vergangene Nacht.

Mit einem Satz bin ich aus dem Bett und wäre an meiner Schlafzimmertür fast mit Merve zusammengestoßen, die, mit einer Tasse Kaffee in der Hand, gerade anklopfen will.

»Oh«, sage ich, einen Schritt zurückweichend, »das ist aber nett von dir.«

»Ich habe mir auch gerade einen gemacht. Magst du den Kaffee im Bett trinken oder mit mir am Küchentisch?«

»Ich komme«, sage ich, nehme ihr die Tasse ab und setze mich so, wie ich bin, zu ihr.

»Das war eine kurze Nacht«, beginnt Merve.

»Hast du überhaupt schlafen können?«

»Im Moment schlafe ich wenig«, sagt sie. »Das kommt vielleicht wieder.«

»Ja, bestimmt.«

Kaffee mit Milch und Zucker, keinen Cappuccino. Mal anders, aber schmeckt auch ganz gut.

»Magst du was essen?«, will ich wissen.

»Ich habe noch keinen Hunger.«

»Ich auch nicht«, stelle ich fest.

Dann sitzen wir da und sehen uns an.

Schließlich holt Merve tief Luft. »Es tut mir leid. All die Umstände … die Ängste …«

»Es braucht dir nicht leidzutun. Ich habe dir heute Nacht gesagt, dass wir das schaffen. Und das meine ich auch so.«

»Wie einst die Kanzlerin.«

»Das ist lange her.«

»Aber sie hat es geschafft.«

»Ja, sie hat es geschafft.«

Die Stimmung, mit der ich heute zur Arbeit fahre, ist anders als sonst. Bisher war ich immer hin- und hergerissen. Mal kämpferisch, mal verzagt, mal ungläubig darüber, dass alles so schräg läuft. Heute ist es mir eigentlich völlig egal, was in der Agentur läuft. Worum geht es denn da? Um Machtkämpfe, Grabenkämpfe. Die Worte von Peter Stockinger, einem ehemaligen Chef, kommen mir in den Sinn: »Wer irgendein Teilchen Macht besitzt, wird es auch anwenden.« Das System ist eigentlich widerlich, denke ich, während ich in die Tiefgarage fahre. Was geht mich Marvins Trauma an? Warum versucht er, mich hinauszudrängen? Was bringt ihm das? Und ich? Habe ich Lust auf diese Art von Job, in dem getreten, geschubst und gemobbt wird?

Im Moment erscheint mir Petroschka als der Held des Tages.

Aber als ich die Tür zur Agentur öffne, sind die Gedanken verflogen. Der offene Raum, die Kreativität, die ich einatme, ist eben doch das, was mir liegt. Wenn ich an einem Thema herumdenken kann, mich hineinversetze, wenn ich plötzlich einen Geistesblitz habe, den ich Sekunden davor noch nicht mal erahnen konnte, dann beflügelt mich das. Es ist das, was ich seit über zwanzig Jahren mache, es ist das, was ich kann. Ich lasse mich nicht so einfach unterkriegen.

»Guten Morgen«, sage ich im Vorbeigehen, einige erwidern den Gruß, andere sind beschäftigt, an meinem Tisch bleibe ich stehen und sehe mich um. Meine Frühaufsteher sind heute entweder wieder Langschläfer oder haben sich irgendwo anders zusammengerottet.

Ich tippe auf den Creative-Raum, also fahre ich zunächst meinen Computer hoch und gehe dann dorthin.

Wie vermutet, sitzen sie in dem geisterbahnartigen Sammelsurium, so empfinde ich diesen Raum, allerdings nur in der einen Ecke. Die andere Hälfte ist von Leuten belegt, die ich bisher nur flüchtig kennengelernt oder überhaupt noch nicht gesehen habe. Ich grüße lautlos und schlängle mich nach hinten durch, zu Anna, Lilli, Joshua und Jan, die eine plüschrote Couch und einen goldenen Thron belegt haben. »Wow«, sage ich nach meiner kurzen Begrüßung, »so ein Thron macht doch was her. Da fühlt man sich gleich richtig gut.«

»Ja, magst du mal ausprobieren?« Lilli rekelt sich. »Wenn ich hier sitze, dann denke ich: Ich bin der Nabel der Welt, jetzt muss mir doch was richtig Gutes einfallen.«

»Und?«, frage ich und ziehe mir einen ledernen Regiestuhl her, »wirkt's?«

»Wir haben gerade darüber nachgedacht, welche Marken schon völlig untergegangen waren und dann plötzlich einen unglaublichen Aufschwung erlebt haben«, erklärt Jan und dreht sich in meine Richtung.

»Aha«, sage ich, während ich mich setze, »und da wären?«

»Jägermeister, beispielsweise. Jahrelang wollte von Jägermeister keiner mehr was wissen – und plötzlich war Jägermeister hipp. International. Sogar in den USA ist das Gesöff Kult. Wie haben die das geschafft?«

»Oder Gucci«, schaltet sich Joshua ein. »Es gab Zeiten, da war Gucci völlig out. Noch ein paar grün-rot-grün-gestreifte Uhren, fertig. Plötzlich ist Gucci ganz oben, und die Frauen reißen sich um die Taschen mit dem Dschungeldesign. Was ist passiert?«

»Neuer Designer«, sage ich. »Mitte der Neunziger kam Tom Ford und damit der richtig große Aufschwung. Und mit Alessandro Michele nun die bunten Blumen.« Ich blicke nicht auf, aber ich spüre, dass sie mich fixieren. »Er ist eben ein Über-Designer. Römer. Und er sagt: Bei Gucci feiern wir Freiheit und Selbstentfaltung. Er meint damit den Dresscode für seine Shows. Es gibt keinen. Auch Sneakers sind willkommen.«

»Hmm«, macht Lilli. »Hilft uns das jetzt weiter?«

»Freiheit und Selbstentfaltung«, grübelt Jan. »Das trifft doch auch auf unsere drei Winzer zu? Sie lösen sich aus alten Pfaden, Bio statt Chemie, Nützlinge gegen Schädlinge, sie sind jung, haben Visionen, sind aufstrebend, haben die ersten Erfolge.«

»Und jetzt?«, fragt Joshua.

»Was ist ihnen wichtig?«, greife ich Jans Faden auf. »Keine Sinne, die gab es beim Wein schon immer, und kein Aufbruch, das ist ihnen zu plakativ. Selbstentfaltung – die drei Winzer entfalten sich, die Trauben entfalten sich, der Wein entfaltet sich …«

»Ein Schmetterling entfaltet seine Flügel«, sagt Anna plötzlich.

Wir sehen sie alle überrascht an.

»Ein gezeichneter Schmetterling auf einer Weinrebe, nur drei Trauben zu sehen«, sage ich.

»Ja!«, Jan klopft neben sich auf den plüschigen Sofastoff. »Papillon!«

»Butterfly.«

»Pfauenauge.«

Die Vorschläge überschlagen sich.

»Halt!«, werfe ich ein, »welche Schmetterlinge gibt es denn zwischen den Reben?«

Jan zieht sofort sein Smartphone hervor. »Also, hört zu«, doziert er mit erhobenem Zeigefinger. »Schmetterlinge gehören zu den unhintergehbaren Wahrsagern. Denn wo es sie gibt, braucht es keine Bio-Kontrolle, sie haben sehr hohe Ansprüche an die biologische Vielfalt ihres Lebensraumes.«

»Heißt also«, überlegt Anna, »ein Schmetterling garantiert, dass so ein Weinberg ökologisch gesund ist.«

»Er ist unbestechlich«, wirft Joshua ein.

»Wie heißen diese Schmetterlinge denn?«, will ich wissen.

»Admiral, Schwalbenschwanz, Wolfsmilchschwärmer, Kleiner Fuchs …«, Jan sieht auf. »Das Etikett mit dem Schmetterling ist gut, finde ich. Aber einfach nur einen Schmetterlingsnamen? Und dann so schwierige?«

»Was wollen die drei denn sein? Ehrlich, bodenständig, cool … vielleicht fällt uns da was ein?«, versuche ich, unsere Fantasie anzukurbeln.

»Na? Seid ihr noch immer im Weinfass unterwegs?«

Die Stimme hätte ich unter Hunderten herausgekannt.

»Hey«, Lilli springt auf. Ich drehe mich nicht um, ich weiß auch so, wer hinter mir steht. »Wann startet eure große Präsentation?«, will sie wissen.

»Nächsten Mittwoch. Dann ist alles im Kasten«, sagt die Stimme.

»Ich wäre so gern dabei!«

Gleich fliegt Lilli ihm um den Hals, nehme ich an.

»Große Sache«, sagt nun auch Joshua. »Ein wirklich großes Ding. Gratuliere!«

»Da hättet ihr dabei sein können, wenn nicht … ja, wenn nicht …«

»So war es ja auch vorgesehen«, trotziger Seitenhieb in meine Richtung von Lilli.

»Tja«, sage ich und drehe mich nun doch um. Grinsend steht er hinter mir. »Ist die große Sache von den Auftraggebern denn schon abgenommen, oder geht es erst mal um die Präsentation?«

»Immerhin!«, schnaubt Lilli und verzieht das Gesicht.

»Na ja«, sage ich gleichmütig, »manchmal muss man die Ohren ganz schön anlegen, bis die Dinge wirklich in trockenen Tüchern sind.«

Er starrt mich an und verfärbt sich rot.

Wow, denke ich. Tatsächlich. Von seinem blütenweißen T-Shirt aufwärts wechselt er die Farbe. »Oder nicht?«, gebe ich noch eines drauf.

Es kommt keine Antwort mehr. Er dreht sich um und geht.

»Was hat er denn?«, will Lilli wissen.

»Lauf ihm nach und frag ihn«, sage ich. »Und wir anderen kümmern uns dann vielleicht um die wirklich wichtigen Dinge.«

»Die da wären?«, schnappt Lilli.

Ich zucke die Schultern und drehe mich wieder zurück. »Wenn du das nicht selbst weißt, kann ich dir auch nicht helfen.«

Es ist Freitag, und alle gehen früher. Ich auch. Allerdings drängt es mich heute nicht zu meiner Mutter, sondern zu mir nach Hause. Ein kurzes Telefonat zur Abstimmung mit Ingrid, die den Abend bei ihr verbringen wird, und dann ein Anruf bei meiner Mutter. Sie ist gut drauf und erzählt mir von dem gestrigen Besuch. »Der wollte zu Boris«, überlegt sie. »Aber Boris ist doch gar nicht da. Und so einen komischen Freund hatte er noch nie.« Ich gebe ihr recht. »Aber das hübsche Mädchen ist auch nicht mehr da, es war doch so lustig mit ihr im Garten ... wer war sie gleich noch mal?«

»Eine Freundin von mir, Mutti, aber nachher kommt Ingrid, das ist doch auch okay?«

»Ja, dann spielen wir *Mensch-ärgere-dich-nicht.*« Sie kichert und erklärt mir geheimnisvoll: »Weißt du, ich lasse sie immer gewinnen. Sie kann das nicht richtig ...«

Ich muss lachen und wünsche ihr noch viel Spaß, bevor ich auflege.

Eigentlich würde ich jetzt gern mit Doris ein Glas Wein trinken, aber dann denke ich an Merve. Sicherlich wartet sie. Also fahre ich in die Markthalle und kaufe üppig ein. Vielleicht sollte ich ihr auch ein Prepaidhandy kaufen, damit sie erreichbar ist? Ihr eigenes hat sie bei der überhasteten Flucht in Vaihingen zurückgelassen, sagt sie.

Gedankenverloren und schwer bepackt öffne ich das Gartentor und sehe sie schon dort sitzen. Eng beieinander, beide mit dem Rücken zu mir. Merve hat die Kapuze ihres Sweatshirts über den Kopf gezogen, Lisa trägt eine schwarze Wollmütze, einige rote Haarsträhnen stehlen sich darunter hervor. Das zufallende Gartentor bringt Bewegung in die beiden, Lisa dreht sich zu mir um. »Oh«, sagt sie mit Blick auf die vollen Einkaufskörbe, »kann ich helfen?«

Ich schüttle den Kopf. »Alles gut.«

»Schau mal, Katja«, sagt Merve, ohne sich nach mir umzudrehen, »das kleine Bäumchen ist gut angewachsen, ich glaube, es gedeiht.«

Ich bleibe neben den beiden an dem kleinen Tischchen stehen. »Ist es nicht ein bisschen kühl, um draußen zu sitzen?«

»Kühl schon«, erklärt Lisa. »Aber wir kannten uns bisher nur über Petroschka vom Hörensagen und sind uns gerade über den Weg gelaufen.«

»Jetzt haben wir uns so viel zu erzählen, das heizt auf«, ergänzt Merve.

Ich muss lachen. »Ihr könnt doch zu mir rein …«

»Würde ich nie tun«, erklärt Merve, »ohne dich zu fragen.«

»Und bei mir ist es nicht besonders schön«, sagt Lisa, »ich muss erst noch ein bisschen sparen.«

»Okay«, ich hebe meine Einkaufskörbe. »Ich mache euch einen Vorschlag. Ihr nehmt das mit rein, macht es euch gemütlich, und ich gehe wieder.«

»Du gehst wieder?«, fragt Merve erstaunt und sieht sich nun doch nach mir um.

»Zu meiner Freundin Doris, die hat ein Vintage-Café und braucht manchmal Hilfe. Manchmal auch nicht. Ich schau mal.«

»Gutmensch«, Lisa lächelt mich an. »Da wohnen Sie ja jetzt bei Petroschka im genau richtigen Haus.«

»Gutmensch?« Ich denke nach. »Nein, eigentlich bin ich eine absolute Egoistin. Es ist nur ... seit ein paar Wochen ist es irgendwie anders ...«

»Sag ich doch ...«, Lisa steht auf und sieht mich mit ihren hellen Augen an. »Aber jedenfalls herzlichen Dank, das Angebot nehmen wir gern an, stimmt's, Merve?«

Merve lacht und nickt, und während die beiden mit meinen beiden Einkaufskörben vergnügt zum Hauseingang gehen, bleibe ich noch kurz bei den Apfelbäumchen stehen und sehe ihnen nach. Was wäre wohl, wenn Boris plötzlich zurückkäme, sinniere ich, würde ihn Merve überhaupt noch wollen?

Erstaunlicherweise ist Doris' Café leer. Sie kommt mir auch gleich entgegen und nimmt mich in den Arm. »Schön, dich zu sehen«, begrüßt sie mich, »wie geht es dir denn?«

»Eigentlich ganz gut«, ich erwidere ihren herzlichen Empfang, »und dir?«

»Phh«, sie zieht die Nase hoch. »Furchtbar!«

»Wirklich? Warum?« Ich halte sie etwas auf Abstand, um ihr in die Augen sehen zu können.

»Alles Mist!«

»Alles Mist? Wieso denn?« Ich sehe mich um und ziehe sie dann an den nächsten leeren Tisch. »So leer, gab es das schon mal?«

»Vorher war die Hölle los. Und für nachher haben sich auch schon wieder einige angekündigt. Es ist die Ruhe zwischen den Stürmen ...«

»Aber das ist doch gut, der Laden läuft, das ist doch Sinn und Zweck, wenn man so etwas aufmacht ... oder nicht?«

»Es wächst mir über den Kopf!« Sie macht eine Handbewegung. »Bleib sitzen. Ich hol uns was. Weißwein?«

»Mir ist mehr nach einem kalten Johannisbeerschorle.«

Sie nickt, und ich sehe ihr zu, wie sie flink zwei Gläser einschenkt und gleich wieder zurück ist. »Hunger auch?«, will sie wissen.

»Jetzt bleib erst mal sitzen. Was ist denn so schlimm?«

»Ich kann nicht alles. Bestellen, Speisen richten, bedienen, abrechnen … ja, gut. Im Notfall auch kochen. Aber die Buchhaltung? Ich habe das Finanzamt am Hals, Katja. Mein Mann triumphiert, das habe ich dir ja gleich gesagt, das kannst du nicht.« Den letzten Satz spricht sie mit verstellter Stimme und drohendem Blick, dann sieht sie mich schräg an und hebt das Glas. »Weißt du was? Er hat recht. Das ist das Schlimmste daran. Ich kann das nicht!«

»Tja, alles in Personalunion ist ja auch ein bisschen viel.«

»Aber du. Du hast doch mal BWL studiert …«

»Halt«, schneide ich ihr das Wort ab. »Ich habe mich kaufmännisch auf Vordermann gebracht, falls ich mich mal selbstständig mache. Das war der Grund.«

»Ja, aber darin bist du doch gut.«

»Das, was man halt lernen kann …«, ich halte inne und greife nach ihrer Hand. »Worauf willst du hinaus?«

»Willst du nicht bei mir einsteigen? Fifty-fifty, habe ich gedacht. Katja, bevor du was sagst, der Laden wirft wirklich gut was ab. Ich mache eben nur vieles falsch. Das müsste in geordnete Bahnen kommen, dann können wir beide gut davon leben.«

»Das ist dein Ernst?«

»Voller Ernst.«

»Aber du musst ja gar nicht davon leben …«

»Wer weiß.«

»Was heißt denn das? Ehekrise?«

»Habe ich dir doch schon erzählt. Er fühlt sich vernachlässigt, der Haushalt, seine Hemden, von seiner Libido ganz zu schweigen.«

»Tja«, ich nehme noch einen Schluck. »Dann lass mal Tacheles reden. Was wirft das hier im Monat ab? Zwei Personen, vergiss nicht. Miete, Versicherungen, Auto, Leben.«

Sie zuckt die Schultern. »Das ist ja das Problem. Meine Buchhaltung ist so … ein bisschen konfus, meint mein Steuerberater. Ich soll das in den Griff bekommen, sonst kriege ich ernsthafte Probleme mit dem Finanzamt.«

»Hast du ein Büro hier? Oder wo hast du deine Unterlagen aufbewahrt?«

»Gut.« Sie sieht mich an. »Dann komm. Aber schimpf nicht.«

Ich gehe hinter ihr her, ohne einen konkreten Gedanken fassen zu können. In der Agentur aufhören? Ich, da ich doch ein totales Agentur-Kind bin? Hier etwas völlig Neues anfangen? Zusammen mit Doris? Könnte das gut gehen? Auf der anderen Seite, sein eigener Herr zu sein, hat schon etwas Verlockendes. Die Selbstständigkeit hat mich schon immer gereizt, wenn ich auch in eine andere Richtung gedacht hatte …

Doris geht mir voraus an der Theke und der Küche vorbei den Gang hinunter und bleibt vor einer schmalen Tür stehen. »Et voilà«, sagt sie und öffnet. So ähnlich habe ich es mir vorgestellt. Ein kleiner Raum voller Aktenordner, der Tisch überladen mit Briefen, Zetteln und ausgedruckten Mails.

»Ich komme einfach nicht mehr hinterher«, sagt Doris entschuldigend. »Jetzt siehst du, was ich meine.«

Ich hole erst mal Luft. »Wann arbeitest du hier drin überhaupt mal?«

»Mir fehlt einfach die Zeit. Es hat mich überrollt.«

»Also selten.« Ich muss niesen. »Es ist auch wirklich stickig hier.«

»Wenn ich das Fenster öffne, fliegt alles durcheinander.«

Ich muss lachen, drehe mich um und nehme Doris in den Arm.

»Heißt das, du machst mit?«, fragt sie sofort hoffnungsfroh.

Ich schüttle den Kopf. »Das heißt im Moment nur, dass ich dich unwahrscheinlich gernhabe. Du bist mein Zwilling, meine Busenfreundin.«

»Busenhälfte«, sagt sie.

»Oder das.«

Wir schweigen einen Moment, und ich gehe näher an den Tisch heran, greife das eine oder andere auf und betrachte es. »Aber die Rechnungen bezahlst du schon fristgerecht?«

»Ja«, sagt sie. Und dann zögerlich: »Meistens.«

»Das ist wichtig!«, ermahne ich sie.

»Jaaa.«

»Ich müsste deshalb nicht kündigen. Wenn meine Mutter demnächst durch den Pflegedienst versorgt ist, könnte ich mir die Abende oder die Wochenenden nehmen und richtig reinklotzen.«

Doris verzieht das Gesicht. »Nach der Arbeit noch mehr Arbeit? Nein, das will ich nicht. Das kann ich dir nicht zumuten.«

Ich lege die Blätter, die ich herausgegriffen habe, auf den Berg zurück.

»Lass mich darüber nachdenken.«

»Solange du willst.«

»Buchhaltung oder auch draußen? Also Service?« Ich denke an meine Erfahrungen mit dem alten Hugo und Lilli. Das macht mich wenig an.

»Wie du willst.«

Aber nur Buchhaltung dahinten im stillen Kämmerlein? Das bin ich auch nicht. Das kann nicht mein Leben sein.

»Aber wenn ich wirklich einsteigen soll, musst du mir die Kosten auf den Tisch legen, also Miete, Strom, Wasser, Versicherungen, der Koch, deine Hilfen, wenn sie denn kommen …«

Sie nickt.

»Also denkst du darüber nach?«, fragt sie, und ich höre den hoffnungsvollen Ton heraus.

»Ich denke darüber nach«, sage ich. Und während wir wieder zurück ins Lokal gehen, denke ich, was ist, wenn ich absage? Wird das etwas an unserer Freundschaft ändern? Aber nein, gebe ich mir selbst die Antwort, Freundschaft ist Freundschaft. Daran ändert sich nichts.

Am Tresen bleiben wir beide gleichzeitig stehen. Ein Gast steht ratlos mitten im Raum: Heiko. Er dreht sich zu uns um und zieht eine Augenbraue hoch. »Holla, meine beiden Lieblingsfrauen.«

»So sieht es aus«, antworte ich und fühle mich etwas überrumpelt.

»Hey, Heiko«, Doris geht um den Tresen herum, und sie begrüßen sich mit einem Luftkuss rechts und links auf die Wange. Klar, denke ich, sie kann gut unbefangen sein. Sie war ja auch nicht mit ihm im Bett. Und gleich schiebt ein Teufelchen den Gedanken nach: Oder vielleicht doch?

Ach, egal. Ich will nicht kindisch sein, also gehe ich ebenfalls um den Tresen herum auf ihn zu. »Schön, dich zu sehen«, sage ich und sehe einen leicht spöttischen Anflug in seinen Augen, der *wirklich?* fragt. Und da ich ihn nun sicherlich nicht auf den Mund küssen werde, bekommt er von mir ebenfalls den französischen Wangenkuss.

»Und jetzt machen wir zu dritt eine Party?«, will er wissen, »wie in alten Zeiten?«

»Warum nicht?«, Doris zwinkert mir zu. »Wir schließen die Tür ab, drehen die Musik auf und bedienen uns selbst. Es ist alles da.«

»Endlich mal ein gescheiter Vorschlag!« Er geht tatsächlich zur Tür, hängt das Schild *Geschlossen* von außen an die Klinke und schließt von innen ab.

»So!«, sagt er und dreht sich zu uns um. »Und jetzt würde ich gern etwas in die weibliche Psyche hineinhören, daran scheinen nämlich viele Männer zu scheitern. Und da ihr beide gerade hier seid, habe ich die besten und wunderbarsten weiblichen Exemplare, die es wahrscheinlich weltweit gibt.«

Wir schauen uns an.

»Das ist ja ein Ding.« Doris fasst sich als Erste wieder. »Was willst du denn wissen?«

Er zeigt zu dem kleinen Tisch, auf dem noch unsere beiden Gläser mit Johannisbeerschorle stehen. »Wollen wir uns setzen? Und das hier austauschen?«

»Ich hole uns einen Wein«, beschließt Doris, schnappt die beiden Saftgläser und geht rasch hinter die Theke.

Heiko und ich sehen uns an. »Und?«, fragt er.

»Und was?«

»*Und was* frage ich mich auch die ganze Zeit.«

Doris kommt zurück, stellt drei Gläser Weißwein auf den Tisch, setzt sich und sieht ihn erwartungsvoll an. »Jetzt bin ich aber gespannt. Was willst du denn von so besonderen Exemplaren wie Katja und mir wissen?«

Heiko und ich setzen uns ebenfalls.

»Ich würde gern wissen, wieso ihr so tickt, wie ihr tickt.«

»Hmm?« Doris runzelt die Stirn. »Was meinst du denn?«

»Na, so dieses Getriebensein. Diese Zwangshandlungen. Dieses Unentspannte.«

»Ja, also, es gibt ja wohl auch getriebene und unentspannte Männer«, werfe ich ein.

»Klar. Natürlich. Aber meistens beruflich. Oder wenn sie ein Sportvirus befällt. Schneller, weiter, toller. Aber privat sind die meisten Männer doch eher entspannt. Frauen nicht.«

»Kannst du das an irgendetwas festmachen?«, will ich wissen.

»Lass mal ein paar benutzte Gläser auf dem Tisch stehen. Oder auch nur eine Tasse. Männer juckt das nicht. Bei Frauen wird es nicht lange dauern, bis eine aufspringt und das wegräumen muss.«

»Na ja«, sage ich, wenig überzeugt.

»Will das Kind auf einen Baum klettern ... die Mutter sieht sofort die Katastrophe kommen. Viel zu gefährlich. Ein Vater hilft ihm höchstens hinauf ...«

Ich zucke die Schultern. »Ich bin früher auf jeden Baum geklettert.«

»Fehlt beim Grillen eine bestimmte Sauce ... Weltuntergang. Ein Mann sagt, dann fehlt sie halt. Sind genügend andere da. Angebrannte Wurst? Krebs. Autofahrer mit hundertsechzig Stundenkilometern sind Raser. Selbst aber mit hundertzwanzig links fahren und alles blockieren ...«

»Halt, halt, halt«, werfe ich ein, »das sind doch alles Vorurteile. Ich könnte genauso gut sagen, Männern ist alles egal, und sie wälzen jede Verantwortung ab. Wenn sie keinen Bock mehr haben, gehen sie und lassen alles hinter sich. Selbst ihre Kinder.«

»Vielleicht stimmt beides«, überlegt Doris. »Ich bin beispielsweise keine Schnellfahrerin, und ich fühle mich auch nicht wohl, wenn mein Mann so schnell fährt.«

»Aber du blockierst doch die linke Spur nicht mit hundertzwanzig?«, frage ich.

»Nein, natürlich nicht.«

»Siehst du«, sage ich zu Heiko, »und ich habe mir ein flottes Auto gekauft, weil ich gern schnell fahre. Zwei Frauen, zwei krasse Unterschiede.«

»Aber der Perfektionismus stimmt«, räumt Doris ein. »Ich habe zumindest Gewissensbisse, wenn ich nicht alles so hinbekomme, wie ich es haben will. Familie, Geschäft, Haushalt, Kinder, Mann.«

»Und die gebügelten Hemden ...«, werfe ich ein.

»Die auch.« Sie fährt sich durch die Haare. »Und mich selbst auch. Der Schnitt ist herausgewachsen, im Fitnessstudio war ich schon ewig nicht mehr, in der Natur auch nicht.« Sie trinkt einen Schluck und sieht Heiko dann aufmerksam an. »Wofür willst du das alles denn wissen?«

»Ich nehme mal an, für sein Coaching?«, antworte ich vorschnell.

Heiko wirft mir einen scheelen Blick zu. »Ach so? Was weißt denn *du* darüber?«

»Vielleicht habe ich gegoogelt?«

Er grinst. »Dann interessiere ich dich also?«

»Zumindest deine Arbeit.«

Er schüttelt den Kopf. »Das ist auch so was Weibliches. Wieso sagst du nicht einfach, ja, du interessierst mich?«

»Ist geradeaus sein männlich?«, will Doris wissen. »Das glaube ich nicht. Ich glaube nämlich eher, dass Verschleierungstaktiken männlich sind.«

»Wieso?«, will Heiko von ihr wissen.

»Ja, beispielsweise das ewige Geheimhalten einer Geliebten, weil man das sichere, bequeme Ehenest nicht aufgeben will.«

»Vielleicht sind Männer insgesamt bequemer als Frauen und suchen den einfacheren Weg?«, falle ich ein.

»Aber auch da gibt es doch Unterschiede«, widerspricht Heiko.

»Ach so? Wer ist denn einfach aufgesprungen und davongerannt?«

»Na, wenn du so einen Zirkus machst?« Er sucht meinen Blick.

»Wer ist wo aufgesprungen und davongerannt?«, will Doris wissen.

»Na gut, jetzt beweise ich mal, dass Männer ehrliche Häute sind«, Heiko beugt sich etwas vor und spricht Doris direkt an. »Also, ich habe ja Katja beim Einziehen geholfen. Einfach freundschaftlich. Unsere Clique halt. Muss ich dir ja nicht erzählen …«

»Nein, so weit, so klar«, sagt Doris.

»Und plötzlich hat es gefunkt. Plötzlich war ich verliebt.«

»Okay«, sagt Doris und sieht mich an. Schließlich habe ich ihr schon alles erzählt.

»Sie weiß es schon«, bremse ich Heiko. »Ich habe ihr erzählt, dass ich mich in dich verliebt habe, und auch, dass ich dachte, ihr beide hättet vielleicht ein Verhältnis.«

»Frauen untereinander«, sagt er nur und lehnt sich zurück.

»Freundinnen sind untereinander halt offen«, sage ich.

Doris muss lachen. »Ja, gut, Heiko, ich habe Katja gesagt, dass unsere Liebelei noch während der Schulzeit war, ewig her. Danach reine Kameradschaft. Also kein Hindernisgrund für euch beide.« Sie wendet sich an mich. »Heiko und ich warten eher darauf, dass die Räume oben«, sie zeigt mit dem Daumen zur Decke, »frei werden, damit er sein Büro umsiedeln kann. Und einen Tagungsraum einrichten.«

Er nickt. »Ist alles ein bisschen eng in meiner kleinen Wohnung.«

»Du da hoch?« Das ist ja spannend, denke ich. »Da bekommt ja auch das Café eine weitere Bedeutung.«

»Klar«, Heiko nickt. »So haben wir uns das vorgestellt.«

»Davon hast du aber nichts gesagt ...«, wende ich mich an Doris.

Sie zuckt die Achseln. »Ist ja auch noch nicht in trockenen Tüchern.«

»Aber interessant ...«, sage ich.

»Das mit euch beiden ist auch interessant«, Doris greift nach ihrem Glas, »fünfundzwanzig Jahre nach dem Abi, eine sogenannte *späte Liebe,* das ist doch ein Grund, miteinander anzustoßen ... oder nicht?«

Heiko nimmt sein Glas und sieht mir in die Augen. »Ist es das?«

»Absolut!«

Und nachdem wir angestoßen haben, beugt er sich mit gespitzten Lippen zu mir, und ich nehme das Angebot an. Während Doris fröhlich klatscht, klopft es draußen.

»Die haben wohl keinen Sinn für eine interne Plauderstunde.«

Doris sieht auf die Uhr. »Na ja, achtzehn Uhr, eher erstaunlich, dass sie erst jetzt kommen. Passt aber, mein Koch kommt auch gleich.« Sie steht auf, um aufzuschließen.

»Und wir beide?«, Heiko fasst nach meiner Hand. »Wollen wir hier was essen und dann zu dir? Oder gleich zu dir und was brutzeln, vorher Abstecher zur Markthalle?«

»Würde passen«, ich überlege, was ich sagen soll. »Üppig eingekauft hab ich schon, aber ich habe Besuch … meine kleine Nichte … ach, Quatsch. Ich erzähle dir jetzt, was passiert ist. Mit meinem Bruder und so. Dann kannst du auch alles besser verstehen.«

»Wenn ich was verstehen soll, dann brauch ich was im Magen.« Er grinst. »Das ist wahrscheinlich typisch männlich. Und deshalb bestelle ich uns gleich mal zwei Flammkuchen, bevor die anderen das tun«, er nickt in Richtung Eingangstür, durch die nun eine ganze Gruppe lautstark einfällt.

»Okay«, sage ich, »dann mach dich auf was gefasst.«

Die erste halbe Stunde hört er nur zu. Irgendwann denke ich, er hat längst abgeschaltet und ist mit seinen Gedanken woanders, und breche mitten im Satz ab, dann schaut er hoch. »Krass!«, sagt er. »Und ich kenne Boris doch auch von früher. Im Sport immer vorn, ein verlässlicher, kameradschaftlicher Typ. Und dann jongliert er sich in so was rein … hast du eine Ahnung, wo er stecken könnte?«

Ich schüttle den Kopf.

»Hat denn sein Arbeitskollege zwischenzeitlich zurückgerufen?«

Ich verneine erneut.

»Solltest du nicht lieber mal selbst in seinem Büro nachsehen?«

»Ich war nie dort. Er wollte den Laptop holen, hatte er Merve gesagt, seither hat er sich nicht mehr gemeldet.«

»Und hat er den Laptop nun geholt oder nicht?«

Ich zucke die Schultern. »Keine Ahnung.«

»Wollen wir gemeinsam hinfahren?«

»Freitagabend, diese Zeit? Da ist sicherlich alles abgeschlossen.« Ich denke kurz nach und fasse dann nach seiner Hand. »Aber du hast sicherlich recht, ich rufe Matthias noch einmal an. Er hat sich noch nicht zurückgemeldet.«

Und dann beginnt Heiko, von seiner Arbeit zu erzählen: von der Hütte im Wald, von »unserer« Eiche, die ein wichtiger Bestandteil seiner Arbeit sei, von seinem Coaching und dem Programm auf seiner Webseite, das ich ja wohl gelesen habe, wobei sich das in den Gesprächen meist total anders entwickle.

Mittendrin sage ich »Stopp«, und er sieht mich erstaunt an. »Was ist? Habe ich was Falsches gesagt?«

»Nein, aber bevor du tiefer in die Materie eintauchst, muss ich dir was beichten.«

»Ja?« Er ist ganz Ohr.

»Ich habe nicht verstehen können, warum du gegangen bist. Dann unser Telefonat. Ich war verletzt. Und dann wollte ich mehr über dich herausfinden und habe mich in deine Homepage eingelesen.«

»Ja, das hast du gesagt.«

»Und dann bin ich zu dem Treffpunkt hin, das habe ich dir noch nicht gesagt.«

Er schweigt. Ganz offensichtlich denkt er zurück. »Wann?«

»Vor drei Tagen, Mittwoch. Ich wollte sehen, was du da machst. Deine Ankündigungen auf der Homepage erschienen mir so … martialisch. *Die Frauen unterdrücken uns, wehrt euch!* Ich konnte mir nicht vorstellen, dass du so bist. Oder ich war nach unserem Telefonat zumindest unsicher.«

Er sagt zunächst nichts.

»Du bist also … du hast mir hinterherspioniert?«

»Nein, nicht *hinterher*. Ich war vor euch da. Ich habe dir vorausspioniert.«

Heiko muss lachen. »Oha«, sagt er dann. »Dann warst du also der Fuchs, der mal kurz für Unruhe sorgte?«

»Oder die Ehefrau …«

»Was der Beweis wäre, dass du tatsächlich da warst.«

Ich nicke. »Ist es schlimm? Schließlich weiß ich nun so manche Seelenkrankheiten deiner … wie nennt man das? Mandanten? Klienten? Patienten?«

»Seminarteilnehmer. Männer. Egal.«

»Ist es schlimm?«, wiederhole ich.

»Du hast dich für mich interessiert. Für meine Arbeit. Was kann daran schlimm sein?«

Wir sehen uns an. Dann muss ich lachen. »Ich bin da nicht mehr weggekommen. Stunde um Stunde habe ich wartend im feuchten Moos gesessen, und ihr habt fröhlich am Lagerfeuer euer Bier getrunken.«

»Was Männer halt so tun.« Heiko schüttelt den Kopf. »Warst du nah dran?«

»Nah an der Eiche.«

»Hast du was gehört?«

»Der mit den abstehenden Ohren ist der Typ, der mir in der Agentur das Leben so schwer macht.«

»Dann bist du also die ominöse Kollegin, von der er gesprochen hat.«

»Die bin ich.«

»Hast du dich mit deinem neu erworbenen Wissen schon gerächt?«

»Hab ich.«

Er sieht mich an und zieht die Stirn kraus. »Mannomann! Vor dir muss man sich ja in Acht nehmen.«

»Das weißt du besser vorher als nachher.«

Heiko beugt sich zu mir und nimmt mein Gesicht in seine Hände. Eine Weile sehen wir uns an, direkt in die Augen. Sein Blick hat etwas so Vertrauenerweckendes, Verlässliches, Schönes, dass ich mich gar nicht lösen mag. Dann küssen wir uns. Und ich fühle mich gut. Angekommen. Daheim. Endlich.

»Gehen wir zu dir oder zu mir?«, fragt er dann.

Ich muss lachen.

»Kein Quickie heute?«, will er schmunzelnd wissen.

Ich schüttle den Kopf.

»Du sagtest doch, Merve schläft auf der Couch?«

»Ja, aber ... das geht doch nicht. Stell dir vor ...«

Dann geht mir selbst auf, wie schräg das ist. »Trotzdem!«, sage ich.

»War auch nicht ernst gemeint.« Er küsst mich auf die Stirn. »Wenn es uns ernst ist, haben wir noch jede Menge Zeit.«

»Und bei dir?«, will ich wissen, denn seine Junggesellenbude interessiert mich schon.

»Räuberbude. Männlich. Da liegen Socken in benutzten Biergläsern, die Abfalltüte zum Drübersteigen an der Treppe, die Pizza halb aufgegessen im Karton, Silberfischchen flitzen durch die Gegend.«

Ich muss ihn so ungläubig angesehen haben, dass er mich kurz ins Ohr zwickt. »Quatsch. Ich bin Sternzeichen Jungfrau. Sei vorsichtig. Jungfrau-Männer sind entsetzlich ordentlich.«

»Und tragen auch den Abfall runter?«

»Ohne Probleme.«

»Super!«

Wir küssen uns wieder. Es tut so gut. Mein ganzer Körper entkrampft sich. Gab es gestern noch irgendwelche Probleme? Vorgestern? Ich kann mich nicht erinnern.

»Aber meine Bude ist klein. Und morgen kommen übrigens meine Kinder mal wieder, da ziehe ich sowieso in ein Hotel um.«

»Kommt doch zu mir ...«

»Also, das wäre dann doch zu viel des Guten ...«

Ich nicke. Auf der anderen Seite, meine Wohnung ist groß.

Und in die Wohngemeinschaft von Petroschka passen auch Kinder vom Ex der Ex. Das sage ich ihm.

»Aber eine neue Frau …«, er schüttelt leicht den Kopf. »Die Kinder haben es so schon nicht leicht … das gehen wir langsam an.«

»Ich kann ja so lange ausziehen. Zu meiner Mutter.«

»Mach's nicht komplizierter, als es so schon ist.«

»Ist das weiblich?«

»Ich vermute stark.«

Wir müssen beide lachen.

»Schön, dass ihr euch gefunden habt.« Doris steht am Tisch. »Kann ich euch noch was servieren? Eure Gläser sind seit Stunden leer.«

»Oh, Umsatz«, sage ich sofort. »Das geht ja gar nicht!«

Ich sehe mich um. Nicht nur unsere Gläser sind leer, das Café inzwischen auch wieder.

»Habt ihr euch über unsere gemeinsame Zukunft unterhalten?«, will Doris wissen. »Wenn der Mieter oben tatsächlich Ende des nächsten Monats auszieht, wie es in seinem Vertrag steht, haben wir richtig Platz. Dann zieht übrigens auch das Büro nach oben«, Doris zwinkert mir zu, »helle, hohe Altbauräume, Blick auf die alten Bäume in Nachbars Garten. Eine runde Sache.«

»Ich weiß nicht.« Was soll ich sagen? »Ich bin schon so ein bisschen ein Agentur-Freak. Sachen spinnen, neu entwickeln, sehen, wie so etwas wächst. Buchhaltung … das sind trockene Zahlen, ständiges Abgleichen, Einnahme-Ausgabe-Rechnungen, das ist ein völlig anderes Feld.«

Heiko sieht mich nachdenklich an. »Aber du könntest das ja vielleicht kombinieren? Mach dich doch in deinem Beruf selbstständig und den Finanzkram hier nebenher? Das müsste doch gut kombinierbar sein?«

»Selbstständig?« Ich muss schlucken. »Das war tatsächlich immer mein Traum. Aber von heute auf morgen? Und ich müsste ja erst mal Kunden akquirieren, Aufträge bekommen … und das in einer fremden Stadt. Mich kennt hier doch keiner.«

Heiko zuckt die Schultern. »Oben gäbe es jedenfalls ein passendes Büro für dich. Und außerdem arbeitest du ja auch fürs Café, verdienst also Geld.« Er lächelt mir zu. »Du hättest also Zeit, die Dinge aufzubauen. Das tu ich ja auch gerade mit meinem Coaching.«

Ich muss Luft holen. »Ich weiß nicht … es geht gerade etwas schnell.«

Heiko nickt, und es ist kurz still.

»Aber du und dein Coaching«, kommt mir in den Sinn. »Wo hast du das als Informatiker eigentlich gelernt?« Denn irgendwie muss das Ganze ja auch ein solides Fundament haben, finde ich.

»Ich habe mich vor vielen Jahren selbst coachen lassen und dann eine Ausbildung begonnen. Nebenberuflich. Mit allen möglichen Zertifikaten, falls du die sehen magst.«

»Nee …«, ich muss lachen, schüttle den Kopf. »Ich werde dort oben ja auch ohne Zeugnisse einziehen – falls ich einziehe.«

Als ich kurz vor Mitternacht heimkomme, finde ich sowohl Merve als auch Lisa schlafend auf der Couch vor. Offensichtlich haben sie sich einfach rechts und links fallen lassen, so liegen sie da. Völlig angezogen, barfüßig, die Beine in Embryostellung angezogen, ein Kissen unter den Kopf gezogen. Noch nicht mal das grelle Deckenlicht kann sie wecken, also schalte ich es wieder aus und dafür meine dimmbare Stehlampe am Klavier an. Was soll ich tun? Ich hole zwei Fleecedecken, decke sie zu und gehe dann selbst ins Bett.

Morgen ist Samstag. Gott sei Dank. Es steht nichts an. Außer: Mutti. Wo bleibt denn der Termin mit dem Pflegedienst? Aber vielleicht liegt der Brief ja schon im Briefkasten? Petroschka fällt mir ein. Und das Päckchen. Egal. Morgen ist auch noch ein Tag, und dieser Tag war einfach schön. Vor allem der Abend. Und mit einem leisen Glücksseufzer schlafe ich ein.

27. September Samstag

Ich werde wach und weiß zunächst nicht, warum und wovon. Dann höre ich leise Geräusche nebenan in der Küche. Aha, Merve. Ein paar Sekunden später kommt mir auch Lisa wieder in den Sinn. Sind beide noch da? Soll ich nachschauen?

Zunächst schaue ich auf die Uhr. Kurz nach neun. Das scheint mir eine passende Zeit für einen Samstag zu sein, also schwinge ich meine Füße aus dem Bett. In der Küche rumort es, somit gehe ich lieber an der angelehnten Tür vorbei direkt ins Wohnzimmer.

Wie schön. Ein hübsch gedeckter Frühstückstisch, sogar mit einem bunten Blumenstrauß dekoriert. Offensichtlich aus dem Garten. Unwillkürlich denke ich an die Hausordnung, streiche das aber wieder.

»Guten Morgen«, rufe ich einfach, und aus der Küche kommt Gekicher.

»Du bist zu früh«, höre ich Merves Stimme. »Die Eier fehlen noch, und die Milch schäumt gerade.«

»Soll ich wieder ins Bett?«

»Genau. Du kriegst deinen Cappuccino im Schlafzimmer serviert.«

Aha, heute gibt es also Cappuccino. Gestern noch Kaffee. Es wird immer besser.

Also kuschele ich mich wieder unter die Decke, und Minuten später klopft es, und Merve steht in der Tür. Auf einem Tablett eine meiner großen Milchkaffeetassen und eine schmale Vase mit einer einzelnen Rose.

»Donnerwetter!« Ich setze mich auf. »Das ist aber lieb.«

»Wir wollten uns bedanken!« Hinter Merve taucht Lisa auf. »Wir hatten einen so schönen Abend.«

»Den schönsten seit Langem«, ergänzt Lisa.

Ich auch …, setze ich im Stillen hinzu.

»Fein, freut mich!«, sage ich und strecke die Hand nach dem Tablett aus. Gar nicht so einfach, es auf den Knien zu balancieren, deshalb stelle ich es neben mich und die Glasvase vorsichtshalber auf meinen Nachttisch. »Vielen Dank, der Cappuccino sieht richtig gut aus!«

»Mach ich mir auch immer«, Lisa reckt den Daumen hoch.

»Sieben Minuten, dann holen wir dich, passt das?«, will Merve wissen.

»Muss ich mich schön machen?«, will ich wissen.

»Du bist schön, so, wie du bist«, sagt Lisa und schließt leise die Tür.

Mein Gott, denke ich, jetzt habe ich schon zwei Töchter. So schnell kann's gehen. Aber irgendwie gefällt mir der Gedanke. Und fast tut es mir schon leid, dass Merve in Bälde nach Aalen ziehen wird, falls es mit Ingrids Schwester klappt. Und wenn nicht? Den Gedanken streiche ich. Vielleicht bastelt Boris ja gerade an einer gemeinsamen Zukunft?

Den Gedanken streiche ich dann auch wieder. Irgendwie kann ich mir das nicht vorstellen. Verliebt, ja. Sogar sehr verliebt. Aber dann? Eine Zukunft aufbauen, da es schon mit Isabell nicht geklappt hat?

Ich trinke meinen Cappuccino und denke nach. Heiko. Doris. Das Angebot. Alles recht wackelig, finde ich. Auf der anderen Seite: Wenn nicht jetzt, wann dann? Ich bin vierundvierzig, habe Erfahrung, kann viele Erfolge vorweisen und Menschen für mich gewinnen. Normalerweise jedenfalls. Und ich habe ein dickes finanzielles Polster. All die Jahre in Hamburg habe ich mehr Geld angelegt als ausgegeben. Ich könnte also eine Durststrecke locker überwinden. Vielleicht sollte ich den Gedanken doch mal näher ins Auge fassen?

Und dann freue ich mich plötzlich. Es entwickelt sich doch alles zum Guten, denke ich. Auch mit Mutti, wenn sie erst mal eine regelmäßige Pflege hat, kann ich den Rest leicht stemmen, ein schönes Unterhaltungsprogramm, das tut ihr sowieso gut. Ein bisschen Gymnastik, Sport. Und natürlich einkaufen, das alles ist kein Problem.

Aber Boris.

Das trübt die Freude.

»Kommen«, höre ich da durch die geschlossene Tür und stehe mit meiner halb ausgetrunkenen Kaffeetasse auf. Gut, denke ich, als ich die Tür öffne, jetzt lass ich mich einfach auf die beiden Mädchen ein, was mir auch nicht schwerfällt, denn der Geruch nach frischem Rührei zieht mich förmlich an den gedeckten Tisch.

Die beiden jungen Frauen albern herum, als wären sie unbeschwerte kleine Mädchen. Und Lisa ist überhaupt nicht wiederzuerkennen.

»Schön habt ihr das gemacht«, sage ich, bevor ich mich setze. »Ich komme mir vor, als wäre heute Muttertag.«

»Hast du Kinder?«, fragt Lisa, die ganz ungezwungen zum Du übergegangen ist.

»Leider nein«, erkläre ich und zwinkere den beiden zu. »Aber jetzt habe ich plötzlich Zwillinge.«

Die beiden sehen sich an und lachen. »Das haben wir auch schon gesagt«, erklärt Merve, und Lisa greift nach meinem Teller: »Rührei mit Shrimps oder mit Speck? Wir haben beides vorbereitet.«

»Dann bitte mit Shrimps.«

»Stell dir vor«, sprudelt Merve hervor, während sie sich abwechselnd die langen Haare aus dem Gesicht wischt und ihr Brot mit Butter bestreicht, »stell dir vor, wir haben gestern mal so ins Blaue fantasiert. Lisa arbeitet seit der OP doch mit einer Physiotherapeutin, damit sie im nächsten Jahr wieder langsam starten kann. Sie war eine richtige kleine Ballerina in Russland, das musst du wissen. Und sie hat ja die Aufnahmeprüfung an der John-Cranko-Ballettschule bestanden, das ist nach zweijähriger Ausbildung und bestandener Abschlussprüfung der beste Weg ins Staatstheater Stuttgart. So weit war sie, dann kam dieser Kreuzbandriss. Und sie war todtraurig. Aber wenn es mit der großen Karriere nichts mehr wird, könnte sie doch zumindest an einer Ballettschule arbeiten. Für Kinder. Und Jugendliche. Und sie kann ja nicht nur Ballett, sondern auch modernen Tanz, spanischen Tanz, Charaktertanz. Hat Englisch und Sozialkunde gelernt und Schminken – und überhaupt alles!« Sie verhaspelt sich, so schnell und begeistert spricht sie. Ich sehe Lisa an, die strahlt und nickt.

»Ja, und wie?«, frage ich, die volle Gabel vor dem Mund.

»Na, es gibt eine Ballettschule in Aalen, haben wir recherchiert. Und wenn es bei mir klappt, könnte sie doch nachziehen. Dann könnten wir uns gegenseitig unterstützen.«

»Na, das ging aber schnell«, bemerke ich.

»Ja, klar«, sagt Lisa. »Entweder man mag sich, oder man mag sich nicht. Wir beide mochten uns gleich«, sie lächelt Merve zu. »Und ich hätte wieder ein Ziel. Das hat mir nämlich gefehlt … ich war so ein bisschen im luftleeren Raum. Voller Zukunftsängste.«

»Also Aalen?« Ich schau von einer zur anderen.

Lisa nickt. »Ja, das wäre doch ein Traum. Wenn es hier nichts mehr wird, dann frage ich dort mal nach. Merve eine Buchhandelslehre oder Studium und Pferde, und ich Ballett. Gemeinsam in eine WG. Was könnte uns Besseres passieren?«

»Nichts«, sage ich und denke, herrlich, wie die beiden sich befeuern. Jung, enthusiastisch, mit Vollgas voraus. Auf der anderen Seite sind das alles ungelegte Eier. Hoffentlich werden sie nicht enttäuscht. Die Buchhandelslehre steht noch nicht fest und ein Engagement in einer Ballettschule noch weniger.

»Findest du das nicht toll?«, will Lisa wissen, die mir meine Nachdenklichkeit wohl ansieht.

»Doch! Ich muss nur staunen, wie schnell das geht.«

»Ja«, sagt Merve strahlend, »wir haben uns gefunden!«

»Wie Schwestern«, ergänzt Lisa.

Wie Else und Judith, denke ich spontan, aber das sage ich nicht laut, denn das nahm ja kein schönes Ende. »Ich freue mich für euch«, sage ich stattdessen, »und ich helfe euch, wo ich kann.«

»Na, das ist doch schon mal eine Ansage«, Merve lacht und belegt ihr Brot dick mit Schinken und Käse. »Dann bist du so was wie unsere Zweitmami?«

»Scheint so«, sage ich und muss jetzt auch lachen. »Mit allen Rechten und Pflichten.«

»Die da wären?«, will Lisa wissen.

»Jetzt esst mal was, damit ihr was auf die Rippen kriegt.«

»Sagt *sie*«, kichert Lisa.

»Ausgerechnet«, pflichtet ihr Merve bei und beißt herzhaft in ihren Doppeldecker.

Während sich Merve und Lisa ihre Zukunft ausmalen und ich anfangs amüsiert zuhöre, schweife ich dann doch wieder mit meinen Gedanken ab. Auch ich muss meine Weichen für die Zukunft stellen.

»Ich bin pappsatt«, erklärt Merve nach einer Weile und zeigt über den Tisch zu meiner Tasse. »Soll ich dir noch einen Kaffee machen?«

»Nein, lass«, widerspricht Lisa und angelt sich meine leere Tasse, »das kann ich besser als du!« Und schon ist sie in der Küche.

Ich beuge mich etwas zu Merve über den Tisch. »Merve, was wäre denn, wenn Boris plötzlich vor der Türe stünde?«

»Was soll dann sein?«

»Ja, immerhin seid ihr beide doch so verliebt gewesen. Würden deine Pläne mit Lisa dann platzen?«

Sie sieht mir in die Augen und lächelt ein allwissendes Lächeln.

»Glaubst du wirklich, dass er hier vor der Tür stehen wird?«

»Du glaubst es nicht?«

»Ich glaube, dass er schon einen Schritt weiter ist. Aber wenn doch … dann machen wir halt eine Dreier-WG!« Sie zieht eine spitzbübische Grimasse, und ich sage nichts mehr darauf, zumal Lisa mit einem frischen Cappuccino zurückkommt. »Schau«, sagt sie, »der ist mir wirklich gelungen.«

»Macht doch ein Café auf«, sage ich scherzhaft und bin mit meinen Gedanken sofort wieder bei Doris.

Als wir endlich vom Tisch aufstehen und ich abräumen will, wird mir das verwehrt. »Wir machen das«, sagt Merve.

»Wir sind sowieso in deiner Schuld, vielen Dank für alles«, fügt Lisa hinzu.

»Schuld gibt es hier nicht«, erkläre ich. »Ganz im Gegenteil, ich habe das Frühstück mit euch genossen. Aber wenn ich nicht helfen darf, dann lege ich mich einfach noch mal für eine halbe Stunde hin.« Ich reibe mir über den Bauch. »Entspannungstherapie.«

»Ja, tu das, das hast du dir verdient.« Merve nickt mir zu, und ich lege mich genau so, wie ich vor zwei Stunden aufgestanden bin, wieder ins Bett.

Ach, ist das herrlich, denke ich und schließe die Augen.

Ich habe einen wilden Traum, der mich auch noch nicht loslässt, als ich schon wieder halb wach bin. Irgendwas brummt. Benommen taste ich danach. Mein Smartphone auf der freien Bettseite. Kaum habe ich es in der Hand, hört es auch schon wieder auf. Also bin ich nun doch gezwungen, meine Augen aufzuschlagen.

Verpasster Anruf, Isabell.

Der Anrufer bittet um Rückruf.

Isabell, denke ich, was kann sie wollen? Ist Ludwig vom Pony gefallen oder so was? Ich kann einfach noch nicht klar denken. Wenn man am späten Morgen noch einmal einschläft, ist es wie eine Droge. Wilde Träume und einen Dampfhammer im Kopf. Die Müdigkeit umgibt mich wie ein dicker Mantel, ich komme gar nicht heraus.

Okay, Isabell, diktiert mein Gehirn, wenn sie anruft, ist was. Also ruf zurück.

Ein Espresso. Und ein großes Glas Wasser. Das jetzt könnte die Rettung sein, also muss ich aufstehen.

Die Küche ist picobello aufgeräumt, und während der Espresso in das Tässchen rinnt, werfe ich einen schnellen Blick ins Wohnzimmer. Lisa und Merve sitzen nebeneinander auf der Couch und schmieden offensichtlich Zukunftspläne. Ob Lisa Landwehr ihr richtiger Name ist?, überlege ich, will aber nicht stören. Merve sieht kurz auf: »Alles klar?«, will sie wissen.

Ich nicke. »Lasst euch nicht stören«, hole meinen Espresso und ein großes Glas Wasser und verschwinde durch meine Schlafzimmertür.

Nun also Isabell.

Sie ist sofort dran. »Gut, dass du zurückrufst, Katja, ich habe es heute Morgen schon einige Male probiert.«

»O ja? Sorry, ich habe heute endlich mal lange geschlafen.«

»Ja«, höre ich sie mit einem kleinen Seufzer, »das wünsche ich mir auch mal.«

»Tja.« Was soll ich sagen? Hättest du keine Kinder, wärst du dein eigener Herr … stattdessen frage ich: »Ist denn was passiert?«

»Ein ganz komischer Anruf … von Boris.«

»Von Boris?« Schlagartig bin ich wach.

»Ja. Es war so seltsam, ich weiß nicht, was ich davon halten soll.«

»Dann erzähl doch mal …«

»Warte, ich bin hier auf dem Reiterhof, ich muss mal von den Tischen weg.«

»Ziehst du dort jetzt ein?« Die Frage kann ich mir trotz allem nicht verkneifen. »Am liebsten ja«, sagt sie zu meinem Erstaunen, »die Voxens, die Familie hier, sind echt nett, und es ist einfach ein Kinderparadies. Im Sommer haben die Pfaueneltern Nachwuchs bekommen, ein süßes Gänseküken, es ist herrlich hier. Und natürlich die Ponys, ich bekomme Ludwig schon gar nicht mehr zu Gesicht …« Sie sprüht ja richtig, denke ich.

»Und Boris?«, will ich wissen.

»Ach ja, Boris.« Sofort verändert sich ihre Stimme. »Wenn ich ihn nicht besser kennen würde, würde ich denken, er bringt sich um.«

»Er bringt sich um?« Das gibt mir einen Stich. »Wie kommst du denn auf so eine Idee? Was hat er denn gesagt?« Ich spüre meine mir altbekannte Ungeduld aufsteigen und durch meine Adern kribbeln. Da will sich mein Bruder umbringen, und sie faselt was von Pfaueneltern. »Sag schon, Isabell, wie kommst du auf die Idee?«

»Also, wart mal, ja, dort oben ist es gut, dort bin ich allein.« Gehgeräusche, offensichtlich geht sie irgendwo hoch, ich höre sie atmen, dann ist sie wieder dran. »Stell dir vor, heute Morgen gegen acht Uhr ruft er plötzlich an. Ewig nichts gehört und dann das …«

»Und hat sich entschuldigt?«

»Nicht die Bohne. Er hat mich gefragt, ob ich von dir noch nichts gehört hätte.«

»Von mir? Wieso denn von mir? Der fragt nach mir statt nach seinen Kindern, hat er einen Knall?«

»Nach den Kindern hat er auch gefragt. Aber zuerst nach dir.«

»Kapier ich nicht.«

»Er hätte dir ein Paket geschickt, darüber wollte er mit mir sprechen.«

»Ein Paket? Ich hab kein Pakeeee...«, in der Sekunde fällt es mir ein. »Oh, doch!«, korrigiere ich mich. »Stimmt. Mein Vermieter hat eines für mich in Empfang genommen. Mensch, das habe ich total vergessen, das liegt noch bei ihm unten ... wieso? Was ist denn mit dem Paket?«

»Na, das ist ja das Komische. Er sagte, da sei alles drin, was ich wissen müsse. Alle wichtigen Unterlagen, deshalb habe er es zu dir geschickt, an deine Adresse. Sicher ist sicher, hat er gesagt.«

»Mein Gott, macht der es spannend, ich glaube, er lebt wirklich in einem kompletten Krimi.«

Isabell sagt nichts darauf.

»Ja, und?«, will ich wissen.

»Ja, alles, was er bisher in seinem Büro verwahrt hat. Versicherungen, die Unterlagen zum Haus, unsere Geburtsurkunden und einige sonstige Dokumente. Seine Lebensversicherung. Und einen Brief mit Anweisungen.«

»Anweisungen«, wiederhole ich. Typisch Boris. »Ja, du hast recht, das ist seltsam. Wo steckt er denn? Hat er das gesagt?«

»Das habe ich ihn auch gefragt. Das werden wir rechtzeitig erfahren, hat er gesagt.«

»Hmm. Hört sich irgendwie nicht gut an«, finde ich. »Aber, auf der anderen Seite schon wieder so dramatisch, dass ich es gar nicht richtig ernst nehmen kann.«

Sie sagt nichts darauf, deshalb frage ich nach. »Nimmst du das etwa ernst?«

»Wieso schickt er mir das ganze Zeug?«

Ich weiß auch keine Antwort darauf und erzähle ihr stattdessen in Kurzform, was während der letzten Tage passiert ist.

»Also ist die kleine Türkin jetzt bei dir.«

»Merve ist eine wirklich nette, junge Frau. Ich nehme mal an, sie hat sich in den Strahlemann Boris verliebt und er sich in ihre Schönheit und in das unbeschwerte Leben ohne Familie.«

»Aha. Toll. Die Rechnung ist ja gut aufgegangen.« Ich höre an ihrer Stimme, wie verletzt sie ist. Kurz ist es still, dann hat sie sich wohl besonnen. »Und Mutti? Hatte sie vor diesem Typen keine Angst?«

»Nein, sie hat ihm erklärt, Boris sei auf einem Reiterhof.«

Isabell muss lachen. »Super. Wir sollten vielleicht mal wieder skypen?«

»Gute Idee. Und ich habe noch eine Idee. Ich hole jetzt das Paket, und dann ruf ich dich wieder an.«

»Ja, okay. Dann bleib ich hier.«

»Wo bist du denn?«

»Etwas oberhalb der Reitanlage mit einem herrlichen Blick über die Koppeln und Felder.«

Das Paket, denke ich, während ich das Smartphone weglege. So blöd, dass ich das vergessen habe! Aber gut, jetzt muss ich mich wohl oder übel anziehen, so kann ich ja nicht zu Petroschka runter … aber halt, da fällt mir Merve ein.

Sie sitzt noch immer mit Lisa auf der Couch und blickt auf, als ich hereinkomme. Auf meine Bitte, schnell bei Petroschka das Paket zu holen, weist sie zum Klavier. »Er hat es gestern Abend noch hochgebracht«, sagt sie, »und sich entschuldigt, weil er es vergessen hatte.«

Da steht es neben dem Klavier auf dem Boden, eigentlich nicht zu übersehen.

»Nicht zu fassen«, sage ich und schüttle über mich selbst den Kopf.

»Und ich habe vergessen, es dir zu sagen, sorry«, entschuldigt sich Merve.

»Das vergessene Paket.« Ich nehme es hoch. Ohne Absender. Dem Gewicht nach sind es zwei Aktenordner. »Na gut. Ich gehe wieder.«

Lieber schau ich allein nach, was drin ist. In der Küche hole ich mir eine Schere und ein Glas Orangensaft. Jetzt brauche ich Vitamine. Wer weiß, was kommt. Und dann zurück ins Bett.

Es sind tatsächlich zwei Aktenordner. Auf dem einen steht: »Familie«, auf dem anderen »Haus«. Zunächst schlage ich den »Haus«-Ordner auf. Ein Register zeigt fein säuberlich an, wo er was hat. Das hätte ich ihm gar nicht zugetraut. Gut, das sehe ich auf den ersten Blick, auf dem Haus liegen noch jede Menge Schulden. Isabell ist Miteigentümerin und mit haftbar, falls alles schiefgeht. Und wie ich das sehe, geht es nicht mehr lange, bis es gründlich schiefgeht. Hat er nicht was von einem Brief gesagt, von »Anweisungen«? Ich schüttle das Paket aus, etwas Füllmaterial fällt heraus, womöglich von einem früheren Benutzer und, halt, tatsächlich, ein grauer Briefumschlag. »Isabell«, steht handschriftlich darauf. Boris' Schrift, kein Zweifel. Nun bekomme ich doch eine Gänsehaut und greife nach dem Smartphone.

Isabell ist sofort dran.

»Hast du das Paket?«

»Ja, und sogar schon geöffnet«, erkläre ich und beschreibe, was ich bisher gesehen habe. »Und da ist ein Brief«, sage ich schließlich. »An dich adressiert.«

»Dann öffne ihn.«

»Nein«, sage ich, »das mache ich nicht. Das geht nur dich was an.«

»Und wenn ich dich darum bitte?«

»Ich habe kein gutes Gefühl dabei. Es ist eure Ehe. Ich möchte mich da nicht einmischen.«

»Aber, wenn er sich wirklich umbringen will?«

»Er bringt sich nicht um. Nie und nimmer!«

»Und wenn doch? Wenn man es noch verhindern könnte?«

Das ist ein Argument. »Also gut«, seufze ich und schlitze die Falz mit der Schere auf. »Soll ich gleich vorlesen?«, frage ich.

»Ich könnte ihn doch einfach scannen und dir zuschicken, dann brauch ich ihn überhaupt nicht zu lesen.«

»Lies einfach.«

Ich ziehe ihn heraus. Zu meiner Überraschung sind es nur wenige Sätze.

»Liebe Isabell, verzeih, dass ich kein richtiger Ehemann und auch kein guter Vater bin. Ich habe es versucht, aber auf die Dauer möchte ich dir nichts mehr vormachen. Und mir auch nicht. Ich kann einfach nicht aus meiner Haut heraus, warum auch immer. Du kennst doch Lars Zimmermann, meinen ehemaligen Schulfreund? Den Notar? Wir waren schon vor ein paar Jahren bei ihm, sicherlich erinnerst du dich. Ruf ihn an, alles Weitere liegt bei ihm. Mach es bald, lebe wohl, dein Boris.« Ich lasse den Brief sinken. »Lebe wohl«, wiederhole ich. »Das hört sich wirklich nicht gut an.«

»Ich glaube, ich packe und wir fahren heim.«

Ich zögere, aber dann will ich es doch wissen: »Magst du überhaupt in das Haus zurück?«

»Nein, wirklich nicht. Ich mag das Haus nicht. Und ich glaube, es mochte mich auch nie.«

Das erscheint mir jetzt zwar übertrieben, aber ich kann sie gut verstehen.

»Dann zieht doch einstweilen zu Mutti«, schlage ich aus dem Bauch heraus vor. »Platz ist genug, sie freut sich, ihren Ludwig alias Boris wiederzusehen. Also, warum nicht?« Und während ich das sage, überlege ich noch, ob es wirklich eine so gute Idee ist.

»Meinst du wirklich?«, will sie wissen.

»Weißt du was? Ich fahr nachher sowieso hin, dann skypen wir. Und dann werden wir ja sehen. Und du, wenn dieser Lars ein alter Schulfreund von Boris ist, dann ruf ihn doch einfach an?«

»Jetzt? Am Samstag?«

»Ja, klar. Freund ist Freund.«

»Schon richtig. Aber ich habe keine Nummer.«

»Die könnte man ja herausfinden.«

»Katja, die Macherin.« Ich sehe direkt, wie sie den Kopf schüttelt.

»Tja«, sage ich. »Manchmal. Manchmal auch nicht.«

Nach unserem Gespräch brauche ich ein paar Minuten, bis ich wieder völlig bei mir bin. »Lebe wohl.« Was hat das zu bedeuten? Hat er Merve auch einen Abschiedsbrief geschrieben? Quatsch, sie hat ihr Handy noch in dieser Wohnung liegen … aber da könnte man doch jetzt eigentlich mal hinfahren?

Ich stehe auf, gehe ins Wohnzimmer und sehe, wie Merve und Lisa an meinem Klavier stehen, den Deckel hochgeklappt. Lisa fährt bei meinem Anblick zusammen.

»Entschuldige«, sagt sie, »ich hatte früher intensiven Unterricht. Ballett und Klavier. Wenn ich ein Klavier sehe, zieht mich das magisch an.«

»Dann spiel doch«, sage ich.

»Wirklich? Darf ich?«

»Ja, klar doch.« Und während sich Lisa noch immer zögerlich, aber offensichtlich voller Freude, auf meinen Klavierhocker setzt, winke ich Merve zu mir. »Sag mal, Merve, wie war denn eure Adresse? Dort könnten wir doch jetzt mal hin?«

»Trau ich mich nicht.«

»Aber du hast doch dort noch alles liegen?«

»Klar. Alles, was ich in meinem Zimmer in der Eile zusammenpacken konnte, bevor mein Vater nach Hause gekommen ist. Meine Klamotten, Kosmetik, mein Smartphone.«

»Aber ich könnte doch dorthin? Die Sachen holen? Dann hättest du auch dein Smartphone wieder.«

»Das wäre schon cool – aber trotzdem …« Sie wirkt wenig überzeugt.

»Was soll schon passieren«, versuche ich, sie zu überzeugen.

»Die Schießerei galt ja nicht euch, wie man jetzt weiß. Da droht überhaupt keine Gefahr.«

Sie zuckt die Schultern. »Es ist ein möbliertes Appartement, Boris hat es gemietet. Ich weiß nicht, für wie lange ...«

»Gib mir einfach die Adresse. Und den Schlüssel.«

Während sie den Schlüssel aus ihrer Tasche holt und mir die Adresse sagt, höre ich die zarten Töne, die Lisa auf meinem Klavier anschlägt. Was sie spielt, hört sich nach tanzenden Schmetterlingen an, wunderschön. Wir drehen uns beide nach ihr um. Jetzt ist sie in ihrer Welt, das ist ihr leicht anzusehen. Ihre Finger gleiten über die Tasten, sie wiegt sich dazu, ihre Gesichtszüge lösen sich, ihr Mund gibt wieder, was sie spielt, ein Lächeln, gespitzte Lippen, wieder ein Lächeln, ihre ganze Mimik ist Hingabe, während sie ihre Augen fast geschlossen hält.

Merve und ich sehen uns an. »Sie hat es weitaus schlimmer getroffen als mich«, flüstert sie mir zu. »Nicht nur, dass sie auf dieser John-Cranko-Schule war und mit voller Energie und Freude auf ihr Ziel, das Staatstheater Stuttgart, hingearbeitet hat, sie konnte es bisher auch nicht ihren Eltern sagen.«

»Was?«

»Dass sie sich verletzt hat.«

»Warum denn nicht?«

»Die Enttäuschung der Eltern wäre zu groß gewesen. Das wollte sie ihnen nicht antun. Sie schickt noch immer glühende Briefe der Begeisterung nach Hause. Das ist ihr Dilemma.«

»Und das hat sie alles mit sich selbst ausgemacht?«

Merve nickt. »Petrolein hat ihr geholfen.«

Ich sage nichts darauf, sondern lausche lieber wieder den Tönen, die Lisa meinem Klavier entlockt. Ganz anders als ich. Ich weiß auch nicht, was sie da spielt. Welchen Komponisten. Ich habe es noch nie gehört.

Wir stehen schon eine ganze Weile und hören zu, als ich ein leises Klopfen höre. Täusche ich mich? Ich gehe trotzdem zur

Wohnungstüre. Draußen stehen Petroschka – und ich glaube, ich sehe nicht recht, Fräulein Gassmann.

»Sie spielen gar nicht?«, fragt er erstaunt und flüstert dann: »Dürfen wir zuhören? Ich habe Lotta auch geholt. Sie soll nicht immer so allein dort oben sitzen …«, er deutet mit dem Daumen zur Decke. Ich nicke, trete zur Seite und mache eine einladende Geste. Mich kann sowieso nichts mehr erschüttern, denke ich dabei, Lotta Gassmann. Kaum zu glauben.

Lisa bekommt von alldem nichts mit. Sie spielt versunken weiter, während sich Petroschka und Fräulein Gassmann zu Merve aufs Sofa setzen. Ich lausche noch eine Weile, dann gehe ich durch die angelehnte Tür in mein Schlafzimmer und rufe Heiko an.

»Guten Morgen, meine Liebe«, höre ich ihn, allerdings mit ganz anderer Stimme als sonst. Weich. Liebevoll. »Hast du bis jetzt geschlafen?«

Ich muss lachen. »Ja, fast. Es ist gestern noch später geworden … und ständig passiert was Neues. Aber das muss ich dir in Ruhe erzählen.«

»Heißt das, dass ich zu dir kommen soll? Mitsamt meinen beiden Quälgeistern? Ich glaube, das ist eher schwierig. Wir rüsten uns gerade für einen Ausflug in die Wilhelma.«

Au Mann, das hatte ich ja total vergessen. Heiko hat seine beiden Kinder fürs Wochenende bei sich. »Im Moment wäre es günstig, es sind zwei junge Frauen, eine etwas Ältere, ein etwas älterer Mann und ich im besten Mittelalter hier in der Wohnung. Da würden deine Kids überhaupt nicht auffallen.«

»Aber sie würden mich fragen, was wir dort tun.«

»Klavierkonzert hören«, sage ich schnell. »Lisa spielt. Sie spielt märchenhaft.«

»Tja«, er seufzt. »Trotzdem denke ich, dass ich passen muss.«

»Schade. Ich wollte mit dir …«, in Boris' Wohnung, will ich sagen, aber er schneidet mir das Wort ab. »Ja, das würde ich auch gern. Sehr gern sogar. Überaus gern …«, ich höre Stimmen im Hintergrund und Heikos Antwort: »Alles klar, ich komme gleich.« Und gleich darauf wieder zu mir gewandt: »Ich freu mich drauf. Auf dich! Aber jetzt muss ich los.«

»Okay. Viel Spaß. Grüß mir die Affen.«

»Und die Nashörner, klar …«

Mist, denke ich und will zurück ins Wohnzimmer, bleibe aber direkt an der offenen Tür stehen. Eigentlich müsste ich ein Foto machen, denke ich, denn sicherlich hat das Bild Seltenheitswert. Und das mache ich dann auch: Petroschka und Gassmann andächtig auf meinem Sofa, daneben Merve, die etwas zur Seite gerutscht ist, und im Vordergrund das schmale Gesicht von Lisa, das beseelt in anderen Sphären schwebt. Nicht zu fassen, denke ich. Vor vier Wochen sah das hier noch ganz anders aus.

In diesem Moment hört Lisa auf, taucht wieder aus ihrer eigenen Welt auf, errötet, als sie ihre Zuhörerschaft sieht, und lässt die Hände sinken. »War ich zu laut?«, fragt sie.

»Du hast wunderbar gespielt«, beruhige ich sie. »War das ein russischer Komponist?«

»Auch«, sagt sie, »aber ich habe mehr aus meinem Inneren gespielt, einfach, weil ich so glücklich bin.«

Ich weiß überhaupt nicht, was ich darauf sagen soll, also gehe ich hin und nehme sie in den Arm.

Lotta Gassmann spendet Beifall und fragt nach einer Zugabe.

Mir kommt das gerade recht, da kann ich unauffällig zu meiner Mutter verschwinden.

»Kümmerst du dich?«, frage ich Merve leise. »Du weißt ja, wo die Getränke sind, Kaffee, Wein, Wasser … egal.«

Sie nickt. »Und du gehst nachher in die Wohnung?«

»Mal sehen.«

»Pass bloß auf. Und geh auf keinen Fall allein«, flüstert sie.

Diese Fürsorge, denke ich, während ich aus dem Haus gehe,

ist schon etwas ganz Besonderes. War ich in dem Alter auch so? So eine fürsorgliche Tochter? Ich kann mich nicht erinnern. Eher nicht. Ob meine Tochter so wäre, wenn ich eine hätte? Keine Ahnung, das sind Luftmalereien. Aber so oder so, es fühlt sich gut an.

Am Gartentor drehe ich wieder um. Der Briefkasten. Ständig renne ich daran vorbei, nach dem Motto, wer soll mir schon schreiben. Dabei haben doch nun schon einige meine neue Adresse. Und tatsächlich. Ich ziehe vier Briefe heraus. Versicherung, Versicherung, Werbung und ein Absender, der lautet: Aktive Lebensgestaltung für Senioren. Hurra, denke ich, das ist der Pflegedienst. Noch während ich zum Auto gehe, reiße ich den Umschlag auf. »Terminvereinbarung, von unserer Seite aus gern am Montag, 19 Uhr, falls nicht, bitte anrufen.«

Wow, denke ich, schon übermorgen, das geht fix. Wunderbar. Dafür, dass ich das alles zum ersten Mal mache, klappt es doch erstaunlich gut. Ich gehe beschwingt zu meinem Wagen. Auch das Wetter passt, ein schöner Herbsttag. Ein Tag zum Verlieben. Ich denke an Heiko. Und das gibt mir ein gutes Gefühl.

Vielleicht ist er ja der Mensch, der zu mir passt?

Bizarr, so aus der Vergangenheit. Aber wiederum auch schön. Wir kennen einander doch schon recht gut …

Mutti scheint schon auf mich gewartet zu haben.

»Ich weiß gar nicht, was heute los ist«, sagt sie, als ich hereinkomme. Sie sitzt auf ihrem Stuhl am Küchentisch und hat ihren Ehering vor sich auf dem Tisch liegen.

»Was ist denn, Mama?«, will ich wissen und setze mich zu ihr.

»Na, das …«, sie zeigt auf den Ring.

»Was ist denn damit?«

Sie zuckt die Schultern. »Ich glaube, das ist nicht mein Ring.« Sie schiebt ihn mit dem Finger hin und her. »Meinst du, Ingrid hat ihn vertauscht?«

»Aber nein!« Ich nehme ihre Hand und streife ihn auf ihren

rechten Ringfinger. »Siehst du, er passt hervorragend. Das ist deiner.«

Sie ist nicht überzeugt und streift ihn wieder ab. »Er ist zu groß.«

»Das stimmt«, sage ich, »aber nur, weil du abgenommen hast. Deine Finger sind schmaler geworden, dann werden Ringe locker.«

»Hmmm«, macht sie.

Ich habe eine Idee, stehe auf und komme mit dem Hochzeitsbild wieder, das im Wohnzimmer im Regal steht.

»Siehst du«, sage ich und setze mich wieder neben sie, »das ist der genau gleiche Ring.«

Sie betrachtet offensichtlich nicht den Ring, sondern den Mann. Einen Moment lang denke ich mit Schrecken, dass sie ihn nicht mehr erkennt. Wann wird sie dann mich nicht mehr erkennen?

»Da waren wir noch jung«, sagt sie und lächelt das Foto an. »Dein Vater war ein guter Vater, vielleicht ein bisschen sehr flügge, aber das war ich auch. Das war damals in der Gesellschaft so, man war miteinander aus, spielte Tennis, traf sich im Theater, in der Oper, beim Ballett, das gehörte alles zum guten Ton. Und zur Oberschicht. Und die Kinder waren wichtig, deren Bildung, dass die was Anständiges werden.«

»Sind wir denn was Anständiges geworden, Boris und ich?«, will ich wissen.

»Ja, Boris …«, weiter weiß sie nicht.

»Und ich?«

Sie sieht mich prüfend an. »Du bist wieder da.«

»Ja, stimmt, ich war viele Jahre fort, in Hamburg. Ich habe dort gelebt und in einer Agentur gearbeitet.«

Sie streichelt über meine Hand.

»Und wo ist dein Ring?«

»Mein Ring?«, frage ich einigermaßen fassungslos.

»Ja«, sie sieht mir ins Gesicht. »Du bist allein. Kein Mann, keine Familie. Kein Ring.«

»Mama, ich hatte einen Mann. Der war sogar vergangene Weihnachten dabei, erinnerst du dich?«

»Und wo ist er jetzt?«

Ausgerechnet jetzt wird sie klar, denke ich, da mir die Antworten so schwerfallen.

»Er hat eine andere Frau. Aber auch ich habe mich frisch verliebt.«

»Wie alt bist du jetzt?«, will sie wissen.

»Vierundvierzig.«

»Und fängt man mit der Liebe immer wieder von vorn an?«

Oje, denke ich. »Jetzt wirst du philosophisch.«

»Ich denke nur, dein Vater und ich haben uns getroffen, gefunden, geheiratet, geliebt. Und das, bis er starb.«

»Und was war mit Hugo und Harriet?«

»Scheinehe«, sagt meine Mutter trocken. »Hugo ist schwul.«

Das haut mich schier um.

Kann das sein? Sprach sie nicht von einem Schwerenöter? Fantasiert sie?

»Wie bitte? Burschenschaft, reiches Erbe … er hat doch Kinder.«

Sie legt ihren Ring wieder mitten auf den Tisch.

»Manchmal ist so ein Ring eben nicht das Gold wert, aus dem er gemacht ist.«

Meine Mutter, ganz wie früher.

»Mama, von wem sind seine Kinder dann?«

»Vielleicht hat er sich seiner Pflicht gebeugt? Immerhin hat er es in der Kirche ja versprochen. Vor Gott.«

»Also sind sie von ihm?«

Sie zuckt die Schultern. »Wer weiß. Sie sind da. Der Rest kümmert keinen.«

»Wenn man genug Geld hat, lässt sich über alles eine Decke ziehen …«, sage ich.

Sie greift nach meiner Hand. »Es war eine schöne Zeit. Unbekümmert, unbeschwert. Wir waren jung, Hugo hatte seine hübschen Freunde, das wusste jeder. Aber er hatte auch Harriet. Und gab auch immer mit seinen Freundinnen an. Zweigleisig, nennt man das so? Vielleicht fand er das sogar schick, Avantgarde. Egal, es war so.«

Wenn es stimmt, scheidet Hugo mit seinem aufschneiderischen Altmänner-Geschwätz wohl aus. Von wegen, mein Vater könne nur Mädchen und er dafür Söhne. Dann wäre Boris auf alle Fälle mein Vollbruder. Mitten in meine Überlegungen hinein klingelt mein Smartphone. Isabell. Ach, du Schreck, das hatte ich ganz vergessen. Ich geh ran. »Hallo, Katja, Ludwig und ich wären jetzt bereit. Du kannst uns per Facetime anrufen.«

»Warte kurz, ich hole mein Tablet, das ist besser.«

»Kein Problem.« Sie hört sich aufgeräumt an. Vielleicht, weil Ludwig neben ihr sitzt?

»Isabell?«, fragt Mutti.

»Ja«, beginne ich, »das ist so …«

Ich bin nun wirklich verunsichert. Sie ist gerade so klar, dass ich an meinem Plan zweifle, Isabell und die Kinder herzuholen. Und den Pflegedienst muss ich ihr jetzt auch erklären. Oder soll ich damit warten? Es zeigt sich ja, dass es rasend schnell gehen kann. Mal ist sie klar wie früher, dann in völlig anderen Sphären.

Aber Ludwig hat sie in guter Erinnerung. »Dann lass ihn mal sehen, den kleinen Mann«, sagt sie und blickt gebannt auf das Display.

Und es ist wirklich lustig, den beiden zuzusehen. Ludwig erzählt von seinen Reitabenteuern, Mutti bestärkt ihn darin, denn früher gehörten Reiten und Fechten zum »guten Ton«. Und dann fragt Ludwig plötzlich, ob es wahr sei, dass er, seine Mutter und seine Schwester zu ihr ins große Haus ziehen dürften? »Stell dir vor, Omi, wie wir dann immer im Garten herumtollen können. Und ich mäh dir auch den Rasen, wenn du willst. Aber schöner ist so eine Blumenwiese, wie du sie hast.« Meine Mutter sieht während des Gesprächs zum Fenster hinaus und sagt: »Ja, und dann setzen wir uns in die Laube zum Abendessen. Wie früher.« Ich denke schon, jetzt verwechselt sie ihn wieder, aber sie sagt gleich darauf: »Ich habe das mit meiner Familie so gemacht, und jetzt mach ich das mit euch eben noch einmal.«

»Heißt das«, mischt sich nun Isabell ein, »dass du uns willkommen heißt? Dürfen wir wirklich zu dir kommen?«

»Aber ja«, sagt Mutti und greift sich an ihr Herz. »Ich freue mich darauf.« Und zu mir sagt sie: »Endlich mal wieder Leben in der Bude.«

Als wir das Tablet weglegen, bin ich total ratlos. Obwohl der Arzt mich darauf vorbereitet hat, dass die Tage völlig extrem sein können, mal komplett abgeschaltet, dann wieder absolut klar, machen mir diese Schwankungen zu schaffen. Sei doch froh, dass es jetzt gerade so ist, sage ich mir und frage sie: »Hast du Lust, auszugehen?«

Und sie nickt sofort. »Muss ich mich umziehen?«

»Kommt darauf an, wo du hinmagst.«

»Ein Glas Sekt trinken im *Zeppelin*. Da waren wir früher immer.«

»Ja«, sage ich, einigermaßen erstaunt. »Dann machst du dich jetzt hübsch, ich helfe dir.« Und während ich das sage, denke ich, dass ich mit Jeans und Bluse nun auch nicht unbedingt fein angezogen bin.

Es ist unglaublich, wie meine Mutter über die Dinge lachen kann.

Sie wollte an die Bar, und da sitzen wir nun und außer uns noch einige Pärchen. Zunächst lässt sie sich über die Kleidung der Frauen aus. »Schau mal«, sagt sie, als eine aufsteht und durch den Raum geht, »wie kann die bei ihrem dicken Hintern denn eine rote Hose tragen. So eng. Wie das aussieht. Wie ein Pavian!«

»Psst, Mutti«, mache ich, aber sie muss schon über ihre eigenen Worte lachen. Dann sind die Männer dran. »Und der mit seinem Bart«, sie schüttelt den Kopf und flüstert laut, »ein richtiger Ziegenbart. Dass seine Frau das erlaubt … wie der ›Schneider, meck, meck, meck‹.«

»Psst«, mache ich wieder, aber ich denke, alle haben es gehört. Vor allem der Barkeeper. Obwohl wir schon gut zehn Minuten hier sitzen, hat sich Mutti noch nicht entschieden, was sie eigentlich trinken will. Die Cocktailkarte liegt vor ihr, aber sie beobachtet lieber, wer was trinkt, und fragt den Barkeeper dann, was das eine oder andere Getränk sei, das er gerade serviert hat. Während ich schon damit rechne, dass er die Geduld verliert, beginnt er, ihr jeweils ein »Versucherle«, wie er es nennt, abzuzweigen. Ich trinke inzwischen einen Früchtecocktail und harre der Dinge, die da kommen. Schlussendlich bestellt sie einen Cocktail, der ihr farblich am besten gefallen hat. Der Barkeeper, ich schätze ihn auf Ende zwanzig, mixt ihren Drink und wartet gespannt ab, was sie wohl sagen wird. Und ich auch. Sie saugt am Röhrchen, testet, trinkt erneut, dann sieht sie den Barkeeper an und sagt mit gefurchter Stirn: »Der ist aber wenig gehaltvoll.«

»Ach ja?« Offensichtlich hat er seinen Spaß mit ihr, denn er deutet auf ihr Glas: »Darf ich?«, dann greift er nach der Wodkaflasche und schenkt nach.

»So«, sagt er, als er ihr das Glas wieder hinstellt, »jetzt ist Ihr Maui Mule gehaltvoll.«

»Sehr gut, junger Mann«, sagt meine Mutter und dann zu mir: »Warum kommen wir nicht öfter hierher?«

Ich muss lachen. »Wir können das ja jetzt jeden Samstag machen, Mutti, damit du jeden Cocktail probieren kannst.«

»Sehr gute Idee«, sagt der Barkeeper und zwinkert meiner

Mutter zu, bevor er sich neuen Gästen zuwendet. Und meine Mutter sieht mich schelmisch an und sagt: »Hast du gesehen? Er hat mir zugezwinkert.« Und damit ich diese Botschaft auch richtig verstehe, wiederholt sie: »Mir!«

Ich muss noch immer den Kopf schütteln und lächle vor mich hin, als ich meine Mutter später zu Hause ins Bett begleitet und die Eingangstüre gut abgeschlossen habe. Ich bin nun unterwegs zu der Adresse, die mir Merve gegeben hat. Vorsorglich habe ich zwei große Reisetaschen im Auto, ich weiß ja nicht, was es in dieser Wohnung noch auszuräumen gibt. Es ist ein völlig harmloses Viertel, in das ich von meinem Navi geleitet werde. Gepflegte Einfamilienhäuser, Mehrfamilienhäuser, kleine Vorgärten, Mittelklassewagen am Straßenrand, es erscheint mir total unwahrscheinlich, dass hier eine Schießerei stattgefunden haben soll. Aber gut. Schau schon jemandem hinter die Fassade.

Vor einem der wenigen eher schmucklosen Häuser bleibe ich stehen. Die Straße stimmt, die Hausnummer stimmt, also muss es das sein. Ein viereckiger, grauer Kasten ohne Balkone, der Hauseingang exakt in der Mitte. Ich parke am Straßenrand und mustere den Bau. Nichts Auffälliges. Dunkle Fensterhöhlen, kaum Gardinen, vereinzelt Rollos. »Bauer, zweiter Stock«, hat mir Merve gesagt. Also stecke ich mir Merves Schlüssel griffbereit ein, steige aus, nehme die beiden leeren Reisetaschen und gehe den kurzen Gehweg entlang bis zum Eingang. Dort mustere ich die Klingelleiste. Es sind mehr Parteien, als ich auf den ersten Blick gedacht hätte. »Bauer«, steht gleich zwei Mal da. Und offensichtlich sogar im gleichen Stockwerk. Na, egal, denke ich, an irgendeiner Tür wird der Schlüssel schon passen. Ich schließe auf und gehe die Treppe hinauf und spüre dabei die Kälte, die mich in solchen Häusern immer frösteln lässt, als ob der Beton noch nicht trocken wäre. Im zweiten Stock bleibe ich stehen. Vier Türen nebeneinander mit wenig Abstand dazwischen. Also müssen die Wohnungen eher klein sein, denke ich, bevor ich nach dem Namen suche. »Bauer« links und »Bauer« rechts vom Gang. Ich betrachte noch mal Merves Schlüssel. Kein Hinweis. Diese Information hat sie wohl schlichtweg vergessen.

Mit etwas mulmigem Gefühl entscheide ich mich für die rechte Wohnung. Und ich habe Glück. Der Schlüssel passt, lässt sich drehen, und die Tür öffnet sich. Vorsichtshalber warte ich kurz. Nicht, dass ich gleich wie eine Einbrecherin in einer völlig fremden Wohnung stehe. Ich lausche, aber es rührt sich nichts. Ich rühre mich auch nicht. Aus einem unerfindlichen Grund heraus scheue ich mich, den ersten Schritt zu tun. Erst, als ich unten die Eingangstüre klacken und Stimmen höre, schlüpfe ich schnell in die Wohnung und zieh die Tür hinter mir zu. Mein Herz pocht bis zum Hals.

Ich stehe in einem völlig kahlen, schmalen Flur. Unbewohnt, sehr fremd, mein erster Eindruck lässt mich kurz zögern. Aber dann sehe ich eine schwarze Lederjacke, die wie hingeworfen auf der angrenzenden Türschwelle liegt. Hatte nicht Boris so eine Lederjacke an, als er nachts bei mir aufgetaucht ist? Ich gehe näher heran und hebe sie auf. Könnte sein. Oder auch nicht. Ich weiß nicht. Jedenfalls eine Männerjacke. Mein Blick gleitet in das Zimmer. Ein Bett, eine Miniküche in der Nische, ein Tisch mit zwei Stühlen, ein Fernsehapparat auf dem Boden und ein Kleiderständer, an dem zwei Kleider und eine Daunenjacke hängen. Kleine Größen. Könnte zu Merve passen. Daneben auf dem Fußboden einige zusammengefaltete Kleidungsstücke. Ich bücke mich und entdecke in einer Steckdose ein kurzes Ladekabel und daran angehängt, hochkant an der Wand stehend, ein Handy. Das dürfte es sein, denke ich und stecke es aus. Wenn das aber Merves Sachen sind, wo sind dann Boris' Kleider? Egal, alles einpacken, dann noch schnell ins Badezimmer und raus.

Ich will mich gerade umdrehen, da gefriert mir das Blut in den Adern, denn ich höre ein Geräusch hinter mir. Beim Blick nach hinten sehe ich aus meiner Hocke heraus nur einen langen, geblümten Rock. Merves Mutter? Quatsch, denke ich, wie soll die hierherkommen? Bevor ich mich aufrichten kann, sagt eine Frauenstimme in sattem Schwäbisch: »Na, das ist ja eine Überraschung! Wen haben wir denn da?«

Auf alles gefasst, drehe ich mich um und stehe auf.

Eine mollige Frau mittleren Alters sieht mich unverhohlen misstrauisch an. Jedenfalls handelt es sich nicht um die türkische Verwandtschaft von Merve, sondern mit ihren wasserstoffblonden Haaren eindeutig um eine Deutsche.

»Und wer sind Sie?«, frage ich und überlege krampfhaft, wie ich aus dieser Situation herauskommen könnte.

»Was wollen Sie mit den Sachen?« Der Zeigefinger, der sich auf mich richtet, hat einen langen, spitzen Fingernagel. Türkisfarben.

Ich hebe die Reisetasche hoch. »Es hieß, ich soll die Wohnung ausräumen.«

Sie tritt einen Schritt näher. »Da sind Sie weiter als ich. Ich wurde noch nicht informiert.«

»Was meinen Sie?«

»Nun, die Wohnung ist für September bezahlt. Wer bezahlt ab Oktober?«

Ich zucke die Achseln. »Die Wohnung ist jetzt frei.«

»Aber so geht das nicht!« Sie tritt auf mich zu. »Einfach auf und davon, so läuft das hier nicht.«

»Aber die Mieter sind raus«, sage ich und weiche keinen Zentimeter.

»Und wer sind Sie?«

»Kerstin Hauser, Anwältin«, sage ich aus einem Impuls heraus. »Unsere Kanzlei hat den Auftrag, das hier abzuwickeln.«

Sie beäugt mich misstrauisch, und aus der Nähe rieche ich nun auch den Alkohol. »Was heißt das?«, will sie wissen.

»Dass ich nun gehe. Die Wohnung ist hiermit gekündigt.«

Sie wird laut. »Dann muss die Putzfrau rein. Endreinigung. Wer zahlt mir das?«

Ich habe Angst, dass sie zu irgendeiner seltsamen Reaktion fähig sein könnte, und frage schnell: »Was kostet die Endreinigung?«

»Hundert Euro.«

»Das ist ja wohl eine Lachnummer! Dreißig Quadratmeter? Ich gebe Ihnen fünfzig Euro. Damit zeigen wir den guten Willen unseres Klienten, und die Sache ist erledigt!«

Sie furcht die teigige Stirn, und ich frag mich, wie Boris überhaupt an diese Wohnung geraten ist. Im Endeffekt ist es eine ziemlich üble Absteige. Um schnell zu einem Ende zu kommen, ziehe ich einen Fünfzigeuroschein aus meinem Geldbeutel und wedle damit. »Somit ist der Fall abgeschlossen«, sage ich.

»Die Schlüssel«, entgegnet sie und schnalzt mit den Fingern der linken Hand, während sie mit der rechten nach dem Geldschein greift. Ich händige ihr Merves Schlüssel aus. »Der zweite?«, will sie wissen.

»Ich habe nur einen.«

»Es waren zwei!«, beharrt sie. »Wir haben genug Scherereien, wenn ein Mieter einfach abhaut. Das braucht kein Mensch.«

»Nein«, gebe ich ihr recht. »Das braucht kein Mensch.«

»Also, wo ist der zweite Schlüssel?«

»Der ist wohl mit ihrem Mieter verschwunden.«

Sie überlegt.

»Wenn ich den nachmachen lassen muss, kostet das noch mal.«

Ich denke, dass ich jetzt einfach gehe, da sagt sie: »Oder ist es der Typ, der heute erhängt an einer Brücke gefunden wurde?«

»Der was?« Im ersten Moment glaube ich, nicht richtig gehört zu haben.

»Na, wurde doch drüber berichtet!«

»Erhängt?«

»Das würde doch passen. Die Schießerei hier auf der Straße, dann die beiden Verschwundenen, Stuttgarts übelste Gesellen unter sich, die fackeln nicht lang. Ich weiß ja nicht, was er angestellt hat, aber dass er sich versteckt hat, war doch offensichtlich. Und das Mädchen dazu. Und dann … na ja, ratsch bumm, so ist es halt.«

Mir wird übel.

»Na, für eine Rechtsanwältin haben Sie aber schwache Nerven«, bemerkt Frau Bauer. »Sie sind ja ganz blass. Also gut. Wir wollen ja keinen Ärger. Der Schlüssel ist in den fünfzig Euro schon drin«, damit geht sie ein paar Schritte zurück, wirft mir nochmals einen seltsamen Blick zu und marschiert mit schwingendem Rock zur Tür.

Ich stehe da und versuche, ruhig durchzuatmen.

Erhängt. An einer Brücke. Boris.

Kann das sein? Schon wieder habe ich nichts mitgekriegt, wie schon bei der Schießerei. Ich muss die Polizei anrufen. Nein, zunächst mal muss ich die Nachrichten lesen. Sicherlich gibt es einen Hinweis auf die Person. Auf den Toten.

Als ich die Wohnungstüre hinter mir zuziehe und langsam die Treppe hinuntergehe, kommt mir das Schreiben an Isabell in den Sinn. *Alles Weitere beim Notar.* Hat er sich am Schluss tatsächlich erhängt?

Nein. Boris hat viel zu viel Angst vor Gewalt. Das glaube ich nie und nimmer.

Und wenn doch?, frage ich mich, während ich meinen Wagen öffne und die beiden Reisetaschen auf den Rücksitz lege. Von Boris waren bis auf die Lederjacke keine Kleider in der Wohnung. Noch nicht mal eine Zahnbürste.

Ich verharre am Steuer und schnapp mir mein Smartphone. Mit einer Mischung aus blanker Furcht und hoffnungsfroher Zuversicht google ich nach den Schlagwörtern *Stuttgart* und *Brücke* und *erhängt.* Es findet sich gleich eine ganze Reihe von

Nachrichten. Ich suche nach den seriösen, lese allerdings nur das, was ich ohnehin schon weiß: Es ist ein Mann, mittleres Alter – alles Weitere wird aus Ermittlungsgründen noch nicht angegeben. Dann also doch die unseriösen. Die Spekulationen blühen so sehr ins Uferlose, dass ich das alles auch selbst erfinden könnte. Offensichtlich hat niemand eine sichere Quelle bei der Polizei. Kaum zu glauben, dass da überhaupt nichts durchsickert. Und jetzt? Jetzt rufe ich selbst an.

Ich werde zweimal durchgestellt, aber offensichtlich ist gerade niemand da, der zuständig wäre. Ich hinterlasse meinen Namen und meine Telefonnummer. »Wollen Sie eine Vermisstenanzeige aufgeben?«, werde ich noch gefragt, aber ich bin mir nicht sicher, er ist ja erst seit einer Nacht weg. »Wie kommen Sie darauf, dass es Ihr Bruder sein könne? War er selbstmordgefährdet?«

»War es denn ein Selbstmord?«

»Das wissen wir noch nicht.«

»Ich will nur beruhigt sein, dass er es nicht ist.«

»Schicken Sie uns bitte ein aktuelles Foto von Ihrem Bruder, damit wir das abgleichen können.«

»Mach ich.«

»Sie werden von uns benachrichtigt.«

»Danke.«

Ein Foto? Letzte Weihnachten. Ich scrolle die Fotos durch und kann sie mir kaum anschauen. Patrick und ich unter dem Weihnachtsbaum. Beide lächeln. Ich vergrößere das Foto. Trotz des Lächelns sehe ich nicht besonders glücklich aus. Isabell und die Kinder. Das Foto ist ebenfalls eher gestellt, gequält glücklich, zumindest bei Isabell. Mutti, die hübsch angezogen wartend am feierlich gedeckten Tisch sitzt. Und Boris, wie er eine Flasche Wein entkorkt. Sonnyboy Boris, alles gut, alles bestens, wem gehört die Welt. Ich vergrößere sein Gesicht und schicke es an die Polizei.

Glauben kann ich es trotzdem nicht.

Boris an einer Brücke?

Nie und nimmer.

Merve ist allein in der Wohnung, welche Wohltat. Sie kommt aus der Küche, als sie mich hört.

»Toll, dass du da bist, rate mal, wer heute da war?«

»Rate mal, wo ich war?«, stelle ich die Gegenfrage und lasse die beiden Reisetaschen neben mir auf den Boden sinken, eine fast leer, die andere voll.

Sie bleibt vor mir stehen und zuckt mit den Achseln. »Willst du verreisen?«

Ich schüttle den Kopf. »Nein, ich bringe dir was mit. Dein Handy, beispielsweise …«

Zuerst sieht sie mich verständnislos an, Sekunden später kniet sie neben der vollen Reisetasche. »Echt jetzt? Warst du tatsächlich … darf ich?«

»Alles deins«, sage ich und gehe an ihr vorbei zur Couch. Dort lasse ich mich fallen und sehe Merve von der Seite aus zu, wie sie in ihren Sachen wühlt, die dichten Haare hängen wie ein dunkler Vorhang vor ihrem Gesicht, sodass ich ihre Miene nicht sehen kann. Dann richtet sie sich auf, streicht ihre Haare nach hinten und schüttelt den Kopf. »Ich fasse es nicht. Alles da. Meine Kosmetiktasche. Und sogar das Ladekabel!«

»Wenn du mir ein Bier holst, erzähle ich dir alles, ich bin ziemlich hinüber. Und fast am Verdursten.«

Sie springt auf und ist in Windeseile mit einer Bierflasche und einem Glas wieder zurück. »Und Boris' Sachen?«, will sie wissen, während sie im Gehen einschenkt.

»Das ist das Rätsel«, antworte ich, »nichts da. Nur seine Lederjacke – dort, in der anderen Reisetasche. Die lag am Boden. Sonst kein einziges Stück.«

Merve bleibt stehen und starrt mich an. »Wie kann das denn sein?«

»Darf ich?« Ich winke nach dem Bier, und sie löst sich aus ihrer Erstarrung. Während ich das Glas auf einen Zug halb leere, zieht Merve die Lederjacke aus der zweiten Tasche. »Ja, die gehört Boris«, sagt sie und setzt sich nachdenklich neben mich.

»Pass auf«, ich versuche, meine Gedanken zu ordnen. »Schau doch gleich mal in deinem Smartphone nach, ob er dir eine Nachricht hinterlassen hat.« Ich erzähle ihr von dem Inhalt des Pakets, von Isabells Anruf, dem Notar, den sie aufsuchen soll, ich schildere in Kurzform die Begegnung mit der Vermieterin, die mutmaßte, Boris könnte tot sein. Erhängt an einer Brücke.

Merve ist kalkweiß geworden. »Erhängt?« Sie sieht mich mit großen Augen an. »Boris? Glaubst du das?«

Ich sage nichts, deshalb gibt sie sich selbst die Antwort. »Wenn da einer hängt, dann jedenfalls nicht Boris. Boris bringt sich nicht um, dazu hat er viel zu viel Angst ...« Sie stockt und fasst nach meinem Unterarm, dann schüttelt sie den Kopf. »Und von meinen Verwandten war das auch keiner. Niemals.«

Ich lege meine Hand auf ihre. »Hol mal dein Handy. Vielleicht hat er dir ja eine Nachricht geschickt.«

»Glaub ich nicht«, überlegt sie. »Schließlich wusste er ja, dass ich mein Handy gar nicht hatte. Da wäre es doch sinnvoller, dir eine Nachricht zu schicken.«

Da hat sie recht. Habe ich vielleicht was übersehen? Ich nehme das Smartphone aus meiner Handtasche und durchforste alle Möglichkeiten, aber da ist nichts. Kein anonymer Anruf, keine Nachricht von einer unbekannten Nummer. Und auch Merve schüttelt gleich darauf den Kopf.

»Alles Mögliche ist eingegangen, was weiß ich, von wem alles, aber jedenfalls nichts von Boris.«

Ich trinke mein Glas leer. »Ich habe schon sämtliche Nachrichten gelesen, aber es gibt keine Hinweise auf den Toten. Also habe ich die Polizei angerufen. Sie wollten für den Abgleich ein Foto, weiter konnten sie nichts sagen.«

»Hmm«, Merve zieht ihre Beine hoch zum Schneidersitz, »also abwarten.«

»Oder seinen alten Schulfreund anrufen, den Notar, der über alles Bescheid weiß, wie Boris schreibt.«

»Ein Notar also.« Merve zieht ihre dunklen Augenbrauen hoch. »Und wie kommen wir am Samstag an einen Notar ran?«

»Das weiß ich eben auch nicht.«

Eine Weile hängen wir unseren Gedanken nach, dann fragt sie: »Wie heißt dieser Notar denn?«

»Lars Zimmermann.«

Und dann nehmen wir fast gleichzeitig unsere Smartphones zur Hand. »Lars Zimmermann«, sage ich. »Irgendwie werden wir das doch herausfinden. Golfclub, Tennis, Kunst, irgendwo engagiert er sich doch sicherlich. Lions, Rotarier, Kiwanis – ganz sicher hat er irgendwo ein Pöstchen.«

Versuchsweise suche ich übers Telefonbuch. »Weißt du, wie viele Zimmermanns ohne Vornamen eingetragen sind?«, frage ich Merve.

»Oje! Bestimmt viele!«

»Und wenn wir Petroschka fragen? Immerhin hat er doch dieses Haus geerbt, da musste er doch gelegentlich zum Notar.«

»Dann schauen wir doch mal, wie viele Notare es in Stuttgart gibt. Das wäre ja schon ein arger Zufall.«

Stimmt auch wieder, denke ich und lehne mich zurück. »Es ist mühsam«, sage ich und lege mein Smartphone zur Seite.

»Aber irgendwie muss doch herauszufinden sein, wer an dieser Brücke gehangen hat!« Merve richtet sich auf. »Die Boulevardblätter finden das doch raus! Jede Wette!«

»Bisher wohl eher nicht.«

Obwohl ich überhaupt nicht daran glaube, dass es Boris sein könnte, schlägt mir das Unwissen enorm aufs Gemüt. Als ich schließlich missgelaunt ins Bett gehen will, fällt mir noch etwas ein.

»Du hattest doch eigentlich eine frohe Botschaft, als ich gekommen bin?«, frage ich Merve, die sich in einer Ecke des Sofas zusammengekauert hat. Sie hebt den Kopf. »Ja. Stimmt. Aber gegen das, was du nun an Neuigkeiten mitgebracht hast, ist das doch gar nichts.«

Ich betrachte sie kurz, wie sie so allein in ihrer Ecke hockt, und finde, das ist ein Sinnbild für ihr derzeitiges Leben. Allein, keine Familie mehr, auf dem Weg ins Ungewisse.

»Weißt du was?«, sage ich und versuche, einen lockeren Ton anzuschlagen. »Jetzt genehmigen wir uns noch einen kleinen Schlummertrunk, und du erzählst mir, was heute los war.«

»Ja, ehrlich?«, fragt sie, und ich sehe ein leichtes Lächeln über ihr Gesicht huschen.

»Ja, klar. Ich hole uns zwei Gläser Wein, okay? Und du verrätst mir, wer dieser Besuch war.«

Während der nächsten Stunde wird meine Laune noch schlechter, aber das kann ich Merve nicht zeigen. Also freue ich mich mit ihr und male mir mit ihr zusammen die Zukunft aus. Musste Ingrid ausgerechnet heute kommen? Und ich spüre etwas völlig Neues: Verlustangst. Merve wird gehen. Ingrid war überraschend mit ihrer Schwester Rita da, und die frohe Botschaft lautet nun, dass die beiden sich auf Anhieb sympathisch waren.

»Wenn ich gern mit Pferden umgehe, werde ich auch Reitunterricht bekommen«, sagt Merve und strahlt wie ein kleines Kind. Unwillkürlich muss ich an Ludwig denken. Schon zwei in der Familie, die Pferde lieben. Komisch, denke ich, diese Begeisterung ist in meiner Jugendzeit total an mir vorbeigegangen. Aber ich bin mit Pferden eben nie in Berührung gekommen – vielleicht lag es daran.

»Und stell dir vor«, Merves Haut glüht vor Freude. »Es wendet sich alles zum Guten. Rita hat auch schon mit einem Buchhändler in Aalen gesprochen, er möchte mich kennenlernen.

Und wenn es passt, mache ich eine Lehre im Buchhandel und helfe im Reitstall und darf reiten.«

»Ja«, sage ich lahm, »das ist ganz toll!«

»Was ist mit dir?« Sie hat feine Antennen, stelle ich fest.

»Gerade habe ich gedacht, ich hätte eine Tochter. Jetzt ist sie schon wieder weg«, sage ich in einem sentimentalen Anflug.

Merve sieht mich kurz an, dann liegt sie mir unversehens in den Armen und drückt sich an mich. »Du bist mir, nach meiner wirklichen Mutter, die liebste Mutti. Eben meine Zweitmami.«

»Und, macht sich deine Mutter keine Sorgen?«

»Doch. Aber ich habe mit meinem jüngeren Bruder, mit Ferhat, telefoniert. Er fand die Idee mit dem Imam auch gut und hat sofort mit ihm gesprochen – und der Imam meint, wir sollen beide kommen, dann hört er sich das an. Und dann wird er mit meiner Familie sprechen. Und zum Schluss werden wir alle zusammensitzen und eine Lösung finden.

»Das hört sich doch gut an.«

»Ja, ich bin auch ganz glücklich. Und außerdem hat er meiner Mutter natürlich schon heimlich erzählt, dass es mir gut geht …«

»Dann glätten sich die Wogen?«

»Ja, es sieht so aus, als ob alles gut werden würde. Der Imam hat Ferhat wohl auch gesagt, dass es für junge Frauen ganz klar keine verabredeten Eheschließungen mehr gäbe. Und dass jede Frau selbst entscheiden dürfe, wen sie liebt und wen nicht.«

»Das hört sich doch sehr gut an.«

»Ja«, sie grinst, »in Stuttgart gibt es traditionelle und weniger traditionelle Familien. Meine gehört wohl zu der ersten Kategorie, aber er setzt sich ein. Und er hat Gewicht. Das macht mich richtig glücklich.«

»Mich auch«, sage ich und umfasse in Gedanken noch viel mehr als nur Merves Familie. »Es wäre wirklich schön, wenn sich alles regeln würde. Einfach rundherum alles.«

Sie lacht. »Tut es doch schon. Dank dir. Du bist einfach ein Engel!«

Ein Engel, sage ich mir, als ich endlich ins Bett gehe. Ich bin ein Engel. Das hat mir in meinem ganzen Leben noch niemand gesagt.

Und bevor ich einschlafe, denke ich noch: Hoffentlich ist Boris keiner.

28. September Sonntag

Als ich aufwache, ist es zehn Uhr vorbei und ich kann mich an keinen einzigen Traum erinnern, weiß aber, dass es durchgehend schön war. So ein bisschen grüble ich noch, denn ich spüre meinen Träumen immer ganz gern etwas nach, aber heute habe ich wirklich keine Ahnung. Dafür fällt mir häppchenweise ein, was gestern gewesen ist. Vor allem die Begegnung mit der Vermieterin schenkt mir einen Adrenalinstoß, der mich vollends wach macht.

In der Küche finde ich einen Zettel an der Kaffeemaschine: *Habe bis jetzt gewartet, aber ich mag dich nicht wecken. Bin oben bei Lisa.* Hmm. Warum auch immer, das tut mir weh. Ich hätte gern mit Merve gefrühstückt, aber nun ist sie bei Lisa. Ja, gut, es ist auch schon spät am Morgen. Ich sehe der Maschine zu, wie sie mit kräftigen Mahlgeräuschen meinen Kaffee in die Tasse spuckt, und schäume nebenbei die Milch auf. *Zeit für zwei – für Kuh und Kalb,* lese ich auf dem Deckel der Milchflasche. Gut so, denke ich. Was für eine grausame Sache, die frisch geborenen Kälbchen von den Müttern wegzureißen, nur, damit wir Milch trinken können. Gibt es eigentlich etwas Unnatürlicheres als den Menschen? Ich will nicht drüber nachdenken. Vielleicht später. In einer Woche, oder so, wenn mein Hirn wieder bereit ist, über solche Dinge zu grübeln. Im Moment mag ich überhaupt nicht denken – doch, der nächste Gedanke elektrisiert mich. Der Tote an der Brücke. Vielleicht gibt es ja eine Neuigkeit?

Ich geh zurück ins Schlafzimmer, schalte dort den Fernseher ein und hole mir das Tablet mit dem Cappuccino ins Bett. Während ich mit der einen Hand die Sender durchzappe, gebe ich mit der anderen den Suchbegriff ein: *Stuttgart Toter Brücke.* Da haben sich wirklich viele draufgestürzt, das sehe ich gleich – und das war ja auch zu erwarten. Aber alles sind Spekulationen. Die Polizei rückt bisher keine Informationen heraus, noch nicht mal den Vornamen.

Vielleicht hatte er keine Papiere bei sich?

Sollte ich mich bei der Polizei noch mal melden und nachfragen?

Oder noch abwarten? Und überhaupt, soll ich Isabell informieren?

Ich bin hin- und hergerissen, da klingelt das Handy.

Eine mir unbekannte Stuttgarter Nummer.

Mein erster Gedanke gilt Boris. So! Jetzt stauche ich ihn aber zusammen!

Aber es ist nicht Boris, sondern die Polizei. Entwarnung. Der Tote an der Brücke gleicht dem Foto meines Bruders nicht.

»Gott sei Dank!«

»Wollen Sie trotzdem eine Vermisstenanzeige aufgeben?«

»Nein, vielen Dank, dann warte ich noch ab.«

»Meistens kommen sie ja auch zurück. Das sagt zumindest die Statistik«, tröstet mich eine junge Frauenstimme.

»Ja, vielen Dank. Weiß man denn inzwischen, wer der arme Tote ist?«

»Wir ermitteln noch, aber mehr darf ich Ihnen nicht verraten.« Ich höre ein Lächeln in ihrer Stimme und finde, dass sie für eine Beamtin locker drauf ist.

»Nein, natürlich nicht«, lenke ich ein, bedanke mich für die Benachrichtigung und wünsche noch einen schönen Sonntag.

Ich lasse mich in die Kissen zurückfallen. »Uff!«, sage ich laut zu mir selbst. »Welche Freude!« Und ich stelle fest, dass die Angst doch größer war, als ich mir selbst eingestanden habe.

Ich rufe Merve an und teile ihr die gute Nachricht mit.

»Na, da fällt mir ein Stein vom Herzen«, sagt sie erleichtert. »Obwohl ich nicht wirklich daran geglaubt habe … aber, wer weiß schon … soll ich runterkommen?«

»Nein, alles gut, ich liege noch im Bett und genieße das Nichtstun.«

»Dann bis später … und, Katja, ich bin echt froh.«

»Ich auch«, sage ich und schließe die Augen.

Kurz danach klingelt es wieder. Erneut die Polizei? Ein Irrtum?

Ich greife danach, aber das Display verrät: Heiko.

»Na, wie steht's?«, will er wissen.

»Oje, Heiko. Es gibt Tage, die sind gefühlt achtundvierzig Stunden lang. So war es gestern.«

»Ist was passiert?«

Ist was passiert? Ich weiß überhaupt nicht, wo ich anfangen soll. »Erzähle ich dir gleich. Wie läuft es bei dir und den Kids?«

»Nun, zwölf und vierzehn, da muss ich mir schon was überlegen. Wilhelma gestern war okay, sie lieben beide Tiere, aber heute … gut, wir machen den Downhill-Woodpecker-Trail.«

»Den was?«

»Also, beide sind begeisterte Mountainbikefahrer. Das ist grob eine Strecke von Degerloch runter nach Heslach. Hundertzwanzig Höhenmeter mit siebenundzwanzig Hindernissen. Ich habe schon alles an Ausrüstung organisiert, nachher geht es los.«

»Au Mann.« Ich lehne mich zurück an die Bettlade. »Das hört sich stressig an.«

»Nein, ganz ehrlich, es macht Spaß. Mitten durch den Wald, ich kenne die Strecke.«

Nichts für mich, denke ich, sage aber nichts dazu.

»Und um siebzehn Uhr geht ihr Zug, dann sind sie vier Stunden später wieder in Bonn. Ist doch perfekt.«

»Ja«, ich nicke. »Hört sich gut an.«

»Hört sich gut an, dass sie dann in den Zug steigen, oder hört sich gut an, dass ich dann Zeit für uns habe?«

Ich muss lachen. »Letzteres hört sich besonders gut an.«

»Also gut, dann muss ich jetzt nämlich los, die Stahlrösser wiehern schon … alles Weitere später!«

»Viel Spaß. Und brich dir nichts.«

Blöder Ratschlag, denke ich, während ich das Gespräch beende. Wie eine Glucke. Das bin ich doch überhaupt nicht. Der passt doch so oder so auf. Aber gut. Merve ist oben, Heiko im Wald, Mutti hat Ingrid, Boris ist … keine Ahnung. Er wird schon wieder auftauchen. Dann kann er sich aber auf was gefasst machen. Notar-Spielchen und so. Die eigene Familie erschrecken. Der spinnt doch total.

So gesehen, kann er überhaupt nicht mein Vollbruder sein. Noch nicht mal halb. Kuckucksei, das ist die Erklärung.

Nach einer Weile höre ich die Wohnungstür gehen, und kurz danach klopft Merve an meine offene Schlafzimmertür.

»Was für ein Glück mit Boris«, sagt sie. »Das beruhigt mich enorm.«

»Trotzdem ist er weg.« Ich richte mich auf.

»Ja, ich frage mich auch, ob es an mir gelegen hat? Ob ich was falsch gemacht habe, dass er einfach abhaut? Ohne ein Wort? Ohne eine Nachricht?«

Ich sehe sie an und schüttle langsam den Kopf. »Komm mal zu mir«, sage ich und klopfe neben mich auf die Matratze. Nachdem sie sich gesetzt hat, lege ich ihr meine Hand auf den Oberschenkel. »Das sage ich dir jetzt als deine Zweitmami, die schon viel Erfahrung hat. Frauen beziehen alles, was schiefgeht, auf sich. Auf ein Fehlverhalten. Oder sie fühlen sich nicht mehr hübsch genug, zu alt, zu … sonst was, kurz, sie suchen das Problem bei sich. Das ist fatal.«

Merve nickt. »Stimmt, mache ich auch immer.«

»Und im Christentum kommt dann auch noch der liebe Gott dazu, der einen straft, weil man das oder das nicht getan hat.«

»Kenne ich von meiner Religion auch.«

»Vergiss das alles. Jeder Mensch, sofern er erwachsen ist, ist für sich selbst verantwortlich. Du kannst einen Boris nicht umerziehen. Wenn er über die Jahre so geworden ist, wie er heute ist, muss er selbst damit klarkommen. Und nur er. Weder du noch Isabell haben ihn dorthin getrieben, er ist der Verursacher. Wenn überhaupt jemand, dann hat er die Schuld auf sich geladen, indem er einfach alle sitzen gelassen hat.«

»Ist das Feigheit, sich den Tatsachen nicht zu stellen? Einfach davonzulaufen?«

Ich muss kurz nachdenken. »Ja. Und vielleicht auch etwas männlich. Viele Männer drücken sich vor einer unangenehmen Aussprache und lösen die Probleme lieber auf eine andere Art.«

Merve nickt. »Das werde ich mir merken.«

»Also mach dich frei von allem. Versöhn dich mit deiner Mutter, und, wenn es geht, auch mit deiner Familie und lebe ansonsten dein eigenes Leben. Du hast nur eines, und das brauchst du niemandem zu schenken. Und schon gar keinem Mann, der dir aufs Auge gedrückt wird. Und einem anderen auch nicht. Du kannst was, du bist was, und das wird dich vor solchen Unterwürfigkeiten schützen. Aufrecht durchs Leben, das ist die Devise.«

»Das wird mein Motto!«

Ihr Blick ist so finster und entschlossen, dass ich lachen muss. »So gefällst du mir«, sage ich und klopfe ihr auf den Schenkel. »Und was steht heute bei dir an?«

»Ja«, sie blüht auf, »das wollte ich dir sagen. Nachher kommt Rita und holt mich ab. Und Lisa.«

Ich spüre sofort einen Stich. »Was? Jetzt schon?«

»Sie will uns alles zeigen. Sie sagt, zumindest sollte ich meine neue Heimat ja gesehen haben, bevor ich mich entscheide – den Reitstall, die Pferde, die Wohnung und außerdem die Buchhandlung. Allerdings nur von außen«, sie grinst. »Und heute Abend sind wir beim Italiener. Alle zusammen.«

»Brauchst du Geld?«, frage ich als Erstes.

Sie muss lachen. »Ich glaube, du hättest wirklich eine perfekte Mutter abgegeben. Jetzt fehlt nur noch: Pass auf dich auf, und sag immer schön Danke.«

»Genau. Das wollte ich gerade sagen«, ich muss auch lachen. »Du hast recht. Aber ich meine es ernst, wenn ihr zum Italiener geht, kannst du dich ja nicht einladen lassen …«

»Das ist lieb von dir – aber sieh, in meinem Kosmetiktäschchen hatte ich ein Geheimfach. Schon immer. Und da du mir mein Gepäck gestern gebracht hast, habe ich meine Scheine wieder. Ich bin dir also doppelt dankbar, für mein Smartphone und mein Geld.«

»Na gut«, sage ich. »Reicht es auch?«

Merve lacht. »Es reicht, dass ich dich in Aalen richtig groß ausführe, wenn du mich zum ersten Mal besuchen kommst.«

»Gut«, willige ich ein, doch sie scheint mir die Skepsis anzusehen.

»Im Ernst«, sie nickt mir zu. »Ich habe immer gespart, vieles, das mir zugesteckt wurde, bei Einkäufen für meine Tanten oder so, oder bei irgendwelchen Festen, egal, ich komme jedenfalls einige Zeit damit durch.«

Das beruhigt mich. Trotzdem werde ich ihr nachher einen Schein mitgeben. Für sie und Lisa. Und das werde ich mir auch nicht ausreden lassen.

»Und du?«, will sie wissen. »Zu Mutti oder zu Freund?«

Ich überlege. »Ich könnte Ingrid bei Mutti ablösen, dann kann sie bei euch mitfahren, denke ich gerade.«

Merve schüttelt den Kopf. »Es war Ingrids Idee, dass wir uns alle mal ganz allein beschnuppern.«

»Ja«, sage ich, »sie ist halt eine weise Frau.« Damit schwinge ich die Beine aus dem Bett. »Übernachtet ihr, wenn ihr noch zum Italiener geht? Das wird doch spät?«

»Nein, wir kommen zurück. Ihr Sohn fährt uns, hat sie gesagt, es sind ja nur achtzig Kilometer. Kein Problem.«

»Ihr Sohn?« Ich kann mir ein Zwinkern gerade noch verkneifen. »Na, dann.«

Merve sieht mich kopfschüttelnd an. »Was du schon wieder denkst …«

Und wir müssen beide lachen.

Als ich eine halbe Stunde später aus dem Bad komme, sehe ich auf meinem Display einen Anruf in Abwesenheit. Allerdings kann ich nicht ran, da meine Fingernägel frisch lackiert sind – und ich kenne mich. Ich bin so ungeschickt, dass sie bestimmt eine Macke abbekommen, also wedele ich mit meinen Fingern in der Luft herum und trete so lange ans Fenster. Ende September, es regnet nicht, es stürmt nicht, und trotzdem ist es kein Wetter, das einen hinauslockt. Vielleicht scheint in Aalen ja die Sonne, hoffe ich für Merve und Lisa und muss lachen, denn ein kleines Mädchen auf dem Gehsteig winkt zurück. Offensichtlich hat sie meine Fingerwedelei mit einem Gruß verwechselt, also winke ich auch, und sie zupft ihre Mutter an der Jacke, um auf mich hinzuweisen. Ist das nicht nett, denke ich, während ich zu meinem Smartphone zurückgehe, eine kleine, freundliche Kommunikation unter Fremden kann einen ganzen Tag aufhellen.

So, nun kann ich das Handy aufnehmen. Es war Isabell.

Was kann sie wollen? Oder ist etwas passiert?

Ich spüre eine ungewisse Aufregung kommen, während ich zurückrufe. Nach einigen Klingeltönen warte ich schon auf die Mailbox, da geht sie im letzten Moment doch dran.

»Klinger?«

»Auch Klinger.«

»Ach, Katja, hab nicht aufs Display geschaut, ich bin im Auto.«

Stimmt. Ihre Stimme ist eher leise und verzerrt, im Hintergrund Fahrgeräusche, also Freisprechanlage.

»Ich habe ein Problem«, höre ich sie sagen.

Offensichtlich besteht die Welt nur noch aus Problemen, denke ich und frage nach: »Welches?«

»Ich weiß nun wirklich nicht, wo ich hinfahren soll. Gleich zu Mutti oder doch in unser Haus?«

»Dann bist du schon unterwegs? Mit Sack und Pack? In Richtung Heimat?«

»Ja, und weil ich Sack und Pack dabeihabe, könnte ich ja auch zu Mutti fahren. Unsere ganze Bettwäsche liegt im Wagen. Ich weiß nur nicht ... was rätst du mir?«

»Was rät dein Bauch?«

»Ich würde lieber gleich zu ihr fahren.«

»Au ja«, höre ich Lara und Ludwig rufen.

»Dann tu das doch.«

»Aber ich kann doch nicht so unangekündigt hereinschneien.« Sie zögert. »Und vielleicht hat sie ihre Zusage ja auch schon wieder vergessen ...«

Ich mustere meine Fingernägel, dann die Umgebung, und dann sage ich: »Weißt du was? Ich fahre hin und bereite sie darauf vor. Wann seid ihr denn da?«

»Ehrlich? Würdest du das tun?« Ihre Stimme hört sich an, als wäre ihr ein riesengroßer Stein von der Seele geplumpst. Dann sammelt sie sich kurz: »Das Navi sagt, in etwa einer Stunde.«

»Dann seid ihr aber früh aufgebrochen ...«

»Ja, stimmt. Ich wollte los, ich war unruhig. Ich muss wissen, was in diesen Papieren steht. Und auch, was mit Boris ... na ja«, unterbricht sie sich selbst, »es sind rund sechs Stunden Fahrt.«

Die Kinder hören mit, denke ich, ich muss aufpassen, was ich sage.

»Ja, das wird sich alles klären.«

»Morgen. Morgen ist Montag, da sind die Notare erreichbar.«

»Ja, hoffentlich morgen.«

Noch eine Stunde, denke ich, während ich das Smartphone weglege. Also hat das Schicksal mal wieder entschieden, was ich tun soll. Nennt man das Fremdbestimmung? Nein, rede ich mir ein, das ist einfach … und weil ich keinen Ausdruck dafür finde, höre ich auf, darüber nachzudenken, lege die beiden Aktenordner und den Brief griffbereit auf meinen Esstisch und ziehe mich an.

Wie immer klingele ich kurz, um mich anzukündigen, dann schließe ich die Tür meines Elternhauses auf. Ingrid winkt mir zu, sie räumt gerade die Küche auf, Mutti hat sich zu einem Mittagsschläfchen hingelegt.

»Na«, fragt sie, »alles in trockenen Tüchern?«

Ich weiß nicht so richtig, auf welchem Stand sie eigentlich ist. Vielleicht meint sie aber auch nur Merve und Lisa und deren heutige Fahrt nach Aalen.

»Bist du auf dem Sprung?«, will ich wissen.

»Eigentlich nicht. Aber wenn du jetzt da bist …«, sie sieht mich fragend an.

»Wollen wir noch einen Kaffee zusammen trinken?«, schlage ich vor.

»Ich mach dir gern einen, aber ich weiche auf Apfelschorle aus. Hatte schon zwei Tassen mit deiner Mutter.«

»Wie geht es ihr heute?«

»Sie war sehr leutselig, hat mir aus früheren Zeiten erzählt. Eigentlich musste ich nur zuhören. Die meisten Geschichten kenne ich ja schon, macht aber nichts, sie erzählt immer sehr witzig – und vor allem, sie hat selbst viel Spaß dabei.«

Ich nicke. »Für morgen hat sich der neue Pflegedienst angemeldet. Da gehen wir mal alles durch.«

»Es wird also ernst mit meiner Ablösung«, meint Ingrid und nimmt eine Kaffeetasse aus dem Hängeschrank. »Schon irgendwie komisch. Nach so vielen Jahren.«

Wir sehen uns an, dann stellt sie die Tasse ab, und wir nehmen uns in die Arme. »Ja«, sage ich. »Auch du beginnst ein zweites Leben ...«

»Ein zweites, oder drittes, oder viertes ... keine Ahnung.«

Wir lösen uns voneinander, und sie füllt den Wasserkessel. Er ist aus Metall und pfeift so schön, wenn das Wasser heiß ist. Ich habe ihn vor Jahren meiner Mutter geschenkt, als ich längst einen Wasserkocher zum Anknipsen aus Plastik hatte. Aber der hier ist viel schöner.

»Nicht alles, was sich verändert, wird deshalb besser«, sagt Ingrid.

»Stimmt«, sage ich und erzähle ihr kurz, was ich eben über die beiden Wasserkocher gedacht habe.

Ingrid lacht. »Ja, ich gehöre eben schon zum alten Eisen.«

»Du bist hier jederzeit willkommen. Und Räume zum Übernachten gibt es genug ...« Im selben Moment fällt mir Isabell ein. Sie wird hier einziehen, wenn alles klappt.

»Da gibt es noch etwas«, sage ich, während ich das Kaffeepulver und die geblümte Kaffeekanne, die ich als Kind schon so geliebt habe, auf die Anrichte stelle. »Und was?«, Ingrid setzt sich auf Muttis Stuhl, während sie auf das Pfeifen wartet. Ich erzähle ihr von Isabell und meinen Plänen. Sie lächelt. »Isabell ist Arzthelferin. Am Schluss brauchst du den Pflegedienst gar nicht mehr.«

Ich muss lachen. »Du bist halt einfach eine praktisch veranlagte Frau.« Aber ich winke ab. »Nein, nein. Es ist eine Beruhigung, wenn sie da ist, und für Mutti ist das neue Leben, wenn sie einziehen, sicherlich auch schöner als die stillen Wände.«

»Wenn ihr die beiden Kinder nicht zu viel werden. Kinder sind turbulent und manchmal ganz schön nervig.«

Ich nicke zustimmend. »Das müssen wir abwarten. Aber ich denke, Isabell hat das gut im Griff. Sie sind übrigens auf der Anreise. In etwa«, ich schau auf meine Armbanduhr, die mal wieder stehen geblieben ist und eine Fantasiezeit zeigt, »na, jedenfalls bald da.«

Der Wasserkessel pfeift. »Manche Rituale sind doch einfach schön«, sage ich, während ich den Kaffee nach Muttis Art zubereite. »Und schmackhaft«, fügt Ingrid hinzu.

Dann sitzen wir uns gegenüber. »Wie fühlst du dich denn?«, will ich wissen.

»Zwei Seelen in meiner Brust. Einerseits freue ich mich auf die Zeit mit Rita und der Familie und jetzt auch noch mit Merve, das wird bestimmt nicht langweilig … andererseits habe ich hier so viel erlebt, es war so viel los, jetzt mal unabhängig von meinem kranken Mann. Mein Leben hier war … zufriedenstellend. Streckenweise sogar richtig schön.« Sie schweigt einen Moment. »Ich werde es jedenfalls vermissen.«

»Wie gesagt …«, hake ich ein, »du bist jederzeit willkommen.«

»Hast du denn schon eine Nachfolgerin für mich? Das Haus hält sich ja nicht von allein sauber … und nun mit den Kindern – und Isabell kann man das ja auch nicht aufbürden.«

»Wieso?«, frage ich, »kannst du jemanden empfehlen?«

»Eine junge Polin, bei mir im Haus, die gegenüberliegende Wohnung. Frisch verheiratet, aber immer zu Hause. Ich war ein paarmal bei ihr drüben, sie ist schnell und sehr ordentlich, und ich glaube, sie muss da mal dringend raus.«

»Spricht sie deutsch?«

»Sie ist sehr eifrig dabei, es zu lernen. Ich glaube, das hier, die Mutti und dazu noch die Kinder, das würde ihr richtig guttun.«

Ich nicke. Und denke an Nesrin, die toughe Babysitterin. Wie es ihr jetzt wohl geht? Wenn die Dinge sich weiter so entwickeln, gründe ich noch den *Club der Jungen Frauen.* Ich muss jedenfalls Isabell nach ihr fragen.

In diesem Moment klingelt es.

Isabell. Gut, Mutti ist noch nicht vorgewarnt, aber das können wir ja nachher gemeinsam nachholen. »Ich mache auf«, sage ich, und Ingrid steht auf und stellt Gläser auf den Tisch. »Sie werden alle Durst haben«, sagt sie.

»Ich glaube«, sage ich spontan, »du bleibst besser hier. Hier brauchen wir dich!«

Sie sieht mich an. »Meine Wohnung habe ich gekündigt. Dann wird das hier ein Vier-Frauen-Haus.«

»Es gibt Schlimmeres«, sage ich und stehe auf, um Isabell und die Kinder zu begrüßen.

Ludwig quetscht sich an mir vorbei, kaum dass die Tür einen Spalt offen ist, und rennt in die Küche. »Omi, Omi«, höre ich ihn fröhlich rufen, »wir sind wieder da. Und stell dir vor …«, dann bricht er ab, weil er offensichtlich vor Ingrid steht, statt vor seiner Omi.

Isabell lächelt. »Seitdem wir beide telefoniert haben, freut er sich wie Bolle.«

»Gut«, ich trete zur Seite, »kommt herein.« Ich bücke mich zu Lara, die sich an Isabells Beine drückt. »Und du? Lara, freust du dich auch?«

»Ich habe ein neues Kleidchen«, sagt sie, tritt einen Schritt vor, damit ich es auch sehen kann, und fasst den Rocksaum mit beiden Händen. »Da, schau …«

»Superschön«, sage ich. »Das musst du der Omi zeigen.«

»Das habe ich von Omi geschenkt bekommen.«

»Ja«, ich lächle ihr zu, »jetzt hast du zwei Omis.«

»Kommt erst mal rein«, lade ich Isabell ein, »Mutti macht noch Mittagsschläfchen, Ingrid ist da, wir kriegen das alles hin.«

Und es geht tatsächlich problemloser, als ich gedacht habe.

Mutti hat einen leutseligen Tag, sie freut sich über die Neuerungen und hat sogar einen für meine Begriffe sensationellen Vorschlag: Isabell soll sich das ehemalige Herrenzimmer herrichten. »Das alte Gerümpel braucht sowieso niemand mehr. Selbst Vati war es irgendwann zu verstaubt. Daraus kann man doch ein schönes, helles Zimmer machen.«

Aber als sie dann auch noch vorschlägt, aus dem dunklen Wohnzimmer ebenfalls ein neues, helles zu machen, sehe ich ihre vierzigtausend Euro auf dem Sparkonto dahinschmelzen und versuche, sie ein wenig zu bremsen. »Schöne Ideen«, bestärke ich sie, »aber denk daran, dass so etwas auch viel Geld kostet.«

»Papperlapapp«, antwortet meine Mutter mit versonnenem Blick. »Papa hat da vorgesorgt. Er war ein guter Vater.«

Ich lasse es dabei bewenden, und daraufhin überbieten wir uns alle mit den unterschiedlichsten Änderungsvorschlägen. Nur Boris erwähnt niemand. Als ich mit Isabell kurz allein bin, bedeute ich ihr, dass ich die Akten im Auto habe.

Sie nickt. »Ich kann sie jetzt nicht ansehen. Ich habe das alles auf morgen verschoben, sonst würgt es mich.«

»Kann ich verstehen. Ich habe mich bemüht, irgendwas herauszufinden, aber ich denke, du hast recht. Morgen stellen wir uns den Tatsachen.«

Kurz nach 17 Uhr ruft Heiko an. Er sei nun frei und platze vor Sehnsucht, mich zu sehen. »Wohin soll ich denn kommen?«, will er wissen.

»Ein Rendezvous zu zweit ist noch nicht in Sicht«, sage ich und gehe kurz in den Garten, um ihm die Sachlage zu erklären. Aber wo anfangen? Wieder einmal hat sich so viel ereignet.

»Du warst allein in der Wohnung von Boris? Da gefriert mir ja nachträglich das Blut in den Adern«, knurrt er. »Menschen sind unberechenbar – man weiß doch nie …« Und schließlich: »Weißt du was? Bevor wir das alles am Telefon verhandeln …

falls in eurer Damenrunde noch ein Platz frei ist, fahre ich jetzt los.«

»Ludwig ist auch da«, sage ich schnell.

Er lacht. »Das beruhigt mich. Wenigstens ein männlicher Beistand.«

Wenig später klingelt er bereits, und siehe da, meine Mutter strafft ihren Körper, als er die Küche betritt. Und kaum, dass er sich ihr vorstellt, sagt sie: »Aber klar doch habe ich dich erkannt. Du warst doch immer ganz wild auf meine Pfannkuchen!«

Heiko muss lachen. »Ja, stimmt. Ihre waren aber auch immer die besten. Keiner machte sie so gut wie Sie. Meine Mutter auch nicht.«

»Vielleicht sollte ich mal wieder welche machen?«, überlegt meine Mutter, und während er Ingrid, Isabell und die Kinder begrüßt, sehe ich mich nach einer weiteren Sitzgelegenheit für Heiko um. Alle Stühle rund um den kleinen Küchentisch sind belegt.

»Wir sollten die Küche vergrößern«, sage ich zum Scherz. »Wie wäre es mit einem Anbau, einem Wintergarten?«

»Ja«, stimmt meine Mutter sofort zu. »Das hat dein Vater schon überlegt. Blümchen, hat er gesagt«, sie unterbricht sich und wirft Heiko einen schelmischen Blick zu, »Blümchen hat er mich immer genannt, weil er sagte, ich sei die schönste Blume von allen ...« »Womit er auch recht hatte«, stimmt Heiko schnell zu, worauf Mutti mädchenhaft kichert und fortfährt: »Also, Blümchen, hat er gesagt, wenn unsere Familie noch größer wird, müssen wir anbauen. Dann ist unsere gemütliche Küche zu klein.«

»Anbauen«, sage ich und schüttle den Kopf. »Und das bei einem Haus mit, warte mal, zehn Zimmern. Eigentlich war es ja immer zu groß.«

Mutti beharrt darauf: »Ja, aber«, sie schaut sich um und zählt laut die Personen, die sich um den Küchentisch drängen, an ihren Fingern ab, »eins, zwei, drei, vier, fünf und die beiden Kinder, siehst du, die Küche ist zu klein.«

Heiko übernachtet bei mir. Ich genieße dieses Gefühl der Vertrautheit – einen Menschen, den ich seit vielen Jahren kenne und den es trotzdem zu entdecken gilt, vor allem seinen Körper. Irgendwann höre ich die Wohnungstüre gehen und schließe daraus, dass Merve nach Hause gekommen ist.

Heiko hört es auch. »Dass ein Altbau so hellhörig sein kann«, flüstert er übertrieben leise in mein Ohr. »Also Schluss mit Sex, dafür jetzt Fragestunde.«

»Fragestunde?«, ich muss gähnen. »Was meinst du damit?«

»Beispielsweise das: Was stört dich an einem Mann denn am meisten?«

»Ist das jetzt dein Ernst?«

»Ich möchte es wissen, bevor ich in die Falle tappe. Also ...«

»Ich weiß grad nicht ...«, ich kuschle mich an ihn und taste mit der Hand an seinem Bauchnabel entlang nach unten.

»Das gilt nicht«, sagt er und dreht sich auf den Bauch. »Also?«

»Hmm.«

»Oder anders ... was hat dich an deinem Ex denn am meisten gestört?«

»Dass er fremdgegangen ist!« Da muss ich nicht lang überlegen.

»Nein, das ist zu einfach. Fremdgehen und Gelddinge meine ich nicht, das ist zu plakativ. Nein, Dinge die dich nerven und bohren ... immer mehr.«

»Ach«, sage ich und ziehe meine Hand zurück. »Also ernsthaft?«

»Ernsthaft.« Und damit dreht er sich wieder auf den Rücken, und ich lege meinen Kopf auf seine Schulter. Schon das ist ein gutes Gefühl. Eigentlich könnte ich so wunderbar einschlafen.

»Also gut.« Ich muss tatsächlich überlegen, so lange ist das schon her.

»Also. Ich oder jemand erzählt etwas. Ihm, oder anderen, egal. Am Anfang der Geschichte hört er nicht zu, weil es ihn nicht interessiert. Plötzlich fällt aber ein Satz, der ihn interessiert und den er nun völlig aus dem Zusammenhang gerissen oder sogar auch falsch in seinem Hirn speichert und mir im Anschluss ständig vorwirft, weil der oder die das so gesagt haben soll.«

»Verstehe ich nicht, was meinst du?«

»Na, beispielsweise sagte er, in meinem Schlafzimmer sei es zu heiß. Dem Jan sei es ja auch zu heiß gewesen. Dann frage ich völlig irritiert, wieso denn dem Jan? Der ist ein einziges Mal bei einer Geburtstagsparty in meinem Haus gewesen und ganz sicherlich nicht in meinem Schlafzimmer. Wie er denn auf so eine Idee käme? Nun, erklärt er, meine Freundin habe das gesagt.«

»Na«, Heiko drückt mich. »Das ist doch ein einfacher Fall, da braucht man doch nur die Freundin zu fragen …«

»Sie sagt, sie hätte das im Leben nie gesagt, da müsse er etwas völlig missverstanden haben.«

»Und?«

»Und … nützt aber nichts. Ab dem Moment war Jan sein Gegner, wo Jan auftauchte, wollte Patrick nicht hin. Der Satz hatte sich in seinem Hirn eingebrannt, er war davon nicht mehr abzubringen.«

»Das ist doch kindisch.«

»Da könnte ich dir einige Beispiele mehr erzählen. Er hörte nicht zu, verarbeitete das, was er dann doch hörte, zu wirrem Zeug und war von seinem eigenen Ergebnis nicht mehr abzubringen.«

»Okay«, erklärt Heiko und küsst mich. »Die Sorge musst du bei mir nicht haben. Ich kann gut zuhören, von Anfang an. Und wenn mir was komisch vorkommt, können wir darüber reden.«

»Und was nervt dich?«, stelle ich die Gegenfrage.

»Wenn ich wochenlang keinen Sex kriege und nicht weiß, warum. Also Bestrafung für irgendwas, das mir selbst nicht aufgefallen ist.«

»Da hilft im Zweifel Kommunikation«, sage ich.

»Ja, aber wenn dein Gegenüber nicht spricht?«

»Das wird dir bei mir nicht passieren«, nun küsse ich ihn. »Ich bin für meine Aufklärungswut bekannt.«

»Und unter diese Rubrik fällt übrigens auch eine Stimmungsschwankung um hundertachzig Grad, wenn ich den Grund nicht kenne.«

»Ja«, sage ich und muss lachen. »Das hatten wir schon.« Ich kuschle mich an ihn. »War das dann alles?«

»Ja, jetzt können wir schlafen.«

29. September Montag

Der Wecker klingelt, und Heiko steht auf, um den morgendlichen Cappuccino ans Bett zu bringen. Noch nicht wirklich wach, höre ich ein Gespräch in der Küche, und als die Tür zum Schlafzimmer wieder aufgeht, Merves helle Stimme: »Also eine echte Wachablösung.«

Ich schmunzle im Halbschlaf. Wachablösung … auch nicht schlecht.

Er stellt mir meine Tasse auf den Nachttisch, und ich schlage die Augen auf. »Guten Morgen, mein Schatz … habe ich da gerade etwas von Wachablösung gehört?«

»Ja. Merve ist wirklich eine nette Untermieterin. Aber sie sagt, sie gibt diese Woche noch den Platz frei.«

»Und dann ziehst du direkt ein?«

Er muss lachen. »Nein, falls du das vergessen haben solltest … du ziehst bei uns ein.«

Doris. Ihr Angebot. Vor lauter anderem Kram habe ich tatsächlich nicht mehr daran gedacht.

»Jetzt schauen wir erst mal, was der Tag bringt«, sage ich und schlage die Bettdecke zurück.

Um neun Uhr bin ich pünktlich in der Agentur. Wäre die in der Luft hängende Sache mit meinem Bruder nicht, wäre ich sogar richtig gut gelaunt. Die Idee mit dem gezeichneten Schmetterling auf den drei Trauben gefällt mir ganz besonders gut, ich kann mir das Etikett schon genau vorstellen. Das Etikett ist schon mal ein Gewinn, finde ich, jetzt fehlt nur noch der einprägsame, schlagkräftige Name, aber so, wie sich das am Freitag angelassen hat, werden wir das sicherlich auch noch schaffen. Endlich geht es gemeinsam voran.

Ich fahre gerade meinen PC hoch, als ich Rolf hereinkommen und in der Kaffeeküche verschwinden sehe. Das ist eine gute Gelegenheit, denke ich und schnappe meinen Kaffeebecher aus der Schublade.

Was für ein Glück, wir sind allein.

»Na«, sagt er, als er mich sieht, »was macht die Kunst?«

»Für das Etikett hatten wir am Freitag eine ganz gute Idee, finde ich, ein gezeichneter Schmetterling auf drei Trauben. Denn wo Schmetterlinge sind, kann man dem Bioanbau vertrauen, sagen die Profis.«

Er wartet, bis der Kaffee in seine Tasse geflossen ist, und dreht sich dann zu mir um. »Ja, schöne Idee, finde ich auch. Gibt es denn auch schon einen Namen?«

»Tja«, ich winke ab. »Ich dachte an Vertrauen, *trust*. Aber wenn man das deutsch ausspricht, ist es nicht so prickelnd.«

Er nickt. »Wie heißen die drei jungen Winzer noch mal?«

»Angelina, Sebastian, Robby.«

»Vielleicht lässt sich aus den Namen was machen?«

Ich stelle meine Tasse auf die gekennzeichnete Stellfläche und drücke auf den leuchtenden Knopf *Cappuccino*. Während die Maschine arbeitet, sehen wir uns an.

»Ro von Robby«, sagt er, »S von Sebastian und A von Angelina.«

»Rosa«, fasse ich zusammen.

Wir müssen beide lachen.

»Ist vielleicht ein bisschen zu rosa«, grinst Rolf. »Da wird nicht jeder potenzielle Käufer zulangen …«

»Rose?«, wandle ich ab.

Er verzieht den Mund. »Eine Rose im Weinberg? Da wachsen doch dann Ringelblumen und Lavendel oder so was …«

»Alles Mögliche. Da wachsen Blumen, Kräuter, Pilze …«, wir sehen uns an.

»Es tut gut, dich zu sehen«, sage ich spontan aus dem Herzen heraus.

»Ja«, bekräftigt er, »es treffen sich nicht häufig Menschen, die sich auf Anhieb leiden können.«

»Das ist wahr«, bestätige ich.

Er nickt mir zu und geht mit seiner Kaffeetasse zur Tür. »Wenn mir was Schlagkräftiges einfällt, gebe ich dir Bescheid.«

»Danke.« Ich sehe ihm nach und gehe dann langsam an meinen Platz zurück. Ja, Rolf habe ich vom ersten Moment an gemocht. Tatsächlich auf Anhieb.

Ich will gerade im Creative-Raum nach meinem Team schauen, da kommt Sven aus einem der Besprechungszimmer, sieht mich und ändert seinen Kurs. Vor meinem Tisch bleibt er stehen. »Ich habe vorhin eine Rundmail losgeschickt, ich weiß nicht, ob du die schon gelesen hast, zehn Uhr im Konferenzraum. Es gibt einiges zu besprechen.«

Ich weiß nicht, warum mich ein seltsames Gefühl beschleicht. »Gut. Was gibt es denn?«

»Alles später. Ich muss noch einiges vorbereiten.« Er sieht mich an, und trotzdem geht sein Blick an mir vorbei. Irgendwie seltsam, denke ich. Mal sehen, ob jemand aus meiner Truppe mehr weiß.

Sie sind tatsächlich schon da, sitzen auf dem roten Plüschsofa und darum herum. Sogar Liza ist dabei, das Röhrchen eines Milkshakes im Mund, und neben ihr zwei junge Männer, die ich noch nicht kenne. Sie ist die Erste, die mich entdeckt, und winkt mir zu. Joshua dreht sich nach mir um.

»Wir haben uns zwei Kreativ-Jungs von Marvin abgezweigt. Je schneller wir das im Kasten haben, umso besser.«

»Aha«, antworte ich. »Die ganze Zeit war mañana, mañana angesagt, und jetzt pressiert es plötzlich?«

»Wir können vielleicht noch bei Marvin mit aufspringen. Die Mercedes-Geschichte erweitert sich«, erklärt Jan völlig unschuldig.

Ich werfe einen Blick auf Lilli und sehe ihrem Gesichtsausdruck an, dass ihr das hier sowieso schon zuwider ist. Aber nicht mit mir, denke ich und setze mich auf die Kante des alten Schreibtisches, eigentlich Lillis bevorzugte Sitzposition, wie ich weiß. Sie sieht mich an und rutscht etwas mehr in die Ecke des Sofas.

»Also«, sage ich, »Verstärkung kann ja nie schaden. Was ist euch denn eingefallen?«

»Wir fangen doch gerade erst an«, mault Anna. »Wir haben eben das Etikett erklärt, den gezeichneten Schmetterling auf drei Trauben, und jetzt werfen wir mal alles in den Raum, was uns dazu so einfällt.«

»Sehr gut«, sage ich, und in diesem Moment habe ich eine schier plastische Eingebung. »Flora!«, entschlüpft es mir.

»Heißt keine von uns«, Lilli sieht mich schräg an.

»Nee! Das ist gut!«, das Röhrchen schnalzt aus Lizas Mund. »Flora! Das hat mit Boden zu tun, mit Blumen, Flora und Fauna, ist weiblich, ist gut!«

Alle starren mich an, und ich bin selbst überrascht. Vor allem, weil mir zu Flora noch mehr in den Sinn kommt. »Flora ist zudem die römische Blumen- und Frühlingsgöttin.«

»Wie kommst du denn auf so was?«, will Lilli argwöhnisch wissen.

»Weil es so ist!«, sage ich ausschließlich an ihre Adresse und ihre in die Luft gereckte, kleine Nase. »Ein bisschen Bildung schadet eben nie ...«

»Flora!«, sagt einer der Jungs und nickt. »Wirklich nicht schlecht. Darunter kann man sich was vorstellen, das kann man sich merken, es riecht nach Bio und Artendiversität.«

»Na gut«, Jan steht auf. »Gerade im richtigen Moment. Hat nicht Marvin was von einer Konferenz gesagt? Weiß das einer? Elf Uhr?« Er zückt sein Smartphone, um die Mails zu checken, aber ich bin schneller.

»Um zehn.«

»Um zehn? So früh? Das ist ungewöhnlich.« Joshua kratzt sich im Nacken. »Aber unser Boss war ja zwei Tage nicht da. Da will er jetzt wohl einiges nachholen.« Er grinst schräg.

Die beiden Jungs stehen ebenfalls auf. »Um zehn? Da müssen wir uns ja beeilen.«

Ich gehe auch, denn ich hätte noch gern Rolfs Meinung zu »Flora« gehört. Aber wo finde ich ihn? Reicht die Zeit noch, um ihn in der oberen Etage zu suchen? Oder soll ich ihm eine Mail schicken? Das wäre der schnellste Weg. Ich suche seine interne Mailadresse raus und schreibe ihm ein paar Zeilen. Ein Blick auf die Uhr sagt mir allerdings, dass ihn die Nachricht nicht mehr rechtzeitig erreichen wird. Es ist kurz vor zehn. Also gehe ich, wie alle anderen auch, in den Konferenzraum.

Ich stelle mich an die Wand, der Fensterreihe gegenüber, denn alle Stühle sind besetzt. Sven ist schon da, er ordnet noch einige Sachen vor sich auf dem Tisch. Eigentlich ein ansprechender Mann, denke ich, seine schwarzen Haare sind etwas gewachsen, er wischt sich eine Strähne aus der Stirn. Und sein schwarzes Langarm-T-Shirt, offensichtlich Seide, sowie die schwarzen Jeans stehen ihm ausgesprochen gut. Nur sein Gesichtsausdruck stört. Irgendetwas stimmt wohl nicht. Die Türe ist schon zu, da öffnet sie sich noch einmal, und Sven blickt auf. Rolf kommt herein, geht an mir vorbei, sagt anerkennend »Finde ich gut« und verschwindet weiter nach hinten. Ich sehe ihm nach und entdecke dann mir fast gegenüber am Fenster stehend, allerdings so im Gegenlicht, dass ich nur seine Konturen erkennen kann, Marvin. Und nicht weit von ihm entfernt Lilli, Anna, Jan und Joshua. Nur Liza nicht, sie sitzt ziemlich weit vorn.

Sven räuspert sich und erzählt von seinem Treffen mit Lukas, dem Agenturchef in Hamburg. Ich höre gern von Lukas, ich habe ihn gemocht. Wir hatten eine gute Zeit, und er hat ja auch wirklich viel aufgebaut. Nicht nur diese Niederlassung in Stuttgart, sondern auch in anderen Städten. Und allesamt erfolgreich, wie in Hamburg jeder wusste.

Dann kommt er auf die neue Ausschreibung einer großen Privatbank zu sprechen. Der Bankier ruft zum Pitch, erklärt er, und um es noch einmal zu verdeutlichen, betont er, dass es mehrere Marketingagenturen gäbe, die zu der Wettbewerbspräsentation eingeladen würden. »Ich bin davon überzeugt«, schallt seine Stimme durch den Raum, »dass wir die Richtigen sind. Wir finden die passende Perspektive, den richtigen Dreh. Anders als die anderen, frech, innovativ, wir verpassen dieser Bank einen Brand, der sich wie ein Ohrwurm im Kopf festsetzt. Das ist unsere Aufgabe! Rolf, das besprechen wir nachher.«

Also Rolf, denke ich und schau hin. Der nickt nur.

»Leider sind wir nicht überall so erfolgreich«, fährt Sven fort. »Unsere jungen Winzer haben uns abgesagt. Sie haben nicht das Gefühl, dass sich jemand ernsthaft um ihr Anliegen kümmert. In ihrem eingeschriebenen Brief steht wörtlich: Seit nahezu vier Wochen dümpelt das Ganze vor sich hin. Verlorene Zeit, so sehen wir das.« Nun findet sein Blick mich, und ich spüre, wie ich zunächst schreckensblass, dann rot werde. Ausgerechnet jetzt, da wir doch zumindest schon das Etikett haben? Soll ich etwas darauf sagen? Vor allen? Ich trau mich nicht. »Wir sprechen nachher darüber«, sagt er zu mir. In meinen Ohren summt es. Ich habe versagt. Mein Gott, ist das entsetzlich. Großartig aus Hamburg gekommen und nun das.

Sie haben sich jemanden anderen gesucht. Angelina, Sebastian und Robby. Warum haben sie mir bloß nichts gesagt?

Aber nein, sie hatten die Schnauze voll. Vier Wochen, und es tut sich nichts.

Ich versuche, die Gesichter von Lilli, Anna, Joshua und Jan zu erkennen. Im Gegenlicht gelingt mir das nicht. Marvin grinst. Das kann ich mir denken.

Mannomann! Ich merke noch nicht mal, dass alle hinausgehen. Und als ich es bemerke, fühle ich mich wie eine Aussätzige. Keiner beachtet mich, und wenn doch, dann trifft mich höchstens ein kurzer, musternder Blick. Ich stehe noch immer wie angewurzelt an der Wand, da schiebt sich Liza in mein Augenumfeld. »Ich fand's gut!«, trompetet sie laut. »Was Besseres, als du dir ausgedacht hast, bekommen sie nicht!«

»Tja«, auch Rolf kommt und bleibt mit verschränkten Armen vor mir stehen. »Manchmal ist das Leben ungerecht. Nun verpufft deine zündende Idee im Nichts. Mach dir nichts draus. So was passiert immer wieder.«

»Mir ist es noch nie passiert«, sage ich trotzig.

»Was soll ich sagen«, sagt Rolf. »Irgendwann ist immer das erste Mal.«

»Im Moment ist bei mir alles das erste Mal.« Ich könnte heulen. »Meine Mutter ist zum ersten Mal dement, mein Bruder … ach, egal …!«

Rolf legt seine Hand auf meinen Arm. »Was ist mit deinem Bruder?«

»Ach, ich weiß auch nicht …« Ich schniefe, und er zieht ein echtes, weißes Taschentuch aus der Tasche seiner braunen Lederjacke und reicht es mir. »Komm«, sagt er. »Sven wartet sicherlich auf dich. Ich komme mit.«

»Das brauchst du nicht. Ich bin doch kein kleines Mädchen … außerdem …«, ich sehe mich nach meinem Team um. Niemand mehr da. Wir stehen völlig allein in dem großen Raum. »Alle weg«, sage ich ziemlich erstaunt zu Rolf. »Mein Team … ich glaube, das hat die überhaupt nicht gejuckt.«

Er zieht die Stirn kraus. »Ich glaube noch was ganz anderes«, sagt er dann nachdenklich. »Ich glaube, dass die es darauf angelegt haben. Das habe ich dir ja schon mal gesagt: Sie wollten dich nicht, weil du quasi hinter ihrem Rücken eingeführt worden bist, von oben, von Hamburg, sie wollten das Projekt nicht, und nun haben sie es erfolgreich sabotiert.«

Ich sage nichts darauf, sondern schnäuze erst einmal kräftig in den weißen Stoff. »Ich wasche es«, sage ich dazu. »Und bügle es. Dann bekommst du es wieder.«

»Ach was.« Er schüttelt den Kopf. »Alles gut!«

»Nichts ist gut. Wo sind sie denn jetzt? Die können mich doch nicht einfach so stehen lassen, das ist doch unfair!«

»Ich möchte mal wetten, sie sind jetzt bei Marvin und feiern den Sieg. Und werden Sven beknien, damit sie wieder mit Marvin zusammenarbeiten dürfen.«

»Marvin mit dem Trauma«, sage ich.

»Wie bitte?«

»Ach«, ich winke ab. »Das erzähle ich dir mal bei einem Glas Wein … bei meiner Freundin Doris. Die hat ein Café.«

Rolf lächelt. »Einverstanden. Aber jetzt gehen wir zu Sven und hören uns das an. Es wird nichts ändern, aber zumindest soll er wissen, dass es bereits einen Schmetterling und außerdem eine Flora gibt.«

Ich nicke matt und geh mit. Und spüre, wie sich etwas in mir verändert. Was will ich hier eigentlich?, frage ich mich. Hau doch einfach ab. Du musst ja keinem was beweisen.

Sven lässt nicht erkennen, was er wirklich denkt. Seine Miene ist freundlich, er nickt verständnisvoll, als Rolf das Wort für mich ergreift, aber die ganze Zeit über werde ich das Gefühl nicht los, dass er das Gespräch schnellstmöglich hinter sich bringen will.

»Was können wir tun?«, fragt er mich. »Es gibt natürlich andere Projekte, aber die laufen schon. Gerade haben wir den Pitch für die Bank, das habe ich vorhin geschildert, aber das muss sich jetzt alles noch finden. Rolf wird da federführend sein ...«

Ich winke ab. »Wie können wir uns einigen, wenn ich aufhöre? Mich nach einer anderen Agentur, einer anderen Arbeit umsehe?«

Rolf sieht mich erstaunt an. »Warum willst du das tun? Wir finden schon eine Möglichkeit, die deinen Fähigkeiten entspricht – die du ja hast, wie wir hier alle wissen!« Er sagt das in so eindrücklichem Ton, dass ich denke, er sagt es mehr für Sven als für mich.

Sven sieht mich nachdenklich an und meint dann: »Genau, wie Rolf sagt – mit deinen Fähigkeiten hast du überall gute Chancen –, vielleicht sogar einen höheren, besseren Einstieg als hier.« Ich spüre sofort, dass er sich das vorher schon zurechtgelegt hat. Es ist offensichtlich, dass er mich loswerden will. Rolf scheint es auch zu spüren und zieht die Stirn kraus. Bevor er sich nun irgendwie einmischen kann, sage ich schnell: »Wie lautet denn dein Vorschlag?«

»Ich weiß, dass du unserem Hamburger Chef sehr am Herzen liegst. Ich muss das vor ihm vertreten.«

»Keine Sorge.« Ich winke ab. »Ich werde ihm sagen, dass ich aus freien Stücken gegangen bin. Alte Heimat, neue Möglichkeiten.«

»Guter Slogan«, wirft Rolf ein.

Ich lächle ihm zu und weiß gleichzeitig, dass es bitter wirkt.

»Der gezeichnete Schmetterling auf den Trauben war auch gut«, fährt er fort. »Flora als Name auch.«

»Leider zu spät«, erklärt Sven und betrachtet kurz seine Hände. »Du bekommst natürlich eine Abfindung, du warst ja viele Jahre in der Agentur.« Er räuspert sich. »Das müsste ich mit Lukas besprechen.«

Ich betrachte ihn unbewegt. Dabei fangen meine Gedanken bereits an zu toben. Eine ordentliche Abfindung könnte natürlich grandios bei einem Neustart helfen. Bei Doris und Heiko. Das wäre die Chance, dort alles anzukurbeln.

Sven versteht mein Zögern falsch. »Eine hohe Abfindung, wäre das eine friedliche Trennung?«

Ich hole tief Luft und nicke. »Ja, ich höre mir das an«, sage ich und stehe auf. »Mir tut es leid, und sicherlich haben wir es uns alle anders vorgestellt. Aber so ist es nun mal«, damit reiche ich Sven die Hand und gehe hinaus. Rolf folgt mir direkt nach.

»Das hättest du nicht tun müssen«, sagt er draußen. »Ich hätte dich auf alle Fälle in mein Team genommen.«

»Das ist ein wirklich verlockendes Angebot, Rolf, ich hätte von Anfang an mit dir zusammenarbeiten sollen, das hätte vieles einfacher gemacht. Aber«, ich fasse ihn kurz am Unterarm, »da kannten wir uns ja noch nicht. Und jetzt ist die Sache verfahren … der Start war schlecht, so möchte ich nicht weiterarbeiten.«

»Es war aber nicht deine Schuld.«

»Aber meine Verantwortung.«

»Es gab hier ein paar treibende Kräfte gegen dich, das weißt du. Und Sven will Frieden. Außerdem ist er Marvin nicht gewachsen, das ist ihm klar. Er will den Ball flach halten.«

»Also war ich das Bauernopfer?«

»Sie haben die Sache absichtlich in den Sand gefahren, um dich loszuhaben. So einfach ist das.«

»Das habe ich gespürt.« Ich winke ab. »Das tut mir ja auch für die drei Winzer leid.«

Er wiegt den Kopf. »Ja. Die waren Mittel zum Zweck.«

»Also echt! Die rufe ich auf alle Fälle noch mal an. Oder fahre hin.«

Rolf nickt. »Also gut. Und jetzt?«

»Jetzt lade ich dich zu besagtem Gläschen Wein ein, wenn du magst.«

»Sehr gern.« Wir tauschen unsere Handynummern aus. »Schickst du mir die Adresse von diesem Bistro? Und sagst du mir, wann es bei dir passt?«

»Eher umgekehrt ...«, ich zwinkere ihm zu. »Ich habe ja jetzt Zeit.«

Er schüttelt den Kopf. »Ich weiß noch immer nicht, ob du nicht hättest kämpfen sollen. Ein echtes Projekt und ohne diese Backfische dort unten«, er deutet zum Fußboden. »Ich hätte gern mit dir zusammengearbeitet.«

»Wie gesagt«, und jetzt muss ich doch aufpassen, dass ich mich nicht zu sehr geschmeichelt fühle, »ich möchte hier raus. Und ich habe, unter uns, auch schon ein neues Projekt, das erzähle ich dir dann bei unserem Gläschen Wein.« Und damit beuge ich mich spontan vor und küsse ihn auf die Wange. »Und im Übrigen danke ich dir für diese sehr schöne Kameradschaft. Du hast mir sehr geholfen.«

Er schüttelt den Kopf. »Ich habe nur Kaffee geholt.«

»Ja«, ich lache. »Und jetzt packe ich meine Sachen. Viel ist es ja sowieso nicht.«

Wir sehen uns an und nehmen uns in die Arme. »Es ist kein Abschied«, sagt er.

»Nein, das ist es nicht.«

Ich spiele die Coole, bis ich überall Lebewohl gesagt habe, aber in meinem Auto kommen mir dann doch die Tränen.

Wie anders hatte ich mir das alles vorgestellt. Wie sehr habe ich mich dafür ins Zeug gelegt. Und meine dringlichste Frage: Was ist an mir, dass sie so gegen mich waren? Wo liegt der Fehler? Was habe ich falsch gemacht? Kurz entschlossen wische ich mir die Tränen aus dem Gesicht, räuspere mich ein paarmal kräftig und rufe dann Lukas in Hamburg an.

»Schön, von dir zu hören«, sagt er gleich und klingt absolut aufgeräumt. Weiß er noch von nichts? »Wie geht es dir denn?«, setzt er nach.

»In der Höhle der Löwen, meinst du?«

»Na ja«, sein Ton verändert sich. »Sven war ja da und hat die Probleme geschildert.«

»Aha. Und hat er dir auch gesagt, dass sie mich direkt wieder loshaben wollten?«

Es ist kurz still. Ich fasse nach. »Lukas, das ist mir erst jetzt klar geworden. Ich hatte ständig Probleme, wusste aber nicht, wieso.«

»Es war mein Fehler.«

»Wieso denn dein Fehler?«

»Na«, er zögert. »Stuttgart hatte keine Stelle ausgeschrieben, die waren voll. Jeder hatte sein Projekt, alle waren in Teams aufgeteilt.«

»Aha«, sage ich langsam, »und dann kam ich. Du hast mich also ohne Zustimmung von Sven da reingedrückt.«

Er sagt nichts.

»Heißt das, die hatten keine Möglichkeit, darüber zu sprechen, das abzustimmen, plötzlich war ich da?«

»So ungefähr könnte man das sehen.«

»Kein Wunder, dass sie mich abgelehnt haben, wenn ich ihnen so einfach vor die Nase gesetzt wurde. Aus einem Projekt rauszumüssen, das sie toll fanden, dafür mit mir in ein Projekt reingezwängt zu werden, das sie gar nicht wollten.«

»Ich sage ja, es war mein Fehler.«

»Nein, es war nicht dein Fehler. Ich wusste nur nicht, warum sie so offensichtlich gegen mich gearbeitet haben. Ich hatte ihnen ja keinen Anlass gegeben. Dass es die Konstellation war – für die ich ja gar nichts konnte, weil ich es nicht wusste ...«

»Und wie habt ihr euch geeinigt – wie geht es weiter?«

Ich zögere. »Ich nehme mal an, ihr habt das letzte Woche besprochen? Er war doch bei dir in Hamburg?«

Nun zögert Lukas.

»Komm, Lukas«, ermuntere ich ihn. »Wir kennen uns schon so lange, und du hast es ja einfach gut gemeint. Zwischen uns ist alles in Ordnung. Und das wird sich auch nicht ändern.«

»Tja«, höre ich ihn leise. »Gerade deshalb gefällt mir das alles nicht. Du mit deinen Qualitäten, mit den Projekten, die du wirklich erstklassig durchgeführt hast ... du wirst von denen so verheizt. Das habe ich ihm auch gesagt. Und sogar mit Konsequenzen gedroht.«

»Nein, nein«, sage ich schnell. »Lass das. Es ist alles gut, mein Leben geht weiter, ich habe neue Pläne.«

»Ja, wirklich?« Seine Stimme hebt sich. »Wo gehst du hin?«

»Ich mache mich selbstständig.«

»Aha ...«

»Ja. Sven sprach von einer Abfindung. Die käme jetzt genau richtig. Das Ganze muss ja erst mal anlaufen ...«

»Das denke ich mir. Also, Katja, ich dachte an ein Jahresgehalt. Hilft das?«

Ich muss schlucken. »Ja«, sage ich, »das hilft sehr.«

»Na, dann. Es geht von Svens Budget ab«, sagt er mit verschmitztem Ton. »Von meinem Budget lade ich dich groß zum Essen ein, wenn du das nächste Mal in Hamburg bist.«

»Sischer dat?«

»Ganz sicher!«

Das Gespräch hat mir gutgetan, und als ich aus der Tiefgarage hinausfahre, staune ich über mich selbst. Ich habe Lukas mein Ziel erzählt. So genau wusste ich es ja vorher noch nicht mal selbst. Aber jetzt muss ich mich wohl daranhalten und vor allem Doris fragen, ob sich an ihren Plänen nichts geändert hat. Und dann Heiko, ob er die Räume dort oben überhaupt bekommt.

Egal, denke ich, mit dieser Abfindung und meinem Ersparten bin ich super aufgestellt. Weshalb höre ich denn von Isabell nichts? Warten ist nicht meine Stärke, also rufe ich sie an. Mailbox. Ich schau auf die Uhr. Mittagszeit. Kein Notar hat um Mittag noch Bürozeiten … was ist passiert? Keine Nachricht, gute Nachricht, sagt man schlechthin. Ich tippe eher auf eine schlechte Nachricht. Wie könnte die gute Nachricht denn aussehen? Ich habe keine Vorstellung.

Gerade, als die Ampel grün wird, klingelt mein Smartphone. Ich nehme sofort an, und Isabells Stimme schallt aus meinen Lautsprecherboxen: »Katja?«

»Ja, klar«, sage ich. »Was ist los? Warum höre ich nichts? Schlimm?«

»Das glaubst du nicht!«

»Was denn?«

»Du wirst es nicht glauben«, wiederholt sie sich.

»Ja, was denn?«, frage ich ungeduldig.

»Boris ist … na ja, egal, er versucht, alles wiedergutzumachen.«

»Was denn? Will er zu euch zurück?«

Vor Aufregung wäre ich fast auf meinen Vordermann aufgefahren, der plötzlich bremst. »Du Depp!«, schimpfe ich, und Isabell: »Was?«

»Nein, sag, was ist los?«

»Das macht übers Handy keinen Sinn, das muss ich euch zeigen.«

»Wo?«

»Bei Mutti?«

Sie sagt *Mutti*, das fällt mir in diesem Moment auf.

»Dort sind auch die Kids. Und Mutti wird es auch interessieren.«

»Und mehr willst du dazu jetzt nicht sagen?«

»Nein. Du sitzt im Auto, da baust noch einen Unfall.«

»Aber alles ist gut, ist das der Tenor?«

»Könnte man so sagen. Fast. Na ja.«

Trotz des »Na ja« höre ich ihr die Erleichterung an. »Gut«, sage ich, einer inneren Eingebung folgend, »dann habe ich noch was Dringendes zu erledigen. Bis später.«

Bei der nächsten Möglichkeit ändere ich die Fahrtrichtung, und augenblicklich stellt sich eine Mischung aus Vorfreude und »Jetzt-will-ich-es-aber-wissen« ein. Vorfreude auf die Menschen, die ich so besonders fand, und auch auf die Gegend, diese kleinen Dörfer, die Weinberge mit den kleinen Häuschen, die wie Schwalbennester am Berg kleben. Und »Jetzt-will-ich-es-aber-wissen«, weil ich glaube, dass ich nun mehr erfahren werde. Jedenfalls werde ich Angelina, Sebastian und Robby nicht einfach anrufen. Ich möchte sie finden und persönlich nachfragen. Was war los? Weshalb diese Mail und kein Anruf bei mir?

Ich bin so in meinen Gedanken verstrickt, dass ich die Blitze übersehe. Es ist genau dieselbe wie beim letzten Mal. Fast reizt es mich zum Lachen. Alles wiederholt sich, denke ich, aber lernt man auch daraus? Offensichtlich nicht, sonst hätte ich besser aufgepasst.

Ein bisschen philosophiere ich übers Leben, denke über Merve nach und über Konfuzius und seine Ansicht über die Erfahrung: *Die Erfahrung ist wie eine Laterne im Rücken; sie beleuchtet stets nur das Stück Weg, das wir bereits hinter uns haben.* Mein beleuchteter Weg ist mit vierundvierzig Jahren schon ganz schön lang, denke ich. Was wird noch kommen? Was werde ich in einem Jahr rückblickend sehen? Die schöne Landschaft um mich herum verscheucht meine melancholischen Gedanken. Es ist einfach schön hier, und ja, Liza hatte recht, ich sollte mal eine

Neckarfahrt machen. Ganz gemütlich, alles Hektische hinter mir lassen. Und überhaupt, Liza. Ich mag sie. Ich werde ihr eine Abschiedsmail schicken. Vielleicht mag sie ja mal ins Café kommen. Ich muss so ein bisschen vor mich hin lächeln. Ja, das Café, Doris, die mir eine neue Chance bietet, Heiko, der umsiedelt und ich als Selbstständige. Ich brauche einen Namen für meine Agentur, denke ich. Einen Brand. Über den Gedanken muss ich lachen, da wäre ich am Ortseingang fast in die nächste Radarfalle gefahren. Aber diesmal passe ich auf und auch, dass ich die Toreinfahrt nicht übersehe.

Ob das in Ordnung ist, wenn man so unangemeldet kommt?

Egal, jetzt ist es sowieso zu spät.

Ich parke neben einem kleinen Weinbautraktor und staune nicht schlecht, als ich dahinter den schwarzen Porsche mit Stuttgarter Kennzeichen entdecke. Tom Bilger. Was macht der Fotograf hier?

Da ich in den Weinbergen von hier aus keine Gestalten entdecken kann, gehe ich einfach ins Haus und steige die schmale Treppe hinauf zum Probierzimmer. Vor der Türe lausche ich kurz, höre nichts und klopfe an, bevor ich die Klinke drücke. Erstaunte Gesichter sehen mich an, alle vier: Tom, Angelina, Sebastian und Robby.

»Hallo, zusammen«, sage ich und weiß nicht so recht, ob ich nun völlig fehl am Platz bin.

Angelina fasst sich als Erste: »Na, das ist ja eine Überraschung.«

»Mit Ihnen hätte ich nun gar nicht gerechnet«, fügt Tom an.

»Darf ich?«, frage ich und warte auf die Einladung, hereinzukommen.

»Aber ja doch«, sagt Sebastian, aber mit sehr reserviertem Tonfall, wie ich feststelle.

»Danke!« Ich schließe die Tür hinter mir und sehe jetzt, dass der ganze Tisch voller Fotoabzüge ist, über die sich die vier gebeugt hatten. »Kann ich kurz mit Ihnen reden?«, frage ich, und

Robby sagt mit einer entsprechenden Handbewegung zu einem Stuhl hin: »Bitte.«

Auch die anderen setzen sich und sehen mich an.

»Was zu trinken?«, fragt Angelina, aber ich nehme an, nur aus Höflichkeit, denn auf dem Tisch steht kein einziges Glas.

»Nein danke«, sage ich und hole tief Luft. »Es ist mir total unangenehm«, beginne ich, »aber ich muss einfach bei Ihnen nachfragen, denn …«, ich sehe von einem zum anderen, »ich weiß einfach nicht, was ich von der Sache halten soll.«

»Ja«, sagt Sebastian, »das geht uns ganz genauso. Wir wissen auch nicht, was wir davon halten sollen. Zuerst großes Engagement, dann hört man ewig nichts und dann die Absage.«

»Absage?« Mein Gesichtsausdruck muss ziemlich blöd sein, denn Tom runzelt die Stirn.

»Sagen Sie bloß, Sie wissen nichts davon? Dabei ist das doch unter Ihrem Namen gelaufen?«

»Unter meinem Namen wäre heute ein Etikett mit einem gezeichneten Schmetterling auf drei Trauben und der Name Flora gelaufen. Aber mir wurde das Projekt entzogen.« Ich spüre, wie mein Herz schneller zu klopfen beginnt. »Das heißt, *Sie* haben uns das Projekt doch entzogen, wurde mir gesagt.«

»Wir?«, braust Robby auf. »Wieso denn wir? Tom hat inzwischen die Fotos mit uns gemacht. Wir finden sie wirklich gut – und die Idee auch!«

»Die Fotos auf Eigenverantwortung«, sagt Tom schnell. »Der Auftrag kam ja nicht.«

»Okay«, sage ich. »Mal langsam. Ihnen wurde gesagt, dass … ja, was denn?«

»Dass andere, wichtigere Dinge dieses Projekt überlagern. Deshalb auch die Verzögerungen. Unser Auftragsvolumen ist für die große Agentur einfach zu klein, wir blockieren wichtige Manpower. Es entstehen uns keine Kosten, was schon entworfen wurde, können wir benutzen.«

Ich lehne mich vor. »Und ich bin heute entlassen worden, weil Sie angeblich unseren Vertrag gekündigt haben und zu einer anderen Agentur gehen wollen. Es wurde mir als Versagen vorgeworfen.«

Alle sehen sich untereinander an.

»Es hieß, Angelina habe einen eingeschriebenen Brief mit der Kündigung und der Begründung geschickt.«

Angelina schüttelt langsam den Kopf. »Hab ich nicht.«

»Und wer hat Ihnen diese Mail geschickt?«

»Der Chef«, sagt Sebastian. »Wie heißt er? Sven ...«

»Sven Petersen«, hilft Tom.

Sven, denke ich. Da haben sie ja wirklich Hand in Hand gearbeitet, Sven und Marvin. Von vornherein ein abgekartetes Spiel, nach außen allerdings mit gutem Willen, damit Lukas nichts spannt. Mobbing der feinsten Art.

»Was machen Sie jetzt?«, will Angelina wissen. »Wenn die Sie deswegen entlassen haben, wollen Sie klagen? Da wurde doch auf Ihre Kosten total falschgespielt.«

Ich schüttle langsam den Kopf. »Ich habe mit dem Laden abgeschlossen.« Ich ziehe einige der Fotos zu mir. »Die sind gut«, sage ich zu Tom. »Richtig gut. Ganz so, wie wir uns das vorgestellt haben.«

Angelina in ihren kurzen Hosen und derben Stiefeln, eingerahmt von Sebastian und Robby, beide mit bloßem, schweißnassem Oberkörper, Robby ein Hemd lässig über die Schultern geworfen, und so, wie sie sich ansehen, erkennt man den schweren Arbeitstag und die Freude über das Vollbrachte.

»Das ist richtig klasse!«, sage ich anerkennend.

»Sepia oder schwarz-weiß?«, will Angelina wissen, und unversehens geht eine Diskussion los – und ich mittendrin. Nach einiger Zeit wird mir das bewusst und den anderen auch.

»Darf ich euch einen Vorschlag machen?«, frage ich, unversehens zum *Du* übergegangen. »Was haltet ihr davon, wenn wir das nun gemeinsam auf die Beine stellen? Etikett, Flyer, Poster, Auftritte? Es hieß doch, ihr könnt das bisher Erbrachte nutzen. Na also. Ich koste nichts. Aber wir starten eine Kampagne, dass allen Sehen und Hören vergeht.«

Die drei sehen mich an, Tom Bilger sagt: »Gute Idee, ich bin dabei.«

»Ist das dein Ernst?«, will Sebastian wissen.

»Ich habe Zeit, ich habe das Know-how, ich habe mich lange genug über die Untätigkeit meines Teams geärgert.«

»Rechnung offen?«, will Tom mit Augenzwinkern wissen.

»Sagen wir lieber, wenn ich was anfange, mag ich es auch zum Erfolg führen. Zu großem Erfolg!« Ich nicke bekräftigend. »Und noch was. Ich liebe diese Weinberge, eure Idee, die Natur, eure Arbeit. Ich freue mich, wenn ich einen Grund habe, immer wieder herzukommen. Das tut mir nämlich gut.«

»Also ganz egoistische Gründe?«, will Robby wissen.

»Absolut!«, bekräftige ich. »Eigentlich hat das überhaupt nichts mit euch zu tun.«

Wir lachen alle.

»Aber sagt mir noch eines: Was hat euch an meinem Vorschlag nicht gefallen, dem grauen Etikett mit der großen Drei? Drei für euch drei und außerdem für die drei Sinne?«

Sie sehen sich an.

»Wir fanden den gut. Das hatte ich auch so an euren Chef geschrieben. Daraufhin meinte er, wir sollten noch mal darüber nachdenken. Und sein Creative-Team würde sicherlich eine gute Alternative finden, wenn wir die ersten beiden ablehnen, das sporne immer an. Eine kleine, rein psychologische Finte, nannte er es.«

»Bei mir kam nur die Ablehnung von euch an«, sage ich, »aber es hat trotzdem angespornt.«

Und ich erzähle ihnen von der Idee des gezeichneten Schmetterlings auf den drei Trauben und dem Markennamen Flora.

»Auch gut«, kommentiert Tom.

»Na«, lacht Sebastian, »jetzt haben wir ja wirklich Auswahl! Und bleibt es dabei, Katja, du arbeitest mit uns zusammen?«

»Und ob!«, ich nicke bekräftigend. »Jetzt erst recht!«

»Gut«, Angelina steht auf. »Wenn das so ist, hole ich jetzt wirklich was zu trinken. Denn erst, wenn wir es begossen haben, ist es auch eine fixe Abmachung!«

Den ganzen Weg nach Stuttgart fahre ich singend zurück. Nicht, weil ich so viel getrunken hätte, es war weniger als ein Glas, sondern, weil ich so glücklich bin. Vor der Blitze bremse ich runter und mache eine Verbeugung. »So, du wirst bald eine alte Bekannte sein«, sage ich zu ihr und freu mich. Ich fühle mich rundherum wohl, und auch Svens Verrat kratzt mich nicht mehr. Wir werden gemeinsam einen tollen Brand auf die Beine stellen, und das beste Gefühl dabei ist: Ich bin frei. Frei von Intrigen, Heimlichkeiten und Anfeindungen. Und dann noch Doris und Heiko.

So ungefähr muss sich der siebte Himmel anfühlen, denke ich, als ich vor meinem Elternhaus parke. Isabells Wagen steht schon da, aber im Moment kann ich noch nicht aussteigen. Ich brauch noch etwas Zeit für mich allein.

Also sitze ich im Auto und schau den Wolken nach, die heute in verschiedenen Schichten über die Häuser ziehen. Die untere Schicht ist schnell, eher Schleierwolken. Die Wolken darüber haben sich aufgebauscht und verändern sich nur langsam. Ich kann alle möglichen Gestalten aus ihnen herauslesen und genieße dabei dieses Gefühl des absoluten Sich-wohl-Fühlens. Alles renkt sich ein. Ich bin zu Hause. Mir geht es gut. Mein Bruder lebt. Für meine Mutter ist gesorgt. Wir sind eine Familie.

Das ist vielleicht das absolut beste Gefühl.

Kurz denke ich an Merve. Irgendwie hat sie schon auch dazugehört. Ich hatte ein richtiges Mutter-Tochter-Gefühl, zumindest stelle ich mir das so vor. Dann denke ich an Ingrid.

Ob sie wirklich umziehen will? Und Heikos Kinder. Sicherlich werde ich mit ihnen klarkommen, warum auch nicht? Und Petroschka, der irgendwie ein Heiliger ist. Sein Leben und sein Geld guten Taten widmet, um etwas wiedergutzumachen, für das er überhaupt nicht verantwortlich ist. Und dann wandern meine Gedanken weiter zu Fräulein Gassmann, eine tragische Figur, denn ihre Lebensgeschichte war ganz offensichtlich nicht einfach. Aber sicherlich, wenn man sich wirklich mit ihr befassen würde, hätte sie auch liebenswerte Seiten.

Und so lasse ich meine Gedanken schweifen wie die Wolken dort oben.

Lilli, Anna, Joshua, Jan. Sie alle wollten nur eines, ihren Arbeitstraum verwirklichen, und der hieß nun mal Marvin und Mercedes. Kann man es ihnen übel nehmen? Eigentlich nicht. Rolf. Von Anfang an hat er mich unterstützt. Warum eigentlich? Heiko. Back to the roots. Dieses Gefühl ist überhaupt das Beste. Ich fühle mich aufgehoben, angekommen. Und Doris? Sie war, ist und wird immer meine beste Freundin sein. Und wenn ich weiter darüber nachdenke, bin ich sicher, dass wir das zu dritt stemmen werden. Drei eigene Chefs, das ist schon was anderes, als nur Arbeitnehmer zu sein.

Dazu meine neue Winzer-Familie. Auch das tut gut.

Ich freu mich.

Ja, ich sitze in meinem Auto und freu mich so wohlig vor mich hin. Und dann denke ich, es wäre vielleicht an der Zeit, mal reinzugehen. Was nun wohl kommt? Was Isabell zu berichten hat? Es scheint ja nichts Schlimmes zu sein. Heute scheint überhaupt der Tag der Tage zu sein.

Ich öffne gerade die Haustüre und klingele kurz, als etwas Flauschiges an meinen Waden vorbeischießt. Im ersten Moment bekomme ich einen riesigen Schreck, dann erkenne ich, dass eine Katze an mir vorbei ins Haus gelaufen ist. Ein großer, gestromter Tiger. Und da höre ich auch schon aus der Küche meine

Mutter rufen: »Purzel! Wo kommst du denn her? Mein Purzele. Ich habe dich schon vermisst.«

Also, denke ich, das war schon mal ein gelungenes Mitbringsel. Im Flur kommt mir Isabell entgegen. Ohne ein einziges Wort nimmt sie mich in den Arm. »Jetzt sagst du gleich, das glaubst du nicht«, sage ich.

»Das glaubst du auch nicht«, antwortet sie.

»Dann sag, was los ist, bevor wir reingehen … dadrin sind die Kids und Mutti, oder ist es jugendfrei?«

»Alles schon geklärt«, sagt sie und schüttelt den Kopf. »Wir brauchen nicht mal zu lügen. Boris ist im Ausland, genau, wie er immer gesagt hat. In Ko Pha-ngan.«

»Wo?«

»Das ist eine Insel in Thailand, zwischen Ko Samui und Koh Tao.«

»Aha. Sagt mir nichts.«

»Na, gut siebenhundert Kilometer von Bangkok entfernt. Hab ich gerade alles gelernt.«

»Und was macht er dort? Thailand? Hat er sich nun in eine Thailänderin verliebt? Zur Abwechslung?«

»Nein, nein, nein«, Isabell muss lachen. »Und es sind auch nicht die willigen Busch-Ladys, die sind in Pattaya. Ko Pha-ngan ist eher eine Yoga-Insel, die Feste richten sich dort nach dem Mond, also jedenfalls ganz was anderes.«

»Aha«, ich staune. »Und was macht er dort? Doch nicht Yoga?«

»Sein Kumpel aus Studentenzeiten, Markus, ist vor zehn Jahren nach Ko Pha-ngan gezogen. Erst wollte er sich, nach einer Scheidung, eine Auszeit nehmen, aber dann war er wohl so fasziniert von der Insel, den Menschen, dem Lebensstil, dem Easy Living, dass er immer wieder hinflog und schließlich geblieben ist. Hat angefangen, Häuser zu bauen. Und bekommt immer mehr Aufträge. Also hat er Boris angerufen.«

Ich trete einen Schritt zurück. »Also, du willst sagen, er sitzt jetzt in ... auf dieser Insel, und wir sind hier halb tot vor Angst?«

»Das wusste er ja nicht. Lars sagt, Verkettung unglücklicher Zufälle. Aber Boris geht es gut ...«

»Okay.« Ich muss das erst mal verdauen. »Das ist also die gute Nachricht. Und welches ist die schlechte?«

»Die gibt es nicht.« Sie schüttelt langsam den Kopf, und wieder fallen mir ihre moosgrünen Augen auf. »Boris hat mir unser Haus überschrieben. Deshalb der Notar. Ich kann es verkaufen, die Schulden bezahlen und vom Rest ... leben. Oder, falls das für euch alle okay ist, hier etwas renovieren.« Sie weist den Seitengang entlang. »Wie deine Mutter gesagt hat. Das Wohnzimmer, das Herrenzimmer ...«

»Tja«, sage ich und spüre sofort wieder die Vorsichtsglocke in meinem Hirn, »das müssten wir für den Fall von Muttis Tod aber vertraglich regeln.«

Sie nickt. »Ja, wenn das Gemeinschaftshaus für dich okay ist, dann stellen wir das auf bruchfeste Füße.«

Ich muss lachen, nehme sie in den Arm und hebe sie im Überschwang hoch. »Was ist heute nur für ein Tag«, rufe ich und drücke ihr einen Kuss auf die Wange. »Das ist einfach super!«

»Ja, und noch was«, sagt Isabell, als sie wieder vor mir steht. »Ich werde wieder in meinem Beruf arbeiten, das habe ich mir vorgenommen. Ich habe jetzt ein bisschen Spielraum, und wenn Mutti mitspielt, helfe ich ihr und sie mir.«

»Fantastisch«, sage ich, denn etwas Besseres fällt mir nicht ein. »Und jetzt gehen wir zu ihnen rein – und was sagen wir da?«

»Nicht viel«, erklärt Isabell. »Dass der Vati in der Ferne arbeitet, wissen die Kinder ja schon. Wir werden ihn irgendwann besuchen. Neu ist für sie ja nur, dass wir wirklich herziehen können, falls Mutti ihre Meinung nicht doch noch ändert.«

»Das tut sie nie und nimmer«, sage ich voller Überzeugung. »Denn was könnte ihr Besseres passieren, als Leben im Haus zu haben? Das hält jung. Und dann gleich einen jungen Boris und dazu noch eine Arzthelferin? Übrigens – der Pflegedienst … ach, du lieber Himmel. Heute ist doch Montag … der Leiter kommt um neunzehn Uhr zur Absprache.«

»Na, super«, Isabell lacht. »Das ist doch ein richtiger Glückstag.«

Es ist wirklich ein Glückstag, denke ich, als ich kurz nach 20 Uhr zu Doris fahre. Der Pflegedienstleiter ist ein angenehmer Mann, modern, offen für alle Belange, und hat mit Isabell und Mutti festgelegt, was zu tun ist. Mutti fand zwar tägliches Duschen unnötig, aber eine Haushaltshilfe schon gut, denn selbst traue sie sich nicht mehr, allzu viel zu machen, erklärte sie, und Isabell sei ja nicht für den Haushalt da. Der Tag war so rund und angenehm, dass ich mit einem seltsamen Gefühl zu Doris fahre. Irgendein Pferdefuß muss doch sicherlich noch kommen. Was, wenn sie sich nun alles ganz anders überlegt hat?

Noch auf der Suche nach einem Parkplatz geht mein Handy. Merve. »Ist was passiert?«, will ich erschrocken wissen.

»Nein, du wirst es kaum glauben, Boris hat mich eben angerufen.«

»Heute glaube ich alles«, sage ich.

»Ja«, sagt sie, ohne weiter darauf einzugehen. »Also, er hängt an keinem Baum, das hat er gar nicht gewusst, sondern ist auf einer Insel in Thailand. Es geht ihm gut, und er entschuldigt sich für alles.«

»Aha. Und was hast du gesagt?«

»Dass er sich nicht zu entschuldigen braucht, er hat mir ein neues Leben ermöglicht.«

»Heute ist der Tag der Wunder«, sage ich. »Aber du bist die Tage ja noch da, dann können wir über alles reden.«

Es ist kurz still.

»Merve, bist du noch da?«

»Ja«, sagt sie. »Ich habe nur eben gedacht, dass ich mir immer eine Mutter wie dich gewünscht hätte.«

Das rührt mich so dermaßen, dass ich kurz innehalten muss.

»Katja, bist du noch da?«

»Ja. Es rührt mich, wenn du das sagst.«

»Ja, weißt du, du bist so modern, so selbstständig – du gehst voran, du organisierst, und dann hast du bei allem auch noch ein großes Herz.«

»Du hast doch eine Mutter, die ganz bestimmt auch ein großes Herz hat.«

»Ja, das hat sie. Aber alles andere hat sie nicht. Sie hat sich immer kleingemacht und ist klein geblieben.«

Ich schlucke. »Merve, du wirst mich nicht verlieren. Zweitmami. Ist doch auch nicht schlecht.«

»Ja«, sagt sie langsam, »das ist sogar sehr gut.« Sie überlegt. »Bist du unterwegs? Im Auto?«

»Ja, ich fahre zu Doris ins Café.«

»Dann trink keinen Alkohol, damit du heute Nacht unbeschadet heimkommst.«

Ich muss lachen. »Kaum habe ich eine Tochter, bekomme ich Anweisungen.«

»Das ist eben so mit Töchtern.«

Als ich das Handy weglege, denke ich über das nach, was sie gesagt hat. Heimkommen. Heimat. Wie altbacken, wie rührselig – und doch, wie schön. Da, wo deine Wurzeln sind, fühlst du dich zu Hause – wer hat das gesagt? Keine Ahnung. Vielleicht ist es ja auch eine Eigenkreation.

Wenig später gehe ich die Steintreppen zu Doris' Café hinauf. Das fühlt sich schon ganz anders an als das letzte Mal. Und als ich in den Gastraum trete und sie mich wahrnimmt, kommt sie auf mich zu, blickt mir in die Augen und sagt: »Du sagst Ja, stimmt's?«

»Wie kannst du das wissen?«

»Ich kenne dich schon so lange, ich sehe es dir an.«

Wir schließen uns in die Arme, und dann zeigt sie zu dem kleinen Tisch am Fenster. »Heiko hat auch eine gute Nachricht. Der gute Hugo hat ihm heute seinen Mietvertrag bestätigt.«

»Hugo?« Ich verstehe überhaupt nichts. »Wieso denn Hugo? Du meinst diesen alten Knacker, der sich immer so aufführt? Den Millionär mit dem flachen Geldbeutel, den Verführer meiner Mutter?«

Doris muss lachen. »Ja, alles das. Und dazu ist er noch der Besitzer dieses Hauses, also war es für Heiko heute ein absolut guter Tag.«

»Wow!«, mache ich, denn mehr fällt mir nicht ein.

»Und du bist sicher, dass du kommst?«, will Doris nur noch wissen, bevor sie mir voraus zum Tresen geht, um die Bestellungen zu richten.

»Ich bin quasi schon da«, bestätige ich, »denn heute war mein letzter Tag in der Agentur.«

»Ist nicht wahr!« Sie sieht mich groß an.

»Doch«, sage ich, »es hat sich einiges ereignet. Das erzähle ich dir nachher.«

Sie nickt. »Dann sind wir drei wieder zusammen.« Sie schnalzt mit der Zunge. »Jetzt brauchen wir nur noch einen guten Namen.« Sie lacht. »Einen Brand. Aber dafür bist du zuständig …«

Wir sitzen bis Mitternacht. Längst sind die letzten Gäste gegangen, aber wir drei überlegen, planen, verwerfen und sind bei allem voller Vorfreude. Schließlich einigen wir uns, alles auf den nächsten Tag zu vertagen. Doris und Heiko haben morgen ein volles Programm, nur ich nicht. Ich überlege, was ich mit dem Tag anfangen soll. »Vielleicht kannst du dich schon mal in meine Buchhaltung einarbeiten?«, fragt Doris.

»Und mal zu dem jetzigen Mieter hochgehen und dir ein Bild von den Räumen machen?«

»Ich kann doch nicht einfach …«

»Er zieht doch aus. Der Möbelwagen ist schon bestellt. Er wird nichts dagegen haben.«

»Es sei denn, er fliegt wegen dir raus …«

»Nein, er zieht um. Bessere Lage für sein Business in der City, sagt er. Alles ohne Probleme.«

Alles ohne Probleme, das ist für mich neu, hört sich aber gut an.

Heiko muss noch einige Sachen für morgen vorbereiten, und so fahren wir alle getrennt nach Hause. Zuerst tut es mir leid, dann aber freu ich mich, die Nacht für mich zu haben. Es kam alles so schnell, dass ich zunächst in Ruhe über alles nachdenken muss. Und das geht nun eben mal am besten, wenn man allein ist.

30. September Dienstag

Beim späten Frühstück wissen Merve und ich kaum, wo wir anfangen sollen. »Gestern hat sich alles überschlagen«, sage ich. Wir benötigen zwei Stunden, um uns die neuesten Ereignisse zu erzählen. Merve bestätigt mir noch einmal, dass ihre neue Arbeitsstelle ein Volltreffer sei und dass sie absolut glücklich in die Zukunft sehe. Auch Lisa habe das alles gut gefallen.

»Heißt Lisa wirklich Lisa Landwehr? Als Russin?«

Merve grinst. »Sie heißt Lisotschka. Aber auch eine Lisotschka heißt in Russland Lisa. Und sie hat einen deutschen Vater, darum der Nachname, und deshalb spricht sie so gut deutsch.«

Ich nicke. »Und will sie jetzt auch nach Aalen?«

Merve schüttelt den Kopf. »Sie möchte schlussendlich doch lieber in Stuttgart bleiben und ihren Abschluss an der John-Cranko-Schule machen.« Das Stuttgarter Staatstheater, diese wunderbaren Tänzer dort, Weltspitze wie Friedemann Vogel, das sei eben schon immer ihr Traum gewesen und ihr Unfall habe sie deshalb in eine tiefe Apathie gestürzt. »Aber sie sagt«, erklärt Merve, »dass sie durch uns neue Impulse bekommen hätte, neuen Mut. In den nächsten Tagen geht sie zur Schulleitung und bespricht, wie es nach ihrer Genesung weitergehen kann, denn ihren Abschluss will sie auf alle Fälle machen.«

»Auch gut«, finde ich, »wenn sie sich dieses Ziel setzt, dann kann sie auf etwas hinarbeiten – und ich kann sie ja unterstützen.«

»Wen auf dieser Welt willst du eigentlich noch unterstützen?«, lacht Merve auf.

»Stimmt«, überlege ich, »aber ich habe mein ganzes Leben lang niemanden unterstützt. Vielleicht war ich ja eine kleine Egoistin. Das heißt ja nicht, dass man sich nicht ändern kann.« Ich greife nach Merves Hand. »Und es ist ja nicht nur dein Leben, das sich total verändert, meines hat sich auch radikal verändert.«

»Zum Guten?«, will Merve wissen.

»Es wird jeden Tag besser«, sage ich, und sie drückt meine Hand.

Gegen Mittag fahre ich zu Mutti, denn ich möchte einmal ganz allein von ihr wissen, wie sie über alles denkt. Über Isabell, die Kinder, den Pflegedienst. Passt das alles so für sie? Ich hoffe, dass sie heute einen ihrer klaren Tage hat, denn der Zeitpunkt für ein Gespräch unter vier Augen ist günstig. Ich weiß, dass Isabell alles für den Auszug und den Verkauf ihres Hauses vorbereiten will und deshalb mit Ludwig und Lara schon am Morgen dorthin gefahren ist. Außerdem möchte sie Nesrin fragen, ob sie ihr bei den anstehenden Arbeiten helfen kann. Statt Babysitting, sozusagen.

An der Eingangstüre meines Elternhauses klingle ich wie immer, um mich anzukündigen, und habe für das zweite, späte

Frühstück ein paar Leckereien eingekauft. Zuerst finde ich meine Mutter gar nicht, stelle die Tüte auf dem Küchentisch ab und gehe zunehmend beunruhigt durchs Haus. Nichts. Aber dann entdecke ich sie draußen im Garten in der Laube. Gott sei Dank! Ich öffne die Terrassentür, und das Quietschen der alten Scharniere macht meine Mutter auf mich aufmerksam. Sie dreht sich nach mir um und winkt mir zu. Sie trägt eine türkisfarbene Daunenjacke, die ihr gut steht, und beim Näherkommen erkenne ich auch ihren Gesichtsausdruck. Sie sieht absolut zufrieden aus.

»Da bist du ja«, sagt sie, als ich an den langen Holztisch trete, und lächelt mich an. »Ich habe schon auf dich gewartet.«

»Du hast auf mich gewartet? Wieso konntest du wissen …«

»Du kommst doch immer.«

Ja, stimmt, denke ich. Seit vier Wochen jeden Tag. Dreißig Mal. Jedenfalls öfter, als in den letzten vierundzwanzig Jahren zusammengerechnet.

»Wie Purzel«, sagt sie, und erst jetzt fällt mir auf, dass sie mit einer Hand den Kater krault, der schlafend neben ihr auf der Bank liegt.

»Ja, da haben wir wohl was Gemeinsames, der Purzel und ich«, sage ich, während ich mich ihr gegenüber an den Tisch setze. Sie lächelt. »Er leistet mir Gesellschaft. Nicht immer, aber manchmal.«

Ich warte ab, und sie schiebt ihr leeres Wasserglas zur Seite. »Diese Laube hat dein Vater gebaut«, sagt sie und sieht mir in die Augen. »Hier bin ich ihm nach seinem Tod ganz nah, deshalb bin ich oft hier. Und hier habe ich ihm gesagt, dass es schrecklich ist, im Alter allein zu sein. Du bist tot, habe ich ihm gesagt, Boris hat kein Interesse an seiner alten Mutter, und unsere Tochter sehe ich nur zwei Mal im Jahr, weil sie tausend Kilometer entfernt lebt.«

Ich halte den Atem an und spüre eine Gänsehaut. Sie ist fast unheimlich klar. Nutze die Gunst der Stunde, sage ich mir und frage gleich das, was mich am meisten bewegt.

»Und wie geht es dir jetzt?«, will ich wissen. »Mit den vielen Menschen um dich herum? Ist das nun besser, als allein zu sein?«

Sie wiegt den Kopf. »Ich habe immer gedacht, dass ich keine Menschen um mich herum mag. Niemanden im Haus. Keinen, der hier herumwurschtelt, Sachen kocht, die ich nicht mag, falsche Zutaten verwendet, die Dinge an den falschen Platz stellt, Dreck macht, nicht richtig putzt, laut ist ...«, sie bricht ab. »Aber allein sein?«, fährt sie nach einer Weile fort, den schnurrenden Kater rhythmisch streichelnd. »Du siehst fern, du siehst die Wände an, du kramst in deinen Erinnerungen, du lauschst, doch es ist still. Keiner kommt, keiner ruft an, niemand spricht mit dir, manchmal tagelang. Du wartest. Jeden Tag. Und du bist glücklich, wenn du ein Tier hast, das die leere Zeit mit dir teilt. Alleinsein kann schön sein, wenn man das will. Aber Einsamkeit ist schrecklich.«

»Warst du einsam?«

Sie nickt.

»Gerade fühlst du dich gut?«

Ich sehe ein bitteres Lächeln über ihr Gesicht gleiten. »Katja, ich weiß, was mit mir los ist. Ich vergesse Namen, ich vergesse Gesichter. Ich suche den Haustürschlüssel im Kühlschrank und finde dort meinen Geldbeutel. Ich habe Zettel mitgenommen, wenn ich einkaufen gegangen bin. Damit ich mich orientieren kann. *Bei der großen Buche an der Ecke nach links abbiegen*. Deine Freundin Doris hat mich mal heimgebracht, das war für mich sehr beschämend. Und sie hat einige Male geklingelt, um mir zu helfen. Ich wollte aber keine Hilfe. Zu dem Zeitpunkt noch nicht.«

»Und Ingrid?«

»Ingrid hat stillschweigend hinter mir alles wieder in Ordnung gebracht. Ich glaube, sie hat mal Boris angerufen. Daraufhin hat er mir Blumen gebracht.«

Ob ich will oder nicht, ich muss grinsen. »Klar, Blumen!«

»Er ist ein lieber Junge, trotz allem.«

»Und Doris ist eine liebe Freundin.«

»Jede Frau braucht eine beste Freundin. Eine, die mit ihr durch dick und dünn geht. Das ist wichtig im Leben.«

Ich nicke. »Wer war deine beste Freundin? Ich kann mich nicht erinnern.«

»Ich mich auch nicht.«

Wir sehen uns an und müssen beide lachen. Dann greift sie nach meiner Hand. »Ich habe oft über mich selbst geweint, es hat aber nichts genützt.«

»Aber gerade bist du doch ganz klar?«

»Gerade weiß ich alles. Und dann ist es, als hätte ich Dämmmaterial im Kopf, wie nach einem schweren Rausch, dann werde ich einfach nicht klar. Und dann mache ich wohl auch Sachen, die ich nachher nicht mehr weiß.«

»Weißt du noch, dass Isabell und die Kinder hier einziehen wollen? Dass sie umbauen will? Das Wohnzimmer neu gestalten, das Herrenzimmer, die Kinderzimmer?«

»Es sind meine Enkel«, erklärt meine Mutter. »Das ist gut so. Aber mit welchem Geld?«

»Sie verkauft ihr Haus.«

Mutti denkt nach und greift nach ihrem Wasserglas. »Dann reicht es vielleicht auch noch zu einer größeren Küche, zu einem Wintergarten? Dann sitzen wir quasi alle im Garten. Stell dir vor, wie schön das an Weihnachten wird, draußen ein erleuchteter Baum, wenn die Schneeflocken wirbeln …«

Und unversehens fängt sie an zu singen. »Schneeflöckchen, Weißröckchen, wann kommst du geschneit …«

In Stuttgart hat es schon ewig nicht mehr richtig geschneit, denke ich, sage es aber nicht.

Meine Mutter bricht ab und lacht. »Du solltest dein Gesicht sehen.«

Ich schüttle den Kopf. »Ich habe uns Frühstück mitgebracht. Ein Zweitfrühstück. Bleib sitzen, ich bring alles raus.«

»Das Kaffeepulver ist im Hängeschrank.«

»Das ist jetzt aber nicht dein Ernst.«

»Was denn?«

»Dass du mir das sagst!«

Sie zuckt mit den Schultern. »Du bist ja auch nicht mehr die Jüngste.«

Danksagung

Dieses Buch widme ich Heidi Zell:

23 Jahre lang waren wir ein festes Team, sind wir in meiner Allensbacher Schreibstube gemeinsam durch dick und dünn gegangen, bergauf und bergab. Wir kennen einander besser, als so manche Ehepartner es je könnten, ein Geräusch, ein Augenaufschlag, und wir wussten, was die andere denkt. Zwei Schreibtische, eine Seele. Herzlichen Dank, Heidi, für deine Loyalität, für deine klugen Kommentare und Einschätzungen, für unser respekt- und liebevolles Miteinander. Nun genießt du ganz dein Privatleben - und ich vermisse dich, Deine Gaby

Ein herzliches Dankeschön an Herrn Noor Du Din Ashraf, Imam und Theologe vom Gebetszentrum in Stuttgart, der mir auf all meine Fragen sofort präzise geantwortet hat.

Rache ist süß – und vor allem weiblich

*Cover- und Preisänderungen vorbehalten

Gaby Hauptmann

Scheidung nie – nur Mord!

Roman

Piper Taschenbuch, 352 Seiten
€ 10,00 [D], € 10,30 [A]*
ISBN 978-3-492-31318-6

Nach außen spielt er den Mann von Welt, lädt Freunde und Geschäftspartner verschwenderisch ein, zu Hause kontrolliert Stefan Tinas Einkaufszettel. Denn eigentlich ist er pleite, seine Solar-Firma steht kurz vor dem Aus. Vielleicht ist es weibliche Intuition, vielleicht nur ein Zufall – aber Tina ahnt, dass Stefan einen teuflischen Plan hat. In seiner Schwester Friederike findet sie eine starke und höchst raffinierte Verbündete …

PIPER

Leseproben, E-Books und mehr unter www.piper.de